本书为上海市高峰高原学科建设计划、国家社科基金青年项目"1980 年代以来汉语新诗的戏剧情境研究（15CZW044）"阶段性成果。

翟月琴◎著

中国编剧学丛书

20世纪80年代以来
汉语新诗的声音研究

中国社会科学出版社

图书在版编目(CIP)数据

20世纪80年代以来汉语新诗的声音研究／翟月琴著.—北京：中国社会科学出版社，2018.11

（中国编剧学丛书）

ISBN 978-7-5203-2768-8

Ⅰ.①2… Ⅱ.①翟… Ⅲ.①诗歌研究-中国-当代 Ⅳ.①I207.22

中国版本图书馆 CIP 数据核字（2018）第 154334 号

出 版 人	赵剑英	
责任编辑	任 明	
责任校对	闫 萃	
责任印制	李寡寡	

出 版	中国社会科学出版社	
社 址	北京鼓楼西大街甲 158 号	
邮 编	100720	
网 址	http://www.csspw.cn	
发 行 部	010-84083685	
门 市 部	010-84029450	
经 销	新华书店及其他书店	

印刷装订	北京君升印刷有限公司	
版 次	2018 年 11 月第 1 版	
印 次	2018 年 11 月第 1 次印刷	

开 本	880×1230 1/32	
印 张	11.75	
插 页	2	
字 数	285 千字	
定 价	80.00 元	

凡购买中国社会科学出版社图书，如有质量问题请与本社营销中心联系调换
电话：010-84083683

内容简介

全书立足 20 世纪 80 年代以来汉语新诗的创作实践活动，既透过声音的表现形式、主题类型和意象显现三者解读汉语新诗文本，又讨论诵诗和唱诗等声音传播方式，从中总结一些普遍性的规律，力求勾勒更丰富的声音形态。作者格外注重声音与意义的关系，从语音、语调、辞章结构和语法所产生的音乐效果出发，透过文本细读的方法，结合现代诗歌史和理论，为汉语新诗的声音美学拓展研究空间。

作者简介

翟月琴，上海戏剧学院戏文系副教授，从事中国现当代诗歌、话剧研究。华东师范大学文学博士、上海戏剧学院博士后研究员，美国加州大学戴维斯分校（UC Davis）东亚系访问学者。曾出版评论集《独弦琴：诗人的抒情声音》，于台湾的《清华学报》、香港的《东方文化》和大陆的《中国现代文学研究丛刊》《扬子江评论》《戏剧艺术》等期刊发表文章 40 余篇。主持国家社科基金青年项目 1 项。

《中国编剧学丛书》

本丛书由上海戏剧学院编剧学研究中心策划与组织编纂。

上海戏剧学院编剧学研究中心是上海戏剧学院编剧学学科建设的学术机构。自 2015 年 3 月 22 日成立至今，已编辑出版的图书有:《中国现当代编剧学史料长编》(3 卷)，中国戏剧出版社出版;《上海戏剧学院编剧学教材丛书》(10 册)，上海人民出版社出版;《上戏新剧本丛编》(全 50 卷)，上海文艺出版社出版;《上戏编剧学研究生创作档案》(6 卷)，上海文艺出版社出版。另有《编剧学刊》(创刊号)《聆听戏剧生命的呼吸》《上戏编剧学建设年度文选》《碰撞与交融》《另一种阅读笔记》《指缝间滑落的沙粒》《戏曲剧作思维》《戏曲名剧名段编剧技巧评析》等著作出版。

《中国编剧学丛书》(第 1 辑)，收有陆军著《编剧学论稿》，叶长海著《元明清戏曲创作论》，朱恒夫等著《当代戏曲剧作家创作研究》，孙祖平著《剧作元素训练》，姚扣根著《写剧札记》，陆军、姚扣根主编《编剧学导论》，陆军著《编剧学九讲》，翟月琴著《20 世纪 80 年代以来汉语新诗的声音研究》等图书。

主编：陆军

策划：上海戏剧学院编剧学研究中心

序 声音美学与当代诗歌实践

杨 扬

　　声音与诗歌之间的关系，构成了中国诗歌的核心问题。 自古到今，论述不断。《尚书·舜典》 中有 "诗言志，歌永言，声依永，律和声"。 声音作为诗歌艺术的一个问题，进入了诗学领域。 而《礼记·乐记》 中也有 "声诗" 的概念，将那些歌诗归入声诗范畴，以与那些不歌的文字作对照。 中国传统诗歌，强调诗、 乐、 舞同源，在音律层面，对诗歌中的声音，给予极为系统而细密的探讨。"五四" 之后，古典诗被白话诗所替代，创作实践中，人们强调诗体的自由解放，但在理论上，主张戴着镣铐跳舞的现代格律论，还是占据强势地位。 从闻一多时代，一直延续到今天。 比较有代表性的研究，有朱光潜先生的 《诗论》。 他在论著中，对中国传统诗歌的节奏、 声韵以及声律问题，给予理论上的解释，希望现代诗论对此能有所吸取和参考。

　　当代诗歌对于声音问题的关注，或许是 "朦胧诗" 之后，在诗歌美学上开辟了一个新维度。 一般而言，"朦胧诗" 的美学探讨，是与诗歌意象的确立，密切相连。 我们会记得 "纪念碑""广场""黑眼睛""双桅船" 之类奇特的意象，以及附加在这些意象上意义复杂的内涵。 理论上对于意象问题的探讨，也是风生水起，一浪高过一浪。 至于 "朦胧诗" 中的声音问题，似乎很少有人给予特别的观照。 像舒婷的诗歌中，那回环往复的吟唱，常常被一些人误以为是一种抒情手段，而不是声音问题。 只有在 "朦胧诗" 之后，在理论上人们才觉得需要有一些新的审美维度的开拓，于是，声音问题浮出水面。

翟月琴博士专注于当代诗歌研究已经有很多年了。 她从一些当代诗歌的评论入手，阐发诗歌的义理。 与当代小说研究相比，当代诗歌评论显然要冷僻得多。 但翟月琴对当代汉诗怀有浓厚的兴趣。她频频参与各种诗会，花费了很多时间和精力采访诗人，甚至远渡重洋，到北美与一些汉诗研究者和诗人们交流，成果发表在 《今天》《当代作家评论》《中国现代文学研究丛刊》 上。 这样的经历和多年的研究积累，使得她对当下的诗歌创作及研究，有相当程度的了解，也形成了她自己对当代汉诗现状以及问题的思考。 她的研究有个性、 有特点。 譬如对当代诗歌的断代问题，她是将 "朦胧诗" 归入 "文化大革命" 阶段，而将 20 世纪 80 年代的新诗创作，命名为"朦胧诗之后"。 这与通常我们所见到的当代文学史断代法，有点区别。 她的理由是，像北岛、 舒婷等 "朦胧诗" 代表人物的成名之作，是在 20 世纪 80 年代之前完成的，而新起的一批诗人以及新的诗歌美学探讨，是从 20 世纪 80 年代起步的。 还有，对声音的界定和命名，有她自己的理解。 她认为当代诗歌将声音作为一个美学突破口，显示了与崇高、 政治话语等诗歌美学的分离，是 "后朦胧诗" 以来，汉诗写作以及理论探索孜孜以求的美学精神，体现了与世俗生活对话的情怀。 还有关于当代诗歌声音类型的分类问题，她也有非常个性化的意见。 很有可能，一些诗歌评论家和研究者对她的充满个性的研究，持不同意见，但面对她这样充满朝气的研究，不得不说，这是有意义的理论探索，至少在一些年轻的博士群体中，很少有人像她那样专注于新诗研究。

现在，翟月琴的研究专著要出版了，我由衷地为她高兴，也希望她接下来正在写作的论著，更精彩、更完美。

是为序。

2015 年元月于上海

序

奚　密

　　我们乐见近年来的现代汉诗研究，不论在华文学术界还是国际汉学界，都呈现出日益多元的议题和日益开阔的视野。诸如诗作为现代文化生产的一个形式，诗和视觉艺术之间的参照，现代和古典的交集等研究，都能另辟蹊径，推陈出新。更难能可贵的是，新世代学者通常对文学理论和方法具有高度的自觉，得以有效地结合文本细读和多重相关脉络，从文学史的演变到政治、思想、社会等结构性因素的相互纠结。

　　翟月琴博士的专书正是新世代现代汉诗研究的丰硕成果之一。她首先提出 20 世纪 80 年代以来中国诗坛掀起风起云涌的"声音实验"，赋予一个古老而且看似简单的概念以多层次的结构性意义，阐释"声音"如何有机性地和意象、主题、形式、心理思维等共同建构一首诗。不仅于此，本书跨越当代中国 30 余年，有系统地彰显了现代汉诗发展的一条重要轨迹，其审视的诗作范围广博，掌握的历史脉络丰富，缓缓道来，在在表现出高度的学养和创意。

　　2012—2013 年翟月琴博士在美国戴维斯加州大学担任访问学者。我们之间的交流从那一年开始，迄今未曾中断。对她求知的认真，治学的严谨，工作的勤奋，为人的谦和，我都深有体会。现在她的第一本专书出版，真是可喜可贺。

置身于今天强势的媒体文化、视觉文化、网络文化、消费文化，从事现代汉诗的研究似乎显得有点不合时宜。但是，多年来，我在课堂内外和学生互动，在演讲与诗歌节时和观众互动，更透过文论和译诗和读者互动。我一直感到"吾道不孤"。诗重要，不仅因为它在塑造语言的同时也影响了我们的思维，影响我们看世界的方法；更因为诗在发挥想象力的同时也扩大了我们的想象力，扩大我们"感同身受"的能力。想象力是艺术的根本，这点显而易见；其实它也是道德法律、社会规范的源头——换言之，人类对自身想要活在什么样的世界的想象：不论是仁义礼智，还是民主自由平等。

谨以此与翟月琴博士、同侪、读者共勉之。

2015 年元月于加州戴维斯

20 世纪 80 年代以来汉语新诗的声音研究

002

目　　录

目
录

003

20世纪80年代以来汉语新诗的声音研究

绪　　论

　　汉语诗歌的声音研究，一直是诗学研究所关注的，但系统的研究，肇端于20世纪80年代。1982年，任半塘先生的《唐声诗》① 出版，标志着声音研究从碎片化的研究方式中脱离出来。尽管这一研究是围绕唐诗的声音问题展开，但因其诗学观念上具有广泛的包容性，因此，它的提出，为凝固而僵化的汉语新诗研究，灌注了新鲜血液。

　　在汉语新诗研究领域，自21世纪以来，伴随着西渡的《诗歌中的声音问题》（2000）、杨晓霭的《宋代声诗研究》（2005）、唐文吉的《声音与中国诗歌》（2005）、林少阳的《未竟的白话文——围绕着"音"展开的汉语新诗史》（2006）、刘方喜的《声情说》（2008）、沈亚丹的《声音的秩序——汉语诗律作为国人宇宙意识的形式化呈现》（2011）以及梅家玲的《有声的文学史——"声音"与中国文学的现代性追求》（2011）、郑毓瑜的《声音与意义——"自然音节"与现代汉诗学》（2014）等相关著作和文章相继问世，声音问题再度引起关注。2004年，上苑艺术馆邀请西川、张桃洲和西渡等诗人、评论家，以"关于诗歌的声音"为题，展开对话。其中，参加对话的诗人和评论家又提出要在诗学层面上区分诵读和语言文字两种声音，并论及停顿、分

---

　　① 任半塘：《唐声诗》上、下编，上海古籍出版社1982年版。

行、语音、语调、语气等因素。2011 年 11 月，克罗地亚作协、首都师范大学中国诗歌研究中心、《读诗》诗歌季刊联合举办"2011 年中克诗人互访交流项目"，其主题为"诗歌的声音"。来自克罗地亚、马其顿等中欧地区的中青年诗人与活跃在当下中国诗坛的西川、王家新、树才等20 余位诗人、诗评家，围绕这一话题，展开了深入讨论。

上述罗列的一系列研究成果和诗人、评论家的对话活动，从一个侧面展示出声音问题作为一个重要的诗学因子，正活跃于当代诗坛，并且不断地延伸、拓展。事实上，声音问题作为一种诗学关注的话题，伴随着每一次新的诗歌形式的出现，其争论与探讨几乎贯穿于汉语诗歌的发展历史。正如一些古典诗歌研究者所强调的："在诗歌遗产中，随着时代的进展，产生着多种多样的形式；而这多种多样的形式，关键就是声韵组织。"① 因此，从历史的纵向深度挖掘这一诗学命题的内涵，已经成为诗学研究中不可规避的重要环节。

第一节　研究对象

诗歌与声音的关系可以说是形影相随，自古有之，但理论上对这一问题的认识却是经历了一个坎坷曲折的过程。什么是诗歌中的声音，不仅中外有别，就是中国汉诗内部，也经历着传统与现代的认识分野。所以，无法抽象笼统地回答什么是诗歌中的声音。

一　诗歌中的声音界定

诗歌中的声音是一种动态化的诗学研究，至今尚无定论。"声音"

---

① 龙榆生：《中国韵文史》，商务印书馆 2010 年版，第 233 页。

一词在《汉语大词典》中被解释为"古指音乐，诗歌"①。诗歌中的声音，究竟指什么？据安德鲁·本尼特和尼古拉·罗伊尔在《关键词：文学、批评与理论导论》中提到文学中的三种声音：第一是"对声音的赋形和描写"②，第二是"声音在文学中的极端表现是与音乐有关"③，第三是诗歌内部的"多语体性"④。事实上，无论是声音的赋形还是多语体性，在通常情况下，声音都被理解为"与音乐有关"的声音，即音乐性。本书以声音替代音乐或者音乐性的表述，原因就在于音乐本身并不是诗歌，"诗是一种音乐，也是一种语言。音乐只有纯形式的节奏，没有语言的节奏，诗则兼而有之，这个分别最重要"⑤。而采用"声音"一词，则避免了音乐在诗歌中的局限性，充分融合了二者的共性，正如黑格尔所说："音乐和诗有最密切的联系，因为它们都用同一种感性材料，即声音。"⑥

　　声与音之间存在着差异，指向同一个问题的两个层面。《辞源》中"声"即指"声音，声响。古以声之清浊高下，分为宫、商、角、徵、羽五音，加变宫变徵为七，字音则分平上去入四声"，又指"音乐"⑦。东汉许慎在《说文解字》中有云："声，音也。从耳殸声。殸，籀文磬。"⑧而"音，声也。生于心，有节于外，谓之音。　商角徵羽，声；丝竹金

　　① 《汉语大词典》第8卷，汉语大词典出版社1991年版，第689页。
　　② ［英］安德鲁·本尼特、尼古拉·罗伊尔：《关键词：文学、批评与理论导论》，汪正龙、李永新译，广西师范大学出版社2007年版，第68页。
　　③ 同上。
　　④ 同上书，第73页。
　　⑤ 朱光潜：《诗论》，上海古籍出版社2005年版，第97页。
　　⑥ ［德］黑格尔：《美学》第三卷，朱光潜译，商务印书馆1979年版，第340页。
　　⑦ 《辞源》（修订版）第三册，商务印书馆1985年版，第2534页。
　　⑧ （汉）许慎：《说文解字》，中华书局1963年版，第259页。

石匏土革木，音也。从言含一。凡音之属皆从音"①。声与音的差别主要指向音乐的八音（乐器）和五声（乐律）。八音有规律的排列组合谓音，单独使用是为声，如汉朝郑玄在《礼记·乐记》中曰："宫商角徵羽杂比曰音，单出曰声。"② 而"声成文谓之音"③，"凡音之起，由人心生也。人心之动，物使之然也。感于物而动，故形于声。声相应，故生变。变成方，谓之音。比音而乐之，及干戚，羽旄，谓之乐"④。这其中，区分出音、声和乐三者，音即文和方，也就是规则、秩序。音源自于声，又以乐呈现出来，因此，"声为初，音为中，乐为末也"⑤，声生发于心，而音是其表现形式，乐配合舞蹈等，与音和声合而为一。

就音的层面而言，指的是语言文字的组织。在古典诗歌中主要指的是与音乐节奏相关的规律，以书面的语言文字为主要表现形式。在古典诗歌的音体系中，主要囊括了字数、押韵、平仄和对仗四个方面。尽管古体诗的音组织，自新诗运动以来，开始土崩瓦解，新诗人作诗，不再依赖古典诗歌严密的规定性。但不可否认的是，上述四个层面（字数、押韵、平仄和对仗），依然存在于相当多的新诗中，只是一些诗作中，它们是隐性地呈现音的特质。尽管"音乐性"一词已经远远不能囊括汉语新诗的美学追求，但诗歌崇尚和谐的声音，"音乐的原始要素是和谐的声音，它的本质是节奏"⑥，同时，还重视声音与意义的结合，"诗是声音和

---

① （汉）许慎：《说文解字》，中华书局 1963 年版，第 259 页。

② （汉）郑玄注，（唐）孔颖达疏：《礼记正义》，《十三经注疏》，北京大学出版社 1999 年版，第 1074 页。

③ 同上书，第 1077 页。

④ 同上书，第 1074 页。

⑤ 同上书，第 1075 页。

⑥ ［奥］爱德华·汉斯立克：《论音乐的美：音乐美学的修改刍议》，杨业治译，人民音乐出版社 1980 年版，第 49 页。

意义的合作，是两者之间的妥协"①。就汉语诗歌的基本美学特征而言，语音韵律、辞章结构、语义组合和语调变化是考察音的重要依据。质言之，音所表现的是语言文字层面的声音，既包括语音表达（音韵、声调）、辞章结构（停顿、跨行）、语法特点（构词、句式）、语调生成（语气、口气）等形式的合体，也包括辞在辞面（字面义）、辞里（深层义）和题旨三个层面所产生的语义声音。② 构成音组织的这些要素，并不是外在的语言规律，也不是简单的音乐形式，在传统意义上，强调的是语言、情感、气韵和谐熨帖的混合体。

声的层面，一般偏重于以音乐伴奏形式出现或者通过其他口头方式造成的音乐节奏效果。与徒诗（信口而谣，并不入乐的诗）相对的诗歌，可称为声诗。杨晓霭在《宋代声诗研究》中界定了声诗的内涵，她认为，声诗有广义和狭义的双重内涵。从广义上讲声诗指"'有声之诗'，即古所谓'乐章'"；而狭义上的声诗则指向"'诗而声之'，即按采诗入唱方式配乐的歌辞"③。本研究采用广义的声诗概念：第一，音乐的伴奏形式。声诗一词，最早见于《礼记·乐记》，"乐师辨

---

① ［美］雷纳·威莱克：《西方四大批评家》，林骧华译，复旦大学出版社1983年版，第53页。

② 关于韵律与意义的分析，黄玫在《韵律与意义：20世纪俄罗斯诗学理论研究》（人民出版社2005年版）中区分了语义结构的三个层次，其中包括辞面（字面义）、辞里（深层义）和题旨。由于声音与意义之间的关系不可分割，所以也会产生与之相关的语义声音。汉语语言生成的和谐规律难以穷尽，有些要素已经得到普遍的认可，比如押韵、停顿、分行等，但就目前的研究现状而言，仍有相当大的开拓空间。这种开拓性，可以在语言学研究中找到依据，比如吴为善在《汉语韵律句法结构探索》（学林出版社2006年版）中，强调了音节的组合所产生的韵律，对于偏正结构、动宾结构和主谓结构的语音重心和结构层次所产生的韵律都做了详尽的分析。另外，西方研究中国古典诗歌的学者，也相当重视语法结构与韵律、情感的关系，较有代表性的包括高友工、蔡宗齐对汉语句式的分析等。

③ 杨晓霭：《宋代声诗研究》，中华书局2008年版，第6页。

乎声、诗，故北面而弦"①。其中，声诗所代表的是乐歌，即诗歌伴奏乐器而生的音乐感。又提道："诗，言其志也；歌，咏其声也；舞，动其容也。——三者本于心，然后乐器从之。"② 诗、乐、舞三者是合而为一的，在此基础上，谓之声。第二，通过其他口头方式所产生的音乐节奏。也就是说，歌、咏、唱等之外，也不应排除诵、吟、念、读等口头的发声可能。

当然，一方面音可以独立存在；另一方面声诗又以音为基础，可通过音乐伴奏或者其他口头方式提升或者改变音的效果。所以，二者之间的互动关系也相当重要，钱谷融先生曾在《论节奏》中提道，"历来中国文人非常重视朗诵与高吟，就是想从声音之间，去求得文章的气貌与神味的"③。语言文字的声音可以透视出诗歌的气韵，"就个体言，气遍布于体内各部，深入于每一个细胞，浸透于每一条纤维。自其静而内蕴者言之则为性分，则为质素；自其动而外发者言之，即为脉搏，即为节奏"④。声音能够使人感受到诗人的生命气息，正如《文心雕龙》中所述："故言语者，文章神明枢机，吐纳律吕，唇吻而已"⑤。也就

<hr>

① （汉）郑玄注，（唐）孔颖达疏：《礼记正义》，《十三经注疏》，北京大学出版社1999年版，第1118页。

② （汉）郑玄注，（唐）孔颖达疏：《礼记正义》，《十三经注疏》，北京大学出版社1999年版，第1112页。中国古典诗歌与声之间的关系，经历了三个阶段：《诗经》时代，以乐入诗的雅乐阶段；乐府时代，采诗入乐的清乐阶段；唐宋诗词时代，依声填词的燕乐阶段，此后，元明清的戏曲，则吸纳融合了雅乐、清乐以及燕乐的特点，形成诗、乐、舞在视觉、听觉和表演艺术上的融合。

③ 钱谷融：《论节奏》，《钱谷融论文学》，华东师范大学出版社2008年版，第30—31页。

④ 同上书，第25页。

⑤ （南朝梁）刘勰著，王运熙、周峰译注：《文心雕龙》，上海古籍出版社2010年版，第160页。

是说，"当在一和谐的语音结构中焕发出自身潜在的声音和谐构型功能时，一个个文字也会散发出与人相关联的生命气息而生'气'勃勃——这就是诗歌和谐的语音结构之所谓'声气'，也就是清桐城派'因声求气'论的精义所在"①。

二　20世纪80年代以来的汉语新诗

20世纪80年代以来的汉语新诗②，在一般读者的理解中，常常会联想到艾青、邵燕祥、公刘等归来派诗人的创作和北岛、江河、

① 刘方喜：《声情说：诗学思想之中国表述》，知识产权出版社2008年版，第115页。

② 本书论述的20世纪80年代以来的汉语新诗，不是以诗歌思潮的出现或者公开发表的时间为分类标准，而主要探讨这一时期被创作出的文本，这区别于洪子诚的《中国当代新诗史》对20世纪80年代以来诗歌的归类。关于朦胧诗的下限问题，至今仍无定论。1968年，诗人食指凭借《这是四点零八分的北京》《相信未来》等诗篇，成为一代人的精神启蒙导师。20世纪60年代末，一批北京知青下放到河北省白洋淀插队（岳重、芒克等），作为"文化大革命"的亲历者，他们创作了大量的地下诗歌抒发一代人的彷徨、迷茫与希望。与此同时，仍然留在北京城里（北岛等）和在其他地区插队的北京知青（食指等）作为外围力量，与白洋淀知青在精神上交流沟通，互相传看诗作。这三支汇合的激流，后被作家牛汉称为"白洋淀诗人群落"。"白洋淀诗人群落"是朦胧诗的"前史"。1978年，在地下刊物《今天》杂志的创办过程中，刊载了北岛、芒克、舒婷、顾城等创作于"文化大革命"或者当时的一些作品。自1979年开始，国内重要的诗歌刊物《诗刊》，也陆续公开刊登了北岛的《回答》《迷途》和《习惯》，舒婷的《祖国呵，我亲爱的祖国》，顾城的《歌乐山组诗》，杨炼的《织与播》等诗歌。1980年《诗刊》第8期，刊出章明的《令人气闷的"朦胧"》，朦胧诗由此得名。据不完全统计，1980—1988年间，关于朦胧诗的讨论文章多达460余篇。可见，这一诗学热潮，在20世纪80年代引发了一场广泛而持久的讨论。笔者认为，朦胧诗创作的黄金阶段是在"文化大革命"及"文化大革命"刚结束时期，20世纪80年代朦胧诗作为一种思潮开始崛起，但真正意义上的朦胧诗创作实践已经开始淡出，一方面，出现了受到朦胧诗影响且渴望超越朦胧诗的"第三代"诗人，他们从20世纪80年代初就已经开始创作；另一方面，朦胧诗虽已淡出文坛，但朦胧诗人（"今天派"诗人）仍在坚持创作。就汉语新诗的声音问题而言，关于朦胧诗与本书的研究对象之间的差异，将在第一章的第一节展开讨论。

芒克、舒婷、顾城等创作的朦胧诗。其实，他们的诗作与本文所讨论的声音美学趋向有很大的差异。在本专题的研究中，主要讨论以下几类诗歌。

首先，本书以大陆的汉语新诗为研究对象。如果真要着眼于20世纪80年代出现的诗歌创作，那么，那些新兴的诗人应该最先进入研究视野。1983年7月，成都几所高校的诗歌爱好者共同编印了《第三代人》，将他们这一批诗歌写作者命名为"第三代"诗人①。集中于1981—1989年开始创作的"第三代"诗人，包括于坚、韩东、翟永明、李亚伟、杨黎、周伦佑、万夏、海子、柏桦、张枣、陈东东、宋琳、臧棣、王寅等等，他们在这期间创作出重要的诗歌作品。1985年以后，艺术群体和运动的大量涌现，是这一时期社会文化形式的典型特征。② 1986年10月21日，由徐敬亚、孟浪等发起，《诗歌报》联合《深圳青年报》推出"'中国诗坛1986'现代诗群体大展"第一、二辑，10月24日，《深圳青年报》又刊发了第三辑，共计13万字，65个诗歌流派、200余位诗人的作品与宣言，此次从地下走向地上的大规模诗歌运动，标志着朦胧诗人的退场，而大量的现代主义诗歌，赫然登上了诗歌舞台。这其中包括"非非主义""他们文学社""海上诗群""莽汉主义""整体主义""新传统主义""撒娇派""大学生诗派"等；地域上广涉四川、黑龙江、上海、北京、贵州、湖南等；诗歌文

---

① 1985年，四川省青年诗人协会在其编辑的《现代诗内部交流资料》中，重提了"第三代"这一概念。此处，"第一代"诗人指的是"五四"新文化运动后包括郭沫若、李金发、戴望舒、艾青等在内的老一辈诗人；"第二代"诗人指的是新时期涌现的朦胧诗人，包括黄翔、食指、根子、北岛、芒克、江河、顾城、舒婷、多多、杨炼等；"第三代"诗人指的则是20世纪80年代中期登上文坛的先锋诗人，他们的作品也被称为"新生代""后朦胧"或者"实验诗"。

② 洪子诚：《学习对诗说话》，北京大学出版社2010年版，第274页。

本出现了"新大陆""新自然主义""西川体""现代诗歌""城市主义"等新的表现方式，① 可以说，自 1986 年之后，诗坛涌现出的诗歌文本不计其数。其中，20 世纪 90 年代后，仍然继续创作的"第三代"诗人以及新出现的诗人，构成这一阶段诗坛的主力军，比如王家新、王小妮、西川、翟永明、陈东东、张枣、柏桦、臧棣、孙文波、萧开愚等，提供了具有代表性的诗歌作品。此外，1999 年以后的选本、网络媒体和民间刊物的兴起，更是展出了不可胜数的诗歌文本。自 1999 年杨克主编《1998 中国新诗年鉴》和程光炜主编《岁月的遗照》后，21世纪又出现了大量的诗歌选本，比如《大诗歌》《中国诗歌精选》《中国诗歌年选》等，编者采用年选或者精选的方式推出诗歌文本。同时纸质媒体方面还出现了《诗歌与人》（1999）、《自行车》（2001 年复刊）、《新汉诗》（2003）、《南京评论》（2003）、《陌生》（2007）等民间刊物，而各大诗歌网站也风起云涌，如"界限"（1999）、"灵石岛"（1999）、"诗生活"（2000）、"诗江湖"（2000）等，2001 年以后，包括"橡皮""扬子鳄""女子诗歌报"等网络平台也开设专栏展出诗歌作品。

其次，是一些重要的流散诗人作品，所谓流散诗人，主要指流散于中国大陆之外的朦胧诗人。20 世纪 80 年代中期以后，昔日的一大批朦胧诗人先后踏上了异国他乡的土地。1985 年以后，严力②留学美

---

① 关于 1986 年以来的现代主义诗歌大展，可参看徐敬亚、孟浪等编《中国现代主义诗群大观 1986—1988》，同济大学出版社 1988 年版。

② 严力 1985 年留学美国，目前在上海和美国两地居住。

国期间，创作了《精致的腐化》《诗歌口香糖》等代表作；顾城①在新西兰激流岛定居期间创作了包括《鬼进城》《城》等代表作；自1987年，北岛②漂泊海外期间创作了《写作》《重建星空》《午夜歌手》等代表作；杨炼③1988年出国后，创作出版了《大海停止之处》《叙事诗》等诗歌集；在1989后，多多④旅居荷兰期间创作了《没有》《依旧是》等代表作。流散诗人的创作迄今依然存在，尤其是国内一些重要的文学出版社，如人民文学出版社等，还在不断推出他们的诗集。

最后，其他类型的汉语新诗，比如歌词、超文本诗歌（链式结构的新媒体诗歌创作）等。20世纪80年代以来，掀起了流行音乐、摇滚乐热潮。北京第二外国语学院成立了内地第一支演绎西方老摇滚的乐队"万李马王"，中国摇滚音乐初露端倪。1981—1984年，先后出现了包括"阿里斯乐队"（1981）、"蝗虫及乐队"（1982）、"大陆乐队"（1982）、"七合板乐队"（1984）等。崔健的摇滚乐《新长征路上

---

① 顾城于1987年5月29日赴德国参加明斯特"国际诗歌节"，其后半年间于欧洲讲学及参加学术活动，到访瑞典、法国、英国、奥地利、丹麦、荷兰、芬兰等国家，12月应邀去新西兰的奥克兰大学亚语系讲中国现代文学，随后他偕妻子在新西兰定居。1992年获德国DAAD创作年金，1993年获得伯尔创作年金，在德国写作不久便拒绝了创作年金，3月回国探亲，之后返回新西兰。1993年10月8日诗人顾城在新西兰的激流岛自杀身亡。

② 北岛自1987年出国，1988年年底回国住了四个月，之后在1989—1995年6年间，搬了7国15次家，曾居住在美国加利福尼亚州，目前已经搬至香港与家人团聚。

③ 杨炼1988年出国，与妻子友友辗转于十几个国家之间，过着拮据的生活，现在居住在英国伦敦和北京。

④ 多多在1989年离开祖国，旅居荷兰，2005年再度返回中国大陆在海南大学教授文学课程。

20世纪80年代以来汉语新诗的声音研究

的摇滚》《不是我不明白》《从头再来》《假行僧》《花房姑娘》《让我睡个好觉》《不再掩饰》《出走》《一无所有》等完成于 1986—1987 年间。1988 年 4 月，曹钧、高旗、刘效松成立"呼吸"乐队；5 月，女子摇滚乐队组建"眼镜蛇"；7 月，"1989"乐队成立。20 世纪 90 年代，出现了魔岩三杰（窦唯、张楚、何勇）、唐朝、黑豹、零点、超载、Beyond、鲍家街 43 号等乐队歌手。1995 年，张　与小索成立了"野孩子乐队"，创作了大量的民谣歌曲。2001 年，在三里屯原创音乐基地"河"酒吧里"新民谣"诞生，涌现出不少民谣歌手，包括小河、万晓利、王娟，周云蓬等。2007 年，迷笛音乐节推出新民谣歌手李志、小娟等。随后，新民谣的阵营开始壮大起来，张　、张玮玮、周云蓬、小河、万晓利、尹吾、马条、张浅潜、吴虹飞、李志、小娟、白水、侃侃等歌手的唱作，都颇具代表性。除了这些歌词之外，2007 年大陆诗人毛翰创作了超文本《寂静如斯》，但这种新媒体的创作方式并没有在大陆地区切实获得发展。而关于图像诗、超文本和流行歌词，台湾地区都已经获得了较为可观的创作成就，因此将这部分内容也纳入本书的研究对象中，其中包括苏绍连、李顺兴、苏默默、路寒袖、夏宇、陈克华等诗人的超文本和歌词创作。

20 世纪 80 年代以来的汉语新诗延续着"五四"以来新诗的传统和探索步伐，但因为缺乏一个类似于古典诗歌稳定的声音系统的规范和约束，所以，汉语新诗的声音问题尽管引人注目，但在研究和归类上，却是言人人殊，众声喧哗。

第二节　研究综述

诗歌中的声音问题所涉及的内容相当广泛，其中包括节奏、韵律、音韵、音乐性、格律、方言、朗诵、歌谣、唱诗等①。对于 20 世纪 80 年代以来的汉语新诗中的声音问题，我们可以从理论研究与诗歌创作研究两个层面来进行梳理。

一　20 世纪 80 年代以来汉语新诗声音的理论研究

就理论研究的层面而言，关于 20 世纪 80 年代以来汉语新诗的声音问题的探讨，主要围绕以下两个方面展开：

第一，整合声与音的关系。黄丹纳在《新声诗初探》（《文学评论》2004 年第 3 期）中提出"新声诗"概念，他认为声乐与文本是新声诗的两个层面，"就'新声诗'而言，其'声'的要素包括两个层面：一是声乐层面，二是文本层面。二者相对独立又相得益彰，共同把'声'在诗歌中的艺术功能发挥到了极致"②。但随着白话文学运动的展开，"其诗句的结构和声韵型态，不仅打破了古代'文言'相应的声韵格律，而且'新声诗'与'新徒诗'也出现了较大的差别。'新声诗'基本上保持了'韵文'的传统；而'新徒诗'中大量作品则散文化了"③。唐文吉在《声音与中国诗歌》（《文艺理论与批评》2005 年第 4 期）中认为，格律不能从根本上阐释声音问题，而选择从词语的内听角度，提倡声诗合一。他提到，中国诗歌从歌迈向语词，经历由外听走向内听的发展过程，故而认为应该回到歌中去发现声音，从歌词中去寻找新诗的未来。林少阳的《未竟的白话文——围绕着"音"展开的汉语新诗史》（《新诗评论》2006 年第 2 辑）中，林少阳探讨音、形、义之间的词源学关系，挖掘民族主义的历史脉络。其中，区分出

---

① 与汉语新诗声音问题相关的研究内容，将在第一章第二节中展开。
② 黄丹纳：《新声诗初探》，《文学评论》2004 年第 3 期。
③ 同上。

书面体的嬗变和声音媒介的差异性，从 20 世纪三四十年代围绕音展开的歌谣收集运动和与 20 世纪 50 年代新民歌对声的实践两个角度，简要概述了白话文运动至 20 世纪 80 年代之前汉语诗歌的演变史，进而追问新诗的出路。由此能够看出，一方面音与声通向了两种诗歌音乐性的方向；另一方面也不影响二者之间的互动和交融。

　　第二，回到汉语新诗的研究脉络中。刘方喜从美学关系出发，对声情理论进行构建。刘方喜的《声情说：诗学思想之中国表述》（知识产权出版社 2008 年版）和《"汉语文化共享体"与中国新诗论争》（山东教育出版社 2009 年版）两部著作，都试图从声与情在诗歌的互动关系中，构建 20 世纪诗歌的发展脉络。刘方喜的《声情说》强调汉语诗学的独特性，他认为"声情"重视声音的"内在的功能本质"，他试图超越三种模式，即"形式主义与片面强调情感表现的心理主义之间的二元对立""语言工具论及语言研究'意义—形式'二分法"和"'主体—客体二分的单向作用模式'"，从而建构"有限性—超越性""体—用"和"天—人"的诗学体系。[①] 在"声情说"的基础上，刘方喜在《"汉语文化共享体"与中国新诗论争》中，将新诗的论争作为切入点，集中于声音的探讨，从而进一步呈现"声情说"的重要性。他将 1985 年中国现代诗出现的两大阵营，即以"整体主义""新传统主义"为代表的汉诗倾向和以"非非""他们"为代表的后现代主义倾向，将关于本土化问题的分歧作为整个 20 世纪 80 年代诗歌声音论争的症结，分析了语言形式的现代化与民族化，口语与书面语之间的矛盾分歧，从而呼吁重建"汉语文化共享体"，提倡重视形象、意义、思想、意象与汉语韵律的关系。江克平（John A. Crespi）的《革命的

---

　　① 刘方喜：《声情说：诗学思想之中国表述》，知识产权出版社 2008 年版，第 5—6 页。

声音：现代中国的听觉想象》（*Voices in Revolution Poetry and Auditory Imagination in Modern China*，University of Hawai i Press，2009）中，追溯了20世纪朗诵诗歌的源头，从民族、政治与美学等多角度分析了不同历史时期汉语的朗诵历史。并认为，自20世纪80年代以来的后毛泽东时代起，逐渐分离出区别于"运动"的朗诵"活动"，这种趋势打破了官方意识形态的控制，而走向了与市场化相呼应的集舞台表演和歌唱艺术为一体的新型诗歌朗诵活动。在近几年海外汉语诗学的研究过程中，可以说，江克平（John A. Crespi）从汉语新诗的历史语境出发，颇具建构性地填补了汉语新诗中口头声音研究的空缺。此外，梅家玲在《有声的文学史——"声音"与中国文学的现代性追求》（《汉学研究》2011年第29卷第2期）中，也试图从现代性的框架中，从"读诗会"的"音声实验"以及"朗诵诗"的发展，诠释汉语新诗中声音的历史变迁。黄丹纳在《论新声诗的现代性》（《中州学刊》2011年第3期）中，将新声诗与中国工业文明的发展相结合，突出"新声诗"与中国传统农业文明的根本差异就在于现代性。赵黎明在《"声诗"传统与现代解释学的"声解"理论建构》（《浙江大学学报》2013年第6期）中提出，口语白话诗和音乐性流失造成了汉语新诗与传统诗歌的断裂，需从"以声观志""因声寻义""同调同感""缘声入神"和"新诗的戏剧化"① 几个维度寻找声音。

以上从理论研究层面对20世纪80年代以来汉语新诗中声音问题的考察，一方面跳离出古典诗歌的声音局限性，为汉语新诗开启了新的研究空间；另一方面，对于汉语新诗中声与音的互动，声与情的互动等，都提出了新的见解和研究方法。但同时，也容易陷入诗学论争

---

① 赵黎明：《"声诗"传统与现代解释学的"声解"理论建构》，《浙江大学学报》（人文社会科学版）2013年第6期。

或者民族国家的历史框架中，而没有立足于汉语新诗创作特色，更无法真正意义上为声音的理论体系和动态研究找到出路。

二　20世纪80年代以来汉语新诗创作的声音研究

早在1989年，胡兴在《声音的发现：论一种新的诗歌倾向》中就指出"第三代"诗人区别于朦胧诗的"无调性"① 创作特征。直到2008年，张桃洲在《论西渡与中国当代诗歌的声音问题》中特别指出，"20世纪前半叶新诗在声音方面的兴趣，大多偏于语言的声响、音韵的一面，而较少深究集结在声音内部的丰富含义。进入当代特别是20世纪80年代以后，声音的复杂性引起了程度不一的关注，声音成为辨别诗人的另一'性征'"②。可见，20世纪80年代以来汉语新诗创作的声音问题，已成为当下诗学研究的重要论题。

就目前的研究成果而言，研究者主要集中于个人化的声音特征，其中包括对翟永明、西渡、欧阳江河、钟鸣、陈东东、张枣、伊沙等诗人的文本细读。研究者在文本细读的过程中，以诗人所使用的分行、停顿、构词、口气、句式长度、韵律、节奏等为依托，从诗歌构成的体系中探寻每一位诗人的个体声音特质，"每一个诗人的成功必依赖于此种'个体声音'的特异"③。这其中，包括西渡的《诗歌中的声音问题》[《淮北煤炭师范学院学报》（哲学社会科学版）2000年第1期]，敬文东的《抒情的盆地》（湖南文艺出版社2006年版），周瓒的《翟永明诗歌的声音与述说方式》（《透过诗歌写作的潜望镜》，社会科学文献出版社2007年版），张桃洲的《论西渡与中国当代诗歌的声

---

① 胡兴：《声音的发现——论一种新的诗歌倾向》，《山花》1989年第5期。
② 张桃洲：《论西渡与中国当代诗歌的声音问题》，《艺术广角》2008年第2期。
③ 周瓒：《透过诗歌写作的潜望镜》，社会科学文献出版社2007年版，第213页。

音问题》（《艺术广角》2008 年第 2 期），荷兰莱顿大学柯雷（Maghiel van Crevel）的《对抗的诗？——伊沙诗歌中的声音与意义》（*Rejective Poetry? Sound and Sense in Yi Sha*）[1]。翟月琴的《轮回与上升：陈东东诗歌中的声音抒情传统》［《江汉大学学报》（人文科学版）2012 年第 3 期］，翟月琴的《疾驰的哀鸣：论张枣诗歌中的声音与抒情表达》（《南京理工大学学报》2012 年第 4 期），赵飞的《剔清那不洁的千层音——论诗歌语言的声音配置》（《长沙理工大学学报》2014 年第 1 期），柯雷（Maghiel van Crevel）在 2008 年出版的著作《精神、动荡与金钱时代的中国诗歌》（*Chinese Poetry in Times of Mind, Mayhem and Money*，Leiden. Boston：Brill，2008）中涉及了歌手、诗人颜峻的朗诵和音乐表演形式，等等。

从这些研究中能够看出，20 世纪 80 年代以来汉语新诗的影响因素是多元而复杂的，同时又重视个人化的声音特质。但这些研究更多聚焦于个案，而缺乏一种整体性的观照。

第三节　研究意义

本书的研究意义，一方面，在于以 20 世纪 80 年代以来的汉语新诗为研究对象，考察、梳理声音在这一阶段的体现；另一方面，又以 20 世纪 80 年代以来汉语新诗的创作和理论实践为基础，讨论汉语新诗的声音问题。

首先，打破诗学论争或者民族国家的现代性研究模式，而是立足于

---

① Maghiel van Crevel, Tian Yuan Tan and Michel Hockx, *Text, Performance, and Gender in Chinese Literature and Music*, Leiden · Boston：Brill, 2009, pp. 389-412.

诗歌文本，通过探讨 20 世纪 80 年代以来汉语新诗文本中的声音，将传统与现代勾连起来。20 世纪的汉语新诗，是在现代化进程中从白话诗的尝试阶段逐渐开始成长起来的。汉语新诗的现代，既指向本土化的传统连续性，又面向当下社会生活的实际形态。探讨汉语新诗的声音，一个重要的研究途径就是将声音与整个新诗现代化进程的语境结合起来，在二者的相互关系中判断声音是否存在，又是以何种方式存在。在这个过程中，回到诗歌文本，无疑是连接二者关系的重要枢纽。

其次，西方学者关于诗歌的声音研究相对成熟，其中包括声音表现形式的研究①、声音与意义的研究②、口头声音研究③以及个案研究④等诸多方面，但国内系统的研究还略显匮乏。本研究跳脱出目前

———————

① 关于西方现代诗的声音表现形式的研究，涉及韵律、音步、轻重音等，较有代表性的是 Gross, Harvey & Medwell Robert, *Sound and Form in Modern Poetry*, Ann Arbor：The University of Michigan Press，1996。

② 声音与意义关系的研究，在西方论著中也成果颇丰。比如 Alan B Galt：*Sound and Sense in the Poetry of Theodor Storm*, Bern：H. Lang，1973。其中，Alan B Galt 对德语诗人狄奥多·施狄姆（Theodor Storm）的 320 首诗歌的音节进行量化统计，归类分析它们对于主题表达的意义，从而将以前从个别诗歌考察声音与主题关系扩展到总体范畴。

③ 主要围绕口头声音与书面语言文字的差异，诗歌的音乐制作等内容展开，较有代表性的著作包括 Ong. Walter J, Orality and Literacy：*The Technologizing of Word*, New York：Routledge，1988；Charles Bernstein：*Close Listening*, New York：Oxford University，1998。

④ 在西方学者中，通过语言文字特点理解诗人的声音，已相当普遍。较有代表性的是西默斯·希尼，他在《不倦的蹄音：西尔维娅·普拉斯》中结合普拉斯的不幸与混乱的生活，提到"普拉斯的舌头却为格律、节奏、词汇、谐音和跨行连续的规则所管辖"，从这些声音表现形式的综合体中，发现诗人"所具有的自由和强迫性都是独特的"，并指出，"诗人需要超越自我以达到一种超于自传的声音"，也就是说需要找到个人的音调，"在诗性言说的层面上，声音和意义像波浪一样从语言中涌出，在那如今比个人所能期望的更为强劲和深邃的形式之上，传达出个人的语音"。（可参见［爱尔兰］西默斯·希尼《希尼诗文集》，吴德安等译，作家出版社 2001 年版，第 400、396 页。）

国内学界倾向于个案研究的局限，从声音的表现形式，声音的主题类型、声音的意象显现以及声音的传播方式等多维度切入，在思考 20 世纪 80 年代以来汉语新诗中声音的特征时，也提供了更为多元化的研究路径。

再次，巴赫金说过："对于诗歌来说，音和意义整个地结合"[1]，但研究 20 世纪 80 年代以来汉语新诗中的声音，经常会陷入两种误区：一种是将声音从意义中割裂出来，进行语言学上的解析；另一种则是过分地强调附加于声音之上的意义，而忽略了声音的独立价值。声音从来就不是一个孤立的存在，而是与意义密切相关。但目前声音与意义的研究尚属空缺，韦勒克、沃伦早在《文学理论》中就特别指出："'声音与意义'这样的总的语言学的问题，还有在文学作品中它的应用于结构之类的问题。特别是后一个问题，我们研究得还很不够。"[2] 直到 21 世纪，刘方喜仍然提道："对有关围绕声韵问题的分析基本上还只处在'形式'层，还没有提升到形式的'功能'层，即声韵形式在诗歌的意义表达中究竟起到什么样的作用——这样的问题还没有进入他们的理论视野。"[3] 因此，本书试图打破声音与意义的二元对立关系，从二者的结合体中着手研究。

最后，20 世纪 80 年代以来汉语新诗内部的发展状况极为复杂。一方面通过细读这一阶段较有代表性的汉语新诗，在展现声音的丰富

---

① [俄] 巴赫金：《文艺学中的形式主义方法》,《周边集》，李辉凡、张捷等译，河北教育出版社 1998 年版，第 241 页。

② [美] 雷·韦勒克、奥·沃伦：《文学理论》，刘象愚、邢培明等译，生活·读书·新知三联书店 1984 年版，第 172 页。

③ 刘方喜：《"汉语文化共享体"与中国新诗论争》，山东教育出版社 2009 年版，第 324 页。

多样性时，也为汉语新诗的文本提供一种全新的阅读视角；另一方面则针对 20 世纪 80 年代以来汉语新诗中声音的突破和尴尬处境，将汉语新诗的声音推向动态化、系统化的研究过程。20 世纪 80 年代以来汉语新诗的声音只能落实和呈现在具体的诗歌文本中，然而，在这一特定的历史阶段中，诗歌文本又数不胜数，本书并不能一一解析。但首先笔者前期的研究成果中已经重点讨论了包括顾城、杨炼、多多、海子、西川、翟永明、张枣、臧棣、陈东东、蓝蓝等重要作家作品，同时也尝试打捞部分被埋没的诗歌作品，并尽量观照当下最新的诗歌创作动态。但对 20 世纪 80 年代以来汉语新诗做一总体性的概说和评介，并不是本书的动机所在，唯希求至少在有限的视野范围内，对具有代表性的诗歌文本进行解读，通过举一反三而由此及彼。

第四节　研究思路

本书是以 20 世纪 80 年代以来为时间段，考察这一阶段的汉语新诗中的声音问题。如上文所云，之所以选择 20 世纪 80 年代以来这个时间段作为研究的起点，一方面是因为从诗歌文本创作的丰富多样性，到诗歌中声音的系统性探索，这一阶段都是一个完整而合理的研究阶段；另一方面则因为就目前的研究成果而言，此时期对这一课题的研究仍相对薄弱。因此，本书将研究对象集中于 20 世纪 80 年代以来的汉语新诗，试图从多角度呈现出这一阶段汉语新诗的声音特质，就以下几个方面展开论述：

第一章　20 世纪 80 年代以来汉语新诗的声音问题。20 世纪 80 年代以来汉语新诗创作和批评的重要美学转向就是重新发现声音。这不仅体现在创作实践方面，还体现在相关的理论探索方面。在创作实践上实现了三个方面的转型，即从集体的声音过渡到个人化的声音、从意象中心到声音中心和声诗从"运动"转向"活动"；在相关的理论探索方面，主要围绕两个方面展开，即返归到汉语新诗的节奏、韵律和返回到歌与口头声音。本章考察 20 世纪 80 年代以来汉语新诗的创作实践转型和相关的理论探索，展现这一阶段的总体特点。

第二章　声音的表现形式。声音的表现形式，指的是一首诗外在的形式，也可以理解为声音的固有因素，体现的是"声音的特殊的个性"，通常可以称为"音乐性"或者"谐音"[①]。由于汉语新诗不再受限于古典诗的声音形式，郭沫若提出"内在的韵律"[②] 观念，他认为"诗之精神在其内在的韵律（Intrinsic Rhythm），内在的韵律（或曰无形律）并不是什么平上去人，高下抑扬，强弱长短，宫商徵羽；也并不是什么双声叠韵，什么押在句中的韵文！这些都是外在的韵律或有形律（Extraneous Rhythm）。内在的韵律便是'情绪的消长'"[③]。将"内在律"归因于"情绪的消长"，固然在诗人情感与诗歌的语言文字

[①] ［美］雷·韦勒克、奥·沃伦：《文学理论》，刘象愚、邢培明等译，生活·读书·新知三联书店 1984 年版，第 167 页。声音的固有因素和声音的关系因素相对，后者指的是"音高、音的延续、重音以及复现的频率等，这一切关系因素都有量的区别。音高可高可低、音的延续可长可短、重音可轻可重、复现的频率可大可小"。比较而言，前者相对稳定，后者则变化多端。

[②] 关于"内在的韵律"观念，至今仍是诗学研究的热点。张桃洲在《内在旋律：20 世纪自由体新诗格律的实质》（《文学评论》2013 年第 3 期）中认为，自由诗从胡适的"自然的音节"、郭沫若的"内在的韵律"、艾青的"健美的糅和"、穆旦的"新的抒情"再到昌耀的"大音希声"，遵循的是一条内在旋律的路径。李章斌在《韵律如何由"内"而"外"？——谈"内在韵律"理论的限度与出路问题》（《文学评论》2013 年第 6 期）中，提到韵律是"生于内而形于外"的，自由诗的韵律结构也值得挖掘。

[③] 郭沫若：《论诗三札》，杨匡汉、刘福春：《中国现代诗论》上编，花城出版社 1985 年版，第 51 页。

之间建立了关联。但问题在于，这种"内在律"的解释搁置于新旧之争的历史语境中，忽略了声音的表现形式，而陷入内在与外在的二元对立思维模式中。潘颂德认为，"一味强调'内在韵律'，无视诗歌声律的作用，过分地强调诗歌形式的绝端自由，导致丧失诗的形式要素，其结果导致取消诗的恶果"①。尽管韵律并不是一首诗的必要条件，但没有一首诗能够脱离形式而存在。同时，声音的表现形式也不再是传统意义上的平仄、押韵、对仗和字数，而是寻找新的声音表现形式。20世纪80年代以来的汉语新诗创作包含着丰富多元的声音表现形式，但却缺乏对这一阶段声音表现形式的归类，然而如沈从文所云，"新诗有个问题，从初期起即讨论到它，久久不能解决，是韵与辞藻与形式之有无存在价值。大多数意思都以为新诗可以抛掉这一切（他们希望各有天才能在语言里把握得住自然音乐的节奏），应当是精选语言的安排。实则'语言的精选与安排'，便证明新诗在辞藻形式上的不可偏废"②。基于此，回顾20世纪80年代以来重要的作家作品，到底呈现出哪些突出的声音表现形式，已经是当下汉语新诗研究不可规避的重要内容。本章通过探讨20世纪80年代以来汉语新诗中重要诗人对回环、跨行、长短句、标点符号等的实践，观照20世纪80年代以来汉语新诗的声音表现形式所彰显的情感和心理特征。

第三章　声音的主题类型。提及声音与主题的研究，俄罗斯学者加斯帕罗夫曾在专著《俄国诗史概述·格律、节奏、韵脚、诗节》（1984年）中，采用统计学方法，分析了俄罗斯六个历史阶段运用的格律、节奏、押韵和诗节等形式，探讨了每一个时期占据主导地位的

---

① 潘颂德：《中国现代新诗理论批评史》，学林出版社2002年版，第41页。
② 沈从文：《抽象与抒情》，复旦大学出版社2004年版，第88页。

韵律形式及其与之相关的主题。① 研究诗歌主题与声音之间的关系，对于理解诗人的创作相当有效，比如"波波夫和麦克休把'喉头爆破音'与策兰母亲的死联系了起来"②。也就是说，"策兰所经历的一切，都会作用于他的诗学：荷尔德林的疯癫、卡夫卡的喉结核、'戈尔事件'所带来的伤害，存在之不可言说和世界之'不可读'等等，都会深深作用于他的诗的发音"③。就 20 世纪 80 年代以来汉语新诗的创作而言，声音与主题的构成关系表现得相当突出。本章通过分析渗透在主题中的声音构成类型，根据声音在 20 世纪 80 年代以来所凸现出来的三个构成要素，即反传统的抗声、女性诗歌的音域和互文性的借音，展开论述在主题中显现出的声音特征。

第四章 声音的意象显现。据韦勒克、沃伦在《文学理论》中所言，"声音的象征与声音的隐喻在每一种语言里都有自己的惯例与模式"④，同样，汉字本身是音、形、义的结合体，"跟文字所代表的词在意义上有联系的字符是意符，在语音上有联系的音符，在语音和意

---

① 此研究的相关介绍可参看黄玫《韵律与意义：20 世纪俄罗斯诗学理论研究》，人民出版社 2005 年版，第 99 页。

② 王家新：《"喉头爆破音"——对策兰的翻译》，《在你的晚脸前》，商务印书馆 2013 年版，第 20 页。

③ 同上书，第 21 页。

④ [美] 雷·韦勒克、奥·沃伦：《文学理论》，刘象愚、邢培明等译，生活·读书·新知三联书店 1984 年版，第 171 页。关于声音的象征和隐喻在不同语言中的体现，法国学者格拉蒙对法国诗歌的表现力曾做过细致而独到的研究，"他把法语的所有辅音与母音加以分类，探讨了它们在不同诗人的作品中表达的效果"。这种研究方式，韦勒克、沃伦在《文学理论》中给予了高度评价："格拉蒙的研究虽然不免带有主观性，但是在某一特定的语言体系中仍有某种文字的'观相术'（physiognomy）之类的方法存在，这就是比象声法远为流行的声音象征。"

义上都没有联系的是记号。拼音文字只使用音符，汉字则三类符号都使用"①。汉语诗歌遵循汉字的基本性质，将听觉的音付之于文字，呈现出空间、线性的视觉形式谓之形，而"'义'指的是单字静态、相对固定的观念、意义。但既然处于'音''形'与阅读意识的动态的关系中，'义'在诗的符号组合中被读者意识生产为动态的一首诗的情感、意义"②，这里一方面强调"义"作为相对稳定的观念而存在；另一方面则指向符号组合所产生的情感效果。日本学者松浦友久在《中国诗歌原理》中提到，"'韵律'与'意象'相融合的'语言表现本身的音乐性'，亦可称作诗歌的'语言音乐性'"③。声音与意象的关系，如波德莱尔所云："形式，运动，数，颜色，芳香，在精神上如同在自然上，都是有意味的，相互的，交流的，应和的。"④ 这种"应和"或者"通感"的诗学理念，波德莱尔、瓦雷里、兰波、魏尔伦等法国象征主义诗人将其发挥到极致，李金发、戴望舒、梁宗岱等中国象征主义诗人也多有借鉴。正是由于意象与声音之间有着紧密的关系，本章通过呈现 20 世纪 80 年代以来汉语新诗"太阳"意象中同声相求的句式、"鸟"及其衍生意象中升腾的语调、"大海"中变奏的音乐形式、"城"及其标志性意象中破碎无序的辞章，分析意象中显现出的声音特征。

　　第五章　声音的传播方式。这里声音的传播方式，主要指的是汉语新诗的音乐伴奏形式或者其他口头声音形式。张赛周曾在《新诗处

---

　　①　裘锡圭：《文字学概要》，商务印书馆 1988 年版，第 11 页。

　　②　林少阳：《未竟的白话文——围绕着"音"展开的汉语新诗史》，《新诗评论》2006 年第 2 辑，北京大学出版社，第 4 页。

　　③　［日］松浦友久：《中国诗歌原理》，孙昌武等译，辽宁教育出版社 1990 年版，第 268 页。

　　④　［法］波德莱尔：《对几位同代人的思考》，《波德莱尔美学论文选》，郭宏安译，人民文学出版社 1987 年版，第 97 页。

于非改革不可的地步》提到，"中国旧的诗歌文学中，从《楚辞》到唐诗、宋词、元曲以及千千万万的民歌，它们都保持着诗歌最初的也是基本的特征自己的音韵的特色，唯独'五四'运动以来的某些新诗把这种特色丢掉了，实行了口头文学（即便于歌唱、吟诵）和文字文学（即仅仅为了阅读）的分裂"①。这种分裂，一方面使得诗歌不再依赖乐曲和口头形式，而在语言文字方面具有独立的声音特点；另一方面，也刺激了音乐伴奏和口头形式的发展，为汉语新诗的传播提供了新的可能。本章主要分析20世纪80年代以来颇具影响力的诵诗、唱诗两种声音传播方式，在厘清诵诗和唱诗概念的同时，突出诵与唱对汉语新诗产生的影响，区分出诵本与诵读、歌词与诗两组概念，从而开拓通过音乐伴奏或者口头发声的声诗途径。

结语　重申诗歌中声音的重要性，在为20世纪80年代以来汉语新诗的声音提供丰富资源的同时，也将本研究推向开放性、多样性和动态化。总之，本书从文本出发，主要采用文本细读的方法，并综合文学史、艺术史、语言学等多种考量，呈现汉语新诗中声音的蓬勃生命力，并为整个汉语新诗的创作和理论研究提供声音资源。

---

① 张赛周：《新诗处于非改革不可的地步》，《新诗歌的发展问题》第一集，作家出版社1959年版，第280页。

第一章　20世纪80年代以来汉语新诗的声音问题

诗既用语言，就不能不保留语言的特性，就不能离开意义而去专讲声音。

——朱光潜：《诗论》

在音乐与诗歌之间有一个本质的区别。在音乐中，同步是永恒的：组合旋律、赋格曲、和声。诗歌是语言构成的：含义构成的声音。

——奥克塔维奥·帕斯：《批评的激情》

20世纪80年代以来，汉语新诗创作和批评的重要美学转向，就是对声音的重新发现。在创作实践方面，主要表现为从集体的声音过渡到个人化的声音、从意象中心到声音中心的实验和声诗从"运动"走向"活动"。在理论探索方面，主要围绕诗与乐的关系展开，就此问题，可以参照的资源包括返归汉语新诗的节奏、韵律和返回到歌与口头声音两个方面。本章主要探讨20世纪80年代以来汉语新诗创作实践的转型与相关理论探索。

第一节　创作实践转型

20 世纪 80 年代以来的汉语新诗，不可避免地继承了朦胧诗所树立的传统。但同时，20 世纪 80 年代以来的诗人们又雄心勃勃，不甘于墨守成规，渴望开辟新的天地，这样，已变身为诗坛主流的朦胧诗美学风格便自然而然成为他们反思、反抗甚至是超越的对象。这在极大程度上引领了新的美学风向，并推进了 20 世纪 80 年代以来汉语新诗创作实践的声音转型。

一　从集体的声音过渡到个人化的声音

就本书所讨论的 20 世纪 80 年代以来汉语新诗而言，与其最具亲缘关系的就是朦胧诗。虽然朦胧诗走出 20 世纪五六十年代政治抒情诗的樊篱，抒情主体从大我转向了小我。但朦胧诗大多诞生于压抑、苦闷的政治环境中，体现出经历过 10 年浩劫的诗人们对自我命运的焦灼和怀疑，在特定的历史时期很快又上升为一种集体化的全民族危机感，折射出一个时代集体性的精神烙印。在这样的历史环境中，无论是北岛《回答》的怀疑句式"告诉你吧——世界/我不相信！"① 多多《密周》的暴戾语调"面对着打着旗子经过的队伍/我们是写在一起的示威标语"②，还是舒婷《祖国呵，我亲爱的祖国》的赞美歌调"我是贫困，/我是悲哀。/我是你祖祖辈辈/痛苦的希望呵"③，尽管他们

---

① 北岛：《回答》，《北岛诗歌集》，南海出版公司 2003 年版，第 7 页。
② 多多：《密周》，《多多诗选》，花城出版社 2005 年版，第 8 页。
③ 舒婷：《祖国呵，我亲爱的祖国》，《舒婷的诗》，人民文学出版社 1994 年版，第 41 页。

声嘶力竭地呼唤着自我，却很难挣脱政治意识形态这一主旋律的束缚。这些作品以集体认可的语言渲染情感，形成一种主流的语言表达形式，最为突出的就是惯用主谓语句式"我是……""我们是……"，同时，感叹词"啊""呵"和排比句式，更是频繁出现。总之，从整体的创作特点来看，朦胧诗依托于集体认同的语言，在语音、语调、辞章结构和语法等方面，立足于"从一个英雄的声音开始"①，呈现出一个时代共有的集体化声音特征。

　　创作于20世纪80年代以来的汉语诗歌，在创作环境上显得相对宽松、自由。在20世纪80年代初期，走出文化废墟的诗人们，将个人命运与政治意识形态的关系转移为个人存在与他们对文化传统的反思。其中，文化寻根诗逐渐走出政治意识形态的羁绊，在自我的情感表达上显得相对约束，如王光明所述："1980年是一个起点，首先是从对感情的沉溺过渡到情感的自我约束，然后是从当代生存环境的审度过渡到整个文化生态的反思。"② 但文化寻根诗的史诗性创作，仍然带有集体性的声音特点，因为诗人们跳脱出政治意识形态，但又陷入对传统文化的反思，渴望通过诗歌回到历史文化的根脉，在诗歌作品与历史文化的互动关系中，重新建立在"文化大革命"时代被捣毁的文化价值体系。在此基础上，文化寻根诗追求的是宏阔的诗歌结构，以长诗、组诗为主要表现形式，江河的《太阳和他的反光》，杨炼的《诺日朗》，宋渠、宋炜的《大佛》，廖亦武的《乐土》和《大盆地》，欧阳江河的《悬棺》等，成为文化寻根诗的重要代表作品。其中，廖亦武的组诗《乐土》高歌着"太阳啊，你高唱。曲调豁开远海的肚子/崛起的新地象紫色的肉瘤，密布血脉/那些未来之根//水夫们向天空

---

① 柏桦：《左边：毛泽东时代的抒情诗人》，江苏文艺出版社2009年版，第51页。
② 王光明：《现代汉诗的百年演变》，河北人民出版社2003年版，第540页。

伸出八十一只手臂/他们的血里渗透着太阳的毒素，最庄严的深渊/在他们心里/他们因此被赋予主宰自然的权力"①，江河的组诗《太阳和他的反光》深沉地讲述着"他发觉太阳很软，软得发疼/可以摸一下了，他老了/手指抖得和阳光一样/可以离开了，随意把手杖扔向天边/有人在春天的草上拾到一根柴禾/抬起头来，漫山遍野滚动着桃子"②，上述诗作通过组诗的方式或者追求悠长、绵密的句式，或者推崇高亢而深远的音调，往往带给人开阔、亘古、雄浑或者具有爆发力的情感体验。

如果我们把视线游离开，也关注一下在大陆诗坛渐渐淡出的朦胧诗人们，就不难发现，朦胧诗时代所呈现的集体化声音的确已一去不复返。1985年以后，朦胧诗人纷纷转型，诗人严力、顾城、北岛、多多、杨炼等相继离开故土，退出朦胧诗的大潮，"作为诗人，北岛们至今仍在作着诗的深入和转化的努力，继续着诗的实验性抒写，即他们自己也已经纷纷走出了'朦胧'诗时代"③。昔日的朦胧诗人们与政治意识形态的关系相对疏离，他们远离激昂而悲壮的情感基调，怀揣着出走和返乡的心绪寻找新的创作空间。多多《依旧是》中，"走在词间，麦田间，走在/减价的皮鞋间，走到词/望到家乡的时刻，而依旧是"④，回环往复的音韵环绕着诗人回乡的愿景。北岛《写作》中，"钻石雨/正在无情地剖开/这玻璃的世界//打开水闸，打开/刺在男人

①　廖亦武：《歌谣》，溪萍编：《第三代诗人探索诗选》，中国文联出版公司1988年版，第184页。
②　江河：《追日》，《太阳和他的反光》，人民文学出版社1987年版，第9页。
③　李振声：《季节轮换："第三代"诗叙论》，复旦大学出版社2008年版，第2页。
④　多多：《依旧是》，《多多诗选》，花城出版社2005年版，第202页。

手臂上的/女人的嘴巴//打开那本书/词已磨损，废墟/有着帝国的完整"①，知性的短句流露出诗人对语言，尤其是母语的思考。杨炼《大海停止之处》中，"返回一个界限像无限/返回一座悬崖四周风暴的头颅/你的管风琴注定在你死后/继续演奏肉里深藏的腐烂的音乐"②，以交响乐奏响出漂泊的心理。这些诗作都逐渐走出政治反叛的主旋律，并脱离集体化的声音表达方式，而是从语言层面带给读者多元而全新的声音体验。

20世纪90年代以来的汉语诗歌，在整体上走出政治诗和文化诗的创作思潮，呈现出摆脱集体化的创作特征，而更强调个体的感受力和想象力，"突出了个人独立的声音、语感、风格和个人间的话语差异。它是对新诗，尤其是'十七年'以后的意识形态写作和80年代包括政治诗、文化诗、哲学诗在内的集体性写作做定向反拨的结果"③。周瓒提出"个人的声音"，她认为，"'个人的声音'是诗歌独特的声音显现，可以说，每一个诗人的成功必依赖于此种'个体声音'的特异"④。这其中，最为醒目的诗歌创作思潮当属女性诗歌，她们秉承20世纪80年代建立起的女性意识，开拓出一种别样的创作风景。早

① 北岛：《写作》，《北岛诗歌集》，南海出版公司2003年版，第120页。
② 杨炼：《大海停止之处》，《大海停止之处：杨炼作品1982—1997诗歌卷》，上海文艺出版社1998年版，第511页。
③ 罗振亚：《"个人化写作"：通往"此在"的诗学》，《中国文学研究》2004年第1期。20世纪90年代以来，"个人化写作"这一诗学命题，备受学界关注。笔者在这里借用罗振亚的界定，从总体的创作倾向来看，指的是走出政治诗、文化诗、哲思诗的集体性写作而注重个人独特感受力和想象力的汉语新诗。当然，这种时间上的划定并不是绝对的，每位诗人的情况又各有不同，此处只是将这一阶段搁置于当代汉语新诗脉络中，观照其整体上的诗学转向。
④ 周瓒：《透过诗歌写作的潜望镜》，社会科学文献出版社2007年版，第213页。

在 20 世纪 80 年代就大放异彩的女性诗人翟永明、陆忆敏、王小妮、唐亚平、张真、伊蕾、赵琼、虹影、蓝蓝、路也等，背离男性话语权力中心，注重女性独特的情感经验，在私人化的心理空间中呈现出多样化的语音、语调、辞章结构和语法。翟永明的《静安庄》"分娩的声音突然提高"①，伊蕾的《独身女人的卧室》"我是这浴室名副其实的顾客/顾影自怜——/四肢很长，身材窈窕"② 等，嘶喊出女性爱欲书写时尖锐、刺耳的语音特质。21 世纪以来，王小妮的《影子和破坏力》"正急促地踩踏另一个自己/一步步挺进，一步步消灭"③，郑晓琼的《碇子》"在细小的针孔停伫，闪烁着明亮的疼痛"④ 等作品，都体现出女性诗歌迈向公共性书写的倾向，强调诗人对社会现实的独特理解，诗歌的跨行、停顿、标点符号显露出女性所发出的震颤的力量。

从上述列举中能够看出，汉语诗人逐渐走出意识形态的牢笼，并由朦胧诗的政治反叛诗，文化寻根诗的长诗、组诗过渡到个人化的声音，跳脱出集体的声音特点，而更注重个人化的声音。在他们看来，"在一首诗中，声音往往是一个决定性的因素，它或者使一首诗联结成一个不可分割的整体，或者使一首诗全盘涣散。事实上，声音问题也牵涉诗人的个性。独特的声音既是一个诗人的个性的内核"⑤。当

---

① 翟永明：《静安庄》，万夏、潇潇主编：《后朦胧诗全集》，四川教育出版社 1993 年版，第 305 页。

② 伊蕾：《独身女人的卧室》，《独身女人的卧室》，时代文艺出版社 1996 年版，第 562 页。

③ 王小妮：《影子与破坏力》，宗仁发编选：《2010 中国最佳诗歌》，辽宁人民出版社 2011 年版，第 45 页。

④ 郑小琼：《碇子》，《散落在机台上的诗》，中国社会出版社 2009 年版，第 66 页。

⑤ 西渡：《诗歌中的声音问题》，《淮北煤炭师范学院学报》（哲学社会科学版）2000 年第 1 期。

然，个人与集体的声音是相对的，同时，艺术也是不断地突破固有的社会秩序和传统规范而寻求个性的过程。在这个过程中，20世纪80年代以来，涌现出大量具有代表性的诗人，比如顾城、海子、西川、于坚、臧棣、陈东东、张枣、柏桦、蓝蓝等，他们采用更为自由、多样化的语音、语调、辞章结构和语法，充分挖掘个人的情感特征。①正如杨克所说，"诗歌声音拒绝合唱；它是独立的、自由的，带有个人的声音特质"②，诗人不再追求集体化的声音，而是牢牢地抓住停顿、跨行、标点、韵脚、语词，传达出属于个人的声音特质。

二　从意象中心到声音中心的实验

朦胧诗从"地下"走向"地上"，其内容晦涩难懂、意象怪诞，同时又充斥着大量的隐喻、通感、幻觉和艺术变形，这就为当时的文坛提出了一项新的课题。朦胧诗以意象为中心的美学原则，注重艺术的幻觉、变形、错觉，使得"诗加速了它的意象化过程，意象这一久被弃置的情感与理性的集合体，被广泛地应用于新诗潮创作。因准确的意象使人的内心情感和情绪找到它的适当的对应物，意象的诗很快便取代了传统的状物抒情的方式"③。通常情况下，朦胧诗被视为当代汉语诗歌创作的一个重要转型，可以说，它提供了一种美学范式，就是将"'意象'被突出到'支配'地位"④。20世纪80年代中期以后，朦

---

① 关于这点，本人在顾城、杨炼、于坚、陈东东、张枣、蓝蓝等个案研究中都有详尽的论述，这里不再赘述。

② 杨克：《诗歌的声音》，杨克：《广西当代作家丛书·杨克卷》，漓江出版社2004年版，第35页。

③ 谢冕：《断裂与倾斜：蜕变期的投影——论新诗潮》，姚家华编：《朦胧诗论争集》，学苑出版社1989年版，第421页。

④ 胡兴：《声音的发现——论一种新的诗歌倾向》，《山花》1989年第5期。

胧诗开始慢慢退潮。由于朦胧诗将汉语新诗推向了一种意象化创作的极端，"而所谓'第三代'诗正是从'反意象化'开始，向它前面那座高耸的丰碑挑战的。它走向了另一个极端，发现了又一片新大陆——声音"①。

在 20 世纪 80 年代诗坛崭露锋芒的"第三代"诗歌，通过对抗朦胧诗和文化寻根诗的方式，以"反意象化"的姿态登上诗坛。在朦胧诗的影响下，"非非""莽汉""他们"等诗歌群体纷纷提出"pass"和"打倒"北岛的口号，试图摆脱朦胧诗的"影响的焦虑"，而重新为汉语新诗树立新的美学原则。这些诗人从意象中心转向声音中心，他们相当重视语感，认为语言就是生命形式，故而高度崇尚语言形式的狂欢，如周伦佑的诗歌《第三代诗人》所云，"一群斯文的暴徒/在词语的专政之下/孤立得太久/终于在这一年揭竿而起/占据不利的位置，往温柔敦厚的诗人脸上/撒一泡尿/使分行排列的中国/陷入持久的混乱/这便是第三代诗人/自吹自擂的一代/把自己宣布为一次革命/自下而上的暴动/在词语的界限之内/破碎旧世界/捏造出许多稀有的名词和动词"②。在"第三代"诗歌作品中，韩东的《你见过大海》以最简单的主谓结构组织诗行，"你见过大海/你也想象过大海/你不情愿/让海水给淹死/就是这样/人人都这样"③；杨黎的《冷风景》注重拟声的语音效果，"雪虽然飘了一个晚上/但还是薄薄一层/这条街是不容易积雪的/天还未亮/就有人开始扫地/那声音很响/沙、沙、沙/接着有一

---

① 胡兴：《声音的发现——论一种新的诗歌倾向》，《山花》1989 年第 5 期。
② 周伦佑：《第三代诗人》，《周伦佑诗选》，花城出版社 2006 年版，第 31 页。
③ 韩东：《你见过大海》，梁晓明、南野等主编：《中国先锋诗歌档案》，浙江文艺出版社 2004 年版，第 131 页。

20 世纪 80 年代以来汉语新诗的声音研究

两家打开门/灯光射了出来"①；周伦佑的《想象大鸟》采用句法转换结构诗行，"大鸟有时是鸟，有时是鱼/有时是庄周似的蝴蝶和处子/有时什么也不是/只知道大鸟以火焰为食/所以很美，很灿烂/其实所谓的火焰也是想象的/大鸟无翅，根本没有鸟的影子"②。这些诗篇都走出意象为主导的朦胧诗时代，而希求返归日常生活语言，在颠覆传统诗歌表现方式的同时，恢复对语音、语调、辞章结构和语法的知觉，凸显出语言文字的声音魅力。与之相应的是，诗人柏桦、黄灿然、小海、何小竹、树才、朱文、叶辉等，秉承和延续了20世纪80年代树立起的日常生活美学风尚，比如柏桦的《在清朝》、黄灿然的《白诚》等作品，诗行排列平稳有序，语音、语调相对低沉、缓慢，在整体上形成了朴素、浅近、直白的声音特征。

同时，20世纪80年代以来，有一部分诗歌也注重外在的韵律、节奏和旋律感，将汉语语言呈现出更具创造性的音乐形式。其中，多多的《依旧是》《没有》和陈东东的《诗篇》《诗章》等，都体现出诗人高度的音乐自觉，他们纯熟地运用音乐形式，实现了复沓回环的音乐美感。此外，甚至也有诗人借助音乐的演奏方式，将声音的表现形式外化为音乐旋律，欧阳江河的《一夜肖邦》，顿数由多字顿逐渐减少，弹奏出肖邦柔情的钢琴曲调，"可以把肖邦弹奏得好像美欧在弹。/轻点再轻点/不要让手指触到空气和泪水。/真正震撼我们灵魂的狂风暴雨/可以是/最弱的，最温柔的"③；吕德安借用重章叠句，弹唱出《吉他曲》，"那是很久以前/你不能说出/具体的时间和地点/那是

---

① 杨黎：《冷风景》，万夏、潇潇主编：《后朦胧诗全集》，四川教育出版社1993年版，第405页。

② 周伦佑：《想象大鸟》，《周伦佑诗选》，花城出版社2006年版，第3页。

③ 欧阳江河：《一夜肖邦》，《谁去谁留》，湖南文艺出版社1997年版，第35页。

很久以前//那是很久以前/你不能说出风和信约/是从哪里开始/你不能确定它"①。这些作品充分挖掘诗与乐的关系，调动古典和西方的音乐形式，彰显出这一时代诗人对语言的音乐自觉。

另外，20世纪80年代以来汉语新诗还开掘出混杂语体、非线性结构等②，通过与时代的共鸣实现声音的实验。诗人西川的《个人好恶》、柏桦的《水绘仙侣——1642—1651：冒辟疆与董小宛》等作品集，都跳离出传统的抒情语调，既着力于叙事性写作，又通过混杂语体提升文本容量，为汉语新诗开拓出新的领地。王家新的《帕斯捷尔纳克》、孙文波的《献给布勒东》、安琪的《像杜拉斯一样生活》、潘维的《梅花酒》、侯马的《身份证》、陈先发的《前世》等，借用古典或者西方文学作品的声音构成要素，在表现诗人对待本土与欧化资源的态度时，也实现了声音与情感、主题的契合。由于网络媒体的兴盛，非线性的网络诗歌和超文本都将汉语的声音实验推向了极致，伊沙的《结结巴巴》、左后卫的《前妻》、苏绍连的《释放》、李顺兴的《文字狱》等，颠覆了传统的诗歌写作模式，重新组织语音、语调、辞章结构和语法，堪称是非线性结构的典范，这些作品凸显出声音的表现力，同时也拓展了汉语新诗语言形式上的容量，构成20世纪80年代以来汉语新诗中一道独特的声音风景。

三　声诗从"运动"走向"活动"

作为一种独特的诗歌类型，20世纪80年代的声诗不只在文本层

---

① 吕德安：《吉他曲》，万夏、潇潇主编：《后朦胧诗全集》，四川教育出版社1993年版，第254页。

② 关于这点，详见第三章。

面充分保留原有的音乐性，甚至从"运动"走向"活动"① 的声诗常常会摆脱诗歌文本节奏、韵律的限制，通过现场表演或者多元化的媒体技术，充分展示文本的声音潜力，再现一种富有创造性的声音表现形式。根据江克平（John A. Crespi）的论述，以"运动"展开的口头声音（民歌②、朗诵③）与政治意识形态紧密相关，通常是自上而下的传达后，落实到群众中去，有计划、有组织地开展。相反，"活动"是"正式或非正式预定的，集体寻求消遣、娱乐、社交、发展关系网

① 据 [美] 江克平（John A. Crespi）在《从"运动"到"活动"：诗朗诵在后社会主义中国的价值》（北京大学中国诗歌研究所、首都师范大学中国诗歌研究中心：《新诗研究的问题与方法研讨会论文集》会议论文，吴弘毅译，2007 年版，第 51 页）中诠释："'运动'中'运'意味着这动作是系统的、方向性的、有目的的：从手表和机器内部的机械运动，到有组织的体育竞赛中的肢体运动，有目的的人流和物流，充满权谋地对群众的操纵，扯远一点，甚至还有无法逃避的'运数'的作用。相反，'活'这个含义古老的象形文字，在左边带着代表'水'的语义的偏旁，意味着生命和自然地自发地、无导向的、可以无限变化通融的行为。'活'网络般地扩展它的内涵，以囊括自由的和不可预知的、可移动和可更改的、无导向的和从容不迫的意义，例如：活动的牙齿、活动房屋，乃至用活动室的多种用途来自得其乐。"

② 1942 年，毛泽东《在延安文艺座谈会上的讲话》更是促发和推广了民歌的创作和搜集工作。在延安整风运动中，田间的《戎冠秀》、李季的《王贵与李香香》、阮章竞的《漳河水》，都掀起了叙事民歌创作的热潮。直到 1958 年，"新民歌运动"席卷而来，1958 年周扬在《红旗》杂志的第 1 期上发表《新民歌开拓了诗歌的新道路》，同年 4 月14 日，《人民日报》上又以社论的形式刊出《大规模地收集全国民歌》，涌现出包括王老九、黄声孝等在内的民间诗人。

③ 1932 年，在上海成立的中国诗歌会，有组织、有目的地开始举行一些朗诵活动。随后，为配合抗战宣传，激发民众的抗日热情，1938 年左右，在重庆、武汉等地掀起朗诵诗运动，高兰、徐迟和光未然都在这次运动中发挥了重要的作用。在根据地文学中出现了街头诗、快板诗和枪杆诗，推动了诗歌的大众化倾向，在新民歌运动之后，直到 1976 年，天安门诗歌运动又再次以群众自发的形式通过朗诵参与到政治运动中。

络、非正式的教育、宣传，或者以上都有。它们脱离日常生活和工作的运行轨道，构架出一个特定的时间、空间和交流的圈子"①。

如上所述，20世纪80年代以来，伴随着经济的发展以及西方文化艺术、流行音乐的影响，声诗不仅停留在文本层面，还作为一种活动迅速活跃起来，无论从活动场地还是表现方式上，都为汉语新诗提供了全新的传播方式。众所周知，这一阶段声诗已经从广场走向更开阔的文化空间，主要集中在一些休闲场所，比如酒吧、饭店、咖啡厅、书店、图书馆、博物馆、文化馆等，诗人通过声诗活动交流信息和聚会娱乐。可以说，20世纪80年代以来，诗人不定期地组织朗诵活动，已经成为汉语新诗口头声音传播的一大特色。事实上，早在20世纪80年代中期，活跃于四川盆地的"莽汉""非非""整体主义""大学生诗派"等诗歌群体中的诗人周伦佑、杨黎、万夏等就在成都创办了"四川青年诗人协会"，他们以酒店或者茶馆为活动场地朗诵了个人作品。这种由诗人、音乐家等自发组织的朗诵会、音乐会等，通常在场地和设备的选用上都极为简陋，也没有数量可观的听众，但诗人在声诗活动中交流新作、传达情绪，为这一阶段汉语新诗的传播提供了重要的途径。

与之相对应的是，声诗集音乐、舞台、影视等为一体，朝着专业化和多样化的方向发展。这一阶段新媒体技术、流行歌曲、摇滚乐和民谣歌曲的蓬勃发展，为诗歌的传播提供了有利的条件。诗人或者音乐人调用音频、视频、影视等媒体技术，极大限度地挖掘诗歌文本的潜力，将诗歌与戏剧、音乐等相结合，实现了汉语新诗的传播功能，

---

① ［美］江克平：《从"运动"到"活动"：诗朗诵在后社会主义中国的价值》，吴弘毅译，北京大学中国诗歌研究所、首都师范大学中国诗歌研究中心：《新诗研究的问题与方法研讨会论文集》（会议论文），2007年版，第52页。

这其中，最为典型的就是于坚的《0档案》被制作成戏剧，黑大春创办了"黑大春歌诗小组"，等等。同时，声诗的活动化取向，也影响了诗人的诗歌创作，诗人们不再写作或者朗诵"使每一个人掉泪"的诗篇，正如王寅在《朗诵》中所述："我不是一个可以把诗篇朗诵得/使每一个人掉泪的人/但我能够用我的话/感动我周围的蓝色墙壁/我走在舞台的时候，听众是/黑色的鸟，翅膀就垫在/打开了的红皮笔记本和手帕上/这我每天早晨都看见了/谢谢大家/谢谢大家冬天仍然爱一个诗人"①，一方面，他们在创作上趋向于更为自然的语音、语调、辞章结构和语法；另一方面，他们也通过个人化的朗诵方式充分挖掘文本的表现力。就这点而言，无论是于坚的方言朗诵、西川激越的朗诵风格，等等，都呈现出这一阶段声诗走向活动化的特点。另外，声诗还利用诗歌文本，通过歌词与诗的转化，借助音乐充分挖掘出声诗的表现力，其中包括周云蓬改编海子的《九月》、小娟改编顾城的诗《海的图案》《小村庄》等，这些诗歌经过再创作之后，声音表现出更为丰富的特点。

　　总之，20世纪80年代以来活跃在诗坛上的汉语新诗，弱化载道和言志的诗教观念，逐渐开拓出一条自觉的声音美学之路。从集体的声音过渡到个人化的声音，从意象中心转向声音中心的实验，声诗从"运动"转向"活动"，不仅造成了汉语新诗格局的裂变与分化，也开拓出更为多样化的声音特点。

第二节　相关的理论探索

　　尽管就创作方面而言，20世纪80年代以来汉语新诗的声音问题

---

① 王寅：《朗诵》，《王寅诗选》，花城出版社2005年版，第124页。

已是热议话题，但相关的理论探讨才刚刚起步。与汉语新诗声音问题相关联的论题包括节奏、韵律、音韵、音乐性、格律、方言、朗诵、歌谣、唱诗等，这些分支的研究从新诗诞生初期，就有诗人、评论家着手，并与新诗创作实践相呼应。本书对20世纪80年代以来汉语新诗声音问题的研究，正是建立在这些前人的理论探讨之上，换句话说，无论是与汉语新诗韵律、节奏有关的讨论，还是当代诗歌界对诗与歌、口头声音问题的讨论，都构成了一种理论资源。

一　返归汉语新诗的节奏、韵律

诗歌的声音讲求语言文字的和谐规律，而韵律、节奏是基础。新诗运动以来，古典诗歌中平仄、押韵、对仗和字数这些显而易见的韵律、节奏感遭到了破坏。可以说，汉语新诗经历了"一全面的美学革命，企图推翻原有的诗歌成规，包括形式、音律、题材，以及最根本的——语言"①。正因为此，如何区分新诗与散文，新诗是否还需要形式以及新诗的前途问题等，成为整个20世纪汉语新诗研究的症结。

在胡适看来，"新诗大多数的趋势，依我们看来，是朝着一个公共方向走去的。那个方向便是'自然的音节'"②。他所提到的"自然的音

---

① ［美］奚密：《中国式的后现代——现代汉诗的文化政治》，《中国研究》1998年第37期。

② 胡适：《谈新诗》，赵家璧主编：《中国新文学大系·建设理论集》（1917—1927），上海良友图书印刷公司1935年版，第304页。在《〈尝试集〉再版自序》中，胡适更明确了"自然的音节"这一概念："所以朱君的话可以换过来说：'诗的音节必须顺着诗意的自然曲折，自然轻重，自然高下。'再换一句话说：'凡能充分表现诗意的自然曲折，自然轻重，自然高下的，便是诗的最好的音节。'古人叫作'天籁'的，译成白话，便是'自然音节'。"（胡适：《〈尝试集〉再版自序》，《胡适全集》第1卷，安徽教育出版社2003年版，第202页。）

节"主要指语气的自然和用字的自然和谐，"诗的音节全靠两个重要分子：一是语气的自然节奏，二是每句内部所用字的自然和谐。至于句末的韵脚，句中的平仄，都是不重要的事。语气自然。用字和谐，就是句末无韵也不要紧"①。也就是说，不必讲究古典诗歌的平仄、押韵、对仗、字数，而应该遵循"自然的音节"。不过，这种"自然的音节"是否还有外在的语言规律可循？汉语诗人试图通过汉语自身的美学特征，为诗的合法性探寻着形式依据。其中，顿和韵这两个构成要素成为诗学争论的焦点。

自新诗运动以来，格律派诗人强调顿②产生的节奏，认为"'格律诗'与'自由诗'之间从最基本的节奏运动状态来看它们是共同的，所不同的是自由诗运用的方法不同，（自由诗还允许有比较自由的选择一些附加成分。）因此'自由诗'与'格律诗'具有共同的节奏基础，也因此具有相类似的诗歌音乐效果，写得好的'自由诗'应该是有节奏感的，并非是散文的割裂"③。1959 年，《文学评论》刊出了一组关于顿的讨论文章，其中一部分学者认为格律诗摆脱了整齐的顿数，而是更趋于变化。针对新诗的语言形式变化，朱光潜撰文《谈新诗的格律》指出，"从历史发展看，中国诗歌的发展向来是由短趋长，

---

① 胡适：《谈新诗》，赵家璧主编：《中国新文学大系·建设理论集》（1917—1927），上海良友图书印刷公司 1935 年版，第 303 页。

② 格律诗借鉴了西洋诗歌的形式创造，西洋诗歌体制在汉语新诗中的外形投射，多是对十四行诗当中音步、抑扬格的借用。顿是格律诗人提炼出的一种重要的声音形式，朱光潜、卞之琳、何其芳称之为顿，孙大雨称之为音步，唐钺、梁宗岱称之为节拍，闻一多称之为音尺，陈匀水称之为逗，饶孟侃称之为拍子，主张在音节、字数上调整新诗的声音节奏感。

③ 邓仁：《顿和它的活动——诗歌狭义节奏论》，《社会科学辑刊》1979 年第 2 期。

由整齐趋变化，我想这个总的趋势是不会到新诗就停止的"①。同样，罗念生在《诗的节奏》中也认为，顿数的变化可窥见诗句的缓急速度，"少字顿节奏迟缓（如果有节奏的话），多字顿节奏急促"②。此外，也有一部分学者认为，顿并不遵循严格的字数规定，而是与时长发生关联，演绎出诗歌的节奏，如孙大雨所认为的，格律并非算数上简单的字数加法，所谓的齐整的节奏不应该以字数为依据，而是由代表时间艺术的语音组合而成的秩序、规律，"音组乃是音节底有秩序的进行；至于音节，那就是我们所习以为常但不大自觉的、基本上被意义和文法关系所形成的、时长相同或相似的语音组合单位"③。关于此，何其芳提出，"我所说的顿是指古代的一句诗和现代的一行诗中的那种音节上的基本单位。每顿所占的时间相等"④。可见，汉语新诗注重的是"自然的音节"，顿并不意味着字数的整齐，主要强调时间的复现。

除了顿之外，韵同样是提升韵律、节奏的一个重要因素，如朱光潜所说，"韵的最大功用在把涣散的声音团聚起来，成为一种完整的曲调"⑤。传统文学可分为有韵的诗和无韵的文，"凡称之为诗，都要有韵，有韵方能传达情感。现在白话诗不用韵，即使也有美感，只应归入散文，不必算诗"⑥。在章太炎看来，诗歌有具体的存在形式，韵是诗歌的决定性因素，没有韵，便不是真正意义上的诗歌。早在 1921 年

---

① 朱光潜：《谈新诗格律》，《新诗歌的发展问题》第四集，作家出版社 1961 年版，第39 页。

② 罗念生：《诗的节奏》，《新诗歌的发展问题》第四集，作家出版社 1961 年版，第49 页。

③ 孙大雨：《诗歌底格律》（续），《复旦学报》（人文科学版）1957 年第 2 期。

④ 何其芳：《关于写诗和读诗》，作家出版社 1956 年版，第 58 页。

⑤ 朱光潜：《诗论》，上海古籍出版社 2005 年版，第 148 页。

⑥ 章太炎著，曹聚仁整理：《国学概论》，上海古籍出版社 1997 年版，第15 页。

《觉悟》杂志就先后刊载了刘大白与胡怀琛的讨论文章，其中包括大白的《双声叠韵和句里用韵问题的往事重提》，胡怀琛的《讨论诗学答复刘大白先生》，大白的《答复胡怀琛先生——"双声叠韵"和"句中用韵"问题》，胡怀琛的《答复刘大白先生》以及大白的《再答胡怀琛先生》，等等。这些研究突出了汉语新诗"双声叠韵"和"句中用韵"两个重要问题，开拓了汉语新诗中韵的丰富性。韵的和谐是汉语新诗追求韵律的一个目标，在汉语新诗的发展脉络中，押韵集中体现在歌谣、民歌和朗诵诗中，通过押韵的形式使得诗篇易读易诵，便于记忆。

从传统的研究方式而言，顿和韵常常被指认为汉语新诗韵律、节奏的两个基本控制因素，"汉语的诗沿着和法语差不多的道路发展。音节是比法语音节更完整、更响亮的单位；音量和音势太不固定，不足以成为韵律系统的基础。所以音节组——每一个节奏单位的音节的数目——和押韵是汉语韵律里两个控制因素"[①]。顿和韵作为传统的诗学研究，几乎贯穿于20世纪汉语新诗的发展史。除了对顿和韵的研究之外，语音（音高、音强、音长和音质）、声调（调值和调类）、语调（语气和口气）等方面，也是声音的基本表现形式，但由于其不固定性，目前的研究较多停留在理论探索阶段。

如上述列举，这些讨论为汉语新诗的声音问题提供了非常有价值的参考因素，但诸种讨论都集中于声音的个别要素，并没有落实在一个具有普遍议题的基础上。因此，20世纪80年代以来，汉语诗人和批评界也继续摸索着汉语新诗的节奏、韵律。诗人陈东东认为语言的节奏和诗歌的音乐相当重要，"把握语言的节奏和听到诗歌的音乐，靠呼吸和耳朵。这牵涉到写作中的一系列调整，语气、语调和语速，押韵、藏韵和

---

① ［美］爱德华·萨丕尔：《语言论——言语研究导论》，陆卓元译，商务印书馆1985年版，第205页。

拆韵，旋律、复沓和顿挫，折行、换行和空行……标点符号也大起作用。写诗的乐趣和困难，常常都在于此。由于现代汉诗没有一种或数种格律模式，所以它更要求诗人在语言节奏和诗歌音乐方面的灵敏天分，以使'每一首新诗'都必须去成为'又一种新诗'"[①]。周瓒认为声音与诗歌的构成体系相关，包括"语词、停顿、节奏、口气、韵律和句式长度，乃至篇幅构成等等方面合成的声音（音质、音量、旋律）效果"[②]。诗人杨炼通过空间形式的直觉来实现音乐性，"长期的摸索让我懂得：对空间形式的直觉，来自诗人对音乐形式的想象力。一部交响乐、一首民歌朴素的旋律，暗示着与内涵间巧妙的必然。我希望，这些呈现出我生命复杂的组诗，本质如一个字般剔透而自足"[③]。西川认为声音体现"在段与段之间的安排上，在长句子和短句子的应用上，在抒情调剂与生硬思想的对峙上，在空间上，在过渡上，在语言的音乐性上"[④]。诸如此类，其中涉及押韵、停顿、长短句、跨行、标点符号、句式、语词、语气、韵律、旋律等多种声音要素，综合体现出 20 世纪 80 年代以来汉语诗人对语言的韵律、节奏美感的自觉。

二 返回到歌与口头声音

回顾 20 世纪 80 年代以来学界对汉语新诗声音的研究，可以发现，这些研究主要集中讨论两个问题，一是诗与歌的关系，一是口头声

---

① 陈东东、木朵：《陈东东访谈：诗跟内心生活的水平同等高》，《诗选刊》2003 年第10 期。

② 周瓒：《透过诗歌写作的潜望镜》，社会科学文献出版社 2007 年版，第213 页。

③ 杨炼：《中文之内》，《天涯》1999 年第 2 期。

④ 西川、谭克修：《关于我的诗歌——西川答谭克修问》，《诗潮》2005 年 5— 6 月号，第 84 页。

音。二者有区别，但又殊途同归，共同指向汉语新诗的抒写传统——无声（主要指古典诗歌声音外形的脱落）。对这些研究者而言，无声是汉语新诗走向危机边缘的根结所在。也正因此，他们对症下药，试图为汉语新诗寻找一条有声的出路。

诗与歌的关系，作为汉语新诗声音研究的一个面向，向来颇受关注。唐文吉认为诗脱胎于歌，故而应回到歌中去，他提道："我们与其谈诗歌的音韵、格律和平仄，还不如直接谈诗歌的声音。"① 将诗歌的声音看作一个整体的、系统的结构，在唐文吉这里，这并不是一个理论假设，而是出于新诗演变历史的深层逻辑的把握，在此前提下，他进一步指出："用韵与否不是建立新诗声音模式的根本问题，新诗的声音模式有其自身的生成法则。于是，我们面临的问题就是：新诗的声音模式如何生成？"② 因此，他提倡音乐对诗歌的建构作用，并强调需从当代流行歌词中探寻新诗的未来，"要求语言借助音乐的建构性，结合文人对文字的声音和意义的特殊感觉而最终从'歌'中独立出来，形成一种有独特声音模式和意义空间的诗"③。郑慧如认为新诗虽然与韵文差别很大，但流行歌曲是新诗音乐性表达的一种重要方式，也就是说"诗本来在韵文的脉络里，可是到了新诗，却和韵文越走越远，成了形式支离破碎、意象纷杂的作品，诗人终于只好用'小众'来自我安慰"④，通过词作者和歌手的配合，台湾流行歌曲充分实现了诗性。持此观点的还有杨雄，他提出："如果诗人们依声填词，写出能唱

---

① 唐文吉：《声音与中国诗歌》，《文艺理论与批评》2005 年第 4 期。

② 同上。

③ 同上。

④ 郑慧如：《新诗的音乐性——台湾诗例》，杨宗翰：《当代诗学》，台北师范学院台湾文学研究所 2005 年版。

的诗；如果诗歌朗诵会变成唱诗会，相信会开一个新局面。"① 同样，陈卫、陈茜也认为，"歌词更侧重于表达情绪，以求引起共鸣。诗歌更多地表达个人的情思，不一定寻求大众理解的渠道"②。

　　此外，从传统意义上而言，口头声音也是声音研究的一个重要分支。20 世纪 80 年代以来，研究者主要集中于探讨口头声音与书面语言文字的差异，还涉及朗诵诗、民谣、民歌等口头声音类型的理论探索。林少阳的《未竟的白话文——围绕着"音"展开的汉语新诗史》，将汉语新诗史看作是一部围绕"音"展开的反思史，这里的"音"在广义上指"以单音节的字为构成单位的声音有规律的重复和变化，通常由音色构成的节奏（押韵）、音高构成的节奏（平仄配置）、音长（包括停顿）构成的节奏（音步）安排等舌根音要素的有机总体构成"③。林少阳采用"形+音+义＝意"的研究方法，回到汉语的表意功能，分析歌谣运动、格律运动、"晚唐诗热"等对于"音"与"意"关系的理解，进而由 20 世纪 50 年代的新民歌运动阐述"声"的实践，提出"新的民间化给书写体带来一个变化，就是新民歌中'口语'与'书写''歌唱'的符号形式与'阅读'的符号形式的混淆"④。林少阳认为，口头声音与书面的语言文字之间存在差异，"民谣、朗诵会上的诗朗诵，虽然是语言表现的一种形式，但它不仅有声音符号体系与书写符号体系的区别，特别在诗朗诵这一形式中，还有动作、场景等视觉性符号体系的区别。声音符号、动作、场景对这种场合的意义衍生发挥了重要作用。与之相比，即使倾听者在倾听声音

---

　　① 杨雄：《唱诗论——关于今诗形式、传播的思考》，《山花》2009 年第 14 期。

　　② 陈卫、陈茜：《音乐性与中国当代诗歌》，《江汉论坛》2010 年第 7 期。

　　③ 林少阳：《未竟的白话文——围绕着"音"展开的汉语新诗史》，《新诗评论》2006 年第 2 辑，第 4 页。

　　④ 同上书，第 23 页。

信号的过程中意识中会出现对文字的联想，但这对倾听主体的意识来说，相对来说是不重要的"①。同样，梅家玲的《有声的文学史——"声音"与中国文学的现代性追求》，以 20 世纪 30 年代朱光潜、朱自清借鉴英伦经验在北京组织"读诗会"为切入点，从"读诗会"的"音声实验"以及"朗诵诗"的发展，诠释声音与文字的关系。在梅家玲看来，白话诗的朗诵与古典诗歌的朗诵不同，"'白话文'是新文学的核心诉求，它以贴近'说话'为目标，无论何种文类，都必得经由声音的抑扬吞吐，去检验它作为书面语言之后的成败优劣"②。可见，朗诵对于汉语新诗的语调变化和语系选择，都发挥了重要作用。近年来，返回到口头声音中去关注汉语新诗，已经成为一种研究趋向渗透到 20 世纪 80 年代以来的汉语新诗中，除了美国学者江克平（John A. Crespi）对 20 世纪 80 年代朗诵活动的探讨外，荷兰学者柯雷（Maghiel van Crevel）的《精神、混乱与金钱时代的中国诗歌》（*Chinese Poetry in Times of Mind*, *Mayhem and Money*）中，还着重探讨了歌手、诗人颜峻的诗歌朗诵和音乐表演形式，他甚至提到，"这恰恰是因为他主要致力于先锋音乐和声音——整体上，与诗相比，更契合流行文化——一旦他的写作内容变成表演的一部分，那么与先锋诗歌相比，它们就是再高雅不过的艺术"③。

---

① 林少阳：《未竟的白话文——围绕着"音"展开的汉语新诗史》，《新诗评论》2006年第2辑，第23页。

② 梅家玲：《有声的文学史——"声音"与中国文学的现代性追求》，《汉学研究》2011年第29卷第2期。

③ Maghiel van Crevel, *Chinese Poetry in Times of Mind*, *Mayhem and Money*, Leiden · Boston：Brill, 2008, p. 474. "It is precisely because he operates primarily in avant-garde music and sound—which are, on the whole, less incompatible with popular culture than poetry—that once what he writes becomes part of a full-fledged performance, it is less definitely high art than most other avant-garde poetry."

如上所述，针对 20 世纪 80 年代以来的汉语新诗，返回到歌或者口头声音中，也已成为一种研究趋势。但事实上，诗乐关系的分野，也造成不同的诗人、研究者对诗与歌或者口头声音的关系有着不同的见解。2006 年 11 月，在首都师范大学和中国中央电视台青年部共同举办的"传媒与中国新诗"暨"央视新年新诗会"学术研讨会上，吴思敬提出："过去的诗歌主要是'吟'的，带有自言自语的色彩，现在的诗歌是'诵'的，这种变化不仅改变了阅读者的方式，也改变了诗歌传播的空间，使空间变得非常大。"① 2011 年 11 月，由克罗地亚作协、首都师范大学中国诗歌研究中心、《读诗》诗歌季刊联合举办的主题为"诗歌的声音"的国际学术研讨会上，树才提出："现代诗歌的困境需要诗人从对声音的敏感和贡献中找到一条出路。"② 马其顿诗人弗拉基米尔提出诗歌与声音包含三种关系，即身体、生理和物理的声音、诗歌的声音和听者的声音，他强调文本需要听者的参与。敬文东也认为需要读者来破译声音，他提到，"读者对诗人的声音有一种想象，这种读者的声音和诗人在诗中想传达的声音有一定的差异"③，而"今天的现代诗是一种视觉艺术，需要读者用眼睛阅读后再将之转化为内在声音，需要读者去破译声音"④。在他看来，声音是读者破译汉语新诗的核心。与上述观点不同，部分诗人、学者认为汉语新诗的书面语言文字与口头声音表达并不相同。于坚甚至认为朗诵需要的是广

---

① 《诗歌的声音与形象——"传媒与中国新诗"暨"央视新年新诗会"学术研讨会综述》，《中国诗歌研究动态》第三辑，学苑出版社 2007 年版，第 277 页。

② 《"2011 年中克诗人互访交流项目"圆满结束》，《中国诗歌研究动态》第十辑，学苑出版社 2012 年版，第 1 页。

③ 《"2011 年中克诗人互访交流项目"圆满结束》，《中国诗歌研究动态》第十辑，学苑出版社 2012 年版，第 5 页。

④ 同上书，第 6 页。

场、听众、表演，而新诗语言挣脱押韵、平仄以及格律的限制后，倚重的是沉思默想的思维。另外，尽管诗人黑大春与摇滚歌手秦水源、吉他手关伟、刘地一起创办了黑大春歌诗小组，但他认为"诗乐"合成是有条件的，"因为诗歌无论你配上什么东西，人们以什么方式接触到它，最终都还要面对文本。即使面对'诗乐合成'，也需要具备两种必要的文化修养，一种是音乐的修养，还有一种是文学的修养。并不是它好听了，人们就能听懂诗歌，就能理解诗歌"①。由此可见，20世纪80年代以来汉语新诗与歌、口头声音之间的关系正处于不断变化、创新和探索的过程。

综上，本章就20世纪80年代以来汉语新诗的声音问题，着重探讨了这一阶段的创作实践转型和相关理论探索。能够看出，目前对于20世纪80年代以来汉语新诗的声音研究，主要以诗与乐的关系为轴心，从汉语新诗的节奏、韵律，歌曲以及口头声音中寻找和谐的语言规律。不可否认的是，在诗与乐的交融过程中，汉语语言的创造性得到了充分的发挥。但20世纪80年代以来汉语新诗的声音问题涵盖范围较为宽泛，同时，以往的理论研究又相对滞后，远远不能全方位地诠释当下如此丰富的汉语新诗创作。基于此，本书将从声音的表现形式、声音的主题类型、声音的意象显现和声音的传播方式几个层面，展现20世纪80年代以来汉语新诗的声音特色。

---

① 金燕、贺中等：《把诗歌带回到声音里去》，《艺术评论》2004年第4期。

第二章　声音的表现形式

节奏运动是先于诗句的。不能根据诗行来理解节奏，相反应该根据节奏运动来理解诗句。

——茨维坦·托多罗夫：《节奏与句法》

20世纪80年代以来的声音表现形式呈现出更为多样性的特点。通过细读20世纪80年代以来代表性的诗人作品，不难发现，回环、跨行、长短句和标点符号的运用，是这一阶段最典型的声音表现形式，它们在时间和空间方面都提升了汉语新诗的节奏、韵律。声音表现方式的不同，体现了语言生成系统的差异，也影响了诗篇的韵律和节奏，因为"诗中的韵律和节奏自然是由诗句的声音构成的，它们是构成诗这种艺术的传统要素"①。本章考察回环、跨行、长短句和标点符号四个主要声音表现形式的生成及其韵律美、节奏美，进而透析其中所蕴藉的情感和心理特征。

① ［美］苏珊·朗格：《艺术问题》，滕守尧、朱疆源译，中国社会科学出版社1983年版，第140页。

第一节　回环：往复的韵律美

邓仁在《回环——诗歌广义节奏论》中将回环视为一种广义的节奏，他认为"每一次起伏的节奏过程命名为一个回环"[①]，奚密在《论现代汉诗的环形结构》中讨论了现代汉诗的意象或者母题的首尾回环。借用回环一词，同样"指涉一种回旋和对称的结构"[②]，主要讨论语音、语词或者句式的重复产生的往复之韵律美，由此发现形式所蕴藉的情感内涵。首先，"重复，是远古诗歌最为普遍的形式。的确，再普遍不过了。重复就是最为基础的形式"[③]。重复本身就可以产生时间和空间上的节奏，因为"重复为我们所读到的东西建立结构。图景、词语、概念、形象的重复可以造成时间和空间上的节奏，这种节奏构成了巩固我们的认知的那些瞬间的基础：我们通过一次次重复之跳动（并且把他们当作感觉的搏动）来认识文本的意义"[④]。其次，回环呈现的还是每一次情感抒发的节奏单位，"广义的节奏是根据作者情绪变化之内心冲动表现出来的语句形式所产生的音乐节奏。每一次表现（每一次感情的抒发）构成了音乐节奏的一个基本单位。感情的抒发

---

① 邓仁：《回环——诗歌广义节奏论》，《贵州社会科学》1982年第5期。

② ［美］奚密：《论现代汉诗的环形结构》，《现代汉诗——1917年以来的理论与实践》，奚密、宋炳辉译，上海三联书店2008年版，第131页。奚密在此文中讨论的"回环"主要指意象或者母题的首尾回环，并不包括叠句在内。而本章探讨声音表现形式所产生的韵律、节奏美，故而借用"回环"一词讨论语音、语词或者句式的重复产生的往复之韵律美。

③ C.M.Boura, *The Primitive Song*, New York：New American Library，1962，p. 80.

④ Krystyna Mazur, *Poetry and Repetition：Walt Whitman，Wallace Stevens，John Ashbery*, New York：Routledge，2005，p. xi.

总是波浪式地、跳跃式地向前发展，这就使音乐节奏也相应地表现出回环跌宕的音乐美"①。考察 20 世纪 80 年代以来的汉语新诗，其回环形式可分为三种典型的类型：即圆形、回形和套语模式。其中，圆形指的是同样的语词、短语或者句型，只出现在首句与尾句，而其他地方并没有出现，整体形成回环；回形指的是同样的语词、短语或者句型出现在不同的位置，局部形成回环；套语指的是套用固定的短语或者句型，变化其中的个别词语，局部形成回环。本节通过列举 20 世纪 80 年代以来汉语新诗中的代表作品，分别讨论这三种回环的声音表现形式，从中体验往复的韵律美。

一 圆形模式

圆形模式注重首尾回环，从声音的表现形式上来看难免显得单一，甚至"会沦为一种呆板的程式"②。但只要回到与情感、心理的结合体，就能够发现回环形式也不乏优势：第一，"回到诗的开始有意地拒绝了终结感，至少在理论上，它从头启动了该诗的流程"。第二，"将一首诗扭曲成一个字面意义上的'圆圈'，因为诗（除了 20 世纪有意识模拟对空间艺术的实验诗之外）如同音乐，本质上是一种时间性或直线性的艺术。诗作为一个线性进程，被回旋到开头的结构大幅度地修改"③。这里以诗人蓝蓝的《母亲》和王寅的《靠近》为例，分析圆形模式所开启的情感、心理状态。

女性诗人蓝蓝的诗歌常出现圆形模式，圆形所产生的韵律美与诗

---

① 邓仁：《回环——诗歌广义节奏论》，《贵州社会科学》1982 年第 5 期。

② ［美］奚密：《论现代汉诗的环形结构》，《现代汉诗——1917 年以来的理论与实践》，奚密、宋炳辉译，上海三联书店 2008 年版，第 136 页。

③ 同上书，第 131 页。

人所要表达的语义之间构成了良好的互动关系。以诗篇《母亲》为例，诗歌的开头和结尾处都提到"一个和无数个"，可以说，韵律的回旋，表达的是一种重复的时间经验，它重复了女性生命中情爱与母爱的交织：

> 一个和无数个。
> 但在偶然的奇迹中变成我。
>
> 婴儿吮吸着乳汁。
> 我的唇尝过花楸树金黄的蜂蜜
> 伏牛山流淌的清泉。
> 很久以前
>
> 我躺在麦垛的怀中
> 爱情——从永生的荠菜花到
> 　　一盏萤火虫的灯。
>
> 而女儿开始蹒跚学步
> 试着弯腰捡起大地第一封
> 落叶的情书。
>
> 一个和无数个。
> ——请继续弹奏——①

---

① 蓝蓝：《母亲》，《睡梦　睡梦》，河北教育出版社 2003 年版，第 117 页。

第一节，诗人使用了两个完整而闭合的句子，"偶然"是时间的表征，"变成"是结束的形态。诗人在阐释"一个和无数个"，通过重复量词，在有限与无限的悖谬中，引出语句的完成式。"婴儿吮吸着乳汁""萤火虫的灯""落叶的情书"，其中涉及情爱与母爱的双重女性经验，诗人蓝蓝在女儿的成长中，反观着自己。她尝过女儿正在吮吸的乳汁，"我的唇尝过花楸树金黄的蜂蜜"，她在麦垛的怀里感受过爱的温暖，她也从女儿弯腰的姿势中看到了生命的偶然和流逝。同样，最后一节再次解释了"一个和无数个"，这种圆形是终结也是开启，凸显了时间这一主题，从闭合、终结和有限，走向蔓延、浸润和无限。虽是外在形式的重复，但却彰显了内心深处情绪纹理的无穷变幻。同时，母亲的光环是投射在女儿身上的倒影，而女儿也反哺着母亲情爱的光照，诗人通过圆形所产生的回环韵律，渴望抵达一种完满，如阿恩海姆提到的，"视觉对圆形形状的优先把握，依照的是同一个原则，即简化原则。一个以中心为对称的圆形，决不突出任何一个方向，可说是一种最简单的视觉式样。我们知道，当刺激物比较模糊时，视觉总是自动地把它看成是一个圆形。此外，圆形的完满性特别引人注意"①。韵律的重复，滋生出怀抱的温暖和生命延续的往复过程，她心怀期许地"愿我的爱在你们的爱情中最终完成"②。

海上诗人王寅的《靠近》，也采用典型的圆形模式。在开头和结尾处都出现了同样的句子，"我终于得以回忆我的国家"。这其中，在主语和宾语处出现两次"我"，句子本身就构成语音的回环。而副词"终于得以"，强调了动作发生的难度，疏远了与宾语"我的国家"之

① ［美］鲁道夫·阿恩海姆：《艺术与视知觉》，滕守尧、朱疆源译，四川人民出版社1998年版，第223页。

② 蓝蓝：《祝福》，《诗篇》，长征出版社2006年版，第144页。

间的距离。而句子出现在首尾处，封闭式地呈现出过去与现在的往复，正契合了诗歌的题目"靠近"，在某种意义上，它指的就是我与记忆之间的关系，诗人通过语言试图回到过去，接近记忆：

> 我终于得以回忆我的国家
> 七月的黄河
> 毁坏了的菁华
>
> 为了回忆秋天，我们必须
> 在一次经过夏天
> 无法预料的炎热的日子
> 我们开始死亡的时节
>
> 必须将翅膀交给驭手
> 将种子交给世界
> 像雨水那样迁徙
> 像蜥蜴那样哭泣
> 像钥匙那样
> 充满凄凉的寓意
>
> 我终于得以回忆我的国家
> 我的鹿皮手套和
> 白色风暴
> 已无影无踪①

---

① 王寅：《靠近》，《王寅诗选》，花城出版社 2005 年版，第 49 页。

在海上诗人群体中，诗人王寅无疑是最为忧郁的漫游者。《靠近》一诗中，他压低声线，回忆的氛围被包裹在"炎热""死亡""哭泣""凄凉""风暴"的语词中，诗歌的基调显得阴郁、低迷。能够看出，诗人带着忧郁的气质，试图回到记忆中。诗篇第一节和最后一节中出现"我终于得以回忆我的国家"，紧接着在第二节中复现语词"回忆"，而最后一节又复现语词"我"，这在诗歌的细节部分构成了诗人思绪的延展和铺陈，缓解了副词"终于得以"的强度，通过重复凸显出诗人游移的心境。第三节使用两个排比句，"必须将翅膀交给驭手/将种子交给世界"强调诗人回到记忆所付出的代价，"像雨水那样迁徙/像蜥蜴那样哭泣/像钥匙那样"则比喻记忆带来的悲情色调。第一节的"毁坏"和最后一节的"无影无踪"，也形成对照，两个语词都暗示了记忆的破坏和消亡。因此，诗歌不仅在韵律形式上呈现圆形模式，在语义上又蕴含着更为丰富的圆形意蕴。从"我"迈向记忆中的"我的国家"，对于诗人而言，意味着悲凉的末世情结，而这种情结能够使诗人回到记忆中的自我，但即使回到记忆中，现在的"我"也已经不再是过去的"我"了。

二 回形模式

与圆形模式相比，回形模式以局部构成回环为特征，注重个别语词、句式的语音回环。由于语音重心的偏移，回形所蕴藉的情感、心理往往也具有重心偏向的特征。这里以昌耀的《紫金冠》和柏桦的《在清朝》为例，在观照回形产生的韵律美感时，也探析诗人所要表达的情感、心理状态。

昌耀的诗歌创作被冠以古奥、艰涩之名，他像是有意提升诗句的阅读难度，极富张力的语言承担起苦难的宗教精神，并朝着自我救赎的方向一路苦行。1990 年，诗人昌耀创作了《紫金冠》，"紫金冠"本隐喻王位，在昌耀的笔下则被赋予神性的光芒，完成精神拯救的仪式，"'拯救'一词的词源（Salvus）是治愈和复原，原义是有病、身心破碎的人得痊愈"①。这首作品在诗行的结尾处重复"紫金冠"的韵律，一方面将重力偏移至句末，造成回形的视觉效果；另一方面，则预示着诗人所有的精神痛苦，通过诗句实现了救赎的可能：

> 我不能描摹出的一种完美是紫金冠。
>
> 我喜悦。如果有神启而我不假思索道出的
>
> 正是紫金冠。我行走在狼荒之地的第七天
>
> 仆卧津渡而首先看到的希望之星是紫金冠。
>
> 当热夜以漫长的痉挛触杀我九岁的生命力
>
> 我在昏热中向壁承饮到的那股沁凉是紫金冠。
>
> 当白昼透出花环，当不战而胜，与剑柄垂直
>
> 而婀娜相交的月桂投影正是不凋的紫金冠。
>
> 我不学而能的人性觉醒是紫金冠。
>
> 我无虑被人劫掠的秘藏只有紫金冠。
>
> 不可穷尽的高峻或冷寂惟有紫金冠。②

诗人共重复了 7 次"紫金冠"，其中，4 次"是紫金冠"、另出现"正是紫金冠""正是不凋的紫金冠""只有紫金冠""惟有紫金冠"，借助副词凸显"紫金冠"的语义重心。而"冠"的声母 g，属于舌根

---

① 刘小枫：《拯救与逍遥》，上海三联书店 2001 年版，第 157 页。

② 昌耀：《紫金冠》，《昌耀诗文总集》（增编版），作家出版社 2010 年版，第 445 页。

爆破音，从口腔后部，以较弱的气流冲破阻碍，产生宏远浑厚的发音特点；韵母 uan，属于合口呼（u），韵腹 a 开口度最大，属洪音，延伸出一种开阔洪亮的音响效果；声调为去声，取降调，由此语音的重心也被置于诗行的句末之处。整首诗歌的句式相对简单，诗人只变换语法结构的主语和谓语部分，而始终保持"紫金冠"的宾语位置。从去而复返又奇偶相错的韵脚中，所有的重力搁置于"紫金冠"，让其在庞大的主语框架下承受高强度的负荷，这正是诗人昌耀所寻找的韵律。另外，诗歌中还使用了 3 次"当……"（"当热夜以漫长的痉挛触杀我九岁的生命力""当白昼透出花环"和"当不战而胜，与剑柄垂直"）作为时间状语，置于主句之前。诗人将"紫金冠"的承载时间做了规定，也就是说在这唯一和独特的时刻，抒情主体在恐怖的黑夜和胜利的白昼中获得了救赎之光。在此意义上，"紫金冠"一词聚焦了诗人苦痛与挣扎的精神内核，它无限地承受抒情主体放置在它身上的强度。从中，也能够听出抒情主体的悲悯之声。

再看诗人柏桦对回形模式的运用。注重日常生活经验的诗人柏桦，他的诗歌《在清朝》回旋出清朝的日常生活场景。诗人平面铺展开的景、物和境，都是清朝日常生活中最为平常的画面，故而不需要用奇谲拗口的声音表达效果。柏桦使用闲散的语调，匀速推进语词的节奏。诗歌在每节的起始句都出现"在清朝"，在看似缺乏声音变化的单一化结构安排中，正迎合了诗人所要凸显的日常经验，即"安闲和理想越来越深"：

在清朝
安闲和理想越来越深
牛羊无事，百姓下棋

科举也大公无私
货币两地不同
有时还用谷物兑换
茶叶、丝、瓷器

在清朝
山水画臻于完美
纸张泛滥，风筝遍地
灯笼得了要领
一座座庙宇向南
财富似乎过分

在清朝
诗人不事营生、爱面子
饮酒落花，风和日丽
池塘的水很肥
二只鸭子迎风游泳
风马牛不相及

在清朝
一个人梦见一个人
夜读太史公，清晨扫地
而朝廷增设军机处
每年选拔长指甲的官吏

在清朝
多胡须和无胡须的人
严于身教，不苟言谈
农村人不愿认字
孩子们敬老
母亲屈从于儿子

在清朝
用款税激励人民
办水利、办学校、办祠堂
编印书籍、整理地方志
建筑弄得古香古色

在清朝
哲学如雨，科学不能适应
有一个人朝三暮四
无端端的着急
愤怒成为他毕生的事业
他于一八四〇年死去①

　　《在清朝》语音的重心为"在清朝"，书写清朝的衰朽过程，整个封建王朝的没落所带来的历史负重感被诗人寥寥数笔勾勒出来。柏桦将诗歌推向新的诗学风向，即日常生活审美化，消解艺术与日常生活

　　① 柏桦：《在清朝》，《山水手记》，重庆大学出版社 2011 年版，第 57 页。

的界限，并以审美的方式凸显日常生活的意义。在此基础上，"艺术不再是单独的、孤立的现实，它进入了生产与再生产的过程，因而一切事物，即使是日常事物或者平庸的现实，都可归于艺术之记号下，从而都可以成为审美的"①。全诗共 7 节，除了每节起始句都使用"在清朝"外，节与节在字数、诗行的安排也相对平衡，比如每节的第二行"山水画臻于完美""诗人不事营生、爱面子""一个人梦见一个人""多胡须和无胡须的人""用款税激励人民"和"哲学如雨，科学不能适应"，都以副词表示程度或者以名词表示数量，强调多与少之间的平衡。另外，诗人还选用相同的词性并列成行，比如三个名词"茶叶""丝"和"瓷器"，如数家珍，物景历历在目。又选用结构相同或相近的短语，比如主谓短语"纸张泛滥，风筝遍地"，并列短语"饮酒落花，风和日丽"，偏正短语"夜读太史公，清晨扫地"和动宾短语"严于身教，不苟言谈""办水利、办学校、办祠堂"，这种并置的语词排列方式，让主语、谓语、状语出现在同一层级上，造成平稳缓慢的声音。诗句在结尾处提到"他于一八四〇年死去"，完成了一种日常生活的轮回，在诗人看来，无论是过或者不及，都不能阻止死亡的脚步，而生命恰恰诞生于最日常的生活场景中。整首诗歌语调平淡，没有波澜，正体现出柏桦试图以声音形式来还原生活的本来面貌。诗歌虽然将历史语境拉回到清朝，但诗人书写的却是当下，消解了现实与历史、日常生活与艺术的差异。

三　套语模式

与圆形和回形模式相比，套语模式所蕴含的韵律和节奏更丰富，

---

① ［英］迈克·费瑟斯通：《消费文化与后现代主义》，刘精明译，译林出版社 2000 年版，第 99 页。

第二章　声音的表现形式

音乐的效果也更强。台湾诗人王靖献（杨牧）在其博士论文《钟与鼓——〈诗经〉的套语及其创作方式》中将套语理论系统引入中国古典诗歌，他相当重视套语所形成的音响效果，提出"套语用来构成诗行，而且遵循着一个韵律——语法的系统来构成"①，并认为语法系统所生成的韵律必须与诗人的心理模式相结合，"套语的定义并非是一成不变的，它随着决定'音响形态'的语言特征的不同而有所变化；而所谓'音响形态'则限定了某一给定的韵律传统中的一行或半行诗句的意义。但是如果不考虑诗人歌手的'心理模式'，它们又是否能够描述套语的性质"②? 故而，套语的音响效果与心理模式不可分割，20世纪80年代以来，多多的《依旧是》、陈东东的《诗篇》和西渡的《秋天来到身体的外面》，都巧妙地使用套语模式，以自觉的声音意识呈现出情感变化的丰富性。

　　1993年，多多旅居荷兰时创作了《依旧是》。整首诗歌有着回环的韵律美感，"一、相同或者相近的词组和句式；二、押韵以及其他类型的同音复现。前者是句法结构方面的相近关系，后者是语音方面的相近关系"③。首先，诗行的末尾反复出现"依旧是"，形成回形模式；其次，通过变化动词"走"后的其他动词（"走过""走在""走进""走到"），表示动作的方向处所，变换谓语"是"的宾语结构形成套

---

① 王靖献：《钟与鼓——〈诗经〉的套语及其创作方式》，谢谦译，四川人民出版社1990年版，第22页。王靖献在著作中对西方套语理论给予相应的补充和修正，通过分析《诗经》中套语与主题的相互关系，比如他将《诗经》中"柏舟"（忧伤的情绪）和"杨舟"（欢乐的情绪）这两个结构相同的短语归入陈相因的"泛舟"主题中。在这里，主要强调的是诗篇中套语的音响效果与情感心理之间相互生发的关系。

② 王靖献：《钟与鼓——〈诗经〉的套语及其创作方式》，谢谦译，四川人民出版社1990年版，第35页。

③ 李章斌：《多多诗歌的音乐结构》，《当代作家评论》2011年第3期。

语模式，在避免语言重复的基础上，也实现了语言的音乐性。这里主要探讨语词搁置在不同的位置所呈现的套语模式：

　　　　走在额头飘雪的夜里而依旧是
　　　　从一张白纸上走过而依旧是
　　　　走进那看不见的田野而依旧是

　　　　走在词间，麦田间，走在
　　　　减价的皮鞋间，走到词
　　　　望到家乡的时刻，而依旧是

　　　　站在麦田间整理西装，而依旧是
　　　　屈下黄金盾牌铸造的膝盖，而依旧是
　　　　这世上最响亮的，最响亮的

　　　　　　　依旧是，依旧是大地

　　　　一道秋光从割草人腿间穿过时，它是
　　　　一片金黄的玉米地里有一阵狂笑声，是它
　　　　一阵鞭炮声透出鲜红的辣椒地，它依旧是①

　　整首诗歌，诗句"是来自记忆的雪，增加了记忆的重量/是雪欠下的，这时雪来覆盖/是雪翻过了那一页/翻过了，而依旧是"②点明诗

---

① 多多：《依旧是》，《多多诗选》，花城出版社2005年版，第202页。
② 同上书，第203页。

歌所要表达的中心，即对记忆的追溯，而"依旧是"的语音回旋让诗人返回到故乡。田野、牛、麦地、父亲和母亲等，这些场景被结构在这种回形的空间中，直接通过语词抵达了记忆的边境。"依"（yī）、"旧"（jiù）、"是"（shì）作为语词的尾音，韵母都属于齐齿呼，发音时上下齿对齐，开口度较小。没有合口呼、开口呼洪亮开阔的语音效果，反而紧致收敛。而"依旧是"采用"－﹨"的声调，以阴平起始，以两个去声结尾，语词的音调显得短促而具有负重感，诗行的语义表达也跟随着语音将重心后置。"韵脚就是回环的美"①，诗人选择"依旧是"和"而依旧是"的反复表达，转折处压低音调，将声音拉回到记忆的框架，低浅地回旋出身处异国所产生的情感体验。值得一提的是，诗人不仅仅重复"依旧是"，开篇处3次出现"走在"，2次出现"词"，这种回旋效果，开启了语词与记忆的关联。在诗篇的第14、15行处，诗人选用"它是""是它"和"它依旧是"通过颠倒语词，或者插入语词的方式，在整体的回旋基调中，添加了更精微的音乐调式，打破了单一的韵律，延宕出反复与游离的内心情感。

陈东东的诗歌也采用了大量的套语模式。柏桦称陈东东的诗歌具有"吴声之美"②，陈东东祖籍在江苏吴江芦墟，生活在上海，地域文化的浸润，已渗透于他的诗篇。因为古时吴歌产生于江南地区，"四方风俗不同，吴人多作山歌，声怨咽如悲，闻之使人酸辛"③。陈东东的诗可谓承继了吴歌复沓、婉约优美，低沉的乐音。在他的诗歌中最常见的一种复沓，就是语言的套语模式。在诗人看来，音乐与语言联系

---

① 王力：《略论语言形式美》，《龙虫并雕斋文集》第一册，中华书局1980年版，第478页。

② 柏桦：《左边：毛泽东时代的抒情诗人》，江苏文艺出版社2009年版，第264页。

③ （宋）张邦基撰：《墨庄漫录》卷四，孔凡礼点校，中华书局2002年版，第116页。

起来，才能打开生命，正如荷尔林德说过的，"语言不是人所拥有的许多工具中的一种工具；相反，唯语言才提供出一种置身于存在者之敞开状态中间的可能性。唯有语言处，才有世界"①。与众多20世纪80年代开始创作的诗人一样，关注词本身，返回语言之乡，成为其思想的皈依。陈东东的独特之处，正在于他最重视的就是语言所产生的韵律美感。比如，创作于1981年的《诗篇》：

> 在土地身边我爱的是树和羔羊
> 满口袋星辰岩石底下的每一派流水
> 在土地身边
> 我爱的是土地是它尽头的那片村庄
> 我等着某个女人她会走来明眸皓齿到我身边
> 我爱的是她的姿态西风落雁
> 巨大的冰川她的那颗蓝色心脏
> 琮琤作响的高大山岭我爱的是
> 琴弦上的七种音色
> 生活里的七次失败七头公牛七块沙漠
> 我爱的是女性和石榴在骆驼身边
> 我爱的是海和鱼群男人和狮子在芦苇身边
> 我爱的是白铁房舍芬芳四溢的各季鲜花
> 一片积雪逃逸一支生命的乐曲②

① [德] 海德格尔：《荷尔德林诗的阐释》，孙周兴译，商务印书馆2004年版，第40页。

② 陈东东：《诗篇》，《海神的一夜》，改革出版社1997年版，第1页。

读陈东东的诗行，很自然地让人产生吟唱的冲动。《诗篇》的首句，宾语"树""羔羊""流水"，逐渐加长名词的定语修饰成分，以绵延出爱的深意。其中，"在土地身边"是状语，"我爱的是树和羔羊"是主谓结构，以这一句式为轴心，奠定了整首诗歌的抒情基调。第三行"在土地身边"原本附着在主谓结构上的状语独立成行，一方面割裂出与"我爱的是"的空间和缝隙；另一方面则避免了与宾语再次出现"土地"的重复。第五行再次出现"我爱的是"，诗人将宾语锁定于"她的姿态""她的那颗蓝色心脏"和"高大山岭"，但同时又后置喻体"西风落雁"修饰本体"姿态"，倒置喻体"巨大的冰川"修饰本体"蓝色心脏"。诗人先将语词形成套语模式，随后又一层一层地剥开语词，而诗句"琤琤作响的高大山岭我爱的是""我爱的是"附着在宾语的尾部，完成了与下一个乐章的衔接，遂引出新的套语模式。因此，"琴弦上的七种音色/生活里的七次失败七头公牛七块沙漠"，又出现了同一句型的两种变化，"琴弦上"与"生活里"相对应做定语，"七种音色"与"七次失败七头公牛七块沙漠"相对应做中心语，诗人通过重复"七"，在平稳的诗行中，激荡出细微的情感变化。结尾处连续3个"我爱的是"，宾语部分变换多端，诗人甚至没有余留呼吸的空间，紧促地表达出意识中出现的所有语词，完成情感的激越与升腾，通过拉长诗句的长度，也延宕了抒情的时间。值得一提的是，全诗共出现7次"我爱的是"，"七"在陈东东的诗歌中是一个特殊的数字，这数字首先是音乐中的7个音符，在某种意义上，其代表的更是一种声音上的命数，它指向音乐本身，也指向词语的生命律动。这种命数的规律，在陈东东27岁那年变得尤为明显，因为他从唐代诗鬼李贺身上看到了27岁生命终结的命运。《诗篇》中间出现的"七种音色"，与最后的"生命的乐曲"，无疑完成了音乐与词，与生命的勾连。陈东东是一位诗人，更是一位歌者，他将词与音乐交相融合。在陈东东的抒情诗歌中，真正实现了形式即生命的命题。①

　　西渡也善于使用套语模式制造出同音反复的音乐效果。作品《秋天来到身体的外边》，以"秋天"为时间背景，书写了心理空间的转换。通过套语结构，层层设置出几个完整的空间，巧妙地将秋天的悲韵附着于抒情主体"我"，以时间的方式跳转于空间中，虽然"秋天来到身体的外边"，但事实上，悲的基调已经渗入诗人的心理：

　　　　我已经没有时间为世界悲伤
　　　　我已经没有时间
　　　　为自己准备晚餐或者在傍晚的光线里
　　　　读完一本书　我已经没有时间
　　　　为你留下最后的书信

　　　　秋天用锋利的刀子
　　　　代替了雨水和怀念
　　　　此刻在我们的故乡晴空万里
　　　　只有光在飞行
　　　　只有风在杀掠
　　　　秋天的斧子来到我身体的外面

　　　　鹰在更低处盘旋
　　　　风在言语　鱼逃入海

---

　　① 翟月琴：《轮回与上升：陈东东诗歌的声音抒情传统》，《江汉大学学报》（人文科学版）2012年第3期。

神所钟爱的灯成批熄灭

秋天　大地献出了一年的收成

取回了骨头和神秘

取回母亲的嫁妆和马车

取回上一代的婚姻

人呵　你已经没有时间

甚至完成一次梦想的时间

也被剥夺

在秋天的晴空中

那是风在杀掠　那是

神在报应

在秋天的晴空中

一切都在丧失

只有丑陋的巫婆在风中言语

快快准备葬礼①

　　诗歌中共使用4次套语模式。第一节出现3次"我已经没有时间为……","没有时间"动宾短语构成排比,变化介词"为"后面的宾语("为世界""为自己"和"为你"),并变化谓词"悲伤""读"和"留",依次从外部、自我走进对象,通过拉长或缩短介词宾语的长度,节奏从快到慢,再到快,诗人为自己留出更多的空间,以衔接"世界"和"你"之间的距离。第二节范围副词"只"表限定、动词

---

　　① 西渡:《秋天来到身体的外边》,《雪景中的柏拉图》,文化艺术出版社1998年版,第31—32页。

"有"表存在、时间副词"在"表正在进行，三个词连用在一起，加强了空间和时间的呼应关系，凸显出"光"作为时间的迅疾，而"风"影射季节的空间存在。而上面两节中"没有"与"只有"也形成照应，"没有"的重复多过于"只有"，失去大于拥有，强调了对时间难以把握的心境。第三节，以动词"取"引领出 3 句诗行，"回"作为趋向动词放在"取"后做补语，凸显了抒情主体"我"的挽留、珍视和不舍。最后一节，诗人保留介词结构"在……中……"（"在秋天的晴空中"）做状语，隔离出外部的空间。排比主谓结构"那是"，并多次反复副词"在"做状语，变化"在"后面的动词"杀掠""报应"和"丧失"，逐层加强语词的黑色情绪。结尾的诗句"只有丑陋的巫婆在风中言语/快快准备葬礼"，又回到了特定的空间中，突出空间限定性和时间的存在感，死亡的气息吞噬了外部的季节环境。

回环所产生的韵律美，在 20 世纪 80 年代以来的汉语新诗中随处可见。圆形模式呈现的是追求完满的情感心理，回形模式通过语音的重复呈现出一种情感或者精神的负重感，套语模式则体现出更具层次感的音乐效果。总之，回环彰显出诗歌的韵律美，同时也表露出诗人的情感蕴藉。

第二节　跨行：空间的音乐美

跨行钩织出来的空间造型产生图像的视觉效果，又造成空间的音乐美，"'图像'也不无时间意义，因为它分割了句子，造成了中断或延宕，因而改变节奏"[①]。这种图像所带来的节奏，"诗歌在超越语言

---

① 王光明：《现代汉语的百年演变》，河北人民出版社 2003 年版，第 413 页。

的外在语音形式的同时，也超越其内在语法形式，进入音乐化空间（尽管在某种意义上，诗歌用以超越语言的材料还是语言本身）。20世纪80年代以来的汉语诗人越来越追求抽象化的空间，空间能够提升节奏感，如'秋—风—生—渭—水，落—叶——满—长—安'，语言呈现给我们的不仅仅是一个地理学意义上长安城，而是神韵流动的生命场所"①。20世纪80年代以来的汉语新诗中，流线体和柱形体是两种较为独特的跨行形式，就诗艺而言，汉语新诗渐趋抽象化，诗人通过流线或者柱形体将语词凝结为一字或者两字，独立排列，能够将抽象的思维发挥到极致；就心理特征而言，随着诗歌处境的边缘化命运，诗人的身份也不断遭到质疑。在社会的现行体制面前，诗人既需要通过流线体表达内心的不安，也渴望通过柱形体获得精神支撑的力量。本节通过考察20世纪80年代以来汉语新诗中的流线体和柱形体，分析诗人借用跨行这种声音表现形式所营造的空间节奏感。

一　流线体

传统的新诗注重行的匀称齐整，但这种跨行方式已经不再是20世纪80年代以来汉语新诗创作的方向。流线体是跨行的一种特例，它"在节奏不该停顿的地方'止步'，造成音节、音调某种顿挫感而引发节奏变样"，同时，"利用频频跨行的便利，强化'形异'的视觉形象"②。流线体以流线的形体特征，强调的是一种情绪产生的音乐美，关于此，在杨克和顾城的诗歌中都有体现。

---

① 沈亚丹：《寂静之音：汉语诗歌的音乐形式及其历史变迁》，上海人民出版社2007年版，第76—77页。

② 陈仲义：《织就分行、跨行的"空白"》，《现代诗：语言张力论》，长江文艺出版社2012年版，第354页。

20 世纪 80 年代，杨克创作的一系列作品，都曾采用流线体的跨行形式，比如他的《深谷流火》《红河之死：纪实作品第一号》《蝶舞：往事之三》和《大迁移》等，构成了杨克诗歌创作中一种独特的表达方式。这里以 1985 年的《深谷流火》为例：

红水河
是从石头里走
　　　　　出
　　　　来
　　　　　的

大朵大朵的木棉花
温和地焚烧着
山很粗糙
铜质阳光
凝滞在峡谷里
　　玄色鸟
　　血浪
　　　巉岩般一动不动的山民
赤裸的脊背
泛动与土地天空浑然　红
(山羊咩咩的叫声也是红色的吗?)

狞野的神话旷达的神话洒脱的神话
愈流愈远上游漂下来喧闹的日子

陌生的日子新鲜的日子不安的日子

匆匆地漂下来漂

                            下

                                        来

雄性的风

呼啸着令人嫉妒的激情

这水是点得燃的哦

一团团火球

        醉醺醺

醉醺醺

            旋转

红水河

大山的血脉

烈焰汹涌的血脉哦①

    诗篇中，以古老神秘的"红水河"为切入点，全诗根据一定的节奏单位排列组合，"节奏句法词组之所以与单纯的句法词组不同，是由于这些词包含一定的节奏单位（行或句）；节奏句法词组与单纯节奏组合不同之处，是由于这些词不但是按语音特征而且要按语义特征组

———————————

    ① 杨克：《深谷流火》，《陌生的十字路口》，人民文学出版社 1994 年版，第129 页。

合的"①。第一节，开篇处"从石头里走/出/来/的"，将"石头"作为源发的根蒂，体现了民族文化的坚实和厚重感；同时，又呈蜿蜒的形状排列，构成文化传统的根脉。第二节，诗人将语词"鸟""山民"并置排列，从天空到土地，以"红"这种色彩打开了思维空间，而烈焰一般的颜色正与"红河水"相对应，以纵向的视角"凝滞在峡谷里"，勾勒出民族文化的历史线索，支撑起传统生成的构架。第三节，"神话"与"日子"相对立，诗句"匆匆地漂下来漂/下/来"，将神话所隐喻的文化传统搁置于"日子"之上，并呈现出旋转飘动的画面感。诗人试图为现实生活寻找安定、平静的根基，只有抓住传统文化的命脉，浮动、不安的日常生活才能得以平息。第四节，"一团团火球/醉醺醺醉醺醺/旋转"，诗歌再次回到红色，将挣扎、苦难的文化处境，通过螺旋的状貌得以升华。第五节，回到他所要书写的"红水河"，诗人抛弃了流线体结构，诗行也不再游离、漂浮。同时，增加语词的修饰性定语，诗行的字数由少变多，逐层递加，通过稳固诗行的节奏感返归到传统文化之根源。

顾城笔下的流线体同样具有典型性。古典小说《红楼梦》成为他现实情感世界的原型，他极力维护内心柔美的女儿国，并且自封为王。顾城渴望水一般的女儿国，柔软、温顺，同时又稀薄、绵密。就这点而言，在顾城后期诗歌中那些短促的句式中，能够看出明显的流线型结构，在诗篇的结尾处，又呈现柱状，使得文字逐渐消失，"愿文字有这样的气息，使文字消失、人消失，生命醒来时发现自己是一树鲜花，在微风中摇着"②。文字以图像的方式，变得分散、稀疏，变成

---

① ［俄］O．M．勃里克：《节奏和句法》，［爱沙尼亚］扎娜·明茨、伊·切尔诺夫编：《俄国形式主义文论选》，王薇生译，郑州大学出版社2005年版，第25页。

② 顾城：《答何致翰》，顾工编：《顾城诗全编》，上海三联书店1995年版，第929页。

水流的形态。顾城后期的诗歌，死亡的色彩愈发浓烈，几乎演变为一种病症，空气里释放出的毒气，驻扎于他的思维意识。因为水银属液态，而诗人的语词也总是从紧致到疏散，极尽消失，整首诗歌呈流线液体样态。就这点而言，语言成为诗人自动化写作的密语，潜意识流淌出超验的本我状态。水银又具有毒性，这种毒性常常与液态的流动感相互作用，渗透着诗人黑色的情绪。关于这点，作品《愿》《我把刀给你们》等都有体现。诗篇《愿》，从无限的永恒开始，却结束于静止的死亡：

你看不会有尽头
你看被空气挫了

你看

成吨成吨　　　的站着
　　小脑袋
　　的空气
　　海带

海水

　　　　　　庄稼都湿了

看过　移一移先前的名字吧

五千面镜子照着空虚的海水

阿尼达在松手时

感到了死亡的歉意①

    诗人将"海水"的涌动比拟为"小脑袋",思绪的空虚感,弥漫进死亡的气息。其中,流线体出现在诗篇的中间:"小脑袋""空气""海带""海水""庄稼"的并置,诗句从聚集的流线体("小脑袋/的空气/海带"),蔓延出后置的诗句("海水/庄稼都湿了"),这种跨行所产生的音乐美,正演绎了意识流动的轨迹。

二　柱形体

    陈仲义在《织就分行、跨行的空白》中指出,"跨行破坏的越明显且越技巧,感兴就会得到越大的催生。而当跨行的常态秩序位移到某些'形异',再发展到以视觉感官为取舍标准的'图像'时,我们说诗歌已经超出一般性排列范畴,独立成另一种叫作图像诗的品种了"②。细读20世纪80年代以来的汉语新诗,能够看出,柱形体是一种典型的由跨行产生的图像诗,跨行的破坏体现出创作的技巧,从而滋生出音乐美,更是流露出诗人感性的发挥。这在伊蕾的《黄果树大瀑布》和顾城的《水银》中都有体现。

    1985年,女性诗人伊蕾创作的《黄果树大瀑布》,围绕中心句"把我砸的粉碎粉碎吧/我灵魂不散",抒情主体肉身与灵魂的撕裂感表达得淋漓尽致。诗人将液态的瀑布隐喻为固态的白岩石,意象陡

---

① 顾城:《水银》,顾工编:《顾城诗全编》,上海三联书店1995年版,第778页。

② 陈仲义:《织就分行、跨行的"空白"》,《现代诗:语言张力论》,长江文艺出版社2012年版,第359页。

峭、奇谲，提升出对象的质重感，同时，也是造成视觉形象感的冲击，这正与诗人决然承受和抵抗外部世界压力的心理相吻合。诗歌中共出现了两次柱形体，分别是"砸/下/来"和"悬/崖/上"，分别由一字体独字成行排列。从功能上来看，抒情主体处于失重的心态，渴望找到安放情感心理的支撑点；从方向上来看，"下"和"上"相互抵制、对抗，纵向地排列，将碎裂、容忍和坚持，在瀑布与岩石的类比中得到最大限度的发挥：

白岩石一样砸下来

砸

下

来

砸碎大墙下款款的散步

砸碎"维也纳别墅"那架小床

砸碎死水河那个幽暗的夜晚……

砸碎那尊白腊的雕像

砸碎那座小岛，茅草的小岛

砸碎那段无人的走廊

砸碎古陵墓前躁动不安的欲念

砸碎重复了又重复的缠绵的失望

砸碎沙地上那株深秋的苹果树

砸碎旷野里那幅水彩画

砸碎红窗帘下那把流泪的吉他

砸碎海滩上那迷茫中短暂的彷徨

把我砸的粉碎粉碎吧

我灵魂不散

要去寻找那一片永恒的土壤

强盗一样去占领、占领

哪怕像这瀑布

千年万年被钉在

　　　悬

　　　崖

　　　上①

　　诗篇以动词"砸"做领字，共出现了多达12次，易于在听觉效果上产生爆炸感。这一动词的语音重复，一方面与瀑布飞流直下的视觉效果相契合；另一方面则在深层加剧了诗人情绪的剧烈波动。诗歌的心理空间结构以图形释义，可呈现为：

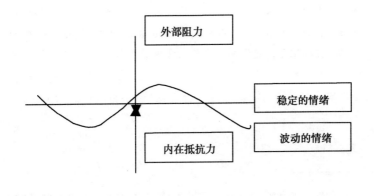

　　①　伊蕾：《黄果树大瀑布》，《伊蕾诗选》，百花文艺出版社2010年版，第43页。

"砸/下/来"以一字跨行排列方式，形象地将情感投射于语词，与之相应的是，下面的诗行并置出现了大量的偏正结构，"款款的散步""躁动不安的欲念""缠绵的失望""流泪的吉他"和"短暂的彷徨"等，表露出诗人的孤独、迷惘和悲凉心境。但即便如此，诗人并没有深陷于"砸/下/来"的动作，而是在第二节给予反向的互动。诗人伊蕾试图以永恒抵消暂时的疼痛，"要去寻找那一片永恒的土壤"，扩张自我暗示的情绪力量，"强盗一样去占领、占领"。这种力量，通过两次语词重复"粉碎粉碎"和"占领、占领"，爆炸一般被诗人推向巅峰。结尾，诗人又提到"哪怕像这瀑布"，从喻体还原到本体，回归到自我。最后，"千年万年被钉在/悬/崖/上"，既在时间上留出了心理空白，又逆向粉碎了外部世界施加在她身上的压力，从自然情感本身回到自我生命。可以说，女性诗人伊蕾调动起跨行这种声音表现形式，将个人化的情感体验充分表达了出来。

　　诗人顾城也极善于运用流线体结构。他曾将复杂、混浊的意识状态，凝结成水银——一种呈液态的有毒金属。顾城说过，"诗是很有意思的，它不会停留。对于与时同往的人来说永远是瞬间。它在事物转换的最新鲜刹那显示出来，像刚刚凝结的金属，也像春天。它有一种光芒触动你的生命，使生命展开如万象起伏的树林"[1]。在顾城看来，金属是带有光晕的，它是天空在大地上的投影，因此在他的诗歌中，总会出现"那银制的圣诞节竟然会溶化"[2]，"银灰色的裙裾连成一

　　[1]　顾城：《答何致瀚》，顾工编：《顾城诗全编》，上海三联书店1995年版，第926页。
　　[2]　顾城：《童年的河滨》，顾工编：《顾城诗全编》，上海三联书店1995年版，第252页。

片"① 和"水银样的秋月"②。顾城试图"用心中的纯银，铸一把钥匙，去开启那天国的门，向着人类"③。水银带有金属的光泽，它连接着大地与天空，这里以《水银》组诗中的《名》篇为例：

从炉中把水灌完
从炉口
     看脸　看白天
    锯开线　敲二十下
        烟

被车拉着西直门拉着奔西直门去
       Y
       Y
       Y④

诗篇《名》同样成柱状排列。所谓的名，指的是名字、名誉、名声、名分、名节等。结尾处，三个"Y"与"烟"成竖排并行，支撑着文本的图形框架。"烟"在语义上有虚无的意义，而"Y"则是实体名称的缩写，虚压在实之上，迫使实体渐渐流失，最后归于虚。同

---

① 顾城：《童年的河滨》，顾工编：《顾城诗全编》，上海三联书店1995年版，第329页。

② 顾城：《思》，顾工编：《顾城诗全编》，上海三联书店1995年版，第735页。

③ 顾城：《学诗笔记》，顾工编：《顾城诗全编》，上海三联书店1995年版，第897页。

④ 顾城：《水银》，顾工编：《顾城诗全编》，上海三联书店1995年版，第767—768页。

样，诗篇《呀》也同样体现出这种流失感，如顾城所说，"在字行稀疏的地方，不应当读出声音"①：

谁能够比树枝真实

房子上挂的那块红布

走　　走盘子

手
笑

手
舞蹈②

诗篇的排列本身，就是"房子上挂的那块红布"，由柱形树干支撑。开篇处指出"谁能够比树枝真实"，能够看出，诗人强调的恰恰是那坚实的柱体，它"笑""舞蹈"，像飘动的红布灵动自如。而文字最终消失在图像中，消解了红布的隐喻意义。

这种倒置的跨行结构，在顾城的组诗《水银》的同名篇中，表现得尤为明显：

桑树想在树下吃桑子

他走过去
鼻子放低
整个城市都看城市

别想把他骗过去
烟掉进铁栅
鸡冠花呜咽地把脸挡住

同学都在桑木桶里

别把她骗过去
就这么吃桑子　　手指通红
裙子　摊开　　五十张牌
有　　有　　　　有

哥　　　姐　　　　兄
哥　　　姐　　　　弟

桑树想做一条裙子

说好了结婚时得住桑树
五十面旗子飘了又飘

一天比一天起得要早

勤劳的生活

用铁锹挖镜子挖到树顶①

诗歌以桑树的视角结构全篇，首句"桑树想在树下吃桑子"提供了向下的视角，"同学都在桑木桶里"给出了一种内视的角度，"桑树想做一条裙子"指向了平行的方位，而"用铁锹挖镜子挖到树顶"则将角度移至上方。可以图示为：

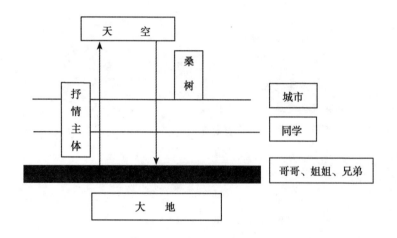

如图所示，诗人将城市、同学和哥哥、姐姐、兄弟纳入视线，以倒置的方式全视，逐层打开心理结构空间。在柱形体的跨行中，"有哥

① 顾城：《水银》，顾工编：《顾城诗全编》，上海三联书店1995年版，第783—784页。

哥""有姐姐""有兄弟",一方面,它们处于结构的底层,以柱形体的跨行方式出现,通过家庭谱系的建立,维系了断裂的情感纽带。同时,又辅助诗人以倒置的视角,支撑并填充起心理缺失;另一方面,它垂直排列在文本的中部,纵向勾连起天空与大地之间的错位关系。

显然,20 世纪 80 年代以来,汉语新诗的跨行体现出诗人的空间意识,这种空间意识带有高度的抽象感,如覃子豪所说:"抽象的表现,既能运用于绘画,也能运用于诗。因为,事物本身便有一种抽象的特质。只是我们的观念会认为:以抽象的语言表现抽象的感觉,其效果将逊于抽象的旋律之于音乐,抽象的线条之于绘画。事实上,抽象也具有形象的性质,只是这种形象我们不能给它以确切的名称。表现这种抽象的形象,是由外形的抽象性到内形的具象性;复由内在的具象还原于外在的抽象。从无物之中去发现其存在,然后将其发现物化于无。"[1] 上文提到流线体和柱形体两种典型的跨行形式,体现出抽象的旋律,由此带来的空间或者绘画感,传达出诗人内在的情感心理。

第三节 长短句:气韵的流动美

自由诗都是以长短句的形式出现的,长短句又可称为长短调,"长短调由诗行的长短造成。长行造成长调,短行造成短调"[2]。长短句产生的节奏,与心理抑或生理的气韵流动、脉搏跳动有关。本节通过分析诗人黑大春《圆明园酒鬼》、俞心樵《最后的抒情》的长句,张枣《卡夫卡致菲利斯》、臧棣《低音区》的短句,观照不同的诗人所表达

---

① 覃子豪:《覃子豪诗选》,香港文艺风出版社 1987 年版,第 122 页。
② 陈本益:《汉语诗歌的节奏》,重庆大学出版社 2013 年版,第 420 页。

的呼吸气韵和情感起伏。

一　长句

长句略显字数多，结构复杂。20 世纪 80 年代以来，诗人江河的《太阳和他的反光》、杨炼的《诺日朗》、欧阳江河的《悬棺》、黑大春的《圆明园酒鬼》和《家园歌者》、海子的《太阳·七部诗》、骆一禾的《大海》、俞心樵的《最后的抒情》等，都以"史诗""大诗"的组诗方式出现，极具代表性。诗人选择长句作为声音的表现形式，一方面表达对生命、时间的感慨；另一方面又表达浪漫主义的理想情怀，呈现出悲悯和苦难的情感基调。

20 世纪 80 年代活跃的"圆明园诗群"中，成员黑大春被称为行吟诗人。黑大春努力在诗歌与音乐之间寻找契合点，纯熟地驾驭声音的表现形式，收放自如地运用顿数提升诗歌的节奏感。可以说，他的诗本身就是音乐。其代表作《圆明园酒鬼》，追悼已逝的"老娘"，并呈现个人当下的生活状态，悲痛的情感流露出诗人对时间、生命的感悟，读起来抑扬顿挫、荡气回肠：

　　　　这一年 l 我永远 l 不能遗忘

　　　　这一年 l 我多么怀念 l 刚刚逝去的老娘

　　　　每当我看见井旁的水瓢 l 我就不禁想起 l 她那酒葫芦似的乳房

　　　　每当扶着路旁的大树 l 醉醺醺地走在回家的路上 l 我就不禁这样想

　　　　我还是一个刚刚学步的婴儿的时候 l 一定就是这样 l 紧紧抓着她的臂膀

如今我已经长大成人｜却依然摇摇晃晃地走在人生的路上｜
而她再也不能来到我的身旁①

朱光潜说过:"情感的节奏见于脉搏、呼吸的节奏,脉搏、呼吸的
节奏影响语言的节奏。诗本来就是一种语言,所以它的节奏也随情感
的节奏于往复中见规律。"② 黑大春在诗篇《圆明园酒鬼》中,将脉
搏、呼吸的节奏与语言的节奏融为一体。句式不断地拉长,整体成塔
状排列。头两句都以"这一年"引领诗行,分别停顿两次,看似数量
一致,但每次停顿的音节长度却呈递增状态。从"我永远"到"我多
么怀念",从"不能遗忘"到"刚刚逝去的老娘",一方面,节奏单位
内部赋予层次感,"我多么｜怀念"和"刚刚｜逝去的｜老娘";另一
方面,音节的长度增加,音节之间的粘连度也更紧密,从"我永远"
(3个音节)到"我多么怀念"(5个音节),从"不能遗忘"(4个音
节)到"刚刚逝去的老娘"(7个音节)。这种变化,呈现出情绪的绵
延感,也能够看出诗人对母亲的怀念之情。下面两句又以"每当"引
领诗行,同样都是3次停顿,在节奏单位的划分上极为接近,但因为
"我就不禁想起"和"我就不禁这样想"搁置于不同的位置,节奏又
有变化。其中,前者"我就不禁想起"的位置,是相对匀称的节奏单
位,而后者"我就不禁这样想"则引领更长的句式"我还是一个刚刚
学步的婴儿的时候｜一定就是这样｜紧紧抓着她的臂膀"作为宾语。
也因为宾语的加长,诗行的重心后置,童年的记忆和母亲的形象也加

---

① 黑大春:《圆明园酒鬼》,《黑大春歌诗集》,长征出版社 2006 年版,第 27 页。
"｜"为笔者加,表示节奏的停顿。

② 朱光潜:《"从心所欲,不逾矩"——创造与格律》,《谈美》,广西师范大学出
版社 2004 年版,第 67 页。

剧了诗人对自我情感的表达。另外，"我还是一个刚刚学步的婴儿的时候"，由 14 个音节组成顿，音节和音节的粘连紧密，情绪更饱满多变；"一定就是这样"由 6 个音节组成，顿里的音节清晰可辨，简洁明晰；"紧紧抓着她的臂膀"，又是由 8 个音节组成，相对折中，起到缓解情绪的作用。最后的长句，更是凸显了诗人以句子作为节奏单位的意图。3 个短句成行，由 2 个转折词"却"和"而"连接，在叙述个人成长经历的同时，将"而她再也不能来到我的身旁"的抒情性甩将出来，由此造成情感与节奏之间的协调感，"节奏与旋律是情感与理性之间的调节，是一种奔放与约束之间的调协"①。诗句在叙述与抒情间完成了一种时间性，即从"童年"到"长大成人"，从"紧紧抓住她的臂膀"到"而她再也不能来到我的身旁"，长句完整地体现了诗人悲凉、伤感的个人情绪，以"曼声歌唱、放声歌唱"② 的长歌方式感叹人生短暂和时光易逝的悲切情感。

　　同样有着行吟诗人称号的还有俞心樵，他总是能够自觉地运用节奏单位，将情绪的起伏变化传达出来，"一行诗中的停顿乃是节奏构成的主要特征之一，停顿法产生节奏的形式多样性。在诗歌言语中，停顿体现为诗节、诗行、停顿和词语的分开。一节的末尾，一行的末尾，一个词的末尾，这并非这一部分与另一部分划分的静态界限，而是构成节奏运动的动态因素"③。作品《最后的抒情》，是诗人对爱和生命的信仰，也是诗人歌唱出的最后的抒情曲调，其中长短句的交替使用让整首诗显得错落有致，参差相间：

---

① 艾青：《诗论》，人民文学出版社 1980 年版，第 179 页。
② 杨晓霭：《宋代声诗研究》，中华书局 2008 年版，第 86 页。
③ O. M. 勃里克：《节奏和句法》，［爱沙尼亚］扎娜·明茨、伊·切尔诺夫编：《俄国形式主义文论选》，王薇生译，郑州大学出版社 2005 年版，第 32 页。

我就要离开你

就要转移到一个更安全的地方去爱你

在那里我会健康如初　淡泊　透明

我会参加劳动　对生活怀着一种感恩的心情

如果阳光很好　我会展露微笑

会对自己说　除了你　我什么都没有

除了美丽　我什么都不知道

我还会说　一遍又一遍　我说

你是春天的心肝　天空的祈祷

海洋潮涨潮落毕生的追求①

　　诗篇《最后的抒情》在语义上浑然一体，相对连贯，读起来浅近、
直白。但节奏却很明朗，几乎每一个句子都饱含着个人化的情感。他
一方面交叉使用长短句，另一方面又多次运用长句表现情感的跌宕变
化。其中，诗人使用了两种长句：第一种为连绵的长句，比如"就要
转移到一个更安全的地方去爱你"；第二种为句中停顿的长句，比如
"住在桃花和阳光的五好家庭　行云流水的优秀寝室"。从第一节开始，
首句在语义上是一个完整的句子，但分为两行，好像投入平静水面中
的一枚石子，激荡起全篇的情感。其后两句诗行，行中都采取停顿，
但停顿的方式不同。第三行将停顿放在后半段，显得松散、平稳，扩
大了情感表达的空间；而第四行的停顿仅有一处，但将整行诗句的情
感重心调移至后半部分。从第五行到这一节的结束，本来完整的长句
多次出现行中停顿，气息流动的间隔也较大，可容纳的情绪更加饱

　　① 俞心樵：《最后的抒情》，《俞心樵诗选》，长江文艺出版社 2013 年版，第67 页。

和。但这一节的最后一句却没有在行中停顿，而是铺展开情绪，将潮水的流动相对紧凑地连绵于诗行中。

> 正是你今天的芳龄　我的母亲从水上回到桃林
> 她是为了让她的孩子能够爱上你才回到桃林
> 她要让我在桃林生　在桃林死　在桃林爱上你
> 在我没有出生之前　我的母亲就先替她的孩子爱上你了
> 在你没有出生之前　你　就已经存在①

此节，尽管诗人仍采用行中停顿的方式，但停顿相对整齐。从语义而言，诗人从让她的孩子爱上你再到替孩子爱上你，呈递进的层次，像诗人的絮语，反反复复地言说着。通常情况下，语言的重复可以强化抒情效果，但这种语言的重复往往指向的是语义重复，但诗人却放弃了语义的重复而采用节奏的重复，反复地抒发"她"，也就是母亲的情感。可以说，在这一节诗歌中，诗人主要强调的是"她"和"你"，抒情主人公"我"反而被挤压在一片很小的空间中。由于停顿的次数较多，节奏也相对平稳、缓和。在下一节中，诗人再一次延伸出"爱"的主体"外祖母""外祖父""父亲""爷爷""仗剑江湖的列祖列宗"：

> 爱你的水上的外祖母　外祖父
> 爱你的云朵里的父亲　爷爷　仗剑江湖的列祖列宗
> 为了让我爱上你

---

① 俞心樵：《最后的抒情》，《俞心樵诗选》，长江文艺出版社 2013 年版，第68页。

她们在水上生　在云朵里死

他们一生斗争　风雨无阻　却从来没有拥有过你

他们是有妻子们的单身汉　有丈夫的处女

只要拥有你　他们可以放弃爱情和命

可以不生下我①

在这一节中，加入了长短句的组合，同时长句的停顿也不整齐，呈现出诗人呼吸的节奏，如苏珊·朗格所言："呼吸是生理节奏最完整的体现：当我们将吸入的空气呼出时，身上便出现了一种对氧气的需要，这是新的呼吸的动力，因此也是新呼吸的真正开始。如果某次呼气不是与下一次吸气的要求同时发生——比如身体强制性呼出氧气，其速度超过正常状况，新的需要就会在自然呼吸完成之前出现——呼吸将不是有节奏的，而是气喘吁吁的。"② 开头两句，诗人那种连绵不尽的情绪也被充分调动出来，形成一股涌动的情绪流，与家族成员的排列一起跃入诗行。最后一行，通过人称的变换，更加剧了长短句的交替，诗人试图详尽所有情感，完成"最后的抒情"。

二　短句

相对于长句而言，短句是字数少、结构简单的句子，读起来显得简洁、明快。在诗歌中使用短句，对语言的锤炼程度要求较高，所以更强调诗人的技艺。20 世纪 80 年代以来，步入中年写作的汉语诗人，"将写作看作一个长期的过程，进而要求对之采取一种更为专注、具

---

① 俞心樵：《最后的抒情》，《俞心樵诗选》，长江文艺出版社 2013 年版，第69页。

② ［美］苏珊·朗格：《情感与形式》，刘大基、傅志强等译，中国社会科学出版社 1986 年版，第 147 页。

有设计意识的工作态度"①，他们不约而同地转向对技艺的追求。张枣提出"元诗"理论："当代中西诗歌写作的关键特征是对语言本体的沉浸，也就是在诗歌的程序中让语言的物质实体获得具体的空间感并将其自身作为富于诗意的质量来确立。如此在诗歌方法论上就势必出现一种新的自我所指和抒情客观性——对写本身的觉悟会导向将抒情动作本身当作主题而这就会最直接展示诗的诗意性。这就使得诗歌变成了一种元诗歌，或者说'诗歌的形而上学'，即诗是关于诗本身的，诗的过程可以读作是显露写作者姿态，他的写作焦虑和他的方法论反思与辩解的过程。因而元诗常常首先追问如何能发明一种言说，并用它来打破萦绕人类的宇宙沉寂。"② 20 世纪 80 年代以来，一部分步入中年写作的诗人对技艺的重视度越来越高，就这点而言，张枣的《卡夫卡致菲利斯》和臧棣的《低音区》《思想者丛书》较具代表性。

张枣的代表作《卡夫卡致菲利斯》，建立起短句与促节的联系。其中，促的本义为迫、急的意思，"唐宋人称节奏急促的乐曲为促曲、促拍"③，短句、促节与诗人的呼吸气韵紧密结合在一起，"诗歌的每一个言词似乎都在脱颖而出，它们本身在说话、在呼吸、在走动、在命令我的眼睛，我必须遵循这诗的律令、运筹和布局，多么不可思议的诗意啊，无限的心理的曲折、诡谲、简洁、练达，突然贯穿了、释然了，一年又一年，一地又一地，形象终于在某一刻进入了另一个幻

① 孙文波：《我理解的 90 年代：个体写作、叙事及其他》，王家新、孙文波编：《中国诗歌：九十年代备忘录》，人民文学出版社 2000 年版，第 21 页。

② 张枣：《朝向语言风景的危险旅行——当代中国诗歌的元诗结构和写者姿态》，《上海文学》2001 年第 1 期。

③ 杨晓霭：《宋代声诗研究》，中华书局 2008 年版，第 59 页。

美的形象的血肉之躯"①。张枣是一位将诗作为技艺的诗人，他重视文字的锤炼。自 20 世纪 80 年代开始创作，直至 2010 年去世，他的创作生命历程，始终无法隔断与技艺之间的关系。他对于文字的锤炼度，远远超出同时期其他诗人。张枣甚至无法摆脱对词语本身的依赖，他善于将个人的生活经验与词发生关联，无限地发明汉语新诗的语言声音。张枣的句子都极为短促，在他看来，"写诗的人写诗，首先是因为，诗的写作是意识、思维和对世界的感受的巨大加速器。一个人若有一次体验到这种加速，他就不再会拒绝重复这种体验，他就会落入对这一过程的依赖，就像落进对麻醉剂或烈酒的依赖一样。一个处在对语言的这种依赖状态的人，我认为，就称之为诗人"②。在某种程度上，张枣对语言的苛求已远远超出个体的生命承受，书写且不断地修改，寻找那个最恰当的词，来完成节奏上的平衡，已成为他创作的一种惯性，这正印证了贝恩对诗人的理解："普通人可以人性地沉浸于情感的波澜之中，而他必须对情感和醉意进行塑造，进行淬炼，进行冷处理，赋予这些柔软的物质以稳定的形式。"③ 可以说，在呼吸中聆听词的节奏感，是张枣在语言上做出的最大的努力：

> 我奇怪的肺期超向您的手，
> 像孔雀开屏，乞求着赞美。

---

① 柏桦：《左边：毛泽东时代的抒情诗人》，江苏文艺出版社 2009 年版，第 116 页。

② ［美］布罗茨基：《文明的孩子：布罗茨基论诗和诗人》，刘文飞、唐烈英译，中央编译出版社 1999 年版，第 40 页。

③ ［德］贝恩：《诗应当改善人生吗?》，贺骥译，《当代国际诗坛》第 4 辑，作家出版社 2010 年版，第 202—203 页。

您的影在钢琴架上颤抖，

朝向您的夜，我奇怪的肺。

　　诗歌开篇处，"M．B 并非完全指马克斯·勃罗德，而是一个先于时代惟一认识卡夫卡价值的鉴赏者，一个先驱者后期效果的阐释者和证明人，新文学的传教士，生活中的知音。张枣通过卡夫卡所要寻找的便是这知音"①。两次出现"奇怪的肺"，代表卡夫卡在生与死边界线上挣扎的一面影像。"肺"的出现，不免令人想到布鲁姆的一句话："诗歌是想象性文学的桂冠，因为它是一种预言性的形式。"② 卡夫卡与张枣之间，透过气韵呼吸的自然衔接③，传达出生命的感应。"肺"，这个字眼，发仄声，统领了十四行组诗，"平声字一般读得低一点、长一点，仄声字一般读得高一点、短一点"④。

像圣人一刻都离不开神，

我时刻惦着我的孔雀肺。

我替它打开血腥的笼子，

去啊，我说，去贴近那颗心：

"我可否将您比作红玫瑰？"

屋里浮满枝叶，屏息注视。

---

①　钟鸣：《笼子里的鸟儿和外面的俄尔甫斯》，《当代作家评论》1999 年第 3 期。

②　[美]哈罗德·布鲁姆：《如何读，为什么读》，黄灿然译，译林出版社 2011 年版，第 59 页。

③　诗人张枣于 2010 年 3 月 8 日，因肺癌去世。

④　陈少松：《古诗词文吟诵研究》，社会科学文献出版社 1997 年版，第 40 页。

急切的呼唤表露出抒情主体对异性的追求，"去啊，我说，去贴近那颗心："句子的精练，标点符号的停顿，都彰显出诗人内心的急迫心境，加剧了诗行内在的速度感。

> 伤心的样子，人们都想走近他，
> 摸他。但是，谁这样想，谁就失去
> 了他。剧烈的狗吠打开了灌木。①

张枣的诗歌有统领的意象，亦有统领句子的节奏。如果说柏桦的诗歌更平缓、节制，而张枣的句子则显得短促、紧张。张枣的诗歌以仄声统领全篇，一行句子又多次出现停顿，如《文心雕龙》中所载："声有飞沉""沉则响发而断"②，不断地打断叙述话语，使词与词的间距变小，这无疑推进了诗行的速度。与之相对应的是，折磨着卡夫卡、令卡夫卡伤心的"肺"，折射出的是诗人呼吸困难的情境，因而在表达上，诗人也希望透过身体的节奏传递出语言的音乐感。③

臧棣的《低音区》以短句的方式表达出消费文化时代的速度感。如果说张枣倾向于对语词的锤炼，臧棣则偏向以近乎游戏的把玩方式，快节奏、高效率地创作诗歌。消费文化意味着"首先，就经济的文化维度而言，符号化过程与物质产品的使用，体现的不仅是实用价

---

① 张枣：《卡夫卡致菲利斯》，《张枣的诗》，人民文学出版社 2010 年版，第 172—179 页。

② （南朝梁）刘勰著，王运熙、周峰译注：《文心雕龙》，上海古籍出版社 2010 年版，第 161 页。

③ 翟月琴：《疾驰的哀鸣：论张枣诗歌中的声音与抒情表达》，《南京理工大学学报》（社会科学版）2012 年第 4 期。

值，而且还扮演着'沟通者'的角色；其次，在文化产品的经济方面，文化产品与商品的供给、需求、资本积累、竞争及垄断等市场原则一起，运作于生活方式领域之中"①。物质商品的消费观念渗透入日常生活，现实生活的欲望膨胀加剧了情绪的波动。臧棣创作出快节奏的诗行，如他的《客座死者》所言："难以置信：一扇关的如此轻盈的门/会这么快地藏好他的大嗓门的欲望/他的情绪激动得无悔可忏"②，时间被引进空间，以门为空间性隐喻，捕获生与死的迅速流转，体验到时间在空间中的不可预测性。同时，他还在《神话》中写到，"她的脚步越来越快/某种年龄的加速度总是和/粗鄙的觉悟有关。而她迅疾的背影/看上去如同道德那暧昧的胎记"③，这里，女性形象与消费时代的快节奏相吻合。臧棣使用的短句体现出消费时代的速度感，就这点而言，《低音区》表现得尤其明显：

> 一个白天接着一个白天
> 夹在中间的黑夜，像是用尼龙兜
> 递过来的：有的异常难熬
> ——不论你往里面倾倒多少沸水；
> 有的却在梦里送来最美妙的
> 礼物。当我这样说时
> 　　　　有一条线
> 突然穿过我的喉咙，带着

---

① ［英］迈克·费瑟斯通：《消费文化与后现代主义》，刘精明译，译林出版社2000年版，第123页。

② 臧棣：《客座死者》，《燕园纪事》，文化艺术出版社1998年版，第137页。

③ 臧棣：《神话》，《燕园纪事》，文化艺术出版社1998年版，第138页。

暗器的速度。噢，那是你吗？
仿佛有质有量，沉甸甸地
悬挂在远处；稍加推敲——
比如说，轻轻吹口气，从反面
凸显出的带霉斑的轮廓
竟犹如另一个人的蒙尘的底牌。
假如你拿着那面镜子
请把它移近些吧！我会乐于
看到自己
　　　像快乐的鱼漂。

　　诗人采用短句的方式，第一，以逗号、分号、冒号、破折号、感叹号、问号、句号打破诗行的连贯性，使得语词缺乏负重感，而显得轻盈、自如；第二，则多次使用助词"的"，比如"凸显出的带霉斑的轮廓"和"竟犹如另一个人的蒙尘的底牌"，有间隔地割裂出动词、形容词和名词之间的距离，凸显出每个语词所占有的节奏；第三，喻词"像是""仿佛""犹如""比如"等，在诗句中只是起到引导、连接喻体的作用，诗人通过动词产生的明喻功能，去除客体对象的修饰成分，减轻了语句本身的负荷。以短句的形式，诗人将时间迅速地推进，如诗歌中所说，这是"暗器的速度"，它被"一根线"牵引着急速地穿越。朱光潜指出："在生灵方面，节奏是一种自然需要。人体中各种器官的机能如呼吸、循环等等都是一起一伏地川流不息，自成节奏。这种生理的节奏又引起心理的节奏，就是精力的盈亏与注意力的张弛，吸气时营养骤增，脉搏跳动时筋肉紧张，精力与注意力随之提起；呼吸时营养暂息，脉搏停伏时筋肉弛懈，精力与注意力亦随之下降。"① 声音决定了一首诗所彰显出的气韵，音调的缓急，与筋肉、心力的缓急并行不悖，而呼吸的长短，也直接限制字音的长短轻重。高而促的音会引起筋肉器官的紧张激昂，低而缓的音则让人平静松弛。

> 朝上还是朝下？感谢儒勒·法尔纳
> 为我们描绘过海底两万五千里：
> 用插图捕捉鲸鱼或水怪，一向是
> 我的拿手好戏。噢，最好是
> 避免朝上，那早已是虚无主义者
> 热衷的势力范围，修辞的无底洞
> 当然，你也可以说
> 　　　　天空就像瓶盖
> ——软木做的，并且狞得很死。
> 而在某个未领取生产许可证的
> 玻璃工厂的秘密仓库，宇宙
> 加工出线条流畅的孤独的人生。
> 我们听任空气将我们泡大
> 直到我们的颜色变了，直到不经
> 我们允许，我们的尸体被强行
> 解剖，列入标本的收藏计划。
> 我们的纯度暴露在骨架间。
> 可以想见，救护车的鸣笛

---

① 朱光潜：《诗论》，上海古籍出版社 2005 年版，第 91 页。

不止一次引诱过

天神手中的雷霆。

噢，那样的回声可是由颤音组成？

当然，我们的乐队依旧挺拔

我们的女儿已开始婉转，穿着

绿如花叶的裙子，同我们的记忆

捉迷藏。我们的女儿无疑是

一个有力的证据，夭折奈何不了她。

两地分居，中间的空地上

灰蒙蒙的梅雨中，有动情的青蛙

像我们在床上似的跳跃。

  一方面诗人借助顿歇纯熟地驾驭着动词，诗句停顿于几个动词处，比如趋向动词"朝下"（"朝上还是朝下？"）、"朝上"（"避免朝上"），动作动词"引诱""解剖""婉转""穿着""捉迷藏""分居""跳跃"等，以独立的空间支撑文本；另一方面，又充分利用重复，抵消语词的密度，正如王力在《王力词律学》中提到的"偷声"，也称为"减字"，指的是"把字数减少"①。他多次使用偏正结构"我们的"，事实上，这个语词已经失去了他存在的语义功能，也就是说，即使去除，也并不影响语义表达。但其存在却能够将看似冗长的句子，变得相对轻快，因为语义重心的偏移，而导致快板似的音乐效果得到提升。

---

① 王力：《王力词律学》，山西古籍出版社 2003 年版，第 31 页。

噢，时间

过得真快。也不妨说，这样的
感叹能修正悔意，当肉体被用过
我们宣布说一个人的战争结束了。
而重逢则发动了另一场。年过三十
我越来越习惯于把灵魂作为
便携式盾牌：为了那至高的安慰
我们不断发明出新的体操。而对于
那像书页一样不断翻过去的，
更普通的做法是

去倾倒垃圾筒。

　　"时间"一词的出现，点明了诗眼。首先，诗人使用叹词"噢"表示惊异和叹息；其次，"过"出现了三次，"过得真快"中动词"过"表示时间的动作性，"用过"中动态助词"过"表示动作的完成态，"翻过去"中合成动词"过去"表示动作的趋向。这个语词的频繁出现，尽管在语义上略显不同，但在音乐效果上也同样省略了更为繁复的内容，而是以尽量简洁的方式，呈现时间的不可挽回。

噢，那么放肆地
我们曾共谋如何分享你的秘密
点燃你的青春，把那在暗中
烤熟的东西，乘热端到临时
摆在阳台的餐桌上。你随手扔出
窗外的乳罩，被云朵和翅膀

匆匆剪裁后，几乎同时
兜住了太阳和月亮。一个影子
拉扯着一个影子，就像接力棒
我传递着它们。明天早晨醒来
我要做的头一件事，就是
查看一下：
　　那根线是否还在。①

　　诗篇的最后部分，诗人回到了"那根线"。这是整首诗歌的主宰，它由始至终与时间平行，传递着青春的火种。在诗人看来，青春被时间消费，但青春的力量却超越于时间而生。可以说，臧棣深谙20世纪90年代经济飞速发展所带来的时代变化，他同样以消费的心态发现并创造着每一个短句。

　　臧棣的《思想轨迹丛书》，将诗人对消费时代节奏的敏感，演变为对诗与思的追问。臧棣试图通过思维打开语词，使声音能够自如地与外在世界获得衔接，以语词迅速地捕获思维的变化。如果说张枣致力于词本身的形而上思考，并付诸技艺，而语言游弋于思想边界线的自由，则是诗人臧棣一直关注的诗学命题。臧棣几乎带着游戏的心态，将技艺作为他加速度创作的动力。臧棣在《后朦胧诗：作为一种写作的诗歌》中提到，"技巧也可以视为语言约束个性、写作纯洁自身的一种权力机制"，"不论我们怎样蔑视它、贬低它，而一旦开始写作，技巧必然是支配我们的一种权势"②。将技艺提升为最高的诗学追

---

① 臧棣：《低音区》，《燕园纪事》，文化艺术出版社1998年版，第7页。
② 臧棣：《后朦胧诗人：作为一种写作的诗歌》，《文艺争鸣》1996年第1期。

求，他认为，"诗歌在本质上是重新发明语言"①。

你有思想，它不同于人们曾告诉你的
各种结局：不论那是生命的结局，
还是宇宙的结局。你有思想的火花，
它不同于人们能看到的各种情形。
哦，火花。轮子的转动
溅起了肉体的崇高。你有思想，
所以你不可能把肉体想象成
别的事情。你有思想的对象，
它不同于现实的对立面。哦，对象，
它黑暗于光明对黑暗的无知。
你有思想，它不同于人们所熟悉的
深入或者复杂；是的，它不同于
人们所曾有过的无尽的悲哀，或惨痛的损失。
你有灵活的思想，它不同于阴郁的人
对新诗所寄予的渴望。没错，它不同于
那些无理的深渊，或是浅薄的呼吁。
你有思想，它不同于人们
在暴力与命运之间做出的选择，
它不会简单于神话里没有血。
你有火红的思想，它不同于城市的风景，
它不同于人们对荒野的态度。

① 臧棣、木朵：《诗歌就是不祛魅——臧棣访谈》，见"诗生活"网站之"木朵作坊"。

不是你不天真，而是你不会把荒野
看成是另外的事物。不是你的记忆
不够强大，而是你和诗的关系更微妙。
哦、微妙。你有思想，它不同于，
人常常被人性毁灭，也不同于野兽
从不得益于善性。你不需要具体的例子，
哦，有太多这样的例子了。你的罕见的耐心
不会针对你的形象。凡已损失的，
未必不是被筛选掉的。哦，形象，
你有强大的思想，诗才会超越你我，
变成没有比诗更现实的东西。①

　　一方面，诗人同样采用重复的方式，缩短诗句的语义表达，这样
既强调了被重复的语词，又简化了音乐效果。比如对"你有思想"和
"它不同于"两个语词的重复，加强了"思想"的独特力量，只有
"思想"着，才能够抵达"诗"境。但音乐效果却是极为单调的，也
正因为此，诗句本身就像一个永不停歇的转轮，而诗歌与思想的辩证
关系则是转轮的轴心。再如，诗行"别的事情。你有思想的对象，／
它不同于现实的对立面。哦，对象"，对"对象"一词的重复，"它不
同于人们对荒野的态度。／不是你不天真，而是你不会把荒野"中，
对"荒野"一词的重复，并没有选择其他语词替代，对于消解语词稠
密度起到了关键性的作用，诗人通过声音凸显出"对象"和"荒野"
的隐喻功能；另一方面，诗篇的精妙之处，还在于短句分散在诗行

---

　　①　臧棣：《思想轨迹丛书》，《慧根丛书》，重庆大学出版社 2011 年版，第20页。

中，与重复的语词之间形成相互辉映的关系，飞速旋转的思维显得敏捷又闪烁着火光。诗人紧抓住中心语"悲哀""损失""人""思想""渴望""深渊""呼吁"，构成名词性的偏正短语，而仅仅通过变化宾语成分，保留谓语动词"有"和"不同于"，在迅速转化对象的同时，顿歇显得紧张急促。诗人曾在解读西渡的诗歌《一个钟表匠的记忆》时，化用西渡的诗句："我知道她事实上死于透支，死于速度的衰竭/但为什么人们总是要求我为他们的/时间加速，为什么从没人要求慢一点？"① 从中挖掘到钟表匠坚持的慢，在臧棣看来，快"只是一种瞬间的感受，是一种强烈的情绪的反应。什么情绪呢？针对世俗人生的带点虚无和绝望的情绪，一种希望用'加速'来缩短人生的漫长的激愤"。在某种意义上，加速度也是另外一种慢，如臧棣所言："这当然也是快与慢的辩证法的一部分。人生的况味，生命的意义，仍然需要在'慢'的范畴中去寻找。记忆，当然是产生这些意义的心理机制：不仅如此，记忆也是一个诞生心灵的场所。最重要的，记忆始终站在'慢'这一边。"②

从上述列举中能够看出长短句所蕴藉的情感内涵，通常情况下，"句子短，节奏快；句子长，节奏舒缓"③。20 世纪 80 年代以来，长句绵延出的是诗人对生命、时间的思考，也是浪漫主义情怀的抒发；而短句则与中年写作和消费时代相关，体现出诗人对技艺和速度的摸索。总而言之，20 世纪 80 年代以来汉语新诗中的长短句作为一种声

---

① 臧棣：《记忆的诗歌叙事学——细读西渡的〈一个钟表匠的记忆〉》，《诗探索》2002 年第 1—2 辑。

② 同上。

③ 江依铮：《现代图像诗中的音乐性》，秀威资讯科技股份有限公司 2012 年版，第 80 页。

音表现形式，不仅彰显出气韵的流动美，还体现出独特的时代内涵。

第四节　标点符号：独特的节奏美

锡金在《标点符号怎样使用》中，就提到标点符号停顿的时间与音乐休止的时间之间的关系："隔点最短而急促，隔点较长而声调高扬，分点又长些而声调平展，句点最长而声调沉落。"[1] 通过标点符号延伸或者缩短句式的长度，同样能够投射出音乐效果。然而，黄灿然认为，标点符号自朦胧诗开始，就不再受到重视，因为"不用标点符号恰恰暗合朦胧诗的简单的美学要求，满足那种表达甚至是发泄感情的'基本温饱'"[2]。同样，在"第三代"诗人中，也没有真正有效地利用标点符号的声音特质，"所谓的第三代或后朦胧诗人在反朦胧诗的时候，漏掉了'反没有标点符号'这关键的一环"[3]。直到"进入九十年代，越来越多的诗人开始恢复使用标点符号，这是一代诗歌走向丰富和成熟的最明显的标志。他们需要复杂，需要变化，需要微妙，需要缜密，而要达到这些，标点符号是最现成和有效的途径"[4]。可见，标点符号对于诗歌节奏的作用，不可小觑。此处着重分析诗人蓝蓝《纪念马长风》中的省略号、《哥特兰岛的黄昏》中的破折号，黄灿然《白诚》中的分号、括号、感叹号，挖掘诗人运用标点符号所追寻的独特的生命节奏。

---

[1]　锡金：《标点符号怎样使用》，生活·读书·新知三联书店1949年版，第33页。

[2]　黄灿然：《必要的角度》，辽宁教育出版社2001年版，第260页。

[3]　同上。

[4]　黄灿然：《必要的角度》，辽宁教育出版社2001年版，第261页。

一　省略号、破折号

蓝蓝诗歌中最为醒目的特点，就是对标点符号的运用，一如"生活，有多少次我被驱赶进一个句号！"[1] 蓝蓝几乎将标点符号的运用发挥到了极致，其中，最突出的就是对省略号和破折号的运用。2004 年的诗作《纪念马长风》，以河南叶县诗人马长风为原型，书写了他的生命历程。马长风自 20 世纪 40 年代开始写诗，50 年代被打成"胡风集团反革命分子"，直到 2004 年去世，一生命运多舛、无人问津，却依然能够忘记刺骨的仇恨，露出凄凉而温柔微笑：

> ……从列车的摇晃中醒来。酷热
> 汗味和昏黄的信号灯
> 运送着车厢里的人，在通往
> 死亡的路途中。没有人想到这一点。
>
> 起身，在车厢的连接处
> 手指间的火光忽明忽暗，一个老人
> 坐在黑暗里，默不作声。
> 铁轮隆隆碾过长江大桥
> 波浪在他脸上闪闪掠过——
>
> 被一个故事讲述？他
> 老右派，倒霉的一生

可曾有人爱过他？当他年轻的时候
走过田埂，头发被风吹起来了
漂亮的黑浪翻滚，和我们的一样

但拳头和皮带像一场风暴
把他覆盖。雪停了，四周多么安静
压住肋骨断裂处的呻吟。
"他们用脚踩我的脸。"他平静地说。
我没有看到仇恨。在黑暗中
他似乎忘了这一切。凄凉的笑
从脱落了牙齿的豁口温柔溢出

现在，那趟列车终于赶上了我
十五岁，工厂女工
和三位厄运的客人一起
赶赴记忆的宴席。
杨稼生，张黑吞
我面前的座位已经空了……

他喜欢抽烟，很凶
直到命运把他燃烧成一撮灰烬。
——"您能不能少抽点？"

衣裳从手里掉到地板上

我对着嘀嗒的水龙头喃喃说……①

探讨这首诗歌最重要的原因就在于诗人将标点符号嵌入到文字当中，无限地凸显了符号本身的语义功能，"句逗的组合方式和变化方式，从声音和意义两方面决定了汉语诗歌节奏，并且通过对于诗歌节奏的控制，控制汉语诗歌形式本身"②。它看似无声，但却是安置在文字中的巨型音箱，在某种意义上，甚至强化了写作力度。《纪念马长风》一诗，共使用三次省略号。第一次出现在第一节的首句，"……从列车的摇晃中醒来。酷热/汗味和昏黄的信号灯/运送着车厢里的人，在通往/死亡的路途中。没有人想到这一点"。同样是列车，省略号一方面给读者以强烈的画面感，它拖着节节断续的车厢，连绵地行驶着；另一方面，也是更为重要的，正是诗人最为强调的时间属性。时间的延宕，渗出的汗渍才越发显得刺鼻，死亡的气息才挥之不去。第二次出现在第五节的最后一行，诗人娓娓讲述着马长风的一生，他波澜、倒霉、呻吟着的一生。而此时诗人陡转笔调，将视线从书写对象马长风转向自我，他者的命运自然地与自我的生活过往重合在一起。而这种重合源自于"厄运"和"记忆"，它造成空白与缺席，"我面前的座位已经空了……"，这看似平凡的叙述，却暗合了诗人蓝蓝的心境，对于记忆的祭奠，怅然、酸楚的情绪，填补了这片空白的"……"。第三次省略号出现在最后一节的结尾，是诗人的心理潜对话。与马长风的生活经历相契合，诗人试图给自己一种暗示，以抵消沉默的灰烬，以弥合现实生活的裂隙。"我对着嘀嗒的水龙头喃喃

① 蓝蓝：《纪念马长风》，《诗篇》，长征出版社2006年版，第30—31页。
② 沈亚丹：《寂静之音：汉语诗歌的音乐形式及其历史变迁》，上海人民出版社2007年版，第67页。

说……"，与开篇相吻合的是，诗人再次通过省略号切入画面，滴答滴答的水龙头，像时间一般，最终流淌在欲言又止中，留下无限的思考空间。

除了省略号，蓝蓝还习惯使用感叹号、破折号等标点符号。它们被巧妙地编排于不同的位置，成为语义表达中不可忽视的重要部分。感叹号的运用，加强了时间的紧促和迫近感，既体现出闪电一般的速度，又表露出诗人决绝的心理状态。而诗篇《恳求》则将这种标点符号的运用推向了极致，完成了一次拟仿场景的戏剧性对话：

> ……请对我说：你还记得吗？
> 请再说一遍：——你记得吗？
>
> 我听着，听着你
> ——是的。是的！
>
> 我就是这样来的。作为一个人。
>
> 还有——你也是。以及
> 你们。我们①

标点符号几乎与文字的反复，占据了同等的阅读时间和空间。诗人在人称的转换中，以省略号、破折号完成对话的间歇性。"我"对"你"的询问，是一种暗示，彼此以无言的方式，寻求着默认。"我"

---

① 蓝蓝：《恳求》，《睡梦，睡梦》，河北教育出版社 2003 年版，第 180 页。

与"我"之间，诗人重复着"听着""是的"，一个"！"，警醒而决绝，让自我更为坚定地确信心理暗示。她将这种恳求，从"你"到"你们"，从"我"到"我们"，由个体衍生出无限的个体集合，形成群体的共鸣和隔膜，调高了语词的音效，同时激荡出震颤的回声。

诗人蓝蓝的诗句中，很难寻到拉伸、延长的修饰成分，往往都显得简洁、短促。她最善于使用破折号，试图在支离破碎的现实世界，还原自己的生活，"或许 有一天我会衰老/像一件用旧的农具/可请你不要把它扔掉/像对待一个外人 像今天/——今天，恋旧已是降价书里的/片段"①。同样，也很难寻到狰狞、残酷和血腥的场景，她的笔调宁静而平缓，又时常怀抱着宽恕、感恩的心态，"当孩子长大，男人们也离开/你们想着死亡和深夜行走/当年轻的白杨腰肢完成朽木/你们在伤害和宽恕中将完成"②。事实上，蓝蓝总是打破诗句之间或者语词之间的平衡对称感，使得诗篇显得破碎不堪。这样的个人情感体验，慢慢透过平滑的叙述，延伸出一种相对艰涩的表达效果，将外部风景与心理体验、情爱的完美与残缺相互融合，比如她 2009 年的诗歌《哥特兰岛的黄昏》：

> "啊！一切都完美无缺！"
> 我在草地坐下，辛酸如脚下的潮水
> 涌进眼眶。
>
> 远处是年迈的波浪，近处是年轻的波浪。
> 海鸥站在礁石上就像

---

① 蓝蓝：《在今天》，《内心生活》，春风文艺出版社 1997 年版，第 215 页。
② 蓝蓝：《我的姐妹们》，《诗篇》，长征出版社 2006 年版，第 136 页。

脚下是教堂的尖顶。
当它们在暮色里消失，星星便出现在
我们的头顶。

什么都不缺：
微风，草地，夕阳和大海。
什么都不缺：
和平与富足，宁静和教堂的晚钟。

"完美"即是拒绝。当我震惊于
没有父母和孩子
没有我家楼下杂乱的街道
在身边——如此不洁的幸福
扩大着我视力的阴影……

仿佛是无意的羞辱——
对于你，波罗的海圆满而坚硬的落日
我是个外人，一个来自中国
内心阴郁的陌生人。

哥特兰的黄昏把一切都变成噩梦。
是的，没有比这更寒冷的风景。①

---

① 蓝蓝：《哥特兰岛的黄昏》，《从这里，到这里》，河南文艺出版社 2010 年版，第 113 页。

诗人捕捉到哥特兰岛的完美画面，但并没有沉湎于其中。在俄罗斯女诗人茨维塔耶娃的诗歌中，最为常见的表现手法，也是对破折号的运用，诸如诗篇《一次又一次——您》中，"太阳照耀我——在子夜！／正午——我蒙受灿烂的星光／在我头顶——我美妙的灾难／洗涤着一朵朵浪花"①。这里的破折号体现出一种决裂的语言态度，也流露出痛楚而坚定的情绪。在蓝蓝的《哥特兰岛的黄昏》中，诗人将自我与景致之间反复对照，于是完美的世界出现裂隙，而根源却在于"我"的存在，"在身边——如此不洁的幸福／扩大着我视力的阴影……"诗人向往"微风，草地，夕阳和大海"的纯净、质朴，也向往"和平与富足，宁静和教堂的晚钟"。然而，尽管这画面与诗人的情感心理相一致，诗歌中没有赞美和抒情的修饰性语词，反被"仿佛是无意的羞辱——"颠覆。凹陷的诗行（"脚下是教堂的尖顶。"），长短相间的句式（"和平与富足，宁静和教堂的晚钟。"）等声音表现形式将整首诗歌肢解地破碎不堪，显得孤独、绝美、凄凉。

蓝蓝对破折号和省略号的运用，堪称 20 世纪 80 年代以来汉语新诗的典范。事实上，对破折号和省略号的重视，不仅在蓝蓝的诗歌中有所体现，包括孙文波的《改一首旧诗……》、凹凸的《中原，或一头牛》等，也频繁使用。由此可见，这一阶段诗人对破折号和省略号所产生的节奏美已相当关注。

二 分号、括号、感叹号

在诗人黄灿然的诗篇中，也不难发现标点符号的创造性运用所产生的独特的节奏效果，因为"标点符号给诗句留下一些呼吸的余地，

---

① ［俄］茨维塔耶娃：《一次又一次——您》，《茨维塔耶娃诗集》，汪剑钊译，东方出版社 2011 年版，第 61 页。

有了它们，诗歌才有空间感，你才会想到要呼吸"①。但在他看来，
"大部分使用标点符号的诗人还只懂得最简单的标点符号：逗号、句
号、问号、冒号、顿号、省略号和感叹号。最关键的分号、引号和破
折号并没有得到很好的使用"②。黄灿然一直在寻找一个"更准确的声
音"③，透过这个声音重新拾起被忽视的语言，最大限度地获得节奏
感，从而传达出个人化的情感、心理状态。也正因为此，黄灿然格外
提倡"视觉声音"，即重视"诗行的长短排列和标点符号本身在视觉上
构成的节奏感"④。例如，他的《白诚》，使用了冒号、分号、括号，
相当具有代表性：

> 大学时代的同班同学，很多
> 我都已经忘记他们的姓名，
> 也很少想起他们，除了白诚：
> 他是我们班上唯一的教徒，
> 一个弱不禁风的基督教徒，
> 永远穿着一件深蓝色中山装
> 和一件贴身的白衬衣，白领
> 把他的深蓝色中山装衬得更深蓝，
> 把它苍白的脸衬得更苍白；
> 他有一对又黑又圆的大眼睛，

---

① 黄灿然：《必要的角度》，辽宁教育出版社 2001 年版，第 261 页。
② 同上。
③ 钟润生、黄灿然：《"以前是我在写诗，现在是诗在写我"》，《深圳特区报》，
2012 年 9 月 25 日。
④ 黄灿然：《译诗中的现代敏感》，《读书》1998 年第 5 期。

含着畏惧，仿佛他小时候
见过一个令他惊恐的场面，
这惊恐从此凝固了。
而我要说的，是另一个场面：
有一天上午，班上句型演讲比赛，
大概有五个人参加，包括我，
我还得了一个二等或三等奖；
当班主任准备宣布比赛结束的时候，
白诚站起来，走上讲台，
我们先是一愣，接着
便悄声议论起来；白诚
腼腆地张开口，但我们听不到声音，
他的嘴巴拼凑了一分钟，
才在他那只宣誓般
抬起右手的鼓舞下
艰难地形成几个字，
"我们——应该——追求
——自由，关心——苦难。"
我们又是一愣，接着
轰地大笑，我尤其
笑得比谁都响亮
（想起来是多么羞惭），
并恶作剧地鼓掌
（愿上帝宽恕我），
大家也跟着鼓掌，白诚

在笑声和掌声中走回座位……
这些年来，我总是想起
他那没有声音的口，
他那拼凑了一分钟的嘴巴，
他那宣誓般抬起的右手，
还有那艰难地形成的几个字！①

　　20 世纪 90 年代，叙事诗的写作相当普遍，可以说，诗人"有意识地把叙事性纳入到汉语诗歌的写作中，称得上是 90 年代诗歌的一个重要标志"②。黄灿然极其善于把握诗歌的叙事性书写方式，而叙事性如伯格所云，"叙事即故事，而故事讲述的是人、动物、宇宙空间的异类生命、昆虫等身上发生或正在发生的事情。也就是说，故事中包括一系列按时间顺序发生的事情，即讲述在一段时间之内，或者更确切地说，在一段时间发生的事情"③。它不仅要呈现主人公的主观感情，还要陈述事实，突出事情发生的时间顺序，这就与抒情性作品之间构成差异。与叙事性诗人孙文波、张曙光等重视"事"不同，诗人黄灿然强调声音，他将标点符号作为一种写作策略，充分调动讲述者与听众产生共鸣。诗篇《白诚》中"也很少想起他们，除了白诚"，诗人使用冒号展开叙述层，叙述人与人物自然地被引入事件。而分号也被赋予意义，如黄灿然所说："分号在表达思想和协调音乐方面发挥的

① 黄灿然：《白诚》，《我的灵魂》，重庆大学出版社 2011 年版，第 120 页。
② 张曙光、孙文波、西渡：《语言：形式的命名》，人民文学出版社 1999 年版，第 362 页。
③ ［美］阿瑟·阿萨·伯杰：《通俗文化、媒介和日常生活中的叙事》，姚媛译，南京大学出版社 2000 年版，第 5 页。

作用是不可估量的，它使一个诗人的思维得以复杂、立体、交叉，使诗句的节奏得以绵延、伸展、扩散。"① 可以说，分号加强了诗人思维的层次感，对"白诚"和"我"的白描显得次序井然。此外，诗句"艰难地形成几个字，/'我们——应该——追求/——自由，关心——苦难。'"多次使用破折号，一方面突出叙事场景所产生的现场感，另一方面破折号所占据的时长，成为表达人物"白诚"情绪波动的重要技巧。再有，诗行"（想起来是多么羞惭）"和"（愿上帝宽恕我）"的括号，又表达了叙述人的心理独白，多声部地丰富了叙事的内容。诗句"在笑声和掌声中走回座位……"的省略号，拖延了叙事时间，延伸了诗行的时长，在文本内部获得声音的协奏。诗人还在诗句末行使用感叹号，整首诗歌戛然而止，通过紧促的速度感，以结束不堪的回忆。

如上文提到的，当下汉语诗人对标点符号的运用逐渐自觉，无论是省略号延伸出的时间意识、破折号呈现的决绝心态，还是分号表现的叙述层次、括号体现的心理独白等，诗人们都试图通过调动标点符号寻找一种独特的节奏，创造性地把握自我的生命意识和情感经验。

小　　结

基于 20 世纪 80 年代以来汉语诗人的创作实践，本节选取了四种声音表现方式着重分析，即回环、跨行、停顿和标点符号。通过具体的文本细读，一方面阐明这四种声音表现方式的美学特征，突出不同诗人在处理这些问题时的差异；另一方面则进一步探寻声音表现形式

---

① 黄灿然：《必要的角度》，辽宁教育出版社 2001 年版，第 261 页。

所蕴藉的情感心理特征。

概而言之，第一，回环可分为圆形、回形和套语三种模式。以圆形诗歌创作的诗人蓝蓝和王寅，将首尾诗句相重叠，蓝蓝的《一个和无数个》是母爱与情爱的反哺和互饮，王寅的《靠近》渴望着抵近记忆，圆形诗歌体现出诗人追求完满的心理体验；昌耀《紫金冠》的宗教情结和柏桦《在清朝》的历史与现实的错动，都是回形诗歌的代表，诗人将语音重心偏移至一个位置，增添了情感的负重感；套语诗歌显得更具音乐性，但诗人多多《依旧是》所蕴含的记忆和返乡的情绪，陈东东《诗篇》和西渡《秋天来到身体的外边》对音乐和生命形式的呈现，都体现出套语诗歌的叠加、层递的韵律和情绪效果。第二，跨行与空间的节奏美感不可分割，选择柱形体和流线体两种跨行形式，从中观照诗人所流露的心理特征。其中，杨克《深谷流火》体现出传统文化的流动和变迁，顾城《水银》（《愿》）体现出诗人意识的流动；同时，还以图解的方式，解析伊蕾的《黄果树大瀑布》和顾城《水银》组诗中的《名》《呀》，探讨诗人凭柱形体的跨行方式所寻求的心理支撑感。第三，将停顿分为短句和长句。诗人张枣和臧棣是短句的典型实践者，张枣《卡夫卡致菲利斯》《空白练习曲》的促节短句将呼吸的气韵与技艺相联系，臧棣的《低音区》则保持与消费时代同步的快节奏；诗人黑大春和俞心焦有着行吟诗人的称号，黑大春《圆明园的酒鬼》以长句放声曼歌，吟唱出对时间、生命与死亡的感悟，俞心樵《最后的抒情》则交替使用长短句、连绵的长句和行中停顿的方式，回到节奏感，在情绪上完成"最后的抒情"。第四，在标点符号的实践上，蓝蓝和黄灿然表现得尤其自觉。蓝蓝的《纪念马长风》每一次使用省略号都指向一种时间性，《哥特兰岛的黄昏》对破折号的使用则通往凄绝和破碎的情感心理；而黄灿然不仅是理论的倡

113

导者，也是实践的参与者，他的《白诚》巧妙地调动分号、括号和感叹号，在表达叙事性的同时，也将诗人的思维和情绪层层铺展开来。

由此可以看出，诗人对声音表现形式的实践，也是个人情感的个性化表达，"现代诗歌的个性不是来自诗人的思想和态度：来自他的声音。更确切地说：来自他的韵律。这是一种无可名状的、不会混淆的音调变化，注定要将它变成'另一个'声音"①。可以说，这些诗人从个体生命体验出发，不断地探索着声音的表现形式，营造出 20 世纪 80 年代以来汉语新诗所特有的韵律、节奏之美。

---

① ［墨西哥］奥·帕斯:《批评的激情》，赵振江译，云南人民出版社 1995 年版，第 94 页。

第三章　声音的主题类型

声音会与词语相连，这些词语最终结集为诸多母题，而意义关联作为最终产物就从母题中被制造出来。

——胡戈·弗里德里希：《现代诗歌的结构：
19 世纪中期至 20 世纪中期的抒情诗》

20 世纪 80 年代以来汉语新诗的声音表现形式呈现出多样性的特点，这与诗人的情感、心理变化密切相关。同时，这一时代的诗人又试图重新组合语音、语调、辞章结构和语法等，反馈他们的情感、心理变迁。这一重新组合的努力表现在三方面：反传统的抗声，女性诗歌的音域和互文性的借音。一方面，它们能够凸显出语音、语调、辞章结构和语法等方面重新组合后的特点；另一方面，声音本身就具有主题性，诗人在思考生命和情感体验的同时，也探寻着更准确而有特色的声音。本章以文本与场域之间相辅相生的关系为视角，试图重新审视整个诗歌场域，进一步探寻诗学观念和诗歌创作所呈现的声音特点。

第一节　反传统主题的抗声

20 世纪 80 年代，以"莽汉""非非""他们"等先锋诗派为代表，抵抗官方意识形态的话语侵蚀、抵抗朦胧诗歌晦涩难懂的美学秩序、抵抗语言的焦灼感，追求日常生活经验，实现"拒绝难度"的平庸书写姿态。这样的转变，构成了整个 20 世纪 80 年代以来新的书写模式，开拓了汉语新诗的一种别样空间。以反传统的方式介入到汉语新诗的历史进程，可称为抗声，其中"抗"有"违抗"、"捍卫"① 的意思。"抗声"即"高声、大声"②，借用沈括在《凯歌》中的论述，"边兵每得胜回，则连队抗声'凯歌'，乃古之遗音也。'凯歌'词甚多，皆市井鄙俚之语"③。抗声在语词选用上多取"词甚多，皆市井俚俗之语"，而在情绪上显得高扬激昂，"相当于今人所谓扯着嗓门高唱"④。其中，因为 20 世纪 80 年代以来的诗人有着对抗、反抗、拒斥、顽抗、拒绝的对抗精神，所以往往情绪高亢，大声歌唱。这种抗声在声音的表现方式上主要体现为两种，一为口语诗人以"拒绝难度"的姿态回到语感，恢复语音、语调、辞章结构和语法的知觉；二为网络诗歌以突破传统思维为旨归所呈现出的非线性结构。

一　回到语感："拒绝难度"

"第三代"诗人怀揣着对抗朦胧诗以意象为中心的初衷，视"观

---

① 《辞源》（修订版），商务印书馆 1985 年版，第 1214 页。

② 同上书，第 1215 页。

③ （宋）沈括：《梦溪笔谈校证》，胡道静校证，古典文学出版社 1957 年版，第 224 页。

④ 杨晓霭：《宋代声诗研究》，中华书局 2008 年版，第 390 页。

念形态"的意象与"语言形态"的语感为两种对立的诗学范畴①，有意降低意象产生的语义难度，注重生命和语言的同构关系，试图回到语感："诗最重要的是语感，语感是诗的有意味的形式。诗的美感来自语感的流动，一首诗不仅仅是音节的抑扬顿挫，同时也是意象、意境、意义的抑扬顿挫。是美感的抑扬顿挫。语感不是抽象的形式，而是灌注着诗人内在生命节奏的有意味的形式。"② 所谓的语感，"一方面，它是语言中的生命感、事物感，是生命或事物得以呈现的存在形式，就如诗人们所说，在诗歌中，生命被表现为语感，语感是生命的有意味的形式。另一方面，它又是一种纯粹的语言形态或称元语言，它是在消解了意象的观念或理论之后而还原和最终抵达的一种本真语境，是在本原的生命或事物中始源的一种言说形式"③。"第三代"诗人自身带有反叛的情绪，既不甘于在政治意识形态的框架中泯灭诗性价值，又抗拒在预设的传统文化秩序中受限。受到现象学和存在主义思潮的影响，诗人们希望通过语言抵达存在，恢复诗歌的语感，"在貌似平淡的表面下，语感可能获得超语义的深刻。同时，语感亦代表诗的声音，既来自感官又来自灵魂。它是质朴无华的生命呼吸，是充满音响音质的天籁，是在直觉心理状态下，意识的或无意识的自然外

---

① 孙基林：《论"第三代诗"的本体意识》，《文史哲》1996 年第 6 期。孙基林认为，语感与意象之间存在着对立关系，前者指向语言形态，而后者指向观念形态，"在语言形式这一层面上，语感是与意象相对立的诗学范畴。传统意象本质上是一种观念形态，意象所指的是一种二度所指的观念形态，它的核心是指向语符之后的那个深度意义和观念的……可见意象所终极指向的是一种二度所指的观念形态，而语感则是一种语言形态，或语言所呈现的生命形态和事物形态，它的本质是回到自身，因而他反对象征，拒绝隐喻和变形"。

② 于坚：《棕皮手记》，东方出版中心 1997 年版，第 256 页。

③ 孙基林：《论"第三代诗"的本体意识》，《文史哲》1996 年第 6 期。

化，是情绪、思维自由活动的有声或无声的节奏"①。

首先，以陌生化的处理方式，采用口语创作，回到日常语言，重新挖掘日常生活中被忽略的语音、语调、辞章结构和语法等。杨黎作为 20 世纪 80 年代"非非主义"的重要发起人，尽管他鲜有诗学论述，但其创作却有效地实践了"非非"精神，最为重要的贡献是"以声音感的凸显造就了一种特殊的语言现象"②。他始终推崇口语创作，并坚持只有回到日常话语，才能发现诗意。如艾略特所指出的："诗界的每一场革命都趋向于回到——有时是他自己宣称——普通语言上去。"③而"不论诗在音乐上雕琢到了什么程度，我们必须相信，有一天它会被唤回到口语上来"④。但口语诗歌写作并不意味着毫无禁忌地随意而作，其难度就在于语感所传达的内蕴必须是诗性的。其中，李亚伟的《中文系》"一年级的学生，那些/小金鱼小鲫鱼还不太到图书馆及/茶馆酒楼去吃细菌长停泊在教室或/老乡的身边有时在黑桃 Q 的桌下/快活地穿梭"⑤，丁当的《房子》"翻翻以前的日记沉思冥想/翻翻以前的旧衣服套上走几步/再坐到那把破木椅上点支烟/再喝掉那半杯凉咖啡"⑥，这些口语诗既保留了日常生活语言的鲜活性，又不乏诗意。诗人试图把握住日常生活中最自然的呼吸节奏，以简洁、朴素的语词传达出生活的面貌。这里以杨黎的《街景》为例：

① 陈仲义：《诗的哗变》，鹭江出版社 1994 年版，第 106 页。

② 罗振亚：《朦胧诗后先锋诗歌研究》，中国社会科学出版社 2005 年版，第 90 页。

③ ［美］T. S. 艾略特：《艾略特诗学文集》，王恩衷译，国际文化出版公司 1989 年版，第 180 页。

④ 同上书，第 187 页。

⑤ 李亚伟：《中文系》，《豪猪的诗篇》，花城出版社 2006 年版，第 7 页。

⑥ 丁当：《房子》，《房子》，河北教育出版社 2002 年版，第 37 页。

这会儿是冬天

正在飘雪

忽然

"哗啦"一声

不知是谁家发出

接着是粗野的咒骂

接着是女人的哭声

接着是狗叫

(狗的叫声来得挺远)①

　　诗篇《街景》，是诗人杨黎献给法国作家阿兰·罗伯-格里耶的作品。在杨黎看来，"语感，就是射向人类的子弹或子弹发出时所发出的超越其自身意义之上的响声"②。他在作品中勾勒出最为常见的生活片段，看上去并没有经过刻意雕琢的文本，却体现出生动的画面感。诗人在分行处，充分利用时间的停顿和延长，几乎无处不释放出语词本身的力量，显得收放自如。语句"这会儿是冬天"将诗歌的时间局限在冬季，表现进行式的动作"正在飘雪"呈现出时间状态，修饰短暂性动作的副词"忽然"凝聚了意外发生的瞬间。紧接着出现了一系列表达声音的语词，"哗啦""咒骂""哭声"和"狗叫"，四种声音没有粘连在一起，而是并置出现，"杨还善于通过语感获得超人的感觉，常用几个噪音的传递，亮色的转换和重复手法运用，营设类乎电影主旋

　　① 杨黎：《冷风景》，万夏、潇潇主编：《后朦胧诗全集》，四川教育出版社1993年版，第404页。

　　② 杨黎：《声音的发现》，民刊《非非》（1988年鉴·理论卷），转引自陈仲义《现代诗：语言张力论》，长江文艺出版社2012年版，第235页。

律的寂静神秘的画面，其《怪客》《冷风景》《高处》《动作》都有这种透明简化的特点，并且它们的连续就是消除语义的过程，典型地体现了'非非'诗派回到声音的主张"①。同时，诗人连续使用三个"接着"，一方面这四种声音的发生是有时间顺序的；另一方面则通过听觉的先后反映还原了生活场景。"词语在被诗歌挑选的开始，就进入了一个先于诗歌而存在的音乐结构。诗歌语音结构模式是先于具体诗歌和音乐而存在的音乐模式"②。这里虽仅截取《街景》的一角，却能够看出，诗人试图回到语感，以日常表达最为熟悉的口语入诗。他把握住了这种陌生的熟悉感，发挥出口语诗的魅力。正如李亚伟在《莽汉主义宣言》中声称的，要"捣乱、破坏以至炸毁封闭式或假开放的文化心理结构"③，而由周佑伦、蓝马执笔的《非非主义宣言》中则提到，"我们要摒除感觉活动中的语义障碍"实现"感觉还原"，"我们要摒除意识屏幕上语义网络构成的种种界定"实现"意识还原"，"我们要捣毁语义的板结性，在非运算的使用语言时，废除它们的确定性；在非文化地使用语言时，最大限度地解放语言"以实现"语言还原"④。《非非一号》是杨黎还原语感以回到声音的又一次尝试，此后他创作的《窗帘》《声音》《大雨》等诗篇都在实践上进一步拓展了他的诗学观念。可以说，以杨黎为代表的"第三代"诗人有意消解意象所产生的歧义和朦胧效果，背离朦胧诗以意象为主导的美学原则，采

---

① 罗振亚：《朦胧诗后先锋诗歌研究》，中国社会科学出版社2005年版，第90页。

② 沈亚丹：《通向寂静之途——论汉语诗歌音乐性的变迁》，《南京师范大学学报》（社会科学版）2002年第3期。

③ 徐敬亚、孟浪等编：《中国现代主义诗群大观1986—1988》，同济大学出版社1988年版，第95页。

④ 同上书，第34页。

用"语言还原"的方式，从听觉出发，回到汉语新诗的声音。

其次，"第三代"诗人为打破语义层的晦涩，选择日常语词入诗，但这并不意味着他们的韵律和语调也遵循惯常的审美趣味。在韵律和语调问题的处理方式上，他们选择了一条与朦胧诗背道而驰的路。朦胧诗为抒发情感，追求听觉层面的感染力，多采用能产生韵律感的押韵、排比等形式。而"第三代"诗人却使用不平滑的语法规则，让每一个词语的语音、语调、辞章结构和语法获得新的生命。正如于坚所说："我的散文写下来就是很有音乐性的，而写诗的话，我相反要把语调处理得生涩一点。韵律太流畅令诗歌油滑，尤其是在句末押韵。"[1]于坚颠覆了朦胧诗不断加长修饰语、添加形容词的线性的抒情语调，而注重发掘名词、动词或者形容词等独立生成的语词。于坚认为，思想是沉默的，诗歌也是无声的，"语言来自声音，但语言不是声音，语言是沉思默想的结果"[2]。于坚区分出语言文字和口头声音，当然，在于坚看来，汉语新诗的语言文字不应该像古典诗歌一样，讲究平仄、押韵、对仗和字数等，也不应该用来放声朗诵，而需进入更深层次的沉思默想。他认为，诗是语言的，语言只有在沉默的时候，才可以命名一切。沉默让诗人进入了思维的活跃状态，词语也回到现实。诗人试图保护思维过程，忽略口头声音的存在，而形成无声的诗意的完整性。表面看，似乎于坚放弃了诗歌语言和声音的联系，而重视发展语言和思想的关系。而事实上，于坚放弃的只是古典诗歌的平仄、押韵、对仗、字数，他追求另外的声音表达，一种与自然的语言韵律更

---

① 于坚：《玻璃盒、自我、诗歌的音乐性——与德国青年诗人巴斯·波特舍对谈》，《青年文学》2008年第6期。

② 于坚：《朗诵》，《于坚诗学随笔》，陕西师范大学出版总社有限公司2010年版，第123页。

接近的声音，一种与思想相联系的内在的节奏。于坚的这一诗学理念几乎贯穿于他的整个诗歌书写实践中。他秉持着激昂的抗声组织他的语词网络，破坏性地将传统的诗歌语言组织瓦解得支离破碎，诗篇呈现出非线性的文字方阵，造成碰撞摩擦般混响的摇滚效果，比如于坚创作于1992年的《0档案》，它一度被认为是非诗，颇受争议：

> 墙壁露出砖块　地板上木纹已消失　来自人体的
> 东西
> 代替了油漆　不光滑　略有弹性　与人性无关
> 手术刀脱落了　医生48岁　护士们全是处女
> 嚎叫　挣扎　输液　注射　传递　呻吟　涂抹
> 扭曲　抓住　拉扯　割开　撕裂　奔跑　松开
> 滴　淌　流
> 这些动词　全在现场　现场全是动词　浸在血泊
> 中的动词①

　　《0档案》是于坚构建的一整套诗歌语词秩序，在这种秩序中，书写体的语言是破碎的，以空白的形式隔开，每一个语词都具有独立性。语词"嚎叫""挣扎""输液""注射""传递""呻吟""涂抹""扭曲""抓住""拉扯""割开""撕裂""奔跑""松开""滴""淌""流"，每一个动词是单独的，但又是连贯性的，它们一个个冰冷地站立在现实世界中，成为现场的主角，不需要任何修饰，作为场景，戏剧性地占据了整个舞台。《0档案》是诗人将语言与思维发生直接关联的实

---

① 于坚：《0档案》，《0档案》，云南人民出版社2004年版，第30页。

验，台湾评论家陈大卫认为，"在纯粹的微物叙事当中，一旦抽离了事件的趣味性和人物的血肉感，或者较罕见的声纳构图之创意，原有的诗意和语感势必严重流失，于坚令人胆战心惊的口语叙事，终于超出诗与非诗的临界点，成为非诗。类似的行文模式，无可挽救的吞噬了《0 档案》"①。的确，如陈大卫所云，于坚的《0 档案》更像是声纳，承担着水下测声的功能。但这种声音与语义息息相关，于坚以看似失去趣味性和血肉感的语词诠释了私人化与公共性的关系，实际上却更是"以最个人的方式来揭露、讽刺最贫乏空洞的存在"②。同样，如果从于坚所要通往的语言之路来看，它则又携带着极端破坏性的意图，以颠覆传统诗歌的平仄、押韵、对仗和字数。在这个层面上，于坚试图还原每一个语词，语词本身被赋予生命，这些语词像是单独存在的无声力量，透过沉默实现抗拒性的表达效果。

再有，以沈浩波、大卫等为代表的口语诗，提倡韵律、节奏。直到 2000 年，随着伊沙、沈浩波、尹丽川、朵渔等创办《下半身》诗刊，并撰写《下半身写作及反对上半身》，下半身书写开始正式步入口语诗的行列。自此，汉语新诗将口语诗推演为口水诗，包括赵丽华的梨花体《当你老了》《爱情》，"垃圾诗派"徐乡愁的《我倒立》《解手》以及诗人乌青创制的乌青体《对白云的赞美》等，他们提倡"反崇高""低俗化"，有意颠覆传统的美学观念，视下半身、日常生活和口语为一体。这里笔者并不否认口语诗，甚至口水诗存在的合法性，然而只有下半身和日常生活而没有诗也是当下口语诗创作的误区。沉

---

① 陈大卫：《论于坚诗歌迈向"微物叙事"的口语写作》，《台湾诗学学刊》第 19 号，2012 年 7 月，第 34 页。

② ［美］奚密：《诗与戏剧的互动——于坚〈0 档案〉的探微》，《诗探索》1998 年第 3 期。

涵于毫无节制的日常生活化的宣泄，或者深陷于大众化的狂欢，口语的生命力反而会萎缩。在沈浩波的长诗《蝴蝶》中，"我看到地球彼侧，老黑奴的子孙，举起透明的/巨大如船的鸡尾酒杯发表就职总统演说/我看到梦想还在延伸，我看到冤死于铁幕大海的漆黑幽灵/我看到骄傲的头角自草丛中上升，岁月之锋不能将其抹平/我看到一只白色的蝴蝶，挥动纤细的双翼，永日飞翔"①，几个"我看到"铺排开来，将诗人的情绪表达渐进式地由"黑色"推向"白色"，呈现出由沉重迈向轻盈、由浑厚迈向纯粹的审美效果。同样，诗人大卫攫住身体的战栗，并注入瞬间的激情。诗歌《至少》中的"至少你的美是天鹅的一次犯罪/地球停止转动/星星的小火已把天空慢慢地煮沸/河汉无声，鸟兽隐迹/世界只剩一灶，一碗，一床/至少你转过身的时候/我抱住了自己"②，或者《大峡谷》中的"无垠的寂静有时让人难以忍受/如果露珠不落/鸟鸣不会提前撤退/第一次感受到了天光的温柔/她从恋人的舌尖/取来了甜蜜、温热、还取来了颤栗"③，再有《楠溪江：漂流》中的"在寂静里转身，仿佛我才是寂静发出的/声音，竹筏经过江心时/江是绿的、软的/不堪一击的。油桐花开的时候/我只看见白色有人说水，有人说水融于水/又消失于水/天低处，江面更低/你穿过苍茫之时，正好也穿过了我有什么好说的，因为你，我看见了/小范围的磅礴也看见了大面积的虚弱/有什么好说的，因为错过，我多了一次日落"④，其中没有艰涩的意象，也没有拗口的语词，而是以口头表达的方式，多次运用复沓完成抒情性。诗人大卫既没有陷入粗

---

① 沈浩波：《蝴蝶》，上海锦绣文章出版社2010年版，第62页。
② 大卫：《至少》，《内心剧场》，中国文联出版社2008年版，第124页。
③ 大卫：《大峡谷》，《内心剧场》，中国文联出版社2008年版，第37页。
④ 大卫：《楠溪江：漂流》，《诗刊》2011年9月号上半月刊，第46页。

粝的口语表达，也没有落入下半身书写的窠臼，而是回到语感，将语言贴切地传达出情绪，使得读者与诗人共同在诗的节奏中呼吸。

诗人海子认为，"中国当前的诗，大都处于实验阶段，基本上还没有进入语言。我觉得，当前中国现代诗歌对意象的关注，损害甚至危及了她的语言要求"。[1] 朦胧诗人并没有走出政治意识形态的约束和限制，同时又以意象为中心而忽略了诗歌的声音。但"语感完全可以代表诗的声音，换句话说，它完全可以外化为一种以音质音响为主导特征的'语流'。这种'形式声音'完全可以成为诗的内涵。确切地说，声音完全可以'领衔'于内容"[2]。以"第三代"诗人发起的声音实验引领了整个 20 世纪 80 年代以来汉语新诗的新风尚。他们有意通过"拒绝难度"而背离朦胧诗的书写藩篱，在语感中体验语言、声音与生命的律动关系，极大限度地彰显出语音、语调、辞章结构和语法的表现力。

二 非线性结构：突破传统思维

20 世纪 90 年代伊始，网络成为诗歌重要的发表园地。1991 年，正在海外留学的王笑飞创办的海外中文诗歌通讯网，成为首个汉语新诗网站。1993 年 3 月，诗阳在互联网上发表大量的诗歌作品。同年 10 月，在互联网中文新闻组栏目，方舟子又张贴出他的诗集《最后的语言》的部分作品。1994 年 2 月，由方舟子、古平等创办了第一份中文文学网络刊物《新语丝》，诗阳、鲁鸣于 1995 年 3 月创办了网络中文诗刊《橄榄树》。1999 年 1 月在"重庆文学"网站出现的《界限》，其

---

[1]　海子：《日记》，西川编：《海子诗全集》，作家出版社 2009 年版，第 1028 页。

[2]　陈仲义：《现代诗语的新型"冲动"：语感》，《现代诗：语言张力论》，长江文艺出版社 2012 年版，第 239 页。

展出的重庆及海外汉语新诗作品，在国内外产生了一定的反响。2001年以后，网络诗歌论坛雨后春笋般涌现，为汉语新诗开拓了新的平台。① 网络不仅为诗歌创作提供了开放的平台，更为重要的是颠覆了纯诗歌文本的停顿、分行形式，开掘出汉语新诗的非线性结构，呈现出或断裂、破碎，或缝合、接续的多样化形式特征，"通过反抗现代的过快阅读，创造出一个区域，在这个区域里词语重获其原初性和持续性。具有典型意义的是，这只有通过让语句破碎成断片才能实现"②。可以说，以网络为载体，非线性的文本结构特征，向新诗输送出一股新鲜血液，在一定程度上刺激了传统诗歌的书写方式，"诗歌传播新媒体的出现，是诗歌传播史上的一次深刻变革，它在改变了诗歌传播方式的同时，也改变了诗人书写与思维的方式，并直接与间接地改变了当代诗歌的形态"③。

首先是采用"纯音演出"，"只对一个句子、只对一句旋律的各种节奏（亦是各种成分）进行切分、调度，就收获了极为强烈的'环场

---

① 较有代表性的有重庆李元胜的《界限》、江苏韩东、乌青与四川何小竹、杨黎的《橡皮》、广西桂林刘春的《扬子鳄》、广东凡斯的《原创性写作》、河南森子的《阵地》、广东茂名晓音的《女子诗报》、贵州梦亦非的《零点》、北京桑克与广东莱耳、白玉苦瓜的《诗生活》、北京灵石的《灵石岛》、福建康城的《甜卡车》、四川野川的《三台文学网》、四川绵阳范培的《终点》、湖南吕叶的《锋刃》、上海小鱼儿的《诗歌报》、四川德阳刘泽球的《存在》、河南简单的《外省》、河南安阳石破天的《诗先锋》、福建厦门李可可的《中国诗人》、陕西西安伊沙的《唐》、北京周瓒的《翼》、北京沈浩波、南人的《诗江湖》、北京安琪、谯达摩等人的《第三条道路》、广东深圳七星宝剑的《中华文学网》等等。

② ［德］胡戈·弗里德里希：《现代诗歌的结构：19 世纪中期至 20 世纪中期的抒情诗》，译林出版社 2010 年版，第 104 页。

③ 吴思敬：《新媒体与当代诗歌创作》，《河南社会科学》2004 年第 1 期。

绕梁'效应"①。诗人有效地利用汉语语音的双声、叠韵、谐音、双关等特点,最大化地突出汉语的声音优势,比如伊沙的《结结巴巴》、张默的《无调之歌》、昌耀的《听候召唤,赶路》、侯马的《雨夹雪》、樵夫的《搭积木》、周涛的《包包趣闻录》、车前子的《画梦录》等。其中,伊沙的《结结巴巴》是一首后现代文本,将20世纪90年代的口语创作推向了一个更为自觉的阶段。诗篇没有采用传统的线性语言组织系统,模仿并还原出一位口吃者的原始发音。发声主体"我"结结巴巴的思维状态,产生出一反常态的反讽、戏谑性声音,这无疑向传统的书面语发出挑战,甚至滑出惯常的口语范围,突出了全诗的诗眼"我要突突突围/你们莫莫莫名其妙/的节奏/急待突围":

> 结结巴巴我的嘴
> 二二二等残废
> 咬不住我狂狂狂奔的思维
> 还有我的腿
>
> 你们四处流流流淌的口水
> 散着霉味
> 我我我的肺
> 多么劳累
>
> 我要突突突围
> 你们莫莫莫名其妙

---

① 陈仲义:《重启语音变奏及纯音演出》,《现代诗:语言张力论》,长江文艺出版社2012年版,第337页。

第三章 声音的主题类型

的节奏

急待突围

我我我的

我的机枪点点点射般

的语言

充满快慰

结结巴巴我的命

我的命里没没没有鬼

你们瞧瞧瞧我

一脸无所谓①

　　诗人伊沙不断切分着一个句子的旋律，使得语言障碍者断断续续
地发出声音，看似没有经过加工的文字却保留了诗性的韵律。自始至
终，诗人反复和交替使用"ei"韵作为诗行尾字的韵脚，一方面，通
过押韵的方式，将语音的重心搁置于句末，在看似毫无章法的辞章结
构中，凸显出口吃者自成系统的思维方式；另一方面，"ei"分别出现
在第一节（"嘴""肺""维""腿"）和第二节（"水""味""废"
"累"）每行的尾音，第三节的一、四行尾音（"围"），第四节的第四
行尾音（"慰"），第五节的二、四行尾音（"鬼""谓"）。韵脚的交
替，打破单一的发音模式，从而弥补了生理缺陷。可以说，伊沙这首
以网络为媒体创作的诗歌文本，有效地将声音与语义合而为一，呈现

---

① 伊沙：《结结巴巴》，《饿死诗人》，中国华侨出版社1994年版，第1—2页。

出主体要从传统的书面形式中挣脱而出的声音实验，传达出一种文化上的语言障碍，甚至是失语的心理状态。同时，也是继 20 世纪 80 年代之后，诗人重新对口语书写难度和困境的反思。

在崇尚非线性结构的诗歌文本中，除了通过语音切分句子的旋律外，还通过隐藏语言文字，颠覆传统诗歌的分行、跨行方式，甚至留出大量的空白供读者想象，较为极端的例子是左后卫的《前妻》。这首诗歌因为以大量的空白格取代了文字而颇受争议。全诗由"原诗残骸"和"创作手记"两部分构成，书写了诗人、前妻和现任妻子之间达成的三方谈判，同时也表达了一种强制性的记忆掠夺战。《前妻》打破了传统文本的阅读秩序，同时也颠覆了传统的思维模式，通过语言组合出新的声音特质，正如周瓒所言："这个文本极带症候性的两处，分别是前半部分的大量空方格的排行和分行所代表的新诗自由体以及后半部分'我'的省略以及一种半文不白的文言风格。"① 原文的空白残骸与创作手记相互比照，从而改变了阅读路径。一方面，只一句"听说，你又瘦了"，开启了丰富的遐想空间，诗人留下大量的空白格，供读者填空；另一方面，创作手记参与到空白所隐藏的意义层，帮助理解空白的内容，同时也隐含了叙述主体的内心挣扎。尽管这种先锋写作，不能看作是网络诗歌的理想文本，但它的出现，至少为汉语新诗提供了一种可能，即颠覆文本的线性结构，通过断层和接续的方式将图形渗透式地参与诗歌文本，从而更大限度地打开语音、语调、辞章结构和语法的可能性。

此外，最具代表性的非线性结构还包括超文本诗歌，它"是一种不是以单线排列，而是可以按不同顺序可以阅读的文本，也是一种非

---

① 诗生活网站：http://www.poemlife.com/index.php?mod=subshow&id=38170&str=1798。

顺序地访问信息的方法，读者可以在某一特定点予以中断，以便使一个文件的阅读可以用参考其他相关内容的方式相互链接"①。超文本集合了视频、音频、数码摄影、影视剪辑、互动链接等多项数字化技术，塑造出全新的网络空间，实现多元共生的人机对话、诗人与诗人对话，诗人与读者对话。如桑克所云，"这个超级文本的一个基本特点，正是链式结构。你在键盘上敲击一个词语，这超级文本链条可能会向你显示几个或几十个相近或类似词语供你选择，使你的联想与想象能力大大拓展；你在写作或编辑一个文本时，它可能会共时地向你显示呈链状或树状分布的一大群不同文本，导致众多文本在一个文本中的聚集"②。台湾诗人苏绍连（米罗·卡索）是超文本最先实践者之一，作品《释放》出现在相视而对的两张面孔中间，点击按键"释放"，每一行诗句都落入水中，"我拆下指头上的指甲放入水中/我拆下头颅上的发放入水中/我把从我身体上释放出来的东西全部交给了水/世界是我的水历史是我的水/我在水中释放我的生命让它渐渐的流走/我拆下了伤口里的血放入水中/我拆下了眼眶里的泪放入水中/"③，当文字消失在水中时，两个头颅也相继跌入水中，全诗在一片空白中结束。诗人插入的图像，粉碎了纯粹的文本形式，又凸显了虚无、空洞与伤痛的情感。同样，作品《行者的歌与哭》是由两个脚掌踩踏出来的文本，"生时不须歌/我的小小的脚掌是/野雁的影子/掠过我生存的土地/它没有留下任何脚印/……/……/死时/不须哭/我的斑白的头发/头发是——/芒草花/芒草花最茂密时/土地最贫瘠/它把整个眼里的

---

① 欧阳友权：《网络文学本体论》，中国文联出版社 2004 年版，第 143 页。

② 桑克：《互联网时代的中文诗歌》，《诗探索》2001 年第 Z1 期。

③ 苏绍连作品，可参看"flash 超文学网站"：http：//home. educities. edu. tw/purism/aa01.htm。

泪/都染白/⋯⋯/⋯⋯"① 看似没有留下脚印的一生，却通过图像传达出遍布在生命之路上的痕迹。此外，超文本作品中，李顺兴的《文字狱》、苏默默的《本相》，都极具典型性，诗人将语音、语调、辞章结构和语法组织为图像，通过改变线性的诗歌结构，为汉语新诗营造了多样化的生态，形成一股逆传统思维的创作模式。②

旨在突破传统思维的非线性结构，实现了从意义向音乐乃至文字转化的过程，可以说，"思维是人脑透过分析、归纳、判断、推理等形式，对客观事物间接、概括的反映过程。语言是思维的工具。思维和语言的关系是一个从意义向音乐、文字转化的复杂过程。思维必须在语言的基础上进行"③。它一方面颠覆了传统的线性文字结构；另一方面又在意义层面上完成了思维、语言与音乐的契合。而 20 世纪 80 年代以来的汉语新诗正是通过这种非线性结构实现了以反传统为主题的抗声。

综上，抗声是 20 世纪 80 年代以来形成的一种重要的声音构成类型。如果说朦胧诗人反叛的是政治意识形态下对抒情主体的限制，那么由"第三代"诗人率先发起的对抗性则是直接指向语言，既向附着在政治意识形态话语之上的语言提出控诉，又向传统的诗性语言发出责难。诗人们冲破历史赋予诗歌的禁忌，寻找最贴近日常生活化的声音，口语诗歌的出现以及以网络媒体为平台的非线性文本的出现，在

---

① 苏绍连作品，可参看"flash 超文学网站"：http：//home. educities. edu. tw/purism/aa01. htm。

② 超文本诗歌在大陆汉语诗歌中尚缺乏成熟的作品，文中主要列举台湾诗人苏绍连、李顺兴原创的超文本作品，作为例证。

③ 江依铮：《现代图像诗中的音乐性》，秀威资讯科技股份有限公司 2012 年版，第 79 页。

语音、语调、辞章结构和语法等方面都改变着汉语的思维方式。

第二节　女性主题的音域

女性诗歌①呈现出独特的音域特色，这里的音域指的是"某一乐器或人声（歌唱）所能发出的最低音到最高音之间的范围"②。自20世纪80年代以来，女性诗歌的主题经历了从爱欲书写到公共书写的变化，在这一过程中，音域也随之发生着变化。本节通过考察语音、语调、辞章结构和语法等，分析女性诗歌的音域呈现出从细音到泛音的表现特征。

一　细音：爱欲书写

女性诗歌常常选择从生理现象入笔，而语音恰恰是构成区别于男性生理特质的一个重要切口，如邵薇的《小手指》"在它的小指甲里有些脏物/它们来自我的身体或这个世界/但它们是否也是一个被挤压的生命/像我自己被挤压一样"③，陆忆敏的《避暑山庄的红色建筑》"我

---

① 唐晓渡在《从黑夜到白昼——论翟永明的组诗〈女人〉》（《诗刊》1986年第6期）中提出"女性诗歌"，这里并非指由女性创作的诗歌，而"不仅意味着对被男性成见所长期遮蔽的别一世界的揭示，而是意味着已成的世界秩序被重新创造和重新阐释的可能。"本书所指"女性诗歌"，主要指具有女性独特体验的诗歌文本，既体现了女性的生理、心理的特征，又表现出女性对社会现实和生存状态的独到见解。

② 《现代汉语词典》（第6版），商务印书馆2012年版，第1551页。

③ 邵薇：《小手指》，杨克主编：《2001中国新诗年鉴》，海风出版社2002年版，第389页。

低声尖叫/就好像到达天堂"①，虹影的《发现》"她寻觅已久的声音/锯齿一样尖利，割向那张纸"②。她们通过语音挣脱男性话语的挤压，以尖锐、刺耳、高亢的声线，完成与月经、怀孕、生产、流产、打胎、哺乳等一系列生理现象的呼应，既保留了纯粹的女性经验，又嘶喊出女性情感和爱欲的节制、压抑和疼痛感。在男性为主导的权力话语系统中，女性想要消解这种顽固的暴力世界，一方面，她们必须承担长期以来被消声的命运；另一方面，又要寻找属于女性自我的独特发音方式。与男性声带因为长、松、厚所产生的低音效果不同，女性的声带是短、紧、薄的，故而音调较高。可以说，细音能够凸显女性的声带特点，是女性回归自我、发现自我的一种表达方式。

首先，女性诗人通过在语音上发出细音③，与洪音相互比照，从生理上体现独特的女性经验。伊蕾尖锐的高音，开拓出更宽广的音域。伊蕾想要表达的女性声音，无疑是被裹挟在女性独特的情感与欲望中的。她试图彰显出长久以来被遮蔽的精神或者肉身的痛苦，"客厅糊满高贵的壁纸/你的语言像钟声回荡/这金属的声音把我包围/所有的道路隐而不见/我试图冲破这声音/却把它撞得更响"④，诗人在无声中以更为强烈的声音嘶吼着，突破被男性世界包围的困境。组诗《独身女人的卧室》中，"她自言自语，没有声音"，却更刺耳地私语出内

---

① 陆忆敏：《避暑山庄的红色建筑》，万夏、潇潇主编：《后朦胧诗全集》，四川教育出版社 1993 年版，第 682 页。

② 虹影：《发现》，《鱼教会鱼歌唱》，漓江出版社 2001 年版，第 21 页。

③ 在语音学上，根据韵母开头元音的发音口形，韵母包括开口呼、合口呼、齐齿呼和撮口呼四种。其中开口呼和合口呼因为发音时口腔开口度相对较大，因此称为洪音；而齐齿呼（以 i 开头的韵母）和撮口呼（以 ü 开头的韵母）因为发音时口腔开口度较小，因此被称为细音。

④ 伊蕾：《被围困者》，《独身女人的卧室》，漓江出版社 1988 年版，第143 页。

心的欲念：

> 这个小屋裸体的素描太多
> 一个男同胞偶然推门
> 高叫"土耳其浴室"
> 我是这浴室名副其实的顾客
> 顾影自怜——
> 四肢很长，身材窈窕
> 臀部紧凑，肩膀斜消
> 碗状的乳房轻轻颤动
> 每一块肌肉都充满激情
> 我是我自己的模特
> 我创造了艺术，艺术创造了我
> 床上堆满了画册
> 袜子和短裤在桌子上
> 玻璃瓶里迎春花枯萎了
> 地上乱开着黯淡的金黄
> 软垫和靠背四面都是
> 每个角落都可以安然入睡
> 你不来与我同居①

洪音和细音交替出现，呈现出"独身女人"内心压抑与膨胀的欲望。高亢的男声将诗篇的音调提至高音区，诗人伊蕾无法与男音相抗

---

① 伊蕾：《独身女人的卧室》，《独身女人的卧室》，时代文艺出版社 1996 年版，第 562 页。

衡，但她有自己独具辨识度的声音，一句"顾影自怜——"，有意拉长声线，收紧语音，抵消了男性的力量。"四肢很长，身材窈窕/臀部紧凑，肩膀斜消"诗人将四个齐整而对称的主谓结构有序地排列在一起，在音乐节奏上没有杂音，保持女性身体的独立性，语音多采用细音，凸显女性的发音方式，显得瘦长而紧致。"碗状的乳房轻轻颤动"则以洪音结尾，表达了诗人更强烈的欲望，以突破社会道德和意识形态的约束，通过语音摧毁男性建构的话语世界。

再来看女性诗人赵琼的《挖掘》，全诗以"挖着声音"为主要线索，逆向返回到传统所积淀出的暴力世界中，渴望逃离出物化和异化的话语系统，一次次地向男性设置的禁区示威，试图"打制出女人"，从苦难、悲怆的女性历史中建构出全新的自我形象，从而"挖掘"出属于女性自身的声音：

> 尖锐的嗓音成为
> 是谁？是谁？
> 石堆里喊我的名字
> 我挖着声音，双手
> 在泪影中燃起十个烛尖
>
> 我是黄金，也是采矿者
> 时间把我打制成戒指
> 我怎样从当铺中，将自己赎回
> 是谁？是谁？
>
> 挥动辫子，在云层里喊：

"挖得愈深，留在里面的愈多。"
漫天的侏儒，打着灯笼。遍地
没有面孔的人，剔着金牙

瞪着死蜻蜓的眼，嗫呿着：
"打制女人。更亮、更细！"①

　　美国"自白派"女诗人普拉斯在大陆诗坛的风靡，影响了同期大多数女性诗人的创作。普拉斯在作品《榆树》中，以尖锐的嗓音言说着，"现在我被肢解成枝节，如无数棒棍飞舞，/如此凶猛的一场风暴/不能袖手旁观地忍受，我要尖声嚎叫"② 书写了诗人内心的压抑、紧张、不安和愤怒。受到普拉斯影响的诗人赵琼，在她的诗歌《挖掘》中多次出现细音，齐齿呼表现得最为明显。语词"尖"共出现了两次；诗人的嗓音是"尖锐"的，她想要在失声的世界中发出自我的声音，于是反复追问着"是谁？是谁?"，在"石堆里喊我的名字"；"烛尖"隐喻了诗人的肢体，双手在晦暗中燃起的欲念，显得若隐若现。这其中暗示了女性长期被压抑在黑暗中，想要得到释放的内心挣扎。语词"金"同样出现了两次，名词"黄金"意味着诗人对女性存在感的肯定，同时也是对被埋葬的女性命运的叹息；而名词"金牙"则隐喻了被男性话语淹没的女性世界，它只能在昏暗的空间中出现。另外，诗歌中还出现了双音节词"戒指"和"蜻蜓"，都发细音。"戒指"与"金牙"相似，都是被打制出的值钱物品，但"戒指"又被赋予任

　　① 赵琼：《挖掘》，《现代汉诗》，1991 年夏，第 31 页。
　　② ［美］罗伯特·洛威尔等：《美国自白派诗选》，赵琼、岛子译，漓江出版社1987 年版，第 108 页。

20 世纪 80 年代以来汉语新诗的声音研究

意买卖的特征，彰显出女性被物化的命运。"蜻蜓"作为出现在诗歌末尾的意象，眼球突出显得狰狞、身形细长、干瘪显得瘦弱无力，这一特点正迎合了女性在悲剧与苦难中的挣扎。诗歌的最后一句，回到开篇处诗人想要挖掘出的声音，即"打制女人。更亮、更细！"

其次，女性诗歌的细音，还采用拟声的方式，从体内发出尖锐的撕裂声，表达身体的欲望与痛苦。在男性中心话语所建构的社会结构中，女性身体欲望一直被压制在男权统治下，不能自然地发声。20世纪80年代以来的汉语新诗体现出女性意识的崛起，女性诗人试图将自我从男性强权政治中解放出来，并声称女性身体不再是男性赏玩或者蔑视的工具，而是渴望唤醒对女性身体乃至生命的关注。翟永明的《静安庄》，将女性分娩的声音提炼出来，提高分贝，让其回荡于安静的村庄，"他们回来了，花朵列成纵队反抗/分娩的声音突然提高/感觉落日从里面崩溃/我在想：怎样才能进入/这时鸦雀无声的村庄"，同时，女性分娩时的呻吟与"雨水""公鸡打鸣""辘轳打水"的声音混杂，交织出一场黑色的女性苦难史，"已婚夫妇梦中听见卯时雨水的声音/黑驴们靠着石磨商量明天/那里，阴阳混含的土地/对所有年月了如指掌/我听见公鸡打鸣/又听见辘轳打水的声音"[1]。宇向的《一阵风》则直接发出一声"惨叫"，表露出女性的欲望："你使我感到我的身体原来这样空/这样需要填充。你可以允诺我/你连接导线，让电流进来/此时我的叫声一定不是惨叫。"[2] 可以说，拟声词制造出的细音，较为直接地表达了源自于抒情主体的爱欲呼唤。

---

[1] 翟永明：《静安庄》，万夏、潇潇主编：《后朦胧诗全集》，四川教育出版社1993年版，第305页。

[2] 宇向：《一阵风》，杨克主编：《2001中国新诗年鉴》，海风出版社2002年版，第2页。

另一篇典型的诗歌是路也的《身体版图》，诗人路也形象地将身体描述为地理学版图，"我的身体地形复杂，幽深、起起伏伏／是一块小而丰腴的版图／总是等待着被占领，沦为殖民地／它的国界线是我的衣裳／首都是心脏／欲望终止于一条裂谷"：

> 但大多数没有你的时候
>
> 这版图空着、荒着，国将不国
>
> 千万里旱情严重到
>
> 要引发灾害或爆发革命
>
> 其质地成了干麦秸，失了韧性和弹性
>
> 脆到要从中间"咔嚓"，一折两半①

路也试图将身体的欲望表达推向巅峰，这是一种从完整趋向分裂的过程。这不仅仅是女性身体的欲望表达，更体现出女性对爱的心理渴求。诗句显得极具张力，长短句排列有张有弛，"这版图｜空着、｜荒着，｜国将｜不国"，诗句以两字或者三字为一顿，顿歇处留出空隙，扩张了抒情主体的声道，将语音推向尖锐而洪亮的方向。结尾处，"干麦秸"的断裂，发出"咔嚓"的声音，陡然出现的拟声词，加剧了诗人对自我情感缺失的渲染。

再次，在选词方面，女性发出的细音，又与身体的扭曲变形相关。如陆忆敏的《可以死去就死去》，"纸鹤在空中等待／丝线被风力折

① 路也：《身体版图》，王光明编选：《2004中国诗歌年选》，花城出版社2004年版，第162页。

断/就摇晃身体"①，这种声音体现了一种身体上的张力。在此基础上，女性诗人在语词的选择上，往往扣紧语音的特色，收紧声道，寻求一种锋利而尖锐的撕裂感，彻底改变身体的弯度，如宇向的《绘画生涯》，将女性的容貌、生活现实与生理特征相比拟，身体陷入"笔尖的弯度和走向"，"我要去画表情和姿态，/在经期也不能停止，/以免警笛干扰笔尖的弯度和走向。/无论律法和公正如何背道而驰，/美女仍是一个活生生的奇迹，/她让生活像颜料一样消耗殆尽。/我的好同志，/只要我能在记忆中将你画出来，/那么我就永远有事可做"②。同时，女性通过身体的变形回到乖张、叛逆、压抑的心理状态，如张真的《流产》，"在已臆想好的关系里/母与子/我与你/我已经磨好刀/血在天花板上喷出斑斓花纹/一双细足倒提着"，"那也是我的根/我长久地内望子宫/你莫须有的存在/我艰辛地翻山越岭/在睡眠中与你竞走/最终是我得救"③，诗人张真直接触及男性所不具有的疼痛体验，它饱含了分娩、流产、堕胎、经期等一系列生理活动，将湮没在身体背后的心理体验推向极致。

值得一提的是，与上述所谈及的主要由女性诗人创作的女性诗歌相对照，当男性诗人在书写女性的生理体验时，总是旁观、审视着，最后通过反复提高声音震动的频率，呈现出怜悯的心理状态。换言之，尽管男性诗人也抒写女性的爱欲，但他们又总是站在男性的立场上，比如胡宽的诗歌《无痛分娩》中"我的妻子儿女在捕捉我身体上

① 陆忆敏：《可以死去就死去》，万夏、潇潇主编：《后朦胧诗全集》，四川教育出版社 1993 年版，第 710 页。

② 宇向：《绘画生涯》，《宇向诗选》，长江文艺出版社 2012 年版，第 17 页。

③ 张真：《流产》，谢冕：《中国新诗总系》（第 7 卷 作品 1979—1989），人民文学出版社 2010 年版，第 366 页。

的虱子/我背她们重重包围着她们理智清醒不停/地呻吟挣扎寻找刺激/'今天天气晴朗，敞开心扉的玫瑰'/我使用着文明的语言在安慰她们/活见鬼我是一个异教徒——或者仅仅是某个/特殊符号——一个处于弥留之际的神话——/一个自己纵火案件的受害者/我无法选择"，"我看见帝王的灵柩裹着太阳的尸衣/海鸥从灵柩里飞出/我是一个异教徒/我有一面图腾被尘土封闭着/我是一个异教徒/去参加复活节/走在熙熙攘攘的街道上城市/像正在收缩的子宫——骑在血泊之中/倾听我的朋友们饥饿的呼号"①，诗人以负罪的心态窥视女性的分娩，诗篇采用大量的破折号拉长声线，同时还用语词"呼号"张大口型，发出集体性的轰鸣。除此之外，格式的《人工流产》："孩子，我必须把你做了。/你死，我活。/那么多盲流的人精/哪知道你在我的身上停住/孩子，死有什么不好/就当搬一次家，过一次户。/有没有名字没关系/死了的无名英雄多了/孩子，你就当一次英雄吧/英雄都是些提前进入天堂的人/到了天堂/你就可以俯视我，看不起我了/不过，孩子/只是千万不要低估我的痛苦/如此，我就是正常人了。"② 诗人看似是女性的代言，但却又完全隐匿了女性的声音，而是站在孩子与"我"的视角上重新审视由女性承受的"人工流产"。诗人反复劝说着"孩子"，通过对伦理道德和现世社会的谴责，挣扎着发出"你死，我活"的宣判，诗行停顿在对比和并列的句式中，诗句简短、有力，加强了语势，从而反讽地突出了男性洪亮的特质，以区别于女性在爱欲书写时所发出的细音。

① 胡宽：《无痛分娩》，牛汉、徐放等主编：《胡宽诗集》，漓江出版社1996年版，第313页。

② 格式：《人工流产》，刘希全主编：《先锋诗歌2002》，光明日报出版社2003年版，第260页。

二 泛音：公共书写

泛音指的是弦乐器演奏中一种独特的演奏方法，其音域清脆高亮，在基础音上发出微弱的振动感。21世纪以来的女性诗歌并没有局限于上述爱欲书写所发出的细音，也推崇公共书写，将自我融入更广阔的社会文化生活中，以女性独特的视角审视现实，寻找新的语音、语调、辞章结构和语法的组合。女性一方面开始关注自我在社会角色中的位置；另一方面则寻找与社会现实直接对话的契机，提供了一种超越性别的书写范式。在这一过程中，尽管以公共书写为主题的女性诗歌在音域方面带来震惊的美学效果，但同时，其声音又是颤动的，还不足以构成对社会现实的对抗。这种由女性特有的声带发出的绝对音高，虽然清脆悦耳，但仍有一种不稳定的平衡感，这就相当于弦乐演奏的泛音。这里通过分析王小妮、蓝蓝和郑小琼的诗歌文本，并参考她们早期的创作特色，从她们在公共书写中所采用的语词，发掘隐藏在其中的震颤的音响效果，如戈麦在《生活》一诗中提到的，"一边是板块僵硬的尊严/一边是不由自主的颤动"[1]。

诗人王小妮试图通过语词演奏出泛音，以洞悉谎言和虚假的现实世界，"写诗的人常常凭感觉认定某一个词是结实的、飘的、有力的、鲜艳的，凭这个词和其他词的相碰形成了诗句"[2]。这种结实的力度，可以理解为她试图穿透假象，开掘出更为朴实、真切的生活空间。她没有凌驾于万物之上，也没有隐藏在虚幻之中，而是真正地贴近大地，以最为自然的汉语语感，浮动在生活的表层。她的《我得到了所有的钥匙》反问道，"一切都能打得开吗?"在诗篇的最后，她回答

---

① 戈麦：《生活》，西渡编：《戈麦诗全编》，上海三联书店1999年版，第140页。

② 王小妮、木朵：《诗是现实中的意外》，《诗潮》2004年第1期。

到，"深密的森林布满交叉小路。/大地天门无锁在云下走动。/世界已经早我一步/封闭了全部神奇之门"①。即使这个世界已经全部敞开，但仍然有它神秘莫测的地方是遮蔽的。在《面对它的时候，我正作另外的事情》中，面对答案，也面对着谎言，王小妮说道，"撕碎答案，/把所有的字高悬于白天。/专门/迎着它的目光静站。/静站并且微笑，/一直走到/它不可企及的地方"②。所以，诗人总是渴望洞穿虚假世界，探寻现实的真相。关于此，在她的《影子和破坏力》中，表现得尤为明显：

　　　　　五月的夜光穿透我

　　　　　五月的冷色描出更瘦长的那个我。

　　　　　天通苑石砖上

　　　　　筛子般的夜行人们

　　　　　正急促地踩踏另一个自己

　　　　　一步步挺进，一步步消灭。

　　　　　没受到任何抵抗

　　　　　天光把路人一分为二。

　　　　　京郊的无名小路，

　　　　　月光铺得均匀

　　　　　再三践踏也不觉得难受。

---

① 王小妮：《我得到了所有的钥匙》，杨克主编：《2001 中国新诗年鉴》，海风出版社 2002 年版，第 91 页。

② 王小妮：《面对它的时候，我正作另外的事情》，《我的纸里包着我的火》，春风文艺出版社 1997 年版，第 68—99 页。

我推着我的影子走
踩着灰兔的皮毡
人类正在反人类。①

　　在王小妮看来，"这个世界没有真理，真理都是有限定的，是人给出来的一个命名，人为的说法或说服。假如有真理，诗就是反真理。假如有人做命名，诗永远都在做反命名"②。在她的诗歌中，并没有自怨自艾的哀叹，而是更多了一重对真理的质疑、反思和追求。诗歌短小精悍，简洁有力。无论语词的选择，还是停顿、跨行，诗人用笔节制，而没有丝毫浪费的迹象。开篇处，"五月"和"一步步"的重复带给人一种压迫感，主体"我"被挤压在这种力度中，显得微不足道、战战兢兢，而拉长的句式"五月的冷色描出更瘦长的那个我"，突出"我"的不平衡感，产生振动的音响效果。但在影子的压力下，大地上行人的脚步显得匆忙、凌乱，以至于忽略了去抵抗迫近的压力。在王小妮看来，许多事物和人都是交错的，包括《不认识的人，就不想再认识了》《两列交错而过的火车》都有体现。正是人们早已习惯了面对虚假世界，才忘记了原初生活的真实面目，故而"再三践踏也不觉得难受。"在诗歌的最后，诗人斩钉截铁地写到，"我推着我的影子走/踩着灰兔的皮毡/人类正在反人类"。其中，诗人再次回到"我"，对"我"的重复表现出诗人走出习以为常的生活常态，渴望重新发现自我。而两个持续的动作"推着"和"踩着"，则彰显出主体艰难而义

----

　　① 王小妮：《影子与破坏力》，宗仁发选编：《2010 中国最佳诗歌》，辽宁人民出版社 2011 年版，第 45 页。

　　② 王小妮、木朵：《诗是现实中的意外》，《诗潮》2004 年第 1 期。

无反顾的姿态，又在不平衡的振动中发出了响亮的音色，整体演奏出泛音效果。

诗人蓝蓝自 20 世纪 80 年代发表处女作《我要歌唱》以来，她灵活地运用停顿、分行以及语词、语法、语调等，那种呢喃而出的震颤的低音，向来具有较高的辨识度，同样制造出泛音的音响效果。进入 21 世纪以来，蓝蓝以知性的审视视角，通过强有力的动词直击、反馈并敲打着残酷的社会现实。她全然脱离出爱欲书写的樊篱，而是从室内走向了户外，从私语、独白走向公共性，寻求超越"她们"的知性写作方式，以超越式的姿态，相对开阔的视域以诗涉事，可见，"'女性主义写作'所涵盖的不光是性别的问题，还有诸如社会的、政治的、意识形态等等方面的问题"①。较具代表性的是诗人创作于 2007 年左右的《火车、火车》。往返于家乡河南郑州与北京之间的动荡与奔波，对诗人而言，几乎是一种生活常态。但火车所承载的又不仅仅是自我的日常生活体验，它还承载着一系列的社会问题，直接冲击着当下的生存现实。苦痛、辛酸，奠定了诗歌的整体基调：

> 黄昏把白昼运走。窗口从首都
> 摇落到华北的沉沉暮色中
>
> ……从这里，到这里。
>
> 道路击穿大地的白杨林
> 闪电，会跟随着雷

---

① 蓝蓝：《她们：超越性别的写作》，《诗探索》2005 年第 3 期。

但我们的嘴已装上安全的消声器。

火车越过田野，这页删掉粗重脚印的纸。
我们晃动。我们也不再用言词
帮助低头的羊群，砖窑的滚滚浓烟。

轮子慢慢滑进黑夜。从这里
到这里。头顶不灭的星星
一直跟随，这场墓地漫长的送行
在我们勇气的狭窄铁轨上延伸

火车。火车。离开报纸的新闻版
驶进乡村木然的冷噤：
一个倒悬在夜空中
垂死之人的看。①

    诗人摇落白昼的幕布，让火车进入暮色，以暗示时间的变幻。诗
节在空间中自觉地转换，不断地强化"火车"的语义价值。于是，"黄
昏把白昼运走。窗口从首都"与"摇落到华北的沉沉暮色中"，在地
域的起始与终点间停顿、分离、隔开。之后，诗人两次提到"从这里，
到这里"，其意义迥然不同，但每一次出现都被赋予了深邃的内涵。
第一次使用"……从这里，到这里。"凸显的是地理空间的距离感。
诗行孤立地站在诗篇中，瞬间留出空白，在"这里"与"这里"之间

①　蓝蓝：《火车、火车》，《从这里，到这里》，河南文艺出版社 2010 年版，第
166 页。

有了片刻的停延，形成空间在时间上的投射。这种空间上的留白，使得火车在白杨林、田野间穿梭，被逐渐赋予闪电的惊怵、死寂的沉默和晃动的不安，产生出振动而不平衡的音响效果。第二次出现"从这里/到这里。头顶不灭的星星"，诗人采用了分行的形式，将"从这里"与"到这里"分隔，将地理空间的转换，自然地过度到了生与死的跨越。而诗句"一直跟随，这场墓地漫长的送行/在我们勇气的狭窄铁轨上延伸"最终在这种空间的拓展中，直击生命。诗篇以"一个倒悬在夜空中/垂死之人的看"。结尾，诗人开始环视这个打着"冷噤"的世界，下达着"倒悬"和"垂死"的指令，在回到乡间熟悉的"羊群"与"浓烟"时，也回到了死亡之夜。诗人凭借着这种自觉的空间意识，以坚毅、决绝的姿态结构着全篇，空间回荡着振动而响亮的泛音效果。在蓝蓝新世纪的诗歌写作中，这种坚韧的生活态度，随及赋予她更为全视的现实穿透力，创作的大量诗篇都涉及社会公共事件。尽管生活经历不断地击打着蓝蓝，但波澜反而更加剧了她的生存张力。她抛弃了女性闺房自怜自怨的书写笔调，而是将个体生命搁置于整个社会现实生存状况中，与现实的不公和残忍，齐声共振，牵动着整个社会发出和声。蓝蓝从早期细腻和敏感的低沉音调中突围而出，介入到以男性为主导政治伦理的公共事物中，她的声腔微微地发出颤音，时刻像警钟一般摇响。矿难不断地发生、应试教育带来的局限性、河南艾滋病村的悲剧等，所反映出来的社会体制问题，成为引起一系列惨痛事件发生的根源。蓝蓝的作品《真实》《矿工》《教育》《艾滋病村》《几粒沙子》《做个贞洁的妻子》等，都直接将笔调指向当下的社会问题。诗人蓝蓝介入公共事件，又从个人体验出发，直击社会现实，将语音、语调、辞章结构和语法重新组合，发出响亮而振动的泛音。

此外，郑小琼更是创作出大量的公共性诗歌，制造出泛音的音响效果。最初进入批评者的视线，是因为她作为打工者的特殊身份，诗歌总是带有社会批判的维度。1999 年诗歌民刊《独立》第 2 期，开设了"打工诗人专栏"，刊载了"打工诗人"张守刚等的诗歌作品，首次采用"打工诗人"一词。另外，在《独立》第 11—13 期，又推出了郑小琼的代表作品《人行天桥》《完整的黑暗》《挣扎》等，还设有"打工诗人精神存档"专栏，采访了张守刚、柳冬妩、徐非、许岚、许强等重要打工诗人。"打工"题材，作为城市诗歌的一种，自 20 世纪 90 年代开始涌现。事实上，与城市文明共呼吸的，是工业化所带来的现实疼痛感。郑小琼抓住这一并不陌生的主题，书写打工者的不幸。郑小琼善于调用语词，冰冷的名词与惶恐的形容词是诗人表达情绪的一体两面，一方面，她的书写质感在某种意义上依赖坚硬的物世界，比如《碇子》中"我遇见的辽阔的悲伤，犹如大海般灿烂/在细小的针孔停伫，闪烁着明亮的疼痛"①，《停工的车间》中"她们充满活力的躯体，跟灼热的庞大的机台/被抽走，剩下无声的荒凉，潮湿的记忆"②，诗人的情感总是与坚硬的空间产生碰撞。在她的诗歌中多交织着颇具硬度的"铁""扳手""车间""齿轮"等带来的涩楚和尖厉感，也难以避免"路灯"和"人群"的冷漠感。诗人以硬物敲打着读者的耳朵，展示流水线上打工者的疼痛与悲哀，通过语词质问着残忍的社会现实；另一方面，面对庞大的社会管理体制，诗人郑小琼的力量显得相当微弱，她的批判中又带有几分自怜，微颤而低喃地发出控诉之音，

----

① 郑小琼：《碇子》，《散落在机台上的诗》，中国社会出版社 2009 年版，第66 页。

② 郑小琼：《停工的车间》，《散落在机台上的诗》，中国社会出版社 2009 年版，第 69 页。

比如她的《夏日暮色》表达的低落情绪，"飞鸟低低地掠过我的头顶，暮色也低低地/在荷叶上伫立，而我是水，必将回到水中"①；比如她的《哑衣》内化于心的孤寂感，"入秋风气骤凉 新月慌恐 一破菊花/落向秋夜的黑夜 他有了古典的孤寂"②。尽管郑小琼在返乡之歌的题记中写到，"对于时代，我们批评太多，承担太少"③，但她能够承担的，并非与社会之间产生的指控关系，而往往是游离于现实的情感表达。也就是说，诗人郑小琼通过语言获得了震颤的泛音效果，让每一个表达现实和情绪的语词都赫然占据着诗篇的空间，嗓音不自觉地饱含着权力和重量，这不仅源于"讲述真理的恒定历史"，更有赖于"它的音调、它所取得的对耳朵深处的统治以及由此产生的对我们心智和禀性的其他部分的统治"④。

从上述分析中能够看出，以公共书写为主题的女性诗歌带有震惊与颤动双重音响效果，类似于弦乐演奏的泛音。在此主要着眼于诗人长期以来积累的创作经验，并将女性诗歌纳入到 20 世纪 80 年代以来汉语新诗中进行考察。诗歌的声音主要是凭借语言，尤其是语词来实现的。故而无论是王小妮和蓝蓝采用的动词，还是郑小琼使用的颇具硬度的名词，都洋溢出弦乐的泛声效果，回荡在 20 世纪 80 年代以来女性诗歌的谱系中。

郑敏曾经说过："女性诗歌是离不开这些社会状态和意识的，今后

---

① 郑小琼：《夏日暮色》，《暗夜》，大众文艺出版社 2008 年版，第 16 页。

② 郑小琼：《哑衣》，《散落在机台上的诗》，中国社会出版社 2009 年版，第171 页。

③ 郑小琼：《返乡之歌题记》，《散落在机台上的诗》，中国社会出版社 2009 年版，第111 页。

④ ［爱尔兰］西默斯·希尼：《希尼诗文集》，吴德安等译，作家出版社 2000 年版，第341 页。

能不能产生重要的女性诗歌，这要看女诗人们怎样在今天的世界思潮和自己的生存环境中开发出有深度的女性的自我了。当空虚、迷茫、寂寞是一种反抗的呼声时，它们是有生命力的，是强大的回击；但当他们成为一种新式的'闺怨'，一种呻吟，一种乞怜时，它们不会为女性诗歌带来多少生命力。只有在世界里，在宇宙间，进行精神探索，才能找到 20 世纪真正的女性自我。"① 总之，从爱欲书写的细音到公共书写的泛音，女性诗歌的音域与主题的变化相关联，构成了女性诗歌在历史重压下必然要经历的裂变阶段。

第三节 互文性主题的借音

新诗从一开始就陷入本土与欧化资源的冲突中，古典、现代与西方形式渗透进新的诗体表现出诗人面对多元语言文化时的焦虑心态。20 世纪 90 年代，这种心态显得尤为突出，"诗歌进入 90 年代，它与西方的关系已发生一种重要转变，即由以前的'影响与被影响'关系变为一种对话和互文关系"②。互文性是一种文学的表达方式，但同样在 20 世纪 90 年代汉语新诗中扮演了主题的角色：一方面，"文化大革命"结束后，大量翻译作品的涌入，本土与欧化资源的冲突使诗人的创造性遭遇危机；另一方面，由于民刊运动和诗人聚会的增多，诗人圈子化现象开始泛滥，这也推进了诗人之间对话的可能。他们开始寻觅最契合自我内心的声音，试图通过赠诗的方式达成共鸣。但显然，互文性的借音，不再像孙大雨通过音组翻译莎士比亚，更不会将翻译

---

① 郑敏：《诗歌与哲学是近邻：结构——解构诗论》，北京大学出版社 1999 年版，第395 页。

② 王家新：《没有英雄的诗》，中国社会科学出版社 2002 年版，第 122 页。

理论运用到个人的实践创作，而是表现出更为自觉的声音特点。在此基础上，诗人渴望借用一个音调以达成个体生命经验的契合。本节诠释变调："回答"先锋诗和混杂语体：复兴的传统形式，从而观照20世纪80年代以来汉语新诗互文性的借音，并探讨本土与欧化资源碰撞时诗人的创作心态。

一 变调："回答"先锋诗

变调是通过变换语音、语调、辞章结构或者语法的位置，以实现诗人之间的心理契合，即法国学者蒂费纳·萨莫瓦约在《互文性研究》中指出的，"用另一种调子唱：变调，或者是把另一种旋律易位"①。诗人往往采用赠诗的方式，一方面表达对已故诗人的敬仰，渴望从他们身上获得诗性的共鸣；另一方面则彰显了他们对先锋艺术的执着追求。他们借用先锋诗人的调子，转化为个人情感经验，从而动用整个一生去回答一首诗，"要回答一首诗，需要写出另一首/事情并不那么简单/回答一首诗竟需要动用整个一生/而你，一个从不那么勇敢的人/也必须在这种回答中/经历你的死，你的再生"②。可以说，"回答"是诗人借助诗歌的声音完成的生命对话和精神交流。

首先，在俄罗斯白银时代诗人的影响下，诗人们意识到"当我开出了自己的花朵，我才意识到我们不过是被嫁接到伟大的生命之树上的那一类"③。20世纪五六十年代被查禁和受争议的苏俄作品，在20

---

① ［法］蒂费纳·萨莫瓦约：《互文性研究》，邵炜译，天津人民出版社2003年版，第5页。

② 王家新：《回答》，《王家新的诗》，人民文学出版社2001年版，第195页。

③ 王家新：《王家新的诗》，人民文学出版社2001年版，第116页。

世纪 80 年代大肆涌入中国①，比如 1983 年 10 月，上海译文出版社出版了一部由俄裔美籍学者马克·斯洛宁撰写的《苏维埃俄罗斯文学》（内部发行）；1984 年外国文学出版社出版了《苏联当代诗选》；1986 年中国文联出版社又出版了《诺贝尔文学奖获得者诗选》，其中收录了帕斯捷尔纳克的 8 首诗；1989 年由荀红军翻译的一系列俄苏作品收入《跨世纪的抒情——俄苏先锋派诗选》，由漓江出版社正式出版发行，等等。早在"文化大革命"时期，多多的《日瓦格医生》和《手艺——和玛琳娜·茨维塔耶娃》就颇具代表性。刚从"文化大革命"的阴霾中走出来的中国当代诗人，在背负着苦难与重担的俄罗斯白银诗人身上找到了共鸣，写出了大量的赠诗，海子的《诗人叶赛宁》《马雅可夫斯基自传》，王家新创作的《瓦伦金诺叙事曲：给帕斯捷尔纳克》《帕斯捷尔纳克》等，白银诗人对政治权力的干预以及决绝的精神力量深切地感染着他们。在现实政治环境的压力下，诗人古米廖夫死于枪杀，马雅可夫斯基自尽，曼德尔斯塔姆死在流亡途中，茨维塔耶娃自杀身亡。这种死亡意识所蕴含的肉体和精神上的痛苦与坚韧，如王家新在《帕斯捷尔纳克》中提到普希金诗韵中包孕着死亡意识："带着一身雪的寒气，就在眼前！/还有烛光照亮的列维坦的秋天/普希金诗韵中的死亡、赞美、罪孽/春天到来，广阔大地裸现的死亡"②，

---

① 在 20 世纪 50 年代，苏俄的文学评价影响了翻译作品在中国的传播。苏联的马雅可夫斯基、伊萨科夫斯基、苏尔科夫、马尔夏克等都受到极高的评价，所以在当代中国诗歌界引起了重视。但由于 20 世纪四五十年代苏联查禁了一些诗人和流派，比如阿克梅派，还有古米廖夫、曼德尔斯塔姆、阿赫玛托娃、帕斯捷尔纳克、茨维塔耶娃等，他们在当代中国却备受冷落。同时，像叶赛宁这样在苏联受争议的诗人，到 20 世纪 60 年代在中国则采用"内部发行"的方式出版。关于这点可参看洪子诚、刘登翰《中国当代新诗史》，北京大学出版社 2010 年版，第 16 页。

② 王家新：《回答》，《王家新的诗》人民文学出版社 2001 年版，第 76 页。

又如帕斯捷尔纳克在对称结构中奏响的安魂曲："发觉我们：它在要求一个对称/或一支比回声更激荡的安魂曲/而我们，又怎配走到你的墓前？/这是耻辱！这是北京的十二月的冬天。"① 献给俄罗斯白银时代诗人的诗歌，可追溯至 20 世纪六七十年代的地下诗歌。多多的《手艺——和玛琳娜·茨维塔耶娃》②，将诗歌赠给俄罗斯白银时代的女性诗人茨维塔耶娃。茨维塔耶娃身处俄国国内战争和十月革命时期，1922 年茨维塔耶娃追随丈夫艾伏隆一起流亡海外后，直到 1939 年才结束长达 17 年的流亡生活返回俄国。但在俄国大清洗运动中，先逮捕了诗人的女儿阿利娅，随后丈夫艾伏隆又被指控进行反苏活动而枪决。一系列的打击将诗人的精神已经推向了濒临崩溃的边缘，直到1941 年德国纳粹党入侵莫斯科，茨维塔耶娃不得不带着儿子莫尔迁居鞑靼自治共和国的小城叶拉堡市。经济的极度窘迫与精神上的绝望，终于逼迫诗人走上自杀的悲剧命运。多多重新审视茨维塔耶娃诗歌流露出的生活不幸，并将这种遭遇还原为诗歌创作的手艺：

> 我写青春沦落的诗
> （写不贞的诗）
> 写在窄长的房间中
> 被诗人奸污
> 被咖啡馆辞退街头的诗
> 我那冷漠的

---

① 王家新：《回答》，《王家新的诗》，人民文学出版社 2001 年版，第 76 页。
② 尽管多多的诗歌《手艺——和玛琳娜·茨维塔耶娃》创作于 1972 年，不应在本书的考察范围内。但对于俄罗斯白银时代诗人的崇拜源发于地下诗歌，故在此着重分析。

再无怨恨的诗

（本身就是一个故事）

我那没有人读的诗

正如一个故事的历史

我那失去骄傲

失去爱情的

（我那贵族的诗）

她，终会被农民娶走

她，就是我荒废的时日……①

布罗茨基的《诗人与散文》提到茨维塔耶娃诗歌句式构造的特
点，即"遵循的不是谓语接主语的原则，而是借助了诗歌的技巧：声
响引起的联想，根据韵、语义的'移行'等"②。她的"诗行都很短，
在一行诗中的每个词上，时常甚至是每个音节上，都不得不有着双重
或者三重的语义负载"③。茨维塔耶娃的诗句透露出她内心的独白与对
话，反复指向的是质疑，是诗人对自我的反叛。多多采用多种表现手
法借用了茨维塔耶娃惯用的"移行"，将诗行的多重声音移置括号中，
同义反复造成了戏剧性的立体声效果。受动词"被"引领出"被诗人
奸污∕被咖啡馆辞退街头的诗"，阐释"（写不贞的诗）"，高贵感的沦
丧是诗的遭遇，也是诗人茨维塔耶娃决然对抗着生活苦难的倾诉；"我

---

① 多多：《手艺——和玛琳娜·茨维塔耶娃》，《多多诗选》，花城出版社 2005 年
版，第 25 页。

② ［美］布罗茨基：《文明的孩子：布罗茨基论诗和诗人》，刘文飞、唐烈英译，
中央编译出版社 1999 年版，第 138 页。

③ 同上书，第 139 页。

那没有人读的诗/正如一个故事的历史"有意模糊诗与故事的界限，突出诗人的生命历程本身就是一首诗，也足以构成一个完成的故事——"（本身就是一个故事）"；第11行与第12行并置，两个"失去"，进一步在情绪上升华了诗人的孤独与无助。《手艺——和玛琳娜·茨维塔耶娃》短小精悍，以括号的方式省略了潜台词，却更丰富了茨维塔耶娃情感经验的矛盾复杂性。同时，还借用同音反复引出诗句。动词"写"引领出三句诗行，分别是第一行、第二行和第三行，语音聚焦于诗人的书写状态，流露出在艰难的生活环境中抒情主体的寂寞、苦楚和不安。结尾处"她，终会被农民娶走/ 她，就是我荒废的时日……"，"她"的反复，以绵延不尽的苦难，完成了诗人在精神与形式上的高度统一。多多的整首诗歌，结构严密紧凑，通过同音反复完成移行，使得跨行层层递进，显现出女诗人茨维塔耶娃哭诉、疼痛和挣扎的心理状态。多多以茨维塔耶娃的声音为依托，不仅在讲述这位苦难的俄罗斯女诗人，更是在回溯"我"的青春。对多多而言，高贵的尊严和自由的期许是随着青春一起沦丧的，在遭遇政治意识形态话语的侵蚀时，诗人个人的话语空间是狭窄和封闭的。然而，多多却营造出一个流动的空间可以包纳诗人漫长的一生，同时还制造出一个开放的空间可以展开两位诗人的生命对话。从这个角度而言，多多在诗篇中极尽可能地完成了与茨维塔耶娃缅怀、追悼青春的对话，如洛厄尔的诗篇《渔网》中所述："诗人们青春死去，但韵律护住了他们的躯体。"[1]

其次是 20 世纪西方现代主义和后现代主义作家，包括卡夫卡、博尔赫斯、纳博科夫、乔伊斯、普拉斯、帕斯等。在这些作家身上，诗

---

① 王佐良：《王佐良随笔：心智文采》，北京大学出版社 2007 年版，第239 页。

人发现了极具先锋性的声音力量，试图借用这一力量直取语言的核心，比如多多的《它们——纪念西尔维亚·普拉斯》，张枣的《卡夫卡致菲利斯》，孙文波的《献给布勒东》，萧开愚的《艾伦·金斯堡来信》，王家新的《卡夫卡》《晚年的帕斯》《加里·斯奈德》，黄灿然的《纪念卡瓦菲斯》等。这里以孙文波的《献给布勒东》为例。法国诗人、诗评家布勒东曾在1919年参与达达主义，又于20世纪20年代提出著名的超现实主义理论。他在1924年的《超现实主义宣言》中提倡的无意识写作，提供了20世纪文学实验的先锋性范例："落笔要迅疾而不必有先入为主的题材；要迅疾到记不住前文的程度，并使你自己不致产生重读前文的念头。第一个句子会自动地到来，这是千真万确的，以至于每秒钟都会有一个迥然不同于我们有意识的思想的句子，唯一的要求便是脱颖而出。很难预料下一个句子将会如何；它似乎既然从属于我们有意识的活动，也从属于无意识的活动，如果我们承认写下第一句所产生的感受只达到了最低限度。"[①] 孙文波的诗歌把握住了超现实主义的语言先锋性，透过布勒东的自动写作，将"我"作为创作主体和接受者，呈现出诗人孙文波与布勒东共同寻找着无意识迸发出的语词：

> 语言的火车轰隆隆驶过，我站在
> 一片荒地里成为看客，那些窗户
> 闪动的，是什么样的词——它们
> 面目模糊，我只看到不清晰影子；
> 一个叫蝴蝶的女人，几个叫民工

---

① 吕同六：《20世纪世界小说理论经典》上，华夏出版社1995年版，第122—123页。

的男子，他们组成了一首"先锋"的诗——我的阅读，是对意义的猜测。其实我有必要猜测吗？当轰隆隆的火车拐过一座山，我的周围又是寂静。这是枯黄玉米杆提供的寂静，也是黛色山峰提供的寂静。最主要的，是我的内心要求寂静。我渴望在寂静中听见语言的声音，也许它是一只猫在房顶走动的声音；也许，它是花静静开放的声音；也许它什么都不是，只是玻璃被风擦出的声音。我听着这些声音心里映现出另外的图景——一个叫小提琴的女人，几个叫老板的男子。他们组成了另一首更加"先锋"的诗。而我知道。这首诗，仍不是我要的诗。我知道，我还要向山上再走一段，进入到刺槐、塔松和野酸枣中间，脚踩着积雪和落叶，才能在重重的喘息声中，听到我想听到的诗。①

诗歌将超现实主义创作喻为"火车"，诗人孙文波在开篇处提到

---

① 孙文波：《献给布勒东》，《与无关有关》，重庆大学出版社2011年版，第185页。

"语言的火车轰隆隆驶过",中间提到"轰隆隆的火车拐过一座山",结尾又提到"我还要向山上再走一段",以现代化的交通工具隐喻超现实主义创作的时代特征,同时彰显出诗句的速度感。"闪动"一词,表现了超现实主义写作的无意识和自动化特质。围绕"闪动",形容词"寂静"和名词"声音"成为全诗中闪现次数最多的语词。"周围又是寂静。这是枯黄玉米杆/提供的寂静,也是黛色山峰提供/的寂静。最主要的,是我的内心/要求寂静。我渴望在寂静中听见"中"寂静"共出现5次,在"枯黄玉米杆""黛色山峰"和"内心"三个空间中跳跃;而诗句"语言的声音,也许它是一只猫在/房顶走动的声音;也许,它是花/静静开放的声音;也许它什么都/不是,只是玻璃被风擦出的声音。/我听着这些声音心里映现出另外/的图景——一个叫小提琴的女人"中"声音"则出现4次,分别闪动在"猫""花""风"和"心里"中。诗句多处使用逗号或者句号隔开,采用二字或者三字顿,推进了诗歌的节奏。而又多停顿在"寂静"和"声音"处,延长了语词"闪动"的时间,彰显了超现实主义创作的先锋性,同时体现出"一种语言在另一种语言中发生作用,并在此产生了一种新语言,一种闻所未闻的几乎像外语的语言"①。

　　同样颇具典型性的是安琪的《像杜拉斯一样的生活》,将个人经验融入法国小说家、剧作家和电影导演杜拉斯的先锋语言。随着1985年王东亮率先翻译出杜拉斯的小说《情人》,1985—1989年,仅《情人》就共出现4种译本。20世纪90年代,电影《情人》在中国荧幕的上映、言必称杜拉斯的卫慧因出版《上海宝贝》甚至引发了对美女

---

　　① [法]吉尔·德勒兹:《批评与临床》,刘云虹、曹丹红译,南京大学出版社2012年版,第212页。

作家的讨论，1996 年杜拉斯去世再次掀起杜拉斯热。杜拉斯在中国大陆的风靡，既是她个人情感生活反射出的光芒，也是她创作中凸显的人性关怀、身体意识和叙事手法与 20 世纪 90 年代中国文学的一次交汇。1980 年 66 岁的杜拉斯与年仅 27 岁的雅恩–安德烈那·斯泰纳相恋，1984 年她将自己少女时代的初恋写入《情人》并摘得龚古尔文学奖。进入年迈阶段，她仍然对艺术抱有高度热情。其卓越的艺术成就和传奇的恋情，都深深地吸引着中国读者：

> 可以满脸再皱纹些
> 牙齿再掉落些
> 步履再蹒跚些没关系我的杜拉斯
> 我的亲爱的
> 亲爱的杜拉斯！
>
> 我要像你一样生活
>
> 像你一样满脸再皱纹些
> 牙齿再掉落些
> 步履再蹒跚些
> 脑再快些手再快些爱再快些性也再
> 快些
> 快些快些快些我的杜拉斯亲爱的杜
> 拉斯亲爱的亲爱的亲爱的亲爱的亲
> 爱的。呼——哧——我累了亲爱的杜拉斯我不能

像你一样生活。①

　　被冠以"新小说派"之名的杜拉斯，从宏观的叙事结构而言，她常常打破顺叙，而采用插叙或者倒叙，将多重场景交叉呈现出来。而从微观的句式而言，她反复的表述，"这种表述不符合约定俗成的语言习惯，而是在纸上逐字逐句建立起一种特殊的表达方式，一种作家独家使用的语言。换句话说，语句超出了语言的语法规则，可以呈现出多种表达方式。符号的各种意义阐释是通过语句实现的"②，以重复的方式不断破坏诗句的连贯性，"杜拉斯的文本具有多种记录表达方式——'词'既同时表示管风琴演奏，又表示声音或乐器的音阶——，因此，文本有着书籍、电影、戏剧、录音带的多种功能，最大可能地发挥它们的潜在作用"③。在诗篇的结尾处，诗人安琪借用杜拉斯独具辨识力的断句方式，打破语序，拆解语词，以接近非理性的方式，交错出与诗人安琪相契合的怀疑、犹豫而分裂的生活状态和情感心理。

　　如上所陈，诗人通过赠诗的方式，表达了一种"诗歌崇拜"，即"发生在八九十年代期间诗歌被赋予以宗教的意蕴、诗人被赋予以诗歌的崇高信徒之形象的文学现象，以及这个现象背后的文化因素。'崇拜'在这里相当于英文中的'Cult'，具有强烈的宗教狂热的意涵。'诗歌崇拜'表达一种基于对诗歌的狂热崇拜、激发诗人宗教般献身热情

---

① 安琪：《像杜拉斯一样生活》，《像杜拉斯一样生活——安琪诗集》，作家出版社2004年版，第14页。

② 范荣：《杜拉斯的写作：句子、场景、叙事—— 米莱伊·卡勒-格吕贝尔教授访谈录》，《法国研究》2012年第3期。

③ 同上。

的诗学。这种诗歌崇拜衍生了一套体现在宗教词汇和意象上的论述"①。一方面，对死亡的虔敬是诗歌崇拜的表现方式之一，消费文化时代诗神的没落催促着汉语诗人重新寻找新的精神皈依；另一方面，对先锋诗声音的借用，则更为直接地从语词抵达了心理的崇拜。但变调，更是回答，只有从先锋诗人的语音、语调、语法和辞章结构中回归到自我的情感心理，才能够找到个人的声音归属，"向你们这些就着蓝色晨曦并且受到了一支烛光鼓舞的辛勤阅读者致敬/向你们这些黑暗中的默诵与月光中的朗诵者致敬！/尤其是向那些能够大声地读出节奏并且能够把握内在韵律的人致敬"②。

二 混杂语体：复兴的传统形式

20 世纪 90 年代以来一种重要的诗歌创作倾向就是跨文体写作（混合性写作）、"'混杂'的语言"。陈均曾对"跨文体写作"（又称"混合性写作"）词条进行梳理，他提出 20 世纪 90 年代以来诗人打破诗歌与散文、戏剧、小说的界限，"将其他文类的形式和诗歌的精神杂糅在一起，从而体现一种新的写作可能性"③。姜涛提出"混杂'的语言"，"从文学社会学的角度看，内在的诗歌语言与外部生活语言的相互渗透，表明了一个文本的社会历史性，即它是"发生在具体的社会语言环境中的，与代表不同集团，甚至是相互冲突的社会方言形成互

---

① ［美］奚密：《从边缘出发：现代汉诗的另类传统》，广东人民出版社 2000 年版，第 207 页。

② 刘漫流：《诗人惠特曼致九十年代的中国读者》，杨克主编：《90 年代实力诗人诗选》，漓江出版社 1999 年版，第 137 页。

③ 陈均：《90 年代部分诗学词语梳理》，王家新、孙文波编：《中国诗歌：九十年代备忘录》，人民文学出版社 2000 年版，第 403 页。

文性关系，其中的吸收、戏拟、改造等，恰恰是意识形态、社会学批评可能的切入点"①。这里使用混杂语体一词，并不涉及散文、小说和戏剧这种文体的综合，而是指多种语体混合而成的诗歌创作方式，这其中，语体包括口头语体和书面语体，而书面语体又分为法律语体、科技语体、文艺语体、新闻语体、政论语体、网络语体等。在20世纪90年代以来的汉语新诗中，最为常见的就是对引文、日记体、公文体、箴言体、古文体等书面语体的借用。混杂语体的写作方式是对传统形式的复兴，体现的是诗人向诗歌文体发出的挑战，也是通过互文性的借音以完成历史想象。诗人试图通过展开历史画卷以拓展文本的容量，形成与传统的对接。在这一过程中，诗人借助失去的语音、语调、辞章结构和语法回归到历史，渴望与传统形成跨时空的对话。

首先，典籍、注解等形式渗入新诗文本，打破时空的界限，呈现出诗人与历史的对话，"90年代，诗人则更愿意在写作中呈现出这种关系（诗同人性、时间、存在的关系）在具体时间和空间中的样态，使之由景象、细节、故事的准确和生动来体现，力求做到对空洞、过度、嚣张的反对。……现在，构成诗歌的已不再是单纯的、正面的抒情了，不单出现了文体的综合化，还有诸如反讽、戏谑、独白、引文嵌入等等方法亦已作为手段加入到诗歌的构成中"②。侯马的《他手记》、柏桦的《水绘仙侣——1642—1651：冒辟疆与董小宛》、西川的《个人好恶》等几本诗集的出版，都将只言片语的诗论、注释、典籍、

---

① 姜涛：《"混杂"的语言：诗歌批评的社会学可能——以西川〈致敬〉为分析个案》，张桃洲、孙晓娅主编：《内外之间：新诗研究的问题与方法》，社会科学文献出版社2012年版，第171页。

② 孙文波：《我理解的90年代：个体写作、叙事及其他》，王家新、孙文波编：《中国诗歌：九十年代备忘录》，人民文学出版社2000年版，第14页。

散文等形式与诗歌文本交叉排列，在有限的文本空间中采用多种语体，这无疑为诗歌的体式带来新的挑战。其中，柏桦的《水绘仙侣——1642—1651：冒辟疆与董小宛》，直接与冒辟疆的两篇文章《影梅庵忆语》和《梦记》形成互文，通过组诗和注释的互相诠释，纵观博览古今中外之名篇，将现实与历史想象、个人经验熔为一炉，重新描绘出主人公冒辟疆与董小宛的相遇相知、日常生活和爱情悲剧。诗句"甜热的香呀绕梁不已，/夹着梅花和蜜离的气味，/也混合着我们身体的气味"①，柏桦在注释52中，从冒辟疆对气味的敏感出发，延伸出包括普鲁斯特、柯莱蒂、伍尔夫、乔伊斯等一系列作家笔下的气味书写，并透析气味与记忆的关系。如上所述，通过复兴典籍、注释等传统形式，诗人一方面想要激活一种历史书写的快感，以缓解诗歌创作的焦虑情绪；另一方面则希望通过复兴传统形式，融入当下的时代意识，实现主题、意象、语言等方面在历史与现实之间的拼贴和对接。

　　另外，日记体、公文体、箴言体等的植入，更新了诗歌的文体样式，将叙述的腔调融于表达的内涵中，在个人的生命成长经验与历史话语之间寻找对接。正如西川所云："我想有时，我甚至写到了诗歌这种文体的边缘，也许已经越界了——这也就是说，我也许在写反诗歌了；也许我正在写一种既不是诗歌也不是散文的东西：它介乎诗歌与散文之间、文学与历史之间、历史与思想之间。我内心需要这样一种东西，能在智力上觉得过瘾。"② 于是，诗人带着怀旧和创新的双重心态，建制出复兴的传统形式。柏桦的《备忘一则：紫式部瞧不起清少

---

① 柏桦:《水绘仙侣——1642—1651：冒辟疆与董小宛》，东方出版社 2008 年版，第 5 页。

② 西川:《这十年来》，《诗刊》2011 年 9 月号（上半月刊），第 9 页。

纳言》将紫式部非议清少纳言的一段文字摘录下来，在心理对话中，成为一次阅读的记忆；侯马的诗歌《身份证》，采用公文体的表格形式，"用尺子打上格/填写/姓名：侯牛/年龄：九岁/学校：东方红小学/还画了一个小脑袋/算是标准像"①，在描画弟弟心态的同时，也实现了对自我身份的怀疑。西川在《致敬》中采用箴言体，"法律上说，那趁火打劫的人必死，那挂羊头卖狗肉的人必遭报应，那东张西望的人陷阱就在脚前，那小肚鸡肠的人必遭唾弃。而我不得不有所补充，因为我看到飞黄腾达的猴子像飞黄腾达的人一样能干，一样肌肉发达，一样不择手段"②，以"'先知'的口吻，凌驾的视角、箴言的体式、庄重的节奏等，都是为世界提供一种稳定的'知识表述'"③。

再有，以拟古的方式，采用古诗的语言形式，容纳现实的经验，回归诗歌的古典传统，挖掘诗体形式延续的历史可能。使用古诗体，如绝句诗的化用，在短小的诗体中实现汉语的功能，王敖的《子夜歌》"谁在生命的中途，赐予我们新生，让失望而/落的/神话大全与绝句的花序，重回枝头中年的摇篮，荡漾着睡前双蛇的玩具，致酒/水含毒/遥呼空中无名的，无伤的夜，是空柯自折一/曲，让翡翠煎黄了金翅"④，在为绝句招魂的同时，追问汉语新诗形式的归宿。肖水的《南浔古镇》中，"她的身体，已经像梅干菜里混了一两团肥肉，/但她在湖光桥影中，熟练地晃出三只手指/然后，她退回桃花掩映的屋

①　侯马：《身份证》，《他手记》，江苏文艺出版社2008年版，第24页。
②　西川：《深浅：西川诗文录》，中国和平出版社2006年版，第8页。
③　姜涛：《"混杂"的语言：诗歌批评的社会学可能——以西川〈致敬〉为分析个案》，张桃洲、孙晓娅主编：《内外之间：心事研究的问题与方法》，社会科学文献出版社2012年版，第175页。
④　王敖：《子夜歌》，《王道士的孤独之心俱乐部》，南京大学出版社2013年版，第324页。

里，不时空对着巷子/想着那些碎落在墙角的，白里透红、鲜嫩多汁的时节"①，以古典诗歌的四绝形式展开，白话入诗，将女性的身体幻化入古镇的遐想中，传统女性形象与汉语的意蕴融为一体，古朴中透着几分韵致。另外，除直接借用古诗形式外，还将古典的语音、语调和语汇等融入地域性②。新世纪以来，诗歌创作群体以及诗歌民刊较多集中于南方地区，南方诗人常常将季候、饮食、习俗和风物，幻化在诗句中，颇富古意。他们从本土出发，融入个体的生命体验，泼洒出一幅古韵流溢的地域性图景，在为这一阶段的汉语新诗创作提供了几分古雅的韵味时，也为诗歌返归传统、追踪汉语诗歌的历史文化底蕴提供了重要的依据。诗人潘维生于浙江湖州，在幽闭的墓穴、石棺、鬼魂、尼姑庵中，他总能寻访到那凄美的女子，和她们穿越百世的故事，"根据一只龙嘴里掉落的绣花鞋，/和一根丝绸褪色的线索，/我找到了你，在清凉之晨，在荒郊野外：/你的坟墓简朴得像初恋的羞涩，/周围的青山绿水渗透了一种下凡的孤独，/在我小心翼翼的目光无法触摸之处，/暗香浮动你姐妹们的名字：苏小小、绿珠、柳如是……"③ 木窗棂、铜镜、木梳、梳妆匣、青豆、糖糕、爆竹，诗人潘维在烟雨暮霭的寂冷中，几近淹没而又还原出生活的旧景，与现实生活参差参照，有种置身其中的怜惜和生动感，"每当夜风吹过，就会有一阵土腥弥撒/水乡经过染坊的漂洗，/成了一块未出嫁的蓝印花

---

① 肖水：《南浔古镇》，《中文课》，酿出版，2012 年版，第 150 页。

② 柏桦：《左边：毛泽东时代的抒情诗人》，江苏文艺出版社 2009 年版，第 269 页。柏桦提到七位诗人以不同的声音构成的吴语之美，比如"长岛的声音严谨而有章法，显得秩序井然"、王寅的声音优雅而有控制力等。

③ 潘维：《梅花酒》，《潘维诗选》，浙江文艺出版社 2008 年版，第 122 页。

布"①。同样，生于安徽桐城的陈先发秉承着质朴的桐城遗风，与这片土地结下了极深的文化渊源。无论是《前世》中"只有一句尚未忘记／她忍住百感交集的泪水／把左翅朝下压了压，往前一伸／说：梁兄，请了／请了——"②，还是《秋日会》中"你不叫虞姬，你是砂轮厂的多病女工。你真的不是／虞姬，寝前要牢记服药，一次三粒。逛街时／画淡妆。一切，要跟生前一模一样"③，陈先发的诗句杂糅进现实与历史双重经验，将女子的凄怆感形象地与历史画卷相应和。

总之，混杂语体指向的是传统与现代的对接，同时也是历史与现实的对话，彰显出这一阶段汉语新诗创作的历史想象意识。但显然，历史的想象并不一定能够通过诗歌自身就可以解决，而是需要结合历史与诗歌的内在有机性，真正意义上实现传统文化的传承，可见，"包括西川在内当代少数有抱负的诗人，正在挑战诗歌的文体限度，不只是扫描历史风景，而是尝试真正进入其内部，用诗歌的方式去严肃应对重大的思想、历史、政治文体，锻造'此时此地'的历史想象力。这种历史想象力的培植，并非是诗歌自身可以解决的，需要不同领域的人文知识分子的联合，应该自觉恢复包括诗歌在内的文学写作与思想、历史写作的内在有机性"④。但就汉语新诗的创作趋向来看，混杂语体已经构成互文性主题不可忽视的创作现象。

上文通过分析"回答"先锋诗的变调与复兴传统形式的混杂语体，能够看出，20世纪80年代以来，互文性的借音无处不在，这一方面体现出诗人在欧化资源与本土经验之间的选择和挣扎；另一方面

---

① 潘维：《立春》，《潘维诗选》，浙江文艺出版社 2008 年版，第 161 页。

② 陈先发：《前世》，《写碑之心》，长江文艺出版社 2011 年版，第 18 页。

③ 陈先发：《秋日会》，《写碑之心》，长江文艺出版社 2011 年版，第 57 页。

④ 姜涛：《诗歌想象力与历史想象力——西川〈万寿〉》，《读书》2012 年第 11 期。

也突出了诗人在诗歌技艺上的焦灼和探索。但互文性并非简单的戏拟或者模仿，重要的是"我们能否咬准那个神秘的发音？我们能否进入到一种生命内部，精确无误地确立其语感、音质、呼吸的节奏和气息?"[①] 一方面，互文性产生于共通的语境，"世界诗已进入我们，我们也已进入了世界诗。的确有一种共同的世界诗存在，这里没有纯中国诗，也没有纯西方诗，只有克里斯蒂娃所说的一种'互文性'，只有一种共通的语境"[②]；另一方面，诗人既表现出对历史传统的想象态度，也试图通过挖掘出隐藏于形式的另一个生命体，与自我的生命节奏相互交融，实现语言与情感形式的协奏。

小　　结

20 世纪 80 年代以来汉语新诗的历史语境发生了变化，诗歌的主题也发生了变化，声音也是对具体历史语境下主题的回应。社会政治、经济、文化的变迁，对诗人的情感心理和思维模式都产生了影响，使得声音呈现出"无规则的，无管制的声音"[③]，但因为语言系统的重新组合，"它不再束缚于稳定意义中的稳定系统"，而表现得更为多元化。汉语诗人在诗歌场域中作为参与者有着自主性，他们"在结

---

① 王家新:《翻译文学、翻译、翻译体》,《在你的晚脸前》,商务印书馆 2013 年版，第 218 页。

② 柏桦:《回忆:一个时代的翻译和写作》,北岛:《时间的玫瑰》,中国文史出版社 2005 年版，第 5 页。

③ Charles Bernstein, *Close Listening*, New York：Oxford University, 1998, p. 75. "Noice as wayward, unregimented sound".

构中寻找开放，在制约下表现个性。"①其中，对抗性主题既呈现出对朦胧诗人树立的晦涩、难懂的美学原则的反叛，同时也体现出对传统思维模式发出的挑战。女性诗歌的崛起是一道独特的风景线，爱欲书写的细音和公共书写的泛音，成为这一时期最为突出的两种女性发音方式。互文性是汉语新诗初创期就呈现出的一种声音构成方式，进入20世纪80年代以后，在本土与欧化资源的冲突中，互文性重获生机。总而言之，形式有其发生的环境，诗人在环境中创造着形式，并且与环境共同呼吸，"一种确定的风格不只是形式生命中的某个阶段，也不是生命本身：它是形式的环境，同质的、一致的环境，人类就是在这环境中活动与呼吸"②。尽管本章提到的反传统主题的抗声、女性主题的音域和互文性主题的借音并不能全尽这一阶段声音的主题类型，但却具有相当的典型性，它们共同构成了20世纪80年代以来汉语新诗的声音景观。

---

① ［美］奚密：《杨牧：台湾现代诗的 Game-Changer》，《台湾文学学报》2010 年12 月第 17 期。

② ［法］福永西：《形式的生命》，陈平译，北京大学出版社 2011 年版，第62 页。

第四章　声音的意象显现

后一种字音本身与意义原不相联属，不过因为习用久了，我们听到某一音便自然而然联想到某一义，因而造成一种音义间不可分离的幻觉——虽然是幻觉，加入成为普遍的现象，对于诗底理解和欣赏也是一种极重要的元素。

——梁宗岱：《谈诗》

沈亚丹提道："如果说诗歌中的声音形式的音乐化是在语音、语调中实现的，那么诗歌内在情绪音乐化则是通过空间意象对于时间的标示实现的。"[①] 一方面，声音通过空间意象实现内在情绪的音乐化；另一方面，这种内在情绪的音乐化又通过语音、语调、辞章结构和语法表现出来。尽管 20 世纪 80 年代以来的汉语新诗以反意象为开端，但反意象并不意味着完全取消意象，有相当一部分诗人更注重意象与声音的互动。本章通过分析 20 世纪 80 年代以来较为突出的意象，从其稳固的语义内涵中，考察诗歌的声音特点，即"太阳"意象呈现出的同声相求的句式，"鸟"及其衍生意象呈现出的升腾的语调，"大海"

---

① 沈亚丹：《寂静之音：汉语诗歌的音乐形式及其历史变迁》，上海人民出版社2007年版，第76页。

意象中呈现的变奏的曲式,"城"及其标志意象呈现出的破碎无序的辞章。

第一节 同声相求的句式

——以"太阳"意象为中心

蔡宗齐提出:"韵律结构是怎样深深地影响抒情结构呢? 两者不可分割的关系是怎样形成的呢? 在古今的诗学著作之中,我们似乎很难找到这些问题的答案。韵律结构与抒情结构(本文成为'韵律节奏'与'诗境')脱节的原因是,我们完全忽视了联系两者的纽带。"① 他认为,句式是连接韵律结构与抒情结构的纽带,通过句式形成的时空、主客关系,与韵律节奏不可分割。事实上,汉语单句的句型结构包括主谓句和非主谓句,其中主谓句可分为名词谓语句、动词谓语句、形容词谓语句和主谓谓语句,动词谓语句又有把字句、被字句、连谓句、兼语句、双宾句等。20 世纪 80 年代以来,汉语新诗与"太阳"意象相关的句式,相当能够说明这种韵律结构与抒情结构之间的关系。当然,在汉

---

① 蔡宗齐:《古典诗歌的现代诠释——节奏、句式、诗境(理论研究和〈诗经〉研究部分)》,《中国文哲研究通讯》2010 年第 20 卷第 1 期。蔡宗齐区分出汉语的两种基本句型,即主谓句和题评句(非主谓句)。汉语造句,总是遵循"时空—逻辑原则与类推—联想原则"。其中,按照"时空—逻辑原则与类推",组成部分或者完全的主谓句;按照"逻辑原则与类推—联想原则",组成题评句,再现作者的可感可思。[关于这点亦可参照蔡宗齐《节奏 句式 诗境——古典诗歌传统的新解读》,李冠兰译,《中山大学学报》(社会科学版) 2009 年第 2 期。]

语新诗中，"太阳"意象向来备受诗人的青睐①，但 20 世纪 80 年代以来的汉语新诗在表现这一意象时，由于其内涵发生了变化，声音也随之发生了变化。诗人运用一种句式贯通全篇，例如，廖亦武的《乐土》中，"太阳啊，你高唱"采用主谓谓语句式，由小谓语"高唱"延伸出诗篇的内容，在集体意识中高歌君王；江河的《太阳和他的反光》中，"否则他不去追太阳"采用连谓句式，由动宾短语"追太阳"延伸出诗篇的内容，用以追寻传统文化；海子的《日出》中，"太阳，扶着我站起来"采用兼语句式，由兼语"我"延伸出诗篇的内容，用来表达超越出现实社会体制之外的浪漫主义理想情怀。本节通过考察廖亦武、江河和海子的诗歌文本，管窥与"太阳"意象有关的同声相求的句式，从中发现因同样的声音所产生的集体的感应和共鸣。

一 主谓谓语句式："太阳啊，你高唱"

廖亦武作为新传统主义诗歌流派的发起人之一，他提道："我们否定旧传统和现代'辫子军'强加给我们的一切，我们反对把艺术情感导向任何宗教和伦理，我们反对阉割诗歌。语言之花娇弱而灿烂，其本身经历着诞生、生长、衰老至死亡的过程。"② 诗人试图冲破被官方意识形态束缚的语言，而回归到语言自身的文化传统。在中国传统文化中，"太阳"有着君王的象征，比如语词"日驭（御）"指的就是神

---

① 郭沫若的《太阳礼赞》《点火光中》《光海》等，艾青的《太阳》《向太阳》《野火》等诗篇中都反复出现"太阳"意象，主要表现光明、理想和希望；十七年汉语新诗中"太阳"隐喻的是红色革命，比如郭小川的《望星空》、公刘的《太阳的家乡》等；朦胧诗歌中"太阳"象征的反意识形态的咒日观念，如北岛的《太阳城札记》、芒克的《太阳落了》和多多的《致太阳》等。

② 徐敬亚、孟浪等编：《中国现代主义诗群大观 1986—1988》，同济大学出版社 1988 年版，第 145 页。

话中驾驭日车的羲和，常用来比喻君王的车驾。组诗《乐土》的选章
《歌谣》中，正午的"太阳"象征着君王，同时显现出集体的力量，
诗人反复使用主谓谓语句式"太阳啊，你高唱"引领诗篇：

> 但是一切都是幻象，那热情的王冠最终属于
> 　谁？
> 太阳啊，你高唱，漩涡被你的悲声麻醉
> 大口吸食空气中的毒素，犹如一窝窝刚出壳
> 　的小蛇
>
> 太阳啊，你高唱。曲调豁开远海的肚子
> 崛起的新地象紫色的肉瘤，密布血脉
> 那些未来之根
>
> 水夫们向天空伸出八十一只手臂
> 他们的血里渗透着太阳的毒素，最庄严的深渊
> 　　在他们心里
> 他们因此被赋予主宰自然的权力
>
> 而那接近太阳、双臂合一的魁首，是公认的
> 　永生者①

　　廖亦武的《乐土》，凝聚了悲苦和激情的力量，诗人追问"现在该

---

　　① 廖亦武:《歌谣》，溪萍编:《第三代诗人探索诗选》，中国文联出版公司 1988
年版，第 184 页。

轮到太阳悲哀了/它的歌谣唱到：我延续的是谁?"① 这种疑虑始终存在着，诗人试图获得历史的传承，如第一行中写道："但是一切都是幻象，那热情的王冠最终属于/谁?"其中，疑问代词"谁"分行排列，加强问句的力度，表征着自我认同性的缺失，背离集体的声音而寻找到自我的归属，成为诗人最大的焦灼。重复出现主谓谓语结构"太阳啊，你高唱"，通过谓语结构"你高唱"强调了"太阳"，感叹词"啊"则提升了抒情效果。一句"太阳啊，你高唱"引领全篇，高歌"太阳"，又让"太阳"高歌，诗句多次停顿，以逗号分隔开，又多在二字或者三字处顿歇，节奏显得紧张而急促。可以说，与廖亦武的诗篇《大高原》和《大盆地》相比，在《乐土》中，诗人并没有真正打开他的喉咙去歌唱，而是悲悯地哽咽出无根的歌声。从集体中挣脱而出是"文化大革命"时期一代人的呼声，然而，走出这片阴霾，诗人瞭望着新生的未来之根，慰藉自我尝试着走出悲哀，诗句"崛起的新地象紫色的肉瘤，密布血脉/那些未来之根"，"那些未来之根"显赫地伫立，被隔离而出，形成衔接过去和未来的一块新领地。但诗人的声音暴露出他并没有冲出集体力量的重重阻隔，诗歌中以"他们"作为抒情主人公，"毒素"和"权力"加载于"他们"之上，诗句停顿处彰显出庞大的群体所面临的苦痛和压力。也正是因为集体共有的焦灼状态，一直绵延于诗人廖亦武的诗歌，所以才会出现多声部的音乐效果：

> 只有娃儿刺耳的嚎哭使哀歌悲而不伤
> "婆娘们！婆娘们！！"

---

① 廖亦武：《歌谣》，溪萍编：《第三代诗人探索诗选》，中国文联出版公司 1988 年版，第 183 页。

水夫们啃着咸萝卜，打着桨，齐声赞美着

"婆娘们！婆娘们！！"

水夫们心肝里噙着泪①

　　"婆娘们""水夫们"都采用复数形式，而"齐声赞美"又突出了合唱的音乐形式。可见，借助集体意识而生成的自我，多依赖齐声和鸣，故而这种声音表现为同声相求的句式。20世纪80年代以来，走出政治意识形态阴霾的诗人们渴望回到主体性的努力，可以归结为一种追问自我的形式。查尔斯·泰勒把"自我认同"表述为"我是谁"这一涉及人在追问个体存在意义时的一项本质性问题："对我们来说，回答这个问题就是理解什么对我们具有关键的重要性。知道我是谁，就是知道我站在何处。我的认同是由提供框架或视界的承诺和身份规定的，在这种框架和视界内我能够尝试在不同的情况下决定什么是好的或有价值的，或者什么应当做，或者我应赞同或反对什么。换句话说，这是我能够在其中采取一种立场的视界。"②诗人将"太阳"意象搁置于一定的历史环境，从中可以为"我"在群体中找到一种身份认同感。泰勒认为，对于一个人来讲，其自我认同的全面定义又是"通常不仅与他的道德和精神事务的立场有关，而且也与确定的社团有某种关系"。③可见，自我认同是在与群体的交往中获得的，20世纪80年代，诗人廖亦武的创作已经有意识走出集体，并且尝试着从诗歌的

----

　　① 廖亦武：《歌谣》，溪萍编：《第三代诗人探索诗选》，中国文联出版公司1988年版，第183页。

　　② ［加拿大］泰勒：《自我的根源：现代认同的形成》，韩震等译，译林出版社2001年版，第37页。

　　③ 同上书，第51页。

观念上翻新。也就是说，朦胧诗人构筑的价值体系是抽象的理想信仰，但却乏力于破坏旧的而重建新的体制。但廖亦武在观念上是具有破坏性的，他已经触及了集体性的消亡，并为那些呼之欲出的新生力量寻找着"未来之根"。但遗憾的是，从声音的角度而言，诗人在语法和用词上，并没有走出集体性的窠臼，这也体现了诗人从集体走向个体过程中表现出的挣扎和痛苦。

二　连谓句式："否则他不去追太阳"

江河 1985 年创作的组诗《太阳和他的反光》，其中诗篇《追日》以《山海经》中记载的夸父逐日神话为原型。传说在中国北部的成都载天山上住着一位叫作夸父的人，他耳朵上挂着两条黄蛇，手里也拿着两条黄蛇。他在西方禺谷追上了太阳，但因为途中太渴，喝干了东南方渭河和黄河的水，但仍不解渴，又准备去北方喝大泽的水，但却死在途中，之后他的手杖化作一片桃林。"太阳"意味着时间和生命意识，如诗句"惊风飘白日，光景弛西流"①，"朝阳不再盛，白日忽西幽"②。诗人江河抓住"太阳"所隐喻的时间和生命意识，将其指向即将陨落的中国传统文化，采用连谓句"否则他不去追太阳"，由动宾结构"追太阳"拓展出诗篇，构成一种集体式的共鸣：

上路的那天，他已经老了
否则他不去追太阳

———————————

① （三国魏）曹植：《箜篌引》，赵幼文校注：《曹植集校注》，人民出版社 1984 年版，第 460 页。

② （三国魏）阮籍：《咏怀》，陈伯君校注：《阮籍集校注》，中华书局 1987 年版，第310 页。

上路那天他作过祭祀

他在血中重见光辉，他听见

土里血里天上都是鼓声

他默念地站着扭着，一个人

一左一右跳了很久

仪式以外无非长年献技

他把蛇盘了挂在耳朵上

把蛇拉直拿在手上

疯疯癫癫地戏耍

太阳不喜欢寂寞

蛇信子尖尖的火苗使他想到童年

蔓延流窜到心里

传说他渴得喝干了渭水黄河

其实他把自己斟满了递给太阳

其实他和太阳彼此早有醉意

他在自己在阳光中洗过又晒干

他把自己坎坎坷坷地铺在地上

有道路有皱纹有干枯的湖

太阳安顿在他心里的时候

他发觉太阳很软，软得发疼

可以摸一下了，他老了

手指抖得和阳光一样

可以离开了，随意把手杖扔向天边

有人在春天的草上拾到一根柴禾

抬起头来，漫山遍野滚动着桃子①

　　"日"意象承载着诗人在文化传统中寻找自我的历史使命，如江河在《太阳和他的反光》组诗的序言中所言："任何民族都有自己的神话，自己心理建构的原型。作为生命隐秘的启示，以点石生辉。神话并不是提供蓝图，他把精灵传递到一代又一代的手指上，实现远古梦想。"② 整首诗歌以主谓结构为主，句式很少变化，诗人以陈述句完成每一个诗行，从语法结构层面回到传统的古老根蒂。文化历史的框架，在语法的第一个层级发生，而定语、状语和补语都服务于主谓结构，比如"上路的那天，他已经老了/否则他不去追太阳/上路那天他作过祭祀"。三句当中主要以"他已经老了""他不去追太阳"和"他作过祭祀"为主要语义表述，在时间上让主体"他"浮出历史表层，同时又让"他"埋葬于历史，为下一代传递生命的火种。而重复"上路的那天"和"上路那天"则作为状语，回到对《山海经》夸父逐日神话的讲述，有如"从前有一座山"作为故事叙述的开端，只是通过状语的重复，重返文化记忆的语言模式。诗篇在单一的陈述句中，以主谓结构为主的语法表现，也还原了"太阳"意象所隐喻的文化根部的统一。另外，主语"他"引领句法结构，所有的动词粘着在主语上，比如"他已经老了"中副词"已经"表示动作的完成；"他不去追太阳"连谓动作"去"和"追"，表明第二个动作"追"的方向；"他在血中重见光辉"中的"在血中"介词短语做状语补充动作，这些语

---

　　①　江河：《追日》，《太阳和他的反光》，人民文学出版社 1987 年版，第 9 页。

　　②　江河：《太阳和他的反光》小序，老木编：《青年诗人谈诗》，北京大学五四青年社 1985 年版，第 26 页。

词以辅助动词的发生和完成。诗人又运用了使动句"蛇信子尖尖的火苗使他想到童年"以突出动作是在指示和命令中发生的，而把字句"其实他把自己斟满了递给太阳"以呈现动作完成的仪式化。最后，诗人重复动态助词"了"，"可以摸一下了""他老了"和"可以离开了"更说明了动作的已然状态，语言的发生是在历史化过程中完成的。由此能够看出，诗人在表现主体"他"时，动词本身需要借助历史（"了"），并以命令（使动句）的方式去实现，可以说，这是一种对主体的限制。在同声相求的句式中，诗人的声音保持平稳的语调，显得内敛而深沉。可见，原有的价值体系和思维习惯被打破后，必然需要经历一段艰苦而孤独的探索时期去积淀个人化的生命体验。"太阳"本身指向的永恒精神，使得诗人去寻找无限的语言表达方式，但却又被钳制在历史化的过程中，以至于诗人只能回到过去，而不是指向自我的当下体验，故而缺乏真正意义上的语言爆发力。

三　兼语句式："太阳，扶着我站起来"

海子推崇"意象与咏唱的合一"①，在他的诗歌中，"太阳"意象更多以幻象的方式频繁出现。如他在1983年写完初稿、1989年3月修改过的诗歌《春天》中，写到"太阳，你那愚蠢的儿子呢？"② 又如在1987年的《祖国（或以梦为马）》中，他写着"我的事业，就是要成为太阳的一生"③。海子阅读了大量的原始古籍，其中包括《山海经》中记载的太阳神故事。同时，海子还在《耶稣转》《耶稣在印度》

---

① 海子：《日记》，西川编：《海子诗全集》，作家出版社2009年版，第1028页。

② 海子：《春天》，西川编：《海子诗全集》，作家出版社2009年版，第529页。

③ 海子：《祖国（或以梦为马）》，西川编：《海子诗全集》，作家出版社2009年版，第435页。

《圣经》等西方文化书籍中接触过太阳神的传说。① 诗人自诩为"太阳",它象征着自由意志和诗歌精神,更预示着集体仪式的死亡和个体生命意识的挣扎,"太阳就是我,一个好动宇宙的劳作者,一个诗人和注定失败的战士"②。1987 年,海子醉后写出的短诗《日出——见于一个无比幸福的早晨的日出》,在光的幻象中看到死亡尽头的光照,正如车尔尼雪夫斯基所云:"自然界中最迷人的,成为自然界一切美的精髓的,这是太阳和光明。"③"太阳"是万物生长之源,它象征光明普照,如屈原所说,"日安不到,烛龙何照?羲和之未扬,若华何光?"④ 光照是"太阳"意象的基本内涵,与廖亦武的正午"太阳"不同,与江河的西落之日也不同,海子表达的是黎明初升的"太阳",在兼语句"太阳,扶着我站起来"中,诗人紧扣兼语"我"引领全篇,与"太阳"意象的幻景交相呼应,正如戈麦在《海子》中所理解的"一切都源于谬误/而谬误是成就,是一场影响深远的幻景"⑤:

> 在黑暗的尽头
> 太阳,扶着我站起来
> 我的身体像一个亲爱的祖国,血液流遍
> 我是一个完全幸福的人
> 我再也不会否认

---

① 边建松:《海子诗传:麦田上的光芒》,江苏文艺出版社 2010 年版,第 127 页。

② 海子:《动作》,西川编:《海子诗全集》,作家出版社 2010 年版,第 1035 页。

③ [苏]车尔尼雪夫斯基:《现代美学批判》,《车尔尼雪夫斯基论文集》中卷,辛未艾译,上海译文出版社 1979 年版,第 34 页。

④ 屈原:《天问》,(宋)朱熹集注:《楚辞集注》,上海古籍出版社 1979 年版,第 57 页。

⑤ 戈麦:《海子》,西渡编:《戈麦诗全编》,上海三联书店 1999 年版,第 294 页。

我是一个完全的人我是一个无比幸福的人

我全身的黑暗因太阳升起而解除

我再也不会否认　天堂和国家的壮丽景色

和她的存在……在黑暗的尽头！①

开篇出现的两句"在｜黑暗的｜尽头"和"太阳，｜扶着我｜站起来"，构成两种对立的结构，即"黑暗"与"太阳"，"尽头"与"站起来"，"太阳"搁置于两句中间，诗人将色调的明暗搭配作为起点，又以绝望的"尽头"与希望的"站起来"作为终点。语词的停顿，占据了不同的空间，正隔离出死亡和生命的界限。在诗人看来，这种分界，是主体性最为强烈的精神回归，它是彻底而完全的。因此，在以下6句诗行中，都以"我"作为领字，抒情主体连续出现，无限地延伸了语词本身的力量。这种表达方式，在朦胧诗中并不乏其例，甚至可以说，在声音表达方面，海子的诗歌与"文化大革命"时代的地下诗歌有着根本的衔接，即通过排比的修辞方式，延长抒情的时间，将个人的情绪表达推向极致。海子的诗隔离出外界的杂音，从身体内部发出声音，"我的身体像一个亲爱的祖国，血液流遍"。这里"像一个亲爱的祖国"处于附属地位，它位于语法结构的次级，出现在"我的身体"之外。诗句中修饰语后置，语义重心转移使得发音变得相对轻快，所有的外力都指向"我的身体"。之后，诗人采用停顿，"血液流遍"一词再次回到"我的身体"，而忽略修饰语的存在。在诗人的意识中，"祖国"作为集体力量，并不能破坏身体的秩序。从这个句式中，也能够看出诗人挣扎着从"发

---

① 海子:《日出》，西川编:《海子诗全集》，作家出版社2009年版，第356页。

现人"到真正意义上"回归人"。在此意义上，"我是一个完全幸福的人""我再也不否认"，"我是一个完全的人我是一个无比幸福的人"一次又一次地出现"我"，其实质更是"我的身体"，以至于我的灵魂。因为只有剥离开外在生存环境的干扰，透过自然状态的体验，才能回到"我"，完全地感受到痛苦、悲怆、绝望和死亡。这种源发于自我的极端化体验，是在社会体制和政治意识形态中无法获得的。诗歌最后再次提到意象"太阳"，也只有"太阳"能够承担诗人在濒临崩溃、碎裂的临界点状态时所产生的精神体验，"我全身的黑暗因太阳升起而解除"，诗句使用了因果连接词语"因……而……"，语义的重心搁置于"太阳升起"部分，只有将自我的身体与"太阳"类比时，诗人才感受到"我全身的黑暗"被"解除"。诗歌在最后部分，语言跟随着身体、精神将情感完整地发挥出来。"我再也不会否认 天堂和国家的壮丽景色"，诗人在"不会否认"处停顿，在停延的过程中，一切被隔离出的身体和精神的体验得到了填充，于是，"天堂"和"国家"才能够并置，这取决于诗人完全地回到了主体。末句"和她的存在……在黑暗的尽头！"，分行的诗句赋予"她"独立的空间，诗人使用省略号延宕在想象的语词中，亘入诗人疼痛的骨髓；使用感叹号，在语气上哀嚎惊呼，撕裂的疼痛感充斥着诗人的情感世界，与"太阳"一起冉冉升起，正如他的《麦地（或遥远）》所表达的：

> 幸福不是灯火/幸福不能照亮大地/大地遥远清澈镌刻/痛苦/海水的光芒/映照在绿色的粮仓上/鱼群撞动
> 沙漠之上的雪山/天空的刀刃/冰川散开大片羽毛的光/大片的

光在河流上空痛苦的飞翔①

如嵇康在《声无哀乐论》中所言，"夫内有悲痛之心，则激哀切之言，言比成诗，声比成音。杂而咏之，聚而听之，心动于和声，情感于苦言，嗟叹未绝，而泣涕流涟矣"②。内心的悲痛激发出哀伤的语言，语言组织成诗篇，声音幻化为音乐，在反复的咏唱，这种悲痛的情绪便通过诗句显露了出来。对诗人海子而言，幸福隐藏了人类情感的黑暗，而黑暗却在某种意义上恢复了一个完整的人的精神世界。诗人海子诞生于悲苦的大地，他痛楚的声线，与"太阳"同时升起于黑暗的尽头。没有黑暗意识的诗人，是缺乏对自由意志和诗性精神内涵理解的。而海子语词所表达的极限体验，无疑为理解人类精神增添了一种通往无限的知识经验。诗人所构建的是脱离于具体环境、条件和复杂关系而仅仅与自我产生联系的个人化情感，类似于吉登斯所说的"脱域""所谓脱域，我指的是社会关系从彼此互动的地域性关联中，从通过对不确定的时间的无限穿越而被重构的关联中'脱离出来'"③，这种脱域将抒情主体隔离出现实的社会秩序，而是试图构建出自我的精神世界。

综上，以"太阳"意象为中心，文中截取 1980 年廖亦武的主谓谓语句、江河的连谓句和海子的兼语句，这些同声相求的句式，表露出诗人从集体向个人化转向的声音痕迹，他们几乎撕扯着喉咙喊出一个

———————————

① 海子：《麦地（或遥远）》，西川编：《海子诗全集》，作家出版社 2009 年版，第410 页。

② 吉联抗译注：《嵇康·声无哀乐论》，人民音乐出版社 1964 年版，第 13 页。

③ ［英］安东尼·吉登斯：《现代性的后果》，田禾译，译林出版社 2000 年版，第18 页。

历史时代最后的诗句。自 20 世纪 90 年代以后，随着文化寻根意识的淡化，"太阳"意象也渐渐淡出汉语新诗。在某种意义上，恰恰说明了诗人借助"太阳"意象所要表达的非个人化因素开始减少。诗人不再追求集体化的声音表达，而是开始分裂为多元化的因素。通过分析同声相求的句式，也正印证了"太阳"意象作为一种隐喻，更趋近于一种过渡性的时代表征。

第二节　升腾的语调

——以"鸟"及其衍生意象为中心

　　"语调是一个句子中间高低、快慢、轻重、停顿的各种变化，同音高、音长、音强都有联系"[①]。一首诗歌的语调从音节到篇章，是一系列语言符号组合的旋律，如《汉语节律学》一书中所示："音节声调→音步、气群的连续变调→句调→句调群→段落语调→篇章基础。"[②] 但由于其"随文义语气而有伸缩"[③]，故而显得缺乏稳定性。然而，"鸟"意象有着相对稳定的语义内涵，它作为高空飞翔的生物，几乎成了诗人们形而上追求的一个意义符号，飞行的姿势带有仪式化的神圣感。20 世纪 90 年代以来，"鸟"意象频繁出现，包括北岛、欧阳江河、西川、张枣、柏桦、钟鸣、周伦佑、杨黎等，几乎绝大部分诗人的作品都不乏其例。在市场经济化的社会现实环境中，诗人们迷失甚至沦陷，渴望挣脱世俗价值观念，寻找高远的理想。另外，叙事

---

　　① 周殿福：《艺术语言发音基础》，中国社会科学文献出版社 1980 年版，第 304 页。

　　② 吴洁敏、朱宏达：《汉语节律学》，语文出版社 2001 年版，第 302 页。

　　③ 朱光潜：《诗论》，上海古籍出版社 2005 年版，第 125 页。

性、日常生活化的诗歌书写方向，模糊了诗歌与现实生活的界限，在此基础上，20世纪80年代从事抒情诗写作的诗人，进入诗歌创作的瓶颈阶段。故而，在抒情与叙事的转换间，诗人们试图借助"鸟"意象来传达自我所面临的精神和写作困境。传统文化的断裂，同样让诗人们倍感迷茫，他们追问着文化的根源，渴望寻找到文化认同与归属感，而"鸟"在历史与未来之间起着重要的媒介功能。通常情况下，语调可分为"平调、升调、降调、凹曲调和凸曲调"①，本节以周伦佑的《想象大鸟》、于坚的《对一只乌鸦的命名》、西川的《秋天十四行》和海子的《天鹅》为例，探讨诗人书写"鸟"意象时所流露出的升腾的语调。

一 高飞："飞与不飞都同样占据着天空"

在"非非"诗人群体中，周伦佑被称为"刀锋上站立的鸟群"，其颠覆与重构的精神在"鸟"意象中表现得尤为明显。在诗人周伦佑的创作中，1989年的《想象大鸟》是最具代表性的作品之一。"鸟"（niǎo）作为一个音节，其声调是上声调，调值是214，调型虽属降升型曲折调，但升的部分是1度到4度，是以升为主的调值。诗篇共出现24次"鸟"，充分体现出"汉字主要代表的不是观念，而是声音"②，诗人透过重复在声调上就构成了一种升腾的效果。"鸟是一种会飞的东西"，无论飞还是不飞都在"天空"。"天空"是"地面以上很高很远的广大空间"③，"鸟"高飞在天空，其中的"高"（gāo）、"天

---

① 吴洁敏、朱宏达：《汉语节律学》，语文出版社2001年版，第334页。

② ［美］孙康宜、宇文所安：《剑桥中国文学史》上卷，刘倩等译，生活·读书·新知三联书店2013年版，第29页。

③ 《现代汉语词典》（第6版），第1284页。

空"（tiānkōng），3 个音节均为高平调，调值 5 度到 5 度。"四声之中，平声最长"①，故而"盖平声之音，自缓，自舒，自周，自正，自和，自静"②，由此而联想到高飞的"鸟"意象，联想到"天空"，联想到与地面的距离，"鸟"的音调与展翅翱翔于高空、俯瞰大地的气韵相交融。于是，诗人将"鸟"作为书本与天空之间的关联点，"鸟是一个字，但又不是一个字/鸟是书本与天空之间的联系/一种想象形式。脱离内容之后/鸟便是我们自己"③"鸟"只有回到天空，才能够回到自我。首节就剥离出"鸟"的隐喻性，试图诠释并还原日常生活中的"鸟"：

> 鸟是一种会飞的东西
> 不是青鸟和蓝鸟。是大鸟
> 重如泰山的羽毛
> 在想象中清晰的逼近
> 这是我虚构出来的
> 另一种性质的翅膀
> 另一种性质的水和天空
>
> 大鸟就这样想起来了
> 很温柔的行动使人一阵心跳
> 大鸟根深蒂固，还让我想到莲花

---

① 吴梅：《吴梅词曲论著四种》，商务印书馆 2010 年版，第 109 页。

② 同上书，第 110 页。

③ 周伦佑：《从具体到抽象的鸟》，《周伦佑诗选》，花城出版社 2006 年版，第 27 页。

想到更古老的什么水银

在众多物象之外尖锐的存在

三百年过了，大鸟依然不鸣不飞

大鸟有时是鸟，有时是鱼

有时是庄周似的蝴蝶和处子

有时什么也不是

只知道大鸟以火焰为食

所以很美，很灿烂

其实所谓的火焰也是想象的

大鸟无翅，根本没有鸟的影子

鸟是一个比喻。大鸟是大的比喻

飞与不飞都同样占据着天空

从鸟到大鸟是一种变化

从语言到语言只是一种声音

大鸟铺天盖地，但不能把握

突如其来的光芒使意识空虚

用手指敲击天空，很蓝的宁静

任无中生有的琴键落满蜻蜓

直截了当的深入或者退出

离开中心越远和大鸟更为接近

想象大鸟就是呼吸大鸟

使事物远大的有时只是一种气息

生命被某种晶体所充满和壮大

推动青铜与时间背道而驰

大鸟硕大如同海天之间包孕的珍珠

我们包含于其中

成为光明的核心部分

跃跃之心先于肉体鼓动起来

现在大鸟已在我的想象之外了

我触摸不到，也不知它的去向

但我确实被击中过，那种扫荡的意义

使我铭心刻骨的疼痛，并且冥想

大鸟翱翔或静止在别一个天空里

那是与我们息息相关的天空

只要我们偶尔想到它

便有某种感觉使我们广大无边

当有一天大鸟突然朝我们飞来

我们所有的眼睛都会变成瞎子①

　　首先，诗人抛弃所指的"大鸟"，而还原能指的"大鸟"，即日常生活中的"鸟"。从第一节第一行中的"飞"、第二节最后一行的"不飞"、第四节最后一行的"飞与不飞"到最后一节的"飞"，"鸟"在这种语词的反复和变化中，保持着高平声调，整篇诗歌呈现出升腾的

──────────

① 周伦佑：《想象大鸟》，《周伦佑诗选》，花城出版社 2006 年版，第 3—5 页。

状态。其次，诗人采用句法变换的手法，凸显"鸟"的状态，"从鸟到大鸟是一种变化/从语言到语言只是一种声音"，周伦佑所要实现的语言实验和语言变革，都极具先锋性地冲击着主流语言秩序。通过"在刀锋上完成的句法转换"①，发现"这些终极存在也只是一些词语——词语之外并无所指，故它们作为存在只是一种语词的存在"②。在《想象大鸟》中，诗人的语调随性、自然，嘴边反复叨念着细碎的语词，从虚构到写实，从抽象到具体，在书本与天空之间运动。"想象大鸟就是呼吸大鸟"转换主谓语中动宾结构的动词（"想象"与"呼吸"），"使事物远大的有时只是一种气息"转换词性（"呼吸"与"气息"，从动词到名词），"就这样，无目的地说/没有意义地说，模拟哑巴的/神态和动作：夸张与细腻/结合的特点。作主语状，作/谓语状，随心情的好坏而造句/不需要对象地说/比自言自语还要简单"③，诗人试图采用句法变换的方式，让读者在高亢的语调中体验到"鸟"在高空的气息。再次，"大鸟有时是鸟，有时是鱼/有时是庄周似的蝴蝶和处子/有时什么也不是"，是与非的辩证是周伦佑惯用的语言表达方式，在取消肯定和否定的对立关系中回到语词本身，从非价值词转向价值词，"需要一个否定值，一齐构成'两值对立'结构；由描述转为评价，主要是对自然事物的描述转对为人极其行为的评价"④，自相矛盾的语言强化了对"大鸟"的评价功能。"大鸟硕大如同海天之间包孕的

① 周伦佑：《在刀锋上完成的句法转换》，《周伦佑诗选》，花城出版社 2006 年版，第 8 页。

② 周伦佑：《反价值：意义的重建》，陈旭光编选：《快餐馆里的冷风景：诗歌诗论选》，北京大学出版社 1994 年版，第 267 页。

③ 周伦佑：《模拟哑语》，《周伦佑诗选》，花城出版社 2006 年版，第 46 页。

④ 周伦佑：《反价值：意义的重建》，陈旭光编选：《快餐馆里的冷风景：诗歌诗论选》，北京大学出版社 1994 年版，第 270 页。

珍珠/我们包含于其中/成为光明的核心部分/跃跃之心先于肉体鼓动起来",诗人强调这种腾跃而起的呼吸气韵,以比喻铺展出的动词"包孕"和"包含",不同的词头构成新的语词,以同义词的反复,突出了"大鸟"在海天之间高飞的核心位置。

二 上升:"在天空疾速上升"

由"鸟"意象同样能够联想到"上升"的状态,于坚创作于1990年的诗歌《对一只乌鸦的命名》,以"乌鸦"为意象组织诗篇。由于"乌鸦"漆黑的羽毛,又喜食腐肉,总被理解为不吉祥的恶鸟,在文学作品中常被象征为战争、灾难、不幸、邪恶和厄运。但追述中西方传统文化,"乌鸦"却作为神鸟,常常传来吉音。在中国古典传统文化中,对"太阳"既崇拜又敬畏,而常常将"乌鸦"与"太阳"联系起来。《山海经》中有记载,帝俊的妻子羲和诞下十个太阳,十兄弟皆住在东海外的扶桑树上。"乌鸦"背着太阳每日爬上扶桑树,因此才有了日出和日落。但十个太阳同时出现在天空引发了旱灾,天帝遂派后羿射日。但不料射下来的火球却是一只硕大无比的金色的"乌鸦",人们将"乌鸦"看作是"日之精魂"。同样,在西方《圣经·创世记》中,上帝为惩世人之恶,降洪水于世间,并派诺亚造方舟为他的家人和动物避难。四十天后,诺亚放飞乌鸦,退却了洪水。古希腊神话中,"乌鸦"被认为太阳神阿波罗的化身。在日本、缅甸、泰国、斯里兰卡等国家,奉乌鸦为神鸟,认为其聒噪的声音代表吉祥之音,在祭祀时甚至顶礼膜拜。正是因为"乌鸦"集悲喜或者祸福为一体,也正是这种矛盾的身份赋予其更为丰富的内涵。于坚将这只被视为最接近上帝的神鸟通过语言重新命名:

我断定这只乌鸦　　只消几十个单词　　就能说出

形容的结果　　它被说成是一只黑箱

可是我不知道谁拿着箱子的钥匙

我不知道是谁在构思一只乌鸦藏在黑暗中的密码

在第二次形容中它作为一位裹着绑腿的牧师出现

这位圣子正在天堂的大墙下面　　寻找入口

可我明白　　乌鸦的居所　　比牧师更　　接近上帝

或许某一天它在教堂的尖顶上

已窥见过那位拿撒勒人的玉体

当我形容乌鸦是永恒黑夜饲养的天鹅

一群具体的鸟　　闪着天鹅之光　　正焕然　　过我身
　　　旁那片明亮的沼泽

这事实立即让我丧失了对这个比喻的全部信心

我把"落下"这个动词安在它的翅膀上

它却以一架飞机的风度"扶摇九天"

我对它说出"沉默"　　它却伫立于"无言"

我看见这只无法无天的巫鸟

在我头上的天空中牵引着一大群动词　　乌鸦的
　　　动词

我说不出它们　　我的舌头被这些铆钉卡住

我看着它们在天空疾速上升　　跳跃

下沉到阳光中　　又聚拢在云之上

自由自在　　变化组合着乌鸦的各种图案①

于坚在《对一只乌鸦的命名》中，首先突出动词，凸显"鸟"的上升状态，"我看着它们在天空疾速上升跳跃／下沉到阳光中又聚拢在云之上／自由自在变化组合着乌鸦的各种图案"，在空间的缝隙中"上升""跳跃"，或者"下沉"，释放了"乌鸦"身上被赋予的语义承担，而还原了"乌鸦"的现实存在感，与此同时，命名与事物共生，抵达了自由的思维边境。其次，诗人使用大量的空白作为停顿，打碎语句的线性排列，语词间隔而分散。这样就给"乌鸦"留出了升腾的空间，诗人高扬的语调填塞进每一个空白处，呈现出"乌鸦"升腾的姿态。这种"上升"的情绪所牵引的语调变化，在陈东东的《乌鸦》中也能够得到印证。诗人也将这只黑色之鸟置于上升的境地，从巴洛克风格的古旧城市建筑中徐徐亮出"乌鸦"，神圣而尊严，颇富知性的思考着"乌鸦"在黑夜中的姿态。"乌鸦"作为太阳神，以"升腾"的姿态，滑翔于暗夜的城市，渐渐显露出一道亮光，"那手中有亮光王牌的人／犹豫间放弃了可能的胜局"[1]。"乌鸦"本是神鸟，但黑色所带来的不祥，又隐去了它的真实意蕴。诗人陈东东以反复吟唱的方式强调"阴影的巴洛克风格／——巴洛克风格的阴影被"[2]，透过有限而封闭的句型克制性地完成对"乌鸦"的书写。但在他的声调中，又不乏高亢的情绪表达，"它，返回了飞翔、俯瞰和疑惧／它现身在倒伏于衰朽的老城／仿佛黑太阳照耀着无眠／／仿佛出自替罪的神迹剧"[3]，"它"和"仿佛"分别勾连出两个句子，诗人在表达"升腾"的语调时，将语词的密集度分散开来，让它们跳跃着挥发出应该具有的情感张力。于是，抒情性的反复，凌空构架出腾跃而起的桥梁，如"它升到象征的

---

[1]　陈东东：《乌鸦》，《明净的部分》，湖南文艺出版社 1997 年版，第 120 页。

[2]　同上。

[3]　同上。

戏剧之上/看黑夜到来! ——黑夜多奇异"① 中破折号连接起来的
"黑夜"。

三 飞腾:"鸟儿坠落,天空还在飞行"

西川的诗歌,出现了大量的"飞鸟"意象,他说:"鸟是我钟爱的
动物。我想我肉眼能够看到的最高处的动物就是飞鸟。"② 西川笔下的
"飞鸟",是通向天空的使者,时常处于升腾的状态,代替抒情主体抵
达神性的精神世界。"大地的上空有鸟类的飞行。我看不到的星星飞鸟
能看到,我看不到的上帝飞鸟能看到。因此,飞鸟是我与星辰、宇
宙、上帝之间的中介。"③ 但显然,即使是飞升,却少有那种升腾的快
感和喜悦。尽管"飞鸟"携载着神的旨意,却并不具有独立价值,它
总是被夹杂在与之相悖反的语汇中,"喧嚣的尘世把汗水挥上天空/迎
面而来的飞鸟将那空想的雪山秘而不宣/我抬头望见漂泊的云朵——
不是它/我只好推测夏至日灼热的反面"④。诗人一方面将"飞鸟"与
对立的喧嚣尘世相比照,回望自我的生存空间;另一方面又保留"飞
鸟"的静止状态或者下坠的逆向运动,来凸显这颠倒的现实世界。由
此,"飞鸟"的世界与人类的精神世界相背离,"飞升的鸟儿说天堂还
在;/但我们的心灵下坠,寻找着阴曹地府"⑤。"飞升的鸟儿"与"天
堂"平行,而"我们的心灵"与"阴曹地府"连缀,语调从期许、渴

① 陈东东:《乌鸦》,《明净的部分》,湖南文艺出版社 1997 年版,第 120 页。
② 西川、弗莱德·华:《与弗莱德·华交谈一下午》,沈苇、武红编:《中国作家
访谈录》,新疆青少年出版社 2005 年版,第 307 页。
③ 西川:《让蒙面人说话》,东方出版中心 1997 年版,第 284 页。
④ 西川:《空想的雪山》,《大意如此》,湖南文艺出版社 1997 年版,第 75 页。
⑤ 西川:《汇合》,《隐秘的汇合:西川诗选》,改革出版社 1997 年版,第 25 页。

望，瞬间转向了灰色与失落。在缓缓流逝的生命轨道中，"飞鸟"与生命的动态流动相背离，成了观摩潮起潮落的静物，正如西川在《一个人老了》中描摹的动静对照场景："秋天的大幕沉重地落下。/露水是凉的。音乐一意孤行。/他看到落伍的大雁、熄灭的火、/庸才、静止的机器、未完成的画像。/当青年恋人们走远，一个人老了，/飞鸟转移了视线。"① 其中，"秋天的大幕"意指生命的帷幕，在垂暮的时光，万物处于一种无法控制的降落状态。而此处的"飞鸟"也不再眷顾那些理想主义的画面，反被移出了这下坠的世界。因为它始终长着飞升的翅膀，与下坠相背离。三者，将"鸟"革离出天空，"鸟"的下坠与天空的飞行之间形成悖反，将理想的缺失归结为整个时代的诟病：

> 大地上的秋天，成熟的秋天
>
> 丝毫也不残暴，更多的是温暖
>
> 鸟儿坠落，天空还在飞行
>
> 沉甸甸的果实在把最后的时间计算
>
> 大地上每天失踪一个人
>
> 而星星暗地里成倍地增加
>
> 出于幻觉的太阳、出于幻觉的灯
>
> 成了活着的人们行路的指南
>
> 甚至悲伤也是美丽的，当泪水
>
> 流下面庞，当风把一片
>
> 孤独的树叶热情地吹响

---

① 西川：《一个人老了》，《西川的诗》，人民文学出版社 1999 年版，第240 页。

然而在风中这些低矮的房屋

多么寂静：屋顶连成一片

预感到什么，就把什么承当①

　　正如钟鸣在诗歌《鸟踵》中所构建的天空与大地，"风暴从不会装
腔作势，/这只是昆虫短暂的分离。/鸟儿在空中跺跺脚，我们便有
了/善与恶，有了完美的观察。//只有鸟类知道大地上什么动物/会遭
到无情的歼灭，风儿/已将大地上的一切告诉了它，/而它再也不能表
演滑翔的技艺"②。大地的不洁与天空的透明形成比照。在西川的《秋
天十四行》中，鸟儿坠落了，而此时，仍在飞行的天空却被推向幕布
之后。"飞鸟"与大地连成了一体，然而大地又是破碎的，诗人用逗
号隔开相抵触的动词，"残暴"与"温暖"，"坠落"与"飞行"，凸显
这种参差的反差效果，而延伸地却是不断加重修辞成分的秋天，它意
味着生命的垂暮，是"成熟的秋天""沉甸甸的果实"，只能计算着最
后的时间。"失踪"与"增加"拉开大地与天空的距离，落差的情绪在
"飞鸟"所指涉的希望中被延缓。语句在最后一节，加剧了断续感，
哽咽、对抗与坚定，反在碎裂的过程中通过上升的语调找到了人生的
方向。

"她已受伤。她仍在飞行"

　　与西川的《秋天十四行》"坠落"与"飞行"相仿的是，海子的诗
歌《天鹅》，也同样出现了"受伤"与"飞行"。"天鹅"往往代表美的

---

① 西川：《秋天十四行》，《西川的诗》，人民文学出版社1999年版，第102页。

② 钟鸣：《鸟踵》，《中国杂技》，作家出版社2003年版，第113页。

化身，它与所有"鸟"追求自由理想的意义相仿。但不同的是，"天鹅"又多了几分原始、惊艳、孤傲与无争。事实上，自20世纪80年代以来，"天鹅"意象呈现出的升腾语调，是通过不同的表现形式实现的。西川的《十二只天鹅》写到，"必须化作一只天鹅，才能尾随在/它们身后——/靠星座导航/或者从荷花与水葫芦的叶子上/将黑夜吸吮"①，破折号创造了光辉灿烂、美轮美奂的十二只星象一般的孤者"天鹅"形象；欧阳江河的《天鹅之死》写到，"天鹅之死是一段水的渴意/嗜血的姿势流出海伦/天鹅之死是不见舞者的舞蹈/于不变的万变中天趣自成"②，辩论式的辞令将海伦引发的灾难与战争作为引子，凸显了死亡与生命，暴力与柔情、幻灭与永生参差交错在一起的复杂体验；张枣的《丽达与天鹅》写到，"唉，那个令我心惊肉跳的符号，/浩渺之中我将如何把你摩挲？/你用虚空叩问我无边的闲暇，/为回答你，我搜遍凸凹的孤岛"③。短促的感叹或者疑问，赫然透过升腾的语调割裂出与凡俗的距离，展现出丽达的孤寂与天鹅的回应。同样，海子的《天鹅》，以独特的表现方式，传达出诗人与"天鹅"意象之间的孤鸣与对话：

> 夜里，我听见远处天鹅飞越桥梁的声音
> 我身体里的河水
> 呼应着她们
>
> 当她们飞越生日的泥土、黄昏的泥土

---

① 西川：《十二只天鹅》，《西川的诗》，人民文学出版社1999年版，第129页。

② 欧阳江河：《天鹅之死》，《透过词语的玻璃》，改革出版社1997年版，第24页。

③ 张枣：《丽达与天鹅》，《春秋来信》，文化艺术出版社1998年版，第14页。

有一只天鹅受伤
其实只有美丽吹动的风才知道
她已受伤。她仍在飞行

而我身体里的河水却很沉重
就像房屋上挂着的门扇一样沉重
当她们飞过一座远方的桥梁
我不能用优美的飞行来呼应她们

当她们像大雪飞过墓地
大雪中却没有路通向我的房门
——身体没有门——只有手指
竖在墓地，如同十根冻伤的蜡烛

在我的泥土上
在生日的泥土上
有一只天鹅受伤
正如民歌手所唱①

　　海子使用长短句的变换，提炼语词的回音。他反复地吟唱着受
伤的"天鹅"，首句拉长声线，"天鹅"的回音"飞越桥梁"，孤鸣的
声响回荡在"夜里"。之后出现的两个短句"我身体里的河水""呼
应着她们"，将自我湮没在时空里。诗人与"天鹅"形成一组比照

───────────

　　①　海子:《天鹅》，西川编:《海子诗全集》，作家出版社 2009 年版，第176 页。

的关系，他们彼此渗透又互相诠释。同时，海子也擅长在长短句的变幻中，突出主体与对象的精神沟通。诗篇维护着"天鹅"的神性，象征灵魂的上升和精神的返乡。第二节，诗句重复着"泥土"，与天空相对立，表达了诗人建立在乡愿基础上的精神皈依，而"她们"拆解出"她"，则从个体的裂变中挣扎出不同的情感体验。第三节，诗人与"天鹅"和鸣共奏，语句相对齐整地并置出诗人与"天鹅"所经历的同构的精神体验。第四节，诗人与"天鹅"又是无法全然融合的，这种分裂在破折号"——"开启的空白处余留出间隙，"房门"被比拟为身体，诗人的精神体验穿透了整个身体，切实地回到了自我，心灵受伤带来的疼痛感，覆盖了诗人的身躯。最后一节，语句简洁，"在……上"表示方位处所，缩短了与"天鹅"的距离，诗人以吟唱的方式回到自我，结尾处这种彻底而完全的哀鸣升腾而又回荡开来，"天鹅平时也歌唱，到临死的时候，直到自己就要见主管自己的天神了，快乐得引吭高歌，唱出生平最动人的歌。可是人只为自己怕死，就误解了天鹅，以为天鹅为死而悲伤，唱自己的哀歌"①。

　　20世纪80年代以来的汉语新诗出现了大量的"鸟"意象，包括"大鸟""飞鸟""乌鸦""天鹅"等，它们是诗人表达理想的化身，表征着一个时代的精神寄托。与之相关的是，诗人通过综合表现语音、语调、辞章结构和语法，从音节到篇章，呈现出升腾的语调特征。由此，意象与声音之间形成交融共生、气韵生动的美学特征。

---

　　① ［古希腊］柏拉图：《斐多：柏拉图对话录》，杨绛译，中国国际广播出版社2006年版，第103页。

20世纪80年代以来汉语新诗的声音研究

第三节　变奏的曲式

——以"大海"意象为中心

米兰·昆德拉说过,"变奏曲式是一种短小凝练的曲式,它使作曲家能够把自己限定在手头的素材内,直接深入它的核心。主旋律就是作品的主题"[1]。以"大海"意象为中心的诗歌作品,总是围绕着其隐喻的一个侧面作为主旋律,多角度地重组语音、语调、辞章结构和语法,结构出想象的生命形式空间。如米兰·昆德拉所言:"只一个主题却发动了一系列对位的旋律,一片波涛在整个漫长的奔跑中保留着同一个特点,同一节奏性的冲动,它的统一性。"[2] 这就使得诗篇的主旋律清晰单一,但声音形式层面却以主旋律为源头而不断分化、再生出多重次级奏鸣效果,它们附属并反复重申"大海"所隐喻的主旋律,以立体式的文本结构呈现出来。之所以会产生这种变奏的声音,取决于"大海"意象在文学传统中的丰富内蕴:它象征着理想,如曹操的《观沧海》"东临碣石,以观沧海。/水何澹澹,山岛竦峙。/树木丛生,百草丰茂。/秋风萧瑟,洪波涌起。/日月之行,若出其中。/星汉灿烂,若出其里。/幸甚至哉,歌以咏志"[3];象征着对抗"但你若

---

① 〔捷克〕米兰·昆德拉:《笑忘录》,莫雅平译,中国社会科学出版社 1992 年版,第257 页。

② 〔捷克〕米兰·昆德拉:《小说的艺术》,孟湄译,生活·读书·新知三联书店 1992 年版,第 45 页。

③ 〔三国〕曹操:《观沧海》,夏传才注:《曹操集》上册,中华书局 1974 年版,第 20 页。

汹涌起来，无法克服，/成群的渔船就会覆没"①；同时也象征着神秘，如雪莱的《时间》"啊，深不可测的海洋/谁该在你的水面出航"②。也就是说，"大海"广袤浩瀚而博大宽广，它蕴藏着无限的奇迹和生机，又凶险狂暴而残酷地吞噬淹没生命，还向灾难或者战争发起挑战。本节通过分析韩东《你见过大海》、戈麦《大海》中见过与想象的变奏，杨炼《大海停止之处》中出走与返回的变奏，陈东东《海神的一夜》中静态与动态的变奏，从中探析变奏的曲式所蕴藏的丰富的情绪流动。

一　见过与想象的变奏："见过大海"，"想象过大海"

20 世纪 80 年代以来汉语新诗的"大海"意象，常以"见过大海"和"想象大海"两种模式变奏出现。诗人们反复强调这两种模式，以凸显日常经验和梦幻体验过的"大海"，而不是知识积累经验的"大海"。这就在某种程度上，与传统的"大海"意象形成隔膜。

韩东的《你见过大海》，是对古典诗歌传统"大海"意象的颠覆，也是对朦胧诗人舒婷《致大海》的颠覆。舒婷在《致大海》中讴歌着"大海"："大海的日出 /引起多少英雄由衷的赞叹/ 大海的夕阳/招惹多少诗人温柔的怀想/多少支在峭壁上唱出的歌曲/还由海风日夜/日夜地呢喃/多少行在沙滩上留下的足迹/多少次向天边扬起的风帆/都被海涛秘密/秘密地埋葬"③，其中以"多少"引出的一连串诗句，带

---

① ［俄］普希金：《致大海》，《普希金诗选》，查良铮译，译林出版社 2000 年版，第 178 页。

② ［英］雪莱：《时间》，《雪莱诗选》，江枫译，中央编译出版社 2004 年版，第 168 页。

③ 舒婷：《致大海》，《舒婷的诗》，人民文学出版社 1994 年版，第 3 页。

有澎湃、激昂的情绪。韩东试图颠覆由波涛汹涌的"大海"联想出的曲式，而是从与传统意象的断裂层中，设置出一道语言屏障，将所指的语义层恢复到能指的语言形式层面。韩东在《你见过大海》中的口语表达方式，成为"第三代"诗歌的书写典范：

你见过大海
你想象过
大海
你想象过大海
然后见到它
就是这样

你见过了大海
并想象过它
可你不是
一个水手
就是这样

你想象过大海
你见过大海
也许你还喜欢大海
顶多是这样

你见过大海
你也想象过大海

你不情愿

让海水给淹死

就是这样

人人都这样①

　　整首诗歌，不仅是对传统意象的颠覆，也是声音的突围。韩东打破传统的抒情模式，而是以口语化的表达方式，贴近日常生活，回归语感。诗篇《你见过大海》在瓦解意象的同时完成语感表达，通过选词和安排词序体悟"大海"的存在。诗人韩东针对"大海"意象，虽然剥离语词的修辞成分，回到日常生活化的语言，但这种最简单的语句表达，反而在20世纪80年代掀起一场诗歌的革命风暴，即"诗到语言为止"。诗歌共出现6次"你"，10次"大海"，重复指向了诗人所要表达的主旋律，从而也能够看出诗人韩东组织诗句的语言非但并不华丽、不丰富，甚至还有些贫乏。但诗人就是希望打消想象的"大海"印象，还原日常生活中最普通、最平凡的"大海"，而平凡正是生活的本真面目，一切诗歌的言说都应该建立在这个基础上。如胡兴在《声音的发现——论一种新的诗歌倾向》中的评论，"虽然诗中也出现具象的'大海'，但诗人通过诗句的反复，使人们的注意不再停留在'大海'这一意象上，从而阻遏了联想，引人注意的是声音"②。一方面，阅读韩东的《你见过大海》，首先想到的是声音，而并非语义；另一方面，恰恰是"大海"意象调动起语言的反复，由此构成对传统

---

　　① 韩东：《你见过大海》，《爸爸在天上看我》，河北教育出版社2002年版，第14页。

　　② 胡兴：《声音的发现——论一种新的诗歌倾向》，《山花》1989年第5期。

"大海"意象的反叛。与此相关的是，诗歌交错反复着诗句"你见过大海"和"你想象过大海"，就能指层面而言，这不但没有隐喻性的语义功能，同时还摒弃了对基本语义的诠释，却反而回到语言最简单质朴的音响效果。另外，在每节的结尾处，同义反复的"就是这样""顶多是这样""人人都这样"，通过递进的方式，以口语化的表达方式，降低"大海"的神圣化传统内涵，易读易诵地拉开与深度、难度的距离，将见过的"大海"疏离出想象的空间。

戈麦在提及"大海"意象时，设置了双重屏障，即"想象"与"见过"。诗人试图取消知识和经验的局限，体验主体与对象的心灵对话，以神性的感悟保留"大海"的神圣，"在许多文明业已灭绝的世上/一只空洞的瓶子把我送归海洋"[1]。他的作品《大海》，通过灵感打开个人在知识与经验束缚中的枷锁，直接呼唤心目中的"大海"幻景，向诗性的语言进发：

> 我没有阅读过大海的书稿
> 在梦里，我翻看着海洋各朝代晦暗的笔记
> 我没有遇见过大海的时辰
> 海水的星星掩着面孔从睡梦中飞过
>
> 我没有探听过那一个国度的业绩
> 当心灵的潮水汹涌汇集，明月当空
> 夜晚走回恋人的身旁
> 在你神秘的岸边徐步逡巡

---

① 戈麦：《海上，一只漂流的瓶子》，西渡编：《戈麦诗全编》，上海三联书店1999年版，第212页。

大海，我没有谛听过的你的洪亮的涛声

那飞跃万代的红铜

我没有见过你丝绸般浩淼的面孔

山一样耸立的波浪

可是，当我生命的晦冥时刻到来的时候

我来到你的近旁

黄沙掠走阳光，乌云滚过大地

那是我不明不暗的前生，它早已到达①

　　戈麦采用隔句显义的方式，牢牢把握住个人的精神体验，还原"大海"隐喻的神圣与神秘感，作为其书写的主旋律。诗歌第一节的第一行和第三行，两个"我没有……"隔行出现，如壁垒般嵌入诗篇的结构组织系统，诗人戈麦封锁住语词"大海"出现的疆域，使其超越出知识与经验的范畴。在此基础上，诗人想要维护的是另一种"大海"，"在梦里，我翻看着海洋各朝代晦暗的笔记""海水的星星掩着面孔从睡梦中飞过"。"大海"产生于诗人的梦境，无关乎现实的感官体验，而源自于潜意识对文化传统的继承。梦幻的体验，带诗人走进历史文化和灵感体悟，从而将"大海"推向开放的空间。同样，第二节的第一行，第三节的第一行和第三行，三个"我没有……"，反复割断现实与"大海"的联系，形成语言表达的屏障。但这并不意味着诗人对"大海"毫无感觉，在某种意义上，他已经阅读过或者见过

　　① 戈麦：《大海》，西渡编：《戈麦诗全编》，上海三联书店1999年版，第258页。

"大海"，于是幻象在大脑皮层开始活跃。最后一节，诗人戈麦在潜意识世界守护着神圣和神秘的"大海"。

二　出走与返回的变奏："返回一个界限，像无限"

朱光潜指出："生命就是活动，活动才能体现生命，所以生命的乐趣也只有在自由活动中才能领略到，美感也还是自由活动的结果。"[①]诗人不断地展现韵律的创造性，呈现出更为丰富的人类情感心理状态，也是一种自由的生命活动。"大海"契合了诗人的情感起伏变奏，它的流动与停息、增强与减弱、膨胀与低迷、平凡与兴奋，激发出诗人的想象力，并与梦幻或者身体的节奏保持着惊人的一致，故而被认为是一种有意味的生命形式，它呈现了情感、情绪、思维和生命的动态变化。"大海"本身就是一种运动的形式，诗人以出走与返回的变奏为主旋律，透过"大海"意象获得流浪的体验。

1992—1993 年间，杨炼创作的《大海停止之处》组诗，无疑是独特的。因为它迈出了 20 世纪 80 年代的文化寻根热潮，从《礼魂》《Yi》等的史诗性叙述，切实地返回到个人体验。这其中，频繁使用的"大海"意象，在他的组诗中尤为醒目。20 世纪 80 年代中期，一大批朦胧诗人先后踏上了异国他乡的土地，朦胧诗人杨炼也不例外。1988 年后他应澳大利亚艺术委员会邀请，在澳洲访问一年。随后的十几年，他辗转于澳、美、欧洲十几个国家。关于漂泊的生活，唐晓渡也曾在为杨炼、友友的作品《人景·鬼话》作的序中提到，"'漂泊'最初是一种非常条件下的边缘性命运选择，介于被放逐和自我放逐

---

① 朱光潜：《西方美学史》下卷：人民文学出版社 1979 年版，第 375 页。

间"①。海外的生活环境，使得诗人在新旧环境的交替中，与传统文化保持着若即若离的关系，同时，又要在怀乡与流浪的夹缝中平息个人情感，因为"流亡者存在于一种中间状态，既非完全与新环境合一，也未完全与旧环境分离，而是出于若即若离的困境，一方面怀乡而感伤，一方面又是巧妙的模仿者或秘密的流浪人"②。"大海"意象在与空间的对照呼应中，或整体，或对应，或复合，反复被抽象、提炼，形成一股巨大的内在张力。"杨炼是按照'结构—空间'的审美艺术原则去精心寻找组合意象的最佳组合方式"③，意象产生的情绪与音乐互动，成为杨炼通过空间结构组织成的大型乐章。就这点而言，从空间之乐感和虚幻的自然之变形中，可以寻找到杨炼激荡出的音乐痕迹：

返回一个界限像无限
返回一座悬崖四周风暴的头颅
你的管风琴注定在你死后
继续演奏肉里深藏的腐烂的音乐④

如朱光潜所云："韵是去而复返、奇偶相错、前后相呼应的。韵在一篇声音平直的文章里生出节奏，犹如京戏、鼓书的鼓板在固定的时

---

① 杨炼、友友：《人景·鬼话：杨炼、友友海外漂泊手记》序，中央编译出版社1994年版。

② ［美］萨义德：《知识分子论》，单德兴译，生活·读书·新知三联书店2002年版，第45页。

③ 王干：《辉煌的生命空间——论杨炼的组诗》，《文学评论》1987年第5期。

④ 杨炼：《大海停止之处》，《大海停止之处：杨炼作品1982—1997诗歌卷》，上海文艺出版社1998年版，第509页。

间段落中敲打，不但点明板眼，还可以加强唱歌的节奏。"① 界限（xian）与无限（xian），死后（hou）、演奏（zou）与肉（ou），构成回环的语音层次，"大海"被赋予出走与返回的心绪，诗人在漂泊中又渴望对话。韵律的去而复返，意味着荒凉、孤独的情感，诗人所眺望着的"大海"始终是汹涌澎湃又变化多端的，它代表了诗人漂泊流浪的心境，正因为此，"大海"本身就是一种抽象的形式。"大海"的形体与人的身体起伏连结在一起，从身体中可以看到激情与火焰，而过后又归于厌倦和死亡。诗人厌倦了这忘记疼痛的肉体，厌倦了平庸的现实对写作的限制，可是"大海"蕴藏的丰富形式又触及诗人内心情感和幻想的双重涌动：

> 麻痹的与被麻痹裹胁的年龄
> 沉船里的年龄
> 这忘记如何去疼痛的肉体敞开皮肤
> 终于被大海摸到了内部②

一方面，"大海"与诗人面对幻想、现实和语言文字的书写境遇相关，诗人幻想着把握住"大海"的生命，"现在里没有时间没人慢慢醒来/说除了幻象没有海能活着"③，同时，黑暗让诗人逃离现实"睁开眼睛就沦为现实/闭紧就是黑暗的同类"④，但语言强迫诗人回望自

---

① 朱光潜：《诗论》，上海古籍出版社 2005 年版，第 148 页。
② 杨炼：《大海停止之处》，《大海停止之处：杨炼作品 1982—1997 诗歌卷》，上海文艺出版社 1998 年版，第 515 页。
③ 同上书，第 518 页。
④ 同上。

我"这不会过去的语言强迫你学会/回顾中可怕的都是自己的"①；另一方面，母亲的死亡与"大海"交叠出现，于是，幻景出现了，"这间雪白病房里雪白的是繁殖/乳房袒露在屋顶上狂风/改变每只不够粗暴的手"②，诗人进入一种孤冷的情绪中，"海水看到母亲从四肢上纷纷蒸发/去年的花园在海上拧干自己"③。此外，在死亡与黑暗中怒吼的"大海"又是复仇的，"在海鸥茫然的叫声中上升到极点/孩子们犯规的死亡/使死亡代表一个春天扮演了/偶然的仇敌黑暗中所有来世的仇敌/仅仅因为拒绝在此刻活着"④，语词变得毫无拖沓、重复，反而斩钉截铁地将个人的情感推向了凶险的境地。可以说，"《大海停止之处》的表演是激动人心的：这个诗篇波浪一般的节奏、意象叠加于意象的整齐循环，产生一种催眠的效果"⑤。在以"大海"为意象中心的空间中，风、星、月，或者鸟、鲨鱼、贝壳等意象层层叠加地演奏出一组在幻象中出走与返回的变奏曲。

三　静态与动态的变奏："被裹"，"翻滚"

陈东东曾经提到过，之所以对"大海"如此着迷，是因为诗人从小生活在上海，上海这座城市带给诗人的是流动、漂泊，正如刘漫流为海上诗群的命名："被推了过来"，"或者正向岸靠近，或者正在远

---

① 杨炼：《大海停止之处》，《大海停止之处：杨炼作品1982—1997诗歌卷》，上海文艺出版社1998年版，第521页。

② 同上书，第511页。

③ 同上书，第510页。

④ 同上。

⑤ ［英］布莱恩·霍尔顿：《杨炼诗集译事》，蒋登科译，《诗探索》2002年第3—4辑，第364页。

20世纪80年代以来汉语新诗的声音研究

离，而诗是他们脚下的船，一种'恢复人的魅力'的手段。"① 陈东东笔下的"海"，蕴含着对社会现实的疏离以及内心的不安。1992 年，陈东东创作的《海神的一夜》，吸收了超现实主义诗歌的创作技巧。事实上，早在 1980 年，陈东东就受到超现实主义诗人埃利蒂斯长诗《峻杰》的影响，使得幻想与词语之间产生了剧烈碰撞。超现实主义诞生于第一次世界大战期间，这种前卫艺术形式的出现，表现了西方知识分子对中产阶级主导的社会规范和价值体系的批判和反思，"其强调的主题是人的解放、精神的自由。因此它反对以中产阶级为主导的社会制约与价值体系（包括艺术价值和品位），否定理性和传统逻辑是唯一的真理"②。在此基础上，西方超现实主义艺术家对公理、自由和平等的追求，使其难以服从政党的教条统治，表现为对道德、美学和社会秩序的反抗精神。可以说，西方超现实主义更强调的是一种行为，这种行为指向的是对社会秩序和传统规范的颠覆与破坏。20 世纪80 年代，随着翻译热潮的展开，大陆的一些诗人纷纷开始接触超现实主义艺术，这与当时正面临的社会变革不无关系，这种诗歌表现方式迎合了诗人们游移于社会秩序和政治文化边缘的心境。然而，这一阶段的诗人们并没有深入地理解西方超现实主义艺术的内核，而更倾向于通过自由的想象力在诗艺上获得提升。"陈东东的'超现实'情结其实多半源自于横亘在书写者与现实的那层紧张关系"③，一方面，这种紧张感虽然来自与政治意识形态间的现实疏离感，但这并不意味着诗

① 徐敬亚、孟浪等编:《中国现代主义诗群大观 1986—1988》，同济大学出版社1988 年版，第 70 页。

② ［美］奚密:《台湾现代诗论》，香港天地图书有限公司 2009 年版，第84 页。

③ 李振声:《季节轮换:"第三代"诗叙论》，复旦大学出版社 2008 年版，第127 页。

第四章 声音的意象显现

人将诗歌作为一种政治行为；另一方面，与西方超现实主义不同的是，诗人也并非落入与传统文化相割裂的樊篱，反而体现出接续传统的诗艺突破。在诗艺上，超现实主义"一方面承袭了浪漫主义对人性无限潜能的信心和对自由理想的追求，另一方面它同时接受象征主义对内心世界的探索和弗洛伊德的心理分析理论，以梦的潜意识的语言来呈现内在现实，以反理性反逻辑来重现更真实的现实（并非形而上的现实），即所谓的超现实。其使用的主要技巧包括自动写作、催眠、拼贴（collage）、奇谲的暗喻、吊诡的意象（paradox）、黑色幽默等"①。这种天马行空的艺术特色、流溢而出的幻觉体验，也同样为诗人陈东东的诗歌提供了更为宽广的想象空间，尤其与"大海"本身变奏式的内蕴形成了契合。诗篇中出现被裹住的静态（"海神蓝色的裸体被裹在/港口的雾中"）与翻滚的动态（"屋顶上一片汽笛翻滚"），构成整首诗歌变奏的主旋律：

> 这正是他尽欢的一夜
> 海神蓝色的裸体被裹在
> 港口的雾中
> 在雾中，一艘船驶向月亮
> 马蹄踏碎了青瓦
> 正好是这样一夜，海神的马尾拂掠
> 一枝三叉戟不慎遗失
> 他们能听到
> 屋顶上一片汽笛翻滚

---

① ［美］奚密：《台湾现代诗论》，香港天地图书有限公司 2009 年版，第 84 页。

肉体要更深地埋进对方

当他们起身，唱着歌

掀开那床不眠的毛毯

雨雾仍装饰黎明的港口

海神，骑着马，想找回泄露他

夜生活无度的钢三叉戟 ①

　　《海神的一夜》将两个显著的意象凝结为一体，即"海"和"马"，它们通向想象和自由之维。泰勒曾经说过："在野蛮民族中发现了两种普遍流行的概念：赋予神性和拟人化的海神。"②"大海"这种原始而粗犷的自然属性为其增添了神性的光辉。陈东东诗歌中的"海"，更强调与空间的疏离，驱"马"一同向城市奔腾，而后又逃离出城市，在身体流浪的路上，也完成一次精神的放逐。在想象的世界中，诗人的思维狂放不羁，瞬间变成了浪子，狂野地奔驰、幻想，毫无限度地魂游，逃向夜的深处。诗歌以"这正是他们尽欢的一夜"或者"正好是这样一夜"展开，透过重复浅唱低吟，诗人的声音是低沉的，但相反意象又是腾跃而起的。因此，从"肉体要更深地埋进对方"到"夜生活无度的钢三叉戟"，身体在想象中被推远又拉近，意象的跳跃同时也带动诗行的跳跃，增强了诗歌的变奏效果。身体的体验是自由精神的通道，牵引诗人在梦幻中回到非理性状态。诗人充分开掘无意识和感性体验，回到诗性发生的原初起点，返归本能冲动，"动物性是身体化的，也就是说，它是充溢着压倒性的冲动的身体，

―――――――――

　　① 陈东东：《海神的一夜》，《明净的部分》，湖南文艺出版社 1997 年版，第49 页。

　　② ［英］爱德华·泰勒：《原始文化》，连树声译，上海文艺出版社 1992 年版，第715 页。

身体这个词指的是在所有冲动、驱力和激情都具有生命意志,因为动物性的生存仅仅是身体化的,它就是权力意志"①。源发于身体的生命意志,跳出了意识和理性的控制,将诗人的创作推向一种高峰体验。陈东东的超现实主义创作,围绕"大海"意象,将生命演绎出静态与动态谐和变奏的音乐形式,朝向精神的自由和无限,如休姆所言,"有生命的意象是诗歌的灵魂"②。正如在他的《去大海之路》所描述的:

去大海之路

远到橄榄树倾斜的海口
在孤挺花肺形草蔓延的节日
港湾平台下沉重的葡萄园
被卷层云猎手的天气劫掠
而夕阳捕获了归来的航船
一只沉轴默想的大鸟
从我的意愿里殷红地回落

我踏上途程的时候风的眼里
铺展开草原,我掸去鞍上尘土的
时候,我的想象起了波澜
这是去大海之路,指向另一片海
不同于钢铁和塔吊的海
不同于恐龙抓斗和鸥鸟从煤烟里

① 汪民安:《身体、空间与后现代性》,江苏人民出版社 2006 年版,第 12 页。
② 朱立元:《当代西方文艺理论》,华东师范大学出版社 2005 年版,第 23 页。

掠过的海。这是去大海之路
指向岛屿和灯盏，扩展洪钟的声浪
被叠加的暴风云重重阻隔

海的马群浮于日光
骑手引导着，响亮地拍打①

  陈东东通过"飞翔"与"穿行"，让身体继续流浪，沿着与现实世界远去的梦境前进。繁复的意象并置、错位的语词搭配、复杂的语气变化，都使诗人通过想象力跃出"重重阻隔"，同时以"浮泛于日光"的方式越出社会现实的制约。诗人陈东东善于勾勒封闭的想象空间，与社会现实之间形成矛盾的张力，而语言的自足却能为诗人带来精神自由的快感。在这个意义上，无论是诗篇《海神的一夜》还是《去大海之路》，都表现出静态与动态变奏的音乐曲式，将诗人的身体体验通往自由之精神王国，在此过程中，"诗是以文字意象表现诗人的意识与心态，是静态的呈现。但是读者阅读时，倚靠着阅读的进程，文字与文字的联结、推展，变成动态的展延。因此，在阅读的流程中，诗意象的衔接、便造成流动，铺排成一种音乐性的节奏。这种经由意象的流动所表现的韵律感，是诗人内心意识的感受状态"②。
  20 世纪 80 年代以来，汉语新诗频繁出现的"大海"意象，总能唤起丰富的联想和感应，饱含着无限的意蕴，"因为诗底真诠只是藉联想作用以唤起我们心境或意界上的感应罢了：牵涉的联想愈丰富，唤

---

① 陈东东:《去大海之路》,《眼眶里的沙瞳仁》,杭州油印 1985 年版。
② 江依铮:《现代图像诗中的音乐性》,秀威资讯科技股份有限公司 2012 年版,第 80 页。

第四章 声音的意象显现

起的感应愈繁复，涵义也愈深湛，而意味也愈隽永"①。从本节细读的文本作品中，能够看出这种意蕴交织着见过与想象、出走与返回、静态与动态的变奏，也因为此，书写"大海"的诗篇更彰显出情绪的波动起伏、变幻莫测。

第四节　破碎无序的辞章
——以"城"及其标志意象为中心

汉语新诗不能脱离辞章，"内部的组织——层次、条理、排比、章法、句法——乃是音节的重要的方法"②，这种内部组织的排列组合是诗人情绪跳跃的表征。自 1980 年起，宋琳、张晓波等四人的诗歌合集《城市人》，叶匡政的《城市书》，梁平的《重庆书》，骆英的《都市流浪者》，杨克的《笨拙的拇指》，五部以城市为书写对象的诗歌相继问世。可见，书写城市已经成为当下诗歌创作不可或缺的重要方面。这一时期，诗人们不约而同地转向关注自我，关注城市的伤痕，反思都市物质膨胀所带来的单面精神向度，因为"大城市人的个性特点所赖以建立的心理基础是表面和内心印象的接连不断地迅速变化而引起的精神生活的紧张"③。"城"作为一种意象，并不意味着描述城市外貌，而在于呈现城市心态和城市意识，主要挖掘诗人对城市的内心体验，

---

① 梁宗岱：《谈诗》，《诗与真》，中央编译出版社 2006 年版，第 45 页。

② 胡适：《谈新诗》，《中国新文学大系·建设理论集》（影印本），上海良友图书印刷公司 1935 年版，第 306 页。

③ ［德］G. 齐美尔：《桥与门——齐美尔随笔集》，涯鸿、宇声译，上海三联书店1991 年版，第 259 页。

集中体现出"物我关系变化中城市人心态的外射"①。诗人所要唤起的城市记忆，活跃在大脑皮层，反复出现并被重新创造。历史与现在、具体与抽象、意识与无意识等一起杂糅进"城"意象，以混乱、错位和无序的碎片形式存在，打破连续和整齐的逻辑中心结构，对外部世界作出随意性、任意性和破碎性的反应。本节以顾城的《鬼进城》《城》，宋琳的《外滩之吻》以及陈东东的《外滩》为例，主要探讨"城"意象投射出的破碎无序的心理图景和声音特征。

一 跳："鬼只在跳台上栽跟斗"

"城"意象是探讨顾城诗歌最为重要的一环，而"跳"又是诗人书写"城"意象时表现出的声音特质，指的是辞章结构的安排契合了诗人碎裂又重组的记忆。探讨顾城诗歌中这种"跳"的声音特质，与诗人的个人生活经验不无关系。1987年顾城出访欧美国家进行文化交流，1988年又接受了新西兰奥克兰大学亚语系的聘请。直到1990年，顾城终于辞去奥克兰大学的工作隐居激流岛。此阶段，诗人强化了他意识中的"城"意象，诗篇《中关村》《胃儿胡同》《故宫》《月坛北街》等出现的北京城，是一处他想回去，但却回不去的梦境。顾城出国后生活方式所发生的变化，使得他常常在现实与虚构之间模糊了自我的界限，他在努力为自己"修一个城，把世界关在外边"。1992年顾城获德国学术交流中心（DAAD）创作年金，1993年又获德国伯尔创作基金，留在德国写作。诗人说过，"行到德国，像是小时的北京。有雪，也有干了的树枝在风中晃动，我恍惚觉得沿着窗下的街走下去就回家了，可以看见西直门，那黄昏凄凉的光芒照着堞垛和瓮城巨大

---

① 周佩红：《城市诗发展走向漫议》，《文学自由谈》1987年第6期。

的剪影，直洇开来"①。顾城习惯于把过去带入到现在，使得记忆不仅仅是记忆，而更是当下。北京城的印象，与德国的街道相重叠，诗人在陌生的环境中寻找到了似曾相识的痕迹。唯灵诗人顾城的诗萌生于记忆的最底层，在潜意识区域内，神秘的观念和体验唤醒了诗人的耳朵，将其带入一片超验的空间。诗人顾城似乎听到了主体精神与客观存在之间的对话，听到了现实环境与理想世界的呼应。因此，这种超验感，可以称之为"过渡的对象"或者"过渡的现象"，用来"在主要的创造性活动与对象的投射之间建立经验性的中介地带"②，它是主体与客体之外存在着第三个空间，一方面，通过想象最大限度地弥合感性、知觉与语言的鸿沟；另一方面，则使诗人不自觉地进入错移倒置的状态，而由此更激发了顾城从生命走向死亡的幻觉。因为潜意识的重新组合，使得碎片化的记忆产生美感体验；但空荡的异域街景一旦进入缥缈模糊、触不可及的记忆，就会使诗人陷入恐惧的心理暗示。诗人在柏林体会到的返乡经验与死亡的恐惧意识衔接融合，形成"鬼进城"的状态。这种生与死的悖谬，将顾城撕扯在两极的恐惧中，"每个人在这个世界上生活都有大的恐惧，因为有一个观念上的'我'。当我进入'无我'之境的时候，这些恐惧就消失了。不过我还有一点儿对美的恐惧"③。因此，诗人在返乡意识中，结合了美感与恐惧感，如鬼画符一般创作了《清明时节》：

---

① 顾城：《城》，顾工编：《顾城诗全编》，上海三联书店1995年版，第856页。

② D. W. Winnicott：*Playing and Reality*，New York：Tavistock，1989，p. 2. "I have introduced the terms 'transitional objects' and 'transitional phenomena' for designation of intermediate area of experience…，between primary creative activity and projection of what has already been introjected."

③ 张穗子：《无目的的我——顾城访谈录》，顾工编：《顾城诗全编》，上海三联书店1995年版，第5页。

鬼不想仰泳
　　　　　布告
鬼不想走路摔跟头
　　　　　　布告
鬼不变人　布告之七　鬼
　　　　　　弹琴　　散心
鬼　　　　　　　　鬼
　无信无义　　写信　开灯
　无爱无恨　　　　眼
鬼　　　　　　　　一
　　　　　　　　　睁

　没爹　没妈
　没子　没孙
鬼
　不死　不活　不疯
　　　不傻　　刚刚下过的雨
　　　　　　被他装到碗里一看
　　　　　　就知道是眨过的眼睛
鬼潜泳
　　　　　湿漉漉的
结论
　　　鬼只在跳台上栽跟斗①

---

① 顾城:《鬼进城清明时节》,顾工编:《顾城诗全编》,上海三联书店1995年版,
第849页。

如黑格尔所认为的，记忆本身就是已经死亡的回忆的经验外壳。故而死亡是记忆的最好诠释，因为死亡意味着记忆的冻结和枯萎，将原本鲜活的记忆以物质形式的方式留存。"城"在顾城笔下，正是一种死亡的回忆。而记忆和空间在顾城的"城"意象中存在着牢不可破的关系，"记忆形式的核心由图像（以简明扼要的图像公式对记忆内容进行编纂）和场所（在一个具有某种结构的空间内，把这些图像安排在特定的地点）构成"①。诗歌《清明时节》融合了死亡与美的双重体验，在跳跃性的建筑空间内，瓦解了语言文字的连贯性。博伊姆在《怀旧的未来》中述及："失去家园和在国外的家园常常显得是闹鬼的。修复型的怀旧者不承认曾一度是家园之物的离奇和令人恐惧的方面。反思型的怀旧者则在所到之处都能看出家园的不完美的镜中形象，而且努力跟幽灵与鬼魂住在一起。"②顾城在德国寻找着家乡的镜像，不免产生一种恐惧的体验，主要表现在"鬼"形象中。"鬼"的形象出没在领字或者诗行的中间位置，诗篇从匀速、加速再到减速，整幅图画呈现出鬼跳动的痕迹。"鬼"作为幽灵、亡灵、亡魂的载体形式，在诗篇当中存在两种声音，一种是本该有的鬼状态，它是被命名或者定型化的；另一种则是"鬼"的理想状态，它又是超越现实的。显然，顾城想要保留的是后者，让失去生命的个体重新复活，而拼贴出"灵"跳动的动作痕迹。诗人连用三个"不想"，成阶梯状，以颠覆"鬼"被赋予的传统消极意义，重新为其赋形。因此"鬼"不再是阴暗、晦气的亡身，而被顾城描述为精灵一般的生命体，它在交错路

---

① ［德］阿斯特莉特·埃尔：《文化记忆理论读本》，余传玲等译，北京大学出版社 2012 年版，第 257 页。

② ［美］斯维特兰娜·博伊姆：《怀旧的未来》，杨德友译，译林出版社 2010 年版，第 280 页。

口，成十字形跳跃，"弹琴""散心""写信""开灯"，在光照中，获得自足的生命空间。然而，"鬼"的灵动性，更在于它超越出凡俗的爱恨信义观念。脱离了欲念的捆绑，它不但"不死""不活""不疯""不傻"，反而可触可感，与自然的灵动心有感应，单独在自己绘制的格子中自由跳跃。结尾处"鬼只在跳台上栽跟头"，与开头"鬼不想走路摔跟头"相呼应，让跃动的"鬼"自然地获得生命的愉悦或者疼痛。

顾城在1993年创作的组诗《城》（五十四首），则以更为直接的图像方式，跳跃着抵近北京城。看似已经遥远的故乡重新复苏，诗人将自己幻化入图像结构，穿过城门胡同、走过故宫地坛，在他生命的最后，以诗的形式返回故乡。后期创作中，顾城试图以破坏性的声音打破诗篇结构的稳固性，但这种破坏又几乎等同于建构，他提到，"不断地有这种声音到一个画面里去，这个画面就破坏了，产生新的声音"[1]。因此，顾城听到"城"的召唤时，有意识地以"跳"的动作介入其中，不规则的形式结构，打破诗句的平衡感，消解固有的北京城框架，拼贴出一幅诗人在"城"中跳动的破碎图景。顾城采用跳跃性的拼贴结构，而"拼贴的要点就在于不相似的事物被粘在一起，在最佳状况下，创造出一个新现实"[2]。此处以《中关村》为例：

找到钥匙的时候　　写书

到五十二页五楼　　看
　　　　　　科学画报

---

① 顾城：《顾城文选》卷一，北方文艺出版社2005年版，第56页。

② ［美］唐纳德·巴塞尔姆：《白雪公主》，周荣胜等译，哈尔滨出版社1994年版，第332页。

挖一杓水果

　　　　看滔滔大海

冰上橱柜

（我只好认为你是偷的）

开

门　　　倒　　倒倒　　　　　倒

　　　　　　　　　倒

车向上走　　去把文件支好

自　　　修

行　　　弯

车　　　了

修　　　的　号码不对

理　　　铝

商　　　钥

店　　　匙

　　　　你最小①

　　过去的城市已经死亡，但顾城以创造性的拼贴方式，让其重新复活。在诗篇《中关村》中，几乎寻找不到诗人的表达意图。但诗人以图像的方式结构全篇，又为阅读这首诗歌提供了路径。诗人写到"找到钥匙的时候写书""到五十二页五楼看/科学画报""去把文件支好"，将"城"意象隐喻于文字记忆中，"如果说文本的无限性建立在

---

① 顾城：《城》，顾工编：《顾城诗全编》，上海三联书店 1995 年版，第871 页。

阅读的不可终结性基础之上，那么记忆的无限性则建立在它本身的可变性和不可支配性的基础上"①。文字与记忆的类比，凸显出城市如同博尔赫斯的"沙之书"，是一本没有起始页的书籍，书的第一页埋葬于记忆，只有以文字的方式，才能保留住持久的记忆。因此，在诗人顾城看来，只有"找到钥匙的时候"去"写书"，才能回到已经死去的记忆，重新创造新的记忆。诗歌开篇先横向排列，由线性的方式展开，但在构型上呈阶梯式，在阅读的过程中，由动词"写""看""开"，将语音的重心后移，造成层层递进的音乐效果。诗歌后半部由"倒车"的动作翻转诗歌的结构模式，从图形的建筑构造能够看出"城"意象的空间隐喻，时间的观念被转化为空间的体验。在诗歌纵向排列处，呈现出一座高层建筑的形状，诗人采用反逻辑的语言，文字的密度从疏散到密集，再到疏散，阅读秩序被打乱，拼贴出诗人记忆空间的混乱和错位。尽管整首诗歌很难与中关村产生联系，甚至像是诗人的呓语，但顾城说过："我站在一个地方，看，就忽然什么都想不起来了，只有模糊而不知怎么留下来的心情还在。"② 中关村已经失去了原初的模样，以模糊的形象储存在诗人的情感世界中。"显然，顾城仍在尝试着一种自发性和自由联想的诗学。然而，与他早期诗歌的自由联想不同，在视觉上缺乏连接杂乱脱节的语词和意象的逻辑关系，显得非常任意和独特的"③，这种任意和独特已经远远超出了视觉

---

① 〔德〕阿斯特莉特·埃尔：《文化记忆理论读本》，余传玲等译，北京大学出版社 2012 年版，第 161 页。

② 顾城：《顾城散文选集》，百花文艺出版社 1993 年版，第 246 页。

③ Yibin Huang：*The Ghost Enters the City*：*Gu Cheng's Metamorphosis in the "New World"*，Christopher Lupke：*New Perspectives on Contemporary Chinese Poetry*，New York：Palgrve Macmillan，pp. 132–133.

体验，而是通过破碎无序的辞章，为整首诗歌既保留了中关村楼层的阶梯状，又将个人的印象叠加在建筑之上，展现了个人经验的记忆拼贴。

二 摇："似乎要摇出盼望的结论"

从乡土走向城市的诗人，更是感到现实生存环境的疏离和陌生，其创作往往重视词与词的关联，通过不稳定的节奏感带给读者"摇"的声音特质，以暗合诗人漂泊不定、失落徘徊的情感心理。在福建省南部乡村长大的宋琳，1979年来到上海华东师范大学求学，在城市面前，传统的乡土意识开始发生迁移，这使诗人越发觉到心灵的失落和漂泊。宋琳的作品《十年之约》中，语词"糜烂""时髦""谣言四起"构成消费时代都市的内核，城市在一片喧嚷声中失去了人们所追求的真实感，"城市，这个用无机物堆积起来的空间，为那些卑微的生命提供了一项新的身份：或者说，城市是一种机遇，一种生命的可能性，一个功利性愿望的庞大对象，它不仅提供各物，而且提供能够安抚肉体的所有触手。城市是一个功利性民主的营地"①。出走、回望与厌弃形成了宋琳笔下"城"意象的连贯性，诗人将怀旧的情感包裹在记忆与忧伤中，回环往复地确认那个流浪又驻足的自我。宋琳没有直接使用"城"意象，但是他的作品中出现大量与城市有关的标志性意象，对于理解诗人的漂泊心态起到重要的作用。他的作品《外滩之吻》颇具代表性，诗歌将上海的"外滩"作为主要意象，借助"江""船""煤""雾"等辅助意象，通过变换语词的位置，在分行、停顿和语音方面，造成碎裂、摇摆的音乐效果：

---

① 朱大可：《懒惰的自由——宋琳及其诗论》，《当代作家评论》1988年第3期。

我们沿着江边走，人群，灰色的
人群，江上的雾是红色的
飘来铁锈的气味，两艘巨轮
擦身而过时我们叫出声来
不易觉察的断裂总是从水下开始
那个三角洲因一艘沉船而出现
发生了多少事！多少秘密的回流
动作，刀光剑影，都埋在沙下了
或许还有歌女的笑吧
如今游人进进出出
那片草地仿佛从天边飞来
你摇着我，似乎要摇出盼望的结论
但没有结论，你看，勒石可以替换
水上的夕阳却来自同一个海
生活，闪亮的，可信赖的煤
移动着，越过雾中的汹涌
我们依旧得靠它过冬①

艾略特说过，"一个词的音乐性存在于某个交错点上：它首先产生
于这个词同前后紧接着的词的联系，以及同上下文中其他词的不确定
的联系中；它还产生于另外一种联系中，即这个词在这一上下文中的
直接含义同它在其他上下文中的其他含义，以及同它或大或小的关联

---

① 宋琳：《外滩之吻》，《门厅》，北岳文艺出版社 2000 年版，第 164 页。

力的联系中"①。组诗《外滩之吻》的节奏始终是流动的，甚至摇动着被推进，这种摇动的感觉产生于词与词的联系中。诗歌的开篇处"我们沿着江边走，人群，灰色的/人群，江上的雾是红色的"，"人群"出现在首句的中间和第二句的开端，"我们"被包围在不同位置出现的语词"人群"中。拥挤的城市环境，也透过语音的反复得以呈现，这种摇动的感觉，正契合了海上文化的特点，一者指那些捉摸不定、光怪陆离的西洋文化、文学，起初都是由上海码头流入内地；二者则针对大陆根深蒂固的本土文化而言，海上文化就像是一种无根的漂浮物一般，游离不定。②诗句"我们沿着江边走"和"江上的雾是红色的"，反复从不同的方位停顿于"江"意象，主体"我们"的路径和视角也紧跟着发生挪移，造成晃动的阅读体验。"灰色的"和"红色的"，又在颜色上重复同样的语词结构，后置于两句的末端处并置排列，但"灰色的"是孤立的，而"红色的"却附着于"江上的雾"，差异的产生正回应了诗人心理世界中的两种不同格局，即城市环境和心理空间。正如诗句"你摇着我，似乎要摇出盼望的结论/但没有结论，你看，勒石可以替换"提到的"摇"，不安定的城市环境推动诗人在"现实"与"想象"的缝隙中寻找着"结论"，其中语词"结论"同样被搁置在不同的位置反复出现，表明诗人迷茫的心绪。由此句分割出的前后部分，突出了心理空间与城市环境的隔膜。"把一首诗同别的诗

① ［美］T. S. 艾略特：《艾略特诗学文集》，王恩衷编译，国际文化出版公司 1989 年版，第 181 页。

② 参见杨扬《海派文学与地缘文化》（《社会科学》2007 年第 7 期）中对"海派"一词的界定。

联系起来从而有助于我们把文学的经验统一为一个整体。"① 人群中的"摇"，在诗人肖开愚的《北站》中也同样出现过，短句组织成篇，通过逗号、句号的停顿隔离开语词的空间距离，显现出主体"我"始终在晃动着行走，"我感到我是一群人/但是他们聚成了一堆恐惧。我上公交车，/车就摇晃。进一个酒吧，里面停电。我只好步行/去虹口、外滩、广场，绕道回家。/我感到我的脚里有另外一双脚"②。洪子诚曾在《中国当代文学史》中提到"海上"诗人的特点，"他们的诗更趋于个体生命与生存环境所发生的冲撞与矛盾。诗人们的孤独感，源自生活在上海这个东方大城市'无根'的，纷乱的状态所带来的精神焦虑，他们试图用诗歌'恢复人的魅力'。他们的诗作常常稍带有现代野性式的'知性色彩'，'焦虑、绝望、幽默、无奈、反讽的交替运作，使这些诗得以摆脱乌托邦式的远景，而以反抗个人这一基本图像竖立'"③。事实上，城市作为一种符号，它承载的是与之相匹配的文化内涵，现代化、西方化、资本主义填充进城市的所有空隙，而情欲、身体、快感、金钱等也成为城市符号的代名词，如此愈演愈烈，可谓彻底地摧毁了传统文化得以延伸的命脉。在以货币经济为主导、快节奏以及程式化的城市生活中，都市人也养成了追名逐利、精明世故、冷漠麻木的性格特点。而乡下人身上的那种淳朴真诚、热情亲和也与城市人构成极大的反差。因此，在齐美尔笔下，大都会向来是个体身份与社会整体性之间的角逐，诗人们也因此被置于孤独的境地。就这点而言，宋琳的《外滩之吻》以"摇"的表现方式，很好地诠释了大

---

① ［加拿大］诺思罗普·弗莱：《批评的解剖》，陈慧、袁宪军等译，百花文艺出版社 2006 年版，第 98 页。

② 肖开愚：《北站》，《肖开愚的诗》，人民文学出版社 2004 年版，第 98 页。

③ 洪子诚：《中国当代文学史》，北京大学出版社 1999 年版，第 306 页。

都市环境所带来的不安定和孤独心境。

三 移动:"一侧""到达另一侧"

本来就置身于城市中的诗人,采用与城市相关的建筑或者场景作为意象书写城市,注重语词排列所产生的动态节奏,通过"移动"的声音特征呈现出诗人在面对城市变迁时所产生的迷失的心理状态。陈东东善于捕捉场景,"场景,就像意象和词语,还有事件和时间,是组成和打开我诗歌的某一层面"①。比如他的诗歌《我在上海的失眠症深处》,语词"旧世纪""伪古典"和"古典建筑"的出现,显现出抒情主体沉浸在末世伤感的情怀中,日渐消瘦的"爱奥尼石柱"以及被时间的雨水冲洗过的"银行的金门"在闪电中瞬间隐现,"百万幽灵在我的体内/百万幽灵要催我入梦/而我在上海的失眠症深处/我爱上了死亡浇筑的剑"②,不真实的场景,"百万幽灵"重复两次,强化了诗人被挪移出现实世界而进入梦境。同样,《外滩》中出现了几个重要的上海场景——"花园""外白渡桥""城市三角洲""纪念塔""喷泉""青铜石像""海关金顶""双层巴士""银行大厦"——意象的横向铺展延伸,浓缩了上海的城市印记:

> 花园变迁。斑斓的虎皮被人造革
> 替换,它有如一座移动码头
> 别过看惯了江流的脸

---

① 《陈东东访谈》,转摘自蓝色之声(http://www.sonicblue.cn),2010年10月7日。

② 陈东东:《我在上海的失眠症深处》,《海神的一夜》,改革出版社1997年版,第123页。

水泥是想象的石头；而石头以植物自命

从马路一侧，它漂离堤坝到达另一侧

不变的或许是外白渡桥

是铁桥下那道分界水线

鸥鸟在边境拍打翅膀，想要弄清

这浑浊的阴影是来自吴淞口初升的

太阳，还是来自可能的鱼腹

城市三角洲迅速泛白

真正的石头长成了纪念塔。塔前

喷泉边，青铜塑像的四副面容

朝着四个确定的方向，罗盘在上空

像不明飞行物指示每一个方向之晕眩

于是一记钟点敲响。水光倒映

云霓聚合到海关金顶

从桥上下来的双层大巴士

避开瞬间夺目的暗夜

在银行大厦的玻璃光芒里缓缓刹住车①

　　整首诗歌围绕第三节末尾出现的"晕眩"展开，而造成这种晕眩感的原因却是由于都市所发生的剧烈变化，令诗人措手不及，甚至模糊了现实与想象的界限。第一节的第一行出现"变迁"，第二行出现

---

　　①　陈东东：《外滩》，《解禁书》，作家出版社 2008 年版，第 59 页。

"替换""移动"，第四行则将"石头"的位置从宾语移动至主语，第五行又转换方位"一侧"到"另一侧"，透过语词的换位、语音的重复变化，突出了诗人身处"外滩"时空倒错的心理状态。陈梦家曾经指出，"中国文字是以单音组成的单字，但单字的音调可以别为平仄（或抑扬），所以字句的长度和排列常常是一首诗的节奏的基础"[①]。《外滩》中，语词排列形成的字句长度，与诗人的心理节奏高度契合，总体上呈现出移动的音乐感。"外滩"所代表的城市不断发生着剧烈的变化，甚至产生不知身在何处的心理体验，即挪威学者诺伯舒兹曾提出"场所沦丧"。所谓的"场所沦丧"，"就一个自然的场所而言是聚落的沦丧，就共同生活的场所而言是都市焦点的沦丧。大部分的现代建筑置身在'不知何处'；与地景毫不相干，没有一种连贯性和都市整体感，在一种很难区分出上和下的数学化和科技化的空间中过着它们的生活"[②]。因此，"场所沦丧"的核心在于方向感和认同感的缺失。造成"场所沦丧"的两个重要原因，一是"都市问题"；二是"与国际样式有关"[③]。一幕幕场景的出现弥合了公共场所与私人场所之间的裂隙，这些颇具代表性的上海建筑更多呈现的是饱受历史沉淀的空间，是诗人在幻想和回忆中发出的私语。诗人尝试着通过那些不变的场景"外白渡桥""分界水线"进行自我定位，但这些外部的场景反而更是让人"晕眩"。因此，"人为了保持住一点点自我的经验，不得不日益从'公共'场所缩回'室内'，把'外部世界'还原为'内部世界'。的

---

① 陈梦家：《〈新月诗选〉序言》，《陈梦家诗全编》，浙江文艺出版社1995年版，第227页。

② ［挪威］诺伯舒兹：《场所精神——迈向建筑现象学》，施植明译，华中科技大学出版社2010年版，第186页。

③ 同上书，第189页。

确，诗人的'漂泊无依的、被价值迷津弄得六神无主'的灵魂只有在这一片由自己布置起来的，充满了熟悉气息的回味的空间才能得到片刻的安宁，并庶几保持住一个自我的形象"①。城市作为外部环境的变迁，使得诗人的心理空间随之动荡，进而依赖个体生命意识流泻出的"移动"感，附着于"场所沦丧"占据了整首诗歌。这不但是身体的放逐，更是精神的流浪，诗歌节奏表现为分散和摇摆，使得语言跟随着情感失去了根部的统一，显得破碎、凌乱而无序。这种面对城市变迁所产生的精神流动与游离的心理状态，恰如杨克的《火车站》，人群的嘈杂与碰撞，令诗人在都市中迷失方向："当十二种方言的碰撞将正午敲响/十二个闯入者同时丢失了方向/想发财的牧羊汉从北走到南/挤在人群中才知道人的孤单。"②

20世纪80年代以来汉语新诗中的"城"及其标志性意象极为醒目，透过分析顾城、宋琳、陈东东等的诗歌作品，归纳出贯穿于诗篇辞章结构中的"跳""摇"和"移动"，勾勒出这一时代与"城"相关的声音表现特征。

小　结

本章紧扣20世纪80年代以来较为显赫的四个意象（"太阳""大海""鸟"及其衍生意象、"城"及其标志意象），从这些意象所指涉的文化内涵中挖掘声音。"太阳"意象的升起和沉没，挥发出同声相求的句式，将文化寻根和浪漫主义追求推向了巅峰；"鸟"及其衍生

---

① 陈旭光：《中西诗学的会通——20世纪中国现代主义诗学研究》，北京大学出版社2002年版，第364页。

② 杨克：《火车站》，《笨拙的手指》，北岳文艺出版社2000年版，第24页。

第四章　声音的意象显现

227

意象的升腾体验，正暗合诗人在消费文化时代对诗神的追逐，他们或孤独，或失落，但却在语词颠覆与重构的过程中，始终保留着个体生命中诗意的抒情精神；"大海"意象的变奏，对于诗人而言，是历史知识与日常经验之间的屏障，也是诗人漂泊与流浪的精神体验，它主题式地回应了诗人所面临的书写困境和精神动荡；"城"及其标志意象的破碎状态，是诗人从乡村过渡到城市所呈现出的不适应状态，田园牧歌式的朴实、自然生活遭到都市文明的破坏，与之相对应的是诗人所维护的诗性精神的沦丧，故而与声音相关的辞章结构也显得破碎无序。

20世纪80年代以来的汉语新诗所涉及的意象不胜枚举，但上述四个意象最能够体现20世纪80年代以来汉语新诗的声音独特性。需要补充的是，"蝙蝠"也是这一阶段最常出现的意象。蝙蝠形貌似鼠类，发出吱吱的叫声，丑陋却肩负着苦难。蝙蝠生性特殊，白天栖息时倒挂身形，夜晚又依靠声纳系统利用喉咙发出的超音波与物体接触时发生的回声来定位其形状大小和距离远近，显得幽僻、敏锐而一意孤行。翟永明的《我的蝙蝠》，通过动词"跟踪""恢复""流浪""倒挂""做对"的停延，让"蝙蝠"醒目地站立着，完成诗人与蝙蝠之间知性的交流；西川的《夕光中的蝙蝠》，以语音所造成的韵律效果，与对象之间始终保持着距离感，诗句"挽留了我，使我久久停留/在那片城区，在我长大的胡同里"①，"夕"［i］与"衣"［i］，形成回环，阴影恰成了最美的投射，而"挽留"［iu］，"久久"［iu］与"停留"［iu］连缀，延缓了时间的流逝，留下记忆的痕迹。

这里并没有一味地强调意象与声音的契合，甚至还通过声音对意

① 西川：《夕光中的蝙蝠》，《西川的诗》，人民文学出版社1999年版，第132页。

象的破坏反观二者较为复杂的互动关系。比如顾城有意以"跳"的方式肢解诗篇结构，通过声音破坏图像，最后回到潜意识的记忆之"城"。与记忆相对的是遗忘，顾城选择破坏性的方式，也是在抵制遗忘的发生，因为在他看来，"诗的大敌是习惯——习惯于一种机械的接收方式，习惯于一种'合法'的思维方式，习惯于一种公认的表现方式"[1]。因此，意象绝不是枷锁，反而是诗人寻找新的声音的动力。因为对每一个诗人而言，"习惯的终点就是死亡"[2]。

---

[1] 顾城：《顾城散文选集》，百花文艺出版社 1993 年版，第 71 页。

[2] 同上。

第五章　声音的传播方式

乐之体在声，体内之心乃诗。欲剖此心，须发为歌声，则必有辞，仅乐声犹不足以表达其微。

顾在生活之进化中，心志之动也频繁，谣辞之发轻杂，声乐不能遍逐。

——任半塘：《唐声诗》

20世纪80年代以来的汉语新诗的声音传播方式也取得了突破，以往占主流的由官方组织的朗诵活动逐渐失去吸引力，取而代之的是更强调表演、舞蹈、装置、音乐、绘画和身体姿势等综合艺术效果。诵诗和唱诗①是20世纪80年代以来汉语新诗的两种重要传播方式，使得诗歌文本在诗人、诵者或者歌手、听众中间形成动态的有机链条，在开启诗的流通渠道时，也强化了诗的视听效果。那么，诵或者唱的传播方式是如何影响诗歌的？换言之，诗歌在与诵或者唱结合后

---

① 任半塘在《唐声诗》上编（上海古籍出版社1982年版，第10—15页）中，对声诗、吟诗、唱诗有所界定。其中，吟诗与唱诗并行，吟诗或指歌诗或指诵诗。声诗的范围广，包括"乐与容二者"；歌诗"仅用肉声，不包含乐器之声，其义较狭"；诵诗又称朗读，有赖于语言。

出现了哪些声音特点？带着这些问题，本章主要以 20 世纪 80 年代以来的汉语新诗为研究对象，考察诵诗和唱诗两种声音传播方式。通过区分诵本与诵读、歌词与诗两组概念，突出诵和唱的特点。

第一节　诵诗

20 世纪 80 年代以来诵读方式的改变，对 20 世纪 80 年代以来的汉语新诗产生了重要影响。对此，该节主要观照诵与诗之间的关系，分析诵本与诵读的差异，并着重考察诵的特点以及方言诵诗，以强调诵读对诗歌文本起到的作用。

一　诵本与诵读

诵本强调诗歌文本，主要指的是以朗诵为功能的诗歌文本，包括朗诵选本和侧重于朗诵的原创诗歌文本等，无论从编选者还是创作者而言，诵本都提倡易读易诵、便于记忆；而诵读强调的是诵，注重诵的艺术效果和诗人的个人气质，以多元化的诵读方式突出诗歌文本的表现力。

20 世纪 80 年代以来，汉语新诗的朗诵选本可谓层出不穷，出版了包括《朗诵诗》（1985）、《中国新时期朗诵诗选》（1986）、《朗诵诗选》（1987）、《新中国朗诵诗选》（1990）、《世纪心声——朗诵诗选》（1999）、《到诗篇中朗诵》（2008）等朗诵诗选。既然是选本，就必然从编选者的眼光出发。上述朗诵诗选以 1980 年以前的创作为主，比如《新中国朗诵诗选》① 中收录了包括臧克家的《有的

_____

① 杨爱群、陈力编选：《新中国朗诵诗选》，春风文艺出版社 1990 年版。

人》、未央的《祖国，我回来了》、闻捷的《我思念北京》、贺敬之的《雷锋之歌》、柯岩的《周总理，你在哪里》，舒婷的《祖国呵，我亲爱的母亲》等，这些文本结合民族化或者政治运动，通过宣传达到大众化的普及作用。由于诗人以歌颂、赞美为主要的情感表达基调，故在语音、语调、语法或者辞章结构方面，都显得便于记忆。另外，《世纪心声——朗诵诗选》① 中涉及朦胧诗人食指的《相信未来》、北岛的《回答》、舒婷的《致橡树》，尽管抒情主体从大我回到小我，但也难逃政治意识形态的窠臼，以讴歌、张扬自我的生命价值为主线，表达对未来的期许和寄托。诵本《到诗篇中朗诵》，收录的 20 世纪 80 年代以来的汉语新诗相当具有代表性，"从传播与朗诵的角度进行选择，又不囿于传统意义上'朗诵诗'的局限，这无疑是一种有思路的尝试，一种有价值的总结与评判"②。在入选的100 首诗歌当中，包括了潘维的《日子》、雷平阳的《小学校》、蓝蓝《野葵花》、杨健的《锁江楼》、叶辉的《一个年轻木匠的故事》等。杨健的《锁江楼》，以口语化的表达方式，注重韵律美感，多次使用数量词提升音乐性，"铁船的一头浸在江水中，/岸边，每户人家的屋子里，/有一个活泼的孩子，一个残疾的母亲。/艺术，还不能像逝去的亲人，让人们懂得肉体的虚伪，/死亡闪现的微光//几个民工在江边挑矿石，/有一瞬间，我真想跳下去/同他们一起干活。/但我站在楼上，/我是一个看江水的人，/我读的书，写下的诗，不

---

① 上海市作家协会诗歌委员会编：《世纪心声——朗诵诗选》，上海文艺出版社1999 年版。

② 孙方杰、王夫刚选编：《到诗篇中朗诵》，中国文史出版社 2008 年版。

能减去人们丝毫的坎坷"①。叶辉的《一个年轻木匠的故事》，以叙述的口吻平铺直叙，整首诗歌很少有情绪的跌宕起伏，如讲故事一般娓娓道来，不易受到晦涩的语义困扰："年轻的木匠不爱说笑，行事利索/他从墨斗里扯出一根线来，如同一只/黑色的大蜘蛛，吐出一根丝在木板上/但错了。我说去找块橡皮/他没有睬我，只用刨子轻轻一抹/没了，我怎么就没想到/木板锯开来，还是不对，尺寸比我想要的小/他拉起锯子，变成两条腿/但矮了，又剖成四根档。现在行了吧，他说/然后附向另一块木板。而我忍不住问他/要是又错了呢。那可以削成十六只楔子/他不假思索地答道。接着他师傅来了/我说给他听，问他，这些经验是谁传给他的/师傅笑着说：是斧子。"②

除了编选者的眼光之外，也有个别诗人有意识地创作适合于朗诵的文本。2011 年张广天的诗集《板歌》，代表了一种实验性的诵本。诗人张广天"试图从戏剧板腔体的音乐气韵节奏和个性化声调的处理传统中，继承并创造某种适合当代汉语表达的情歌语体。通过这样的尝试，诗人基本解决了当代汉语音形义三位一体的难题，使当代汉语新诗在可听可读可视三方面高度地统一起来，形成其独特的'语文诗派'的写作风格"③。诗人张广天有意结合汉语的音形义，"在信号的形态上看，吟诵所演绎的，是文字符号的'音'，亦即是演绎文字的

---

① 杨健：《锁江楼》，孙方杰、王夫刚选编：《到诗篇中朗诵》，中国文史出版社 2008 年版，第 70 页。

② 叶辉：《一个年轻木匠的故事》，孙方杰、王夫刚选编：《到诗篇中朗诵》，中国文史出版社 2008 年版，第 121 页。

③ 林少阳：《未竟的白话文——围绕着"音"展开的汉语新诗史》，《新诗评论》2006 年第 2 期。

'音乐性'，而新诗的朗诵虽然间接来说与文字符号的相涉，但在符号的形态上则是演示与场景、身体语言、声调等不同的符号形态。即使是写于纸上的朗诵体诗，上述这些不同的符号形态也必然会投影于其上，对这一不同符号形态的想象，也必然会影响到作者在写作时的文字、声响配置和读者阅读时的意义衍生"[1]。比如张广天的《背》："整个的你是一个'背'字，/有时代表一个背影，/有时代表背诵课文，/有时代表背着手看我，/有时代表背道而驰。//四月的雨微屈前膝，/白皑的布裙一路捕捉花色，/欣欣然扑面而来。/宁静的街景融化在阳光里，/你指着一幅/支援亚非拉人民斗争的壁画/说起爱情。/一切的惊慌、痛楚游离在外，/去到不远处的防空洞里，/去到寂寥的洒满月光的夜里，/去到参天的乔木透明的指尖，/去到梦的毛茸茸的边缘……"[2] 诗中不断重复语音"背"，"背影""背诵""背着""背道而驰"，诗人试图将"背"的音、形、义结合为一体，创作了一种易于诵读的诗体。

诵本体现的是诵与诗的关系，但从编选者或者创作者的角度而言，这些被列入或者被创作成诵本的作品，强调的是语言文字本身的可读性，这就排除了缺乏节奏、韵律感，语义又晦涩难懂的作品。但就 20 世纪 80 年代以来汉语新诗的创作情况而言，韵律、节奏感相对欠缺的作品，并非不适于诵读，只是不需要依赖语言文字层面的易读易诵，更强调综合性的艺术效果。也就是说，诵读突出的是诵，适合于所有诗歌文本，主要以舞台表演的方式，达成与诗歌文本的声音契合。与其重视易读易诵、便于记忆的文本，倒不如使语言文字进入流

① 林少阳：《未竟的白话文——围绕着"音"展开的汉语新诗史》，《新诗评论》2006 年第 2 期。

② 张广天：《板歌》，作家出版社 2011 年版，第 91 页。

通的过程，建立一种多元化的传播方式。印刷媒体的繁盛，使得新诗的书面形式占据了主导地位。而书面与口头形式的生成是在不同的语境中完成的，无论是接受者、接受方式和接受渠道都存在差异。书面形式作为一种记忆文本，代表着传统的口头声音观念，"从古代的口传文学发展成书面写作之后，为了更利于传播，诗人必须把诗写得朗朗上口，利于背诵和传播。你可以说它是文学形式，实际上它也是一种文学制度"①。但是诗歌不断"去节奏"，并尝试以意象化取代声音，也使得汉语新诗需要建立新的口头声音观念，以取代传统诗歌以格律或者押韵为主的表现形式。

那么，针对这种差别，接下来的问题是，如何调用诵读的方式、技巧和手段，其目的何在？那些勇于创新的诗人一方面将咖啡馆、沙龙、剧场等作为现场演出的场地；另一方面则利用现代传媒手段，制作成音像、视频等形式，达成与观众齐声共鸣的综合性艺术效果。音乐人、诗人颜峻强调诗歌的私人性，他的朗诵通常在没有听众的情况下，进入一种独立的私人化空间，通过录音来完成。录音文件被上传至互联网，这对于听众而言，也建立了相对个人的空间感受诗歌的声音。此外，1994年，导演牟森应布鲁塞尔艺术节之邀，将于坚的长诗《0档案》改编为舞台剧，融合了语言、音乐、影视、美术和表演等多种艺术表现方式。舞台上大致呈现了五个场景：吴文光叙述他父亲一生的故事；蒋樾用切割机切断并焊接钢筋；文慧反复开关着录音机，播放长诗《0档案》，把苹果、西红柿插放在蒋樾焊接好的钢筋上；银幕播放着婴儿心脏手术的纪录片；最后由演员吴文光、蒋樾和文慧将苹果扔进鼓风机中，让一切化为碎屑，归于"0"。在这部舞台剧中，

① 于坚：《如果不是工匠式写作，你会被淘汰》，《南方周末》2013年11月7日。

录音机播放的《0 档案》的声音不是封闭的，而是将文本的声音与机器的声音、演员的声音等交织在一起，显得破碎、扭曲和断裂，立体式地展示了人对机器的抵抗、个人对公共性的对抗，生命对死亡的反抗。① 1995 年 5 月 8 日《0 档案》在比利时一四〇剧场首演后，又在欧洲、加拿大和日本巡回演出，都相当成功。关于《0 档案》的诵读实践，充分表现出 20 世纪 80 年代以来诵读方式、技巧和手段的多元化特色。

另外，诵读更重视个人化的声音特质，关于这点，韦勒克、沃伦在《文学理论》中区分了声音的表演和声音的模式，声音的表演指的是更具个人色彩的诵读，而声音的模式指的是文本的节奏与格律，"要把声音的表演与声音的模式加以区别。大声诵读一件文学作品就是一种声音的表演，一种对声音模式加上了某些个人色彩的理解"②。通常情况下，被选入诵本的诗易读易诵，往往更重视"节奏与格律"。但诵读强调的是诵，诵与歌不同，诵"无定调"，又"发于作家"③，是综合性的表演，更具有个人色彩。诗人根据自己的呼吸、气韵，结合诗文本的声音形式，为听众带来视觉和听觉的综合性艺术体验。"为了在我们既不是随意来'吟'或'哼'，也不是按曲谱来'唱'，而是按说话的方式来'念'或'朗诵'白话新体诗的时候，不致显不出像诗本身作为时间艺术、听觉艺术所含有的内在因素、客观规律，而只像话剧台词或鼓动演说，使朗诵者无所依据，就凭各自的才能，自由创造，

---

① ［美］奚密：《诗与戏剧的互动：于坚〈0 档案〉探微》，《诗探索》1998 年第3 期。

② ［美］雷·韦勒克、奥·沃伦：《文学理论》，刘象愚、邢培明等译，生活·读书·新知三联书店 1984 年版，第 166 页。

③ 任半塘：《唐声诗》上编，上海古籍出版社 1982 年版，第 20 页。

以表达像音乐一样的节拍、节奏以致旋律。"[1] 西渡将诗人的个性化声音作为诗歌精神的内核，决定整首诗歌的气韵。但他同时指出，"独特的声音既是诗人个性的内在反复讨论而又始终没有完全解决的问题。"[2] 他认为"海子和骆一禾在他们最好的作品中，将一种高亢的歌唱性赋予了新诗。西川的声音朗诵效果极佳，他那用不降低的高音在当代诗歌的音谱中清晰可辨。臧棣则赋予了当代诗歌一种沉思的、自我辨析的调子，他的声音更富于变化，能够随物赋形，变幻出种种迷人的音调。黄灿然使当代诗歌对口语的使用达到了自如的程度。"[3] 这里就笔者所收集的录音材料为依据，举多多诵读的《在英格兰》为例：

> 当教堂的尖顶与城市的烟囱沉下地平线后
> 英格兰的天空，比情人的低语声还要阴暗
> 两个盲人手风琴演奏者，垂首走过
>
> 没有农夫，便不会有晚祷
> 没有墓碑，便不会有朗诵者
> 两行新栽的苹果树，刺痛我的心
>
> 是我的翅膀使我出名，是英格兰
> 使我到达我被失去的地点
> 记忆，但不再留下沟犁

---

[1] 卞之琳：《卞之琳文集》中卷，安徽教育出版社 2002 年版，第 458 页。

[2] 西渡：《诗歌中的声音问题》，《淮北煤炭师范学院学报》（哲学社会科学版）2000 年第 1 期。

[3] 同上。

耻辱，那是我的地址

整个英格兰，没有一个女人不会亲嘴

整个英格兰，容不下我的骄傲

从指甲缝中隐藏的泥土，我

认出我的祖国——母亲

已被打进一个小包裹，远远寄走……①

　　诗人多多对音乐形式的借用，在他的诵读中表现得更为明晰。多多诵读时，完全遵循音乐的自然流动，运用重读、断句和拖长音调等多种诵读方式。第一节出现的"顶""英""低""阴"，第二节出现的"新""刺"，第三节出现的"翅""英""使""失"，第四节出现的"耻""英"，第五节出现的"纸""泥""寄"，这些语音韵母中都含有元音 [i]，多多以重读的方式强调这些语音，将听众带入一种回环的音乐空间。在第四节出现"耻辱"与"那是我的地址"、"整个"与"英格兰"，诗人所采用的断句方式，构成呼吸的起伏流转。第五节拖长"我"和"远远"的音调，绵延出抒情主体对家乡的眷顾之情，饶有意味地作为乐曲的尾声结束全篇。

　　同样，20 世纪 80 年代以来的汉语诗人中，西川的声音如钟声般高亢激昂，每一个重音都击打着听众，暴力性地控制着现场，混响着不同的历史时代或者人物所发出的立体音乐效果。树才的声音平缓温和、低沉内敛，似将听众带入潺潺的溪流中，诉说着苦难和不幸。台

① 　多多：《在英格兰》，《多多诗选》，花城出版社 2005 年版，第 161 页。

20 世纪 80 年代以来汉语新诗的声音研究

湾诗人陈黎在诵读他的作品《战争交响曲》时，把握住文本所要阐释的意蕴，从"兵"的匀速再到加速，渲染出战场的气势恢宏和战士的布阵局面，随后张弛有序地诵出"乒"和"乓"，展示了战士们的厮杀现场，随着汉字"兵"分裂为"乒"和"乓"，一幅残忍的画面犹在目前。最后，诗人又以一阵悲鸣的风声缓缓诵出"丘"字，在死寂的音调中完成了战争的交响曲。诗人在诵读时，将诗歌的表意和抒情功能降到最低的限度，让声音回到最原始的状态，与诗人的呼吸、气韵贯通为一体，"诗完全变成了个人内心旋律、语感，我内心的旋律跟你的旋律是不一样的"[1]。如上列举，都充分说明 20 世纪 80 年代以来汉语诗人更重视诗歌文本与情感、气韵相互交融生发出的意蕴，从而呈现出个人化的诵读特质。

二 方言诵诗

除上文所提供的诵诗范例外，20 世纪 80 年代以来的方言诵诗，同样为这一阶段的汉语新诗开辟了一条更具特色的传播渠道。"在某种情况下，读者的重口音（'外来的'）可以产生相似的效果。听到这种声音，发现我们会作出对语言非句法或者非语义性的反应，甚至在极少数的情况下还会感觉到好像站在我们自己的语言之外，故而被称之为外来的口音。这或许是在建议诗歌最好以方言的形式进行朗读。"[2] 以方言

---

① 于坚：《如果不是工匠式写作，你会被淘汰》，《南方周末》，2013 年 11 月 7 日。

② Charles Bernstein：*Close Listening*，New York：Oxford University，1998，p. 220. "Similar effects are achieved, on occasion, by readers with a strong ('foreign') accent; hearing them, we find ourselves responding to the nonsyntactic and nonsemantic qualities of the language, and even on rare occasions feeling as though we have stepped outside our own language, and are viewing it as a foreign tongue. This might suggest that a poem, then, would best be read in the dialect of its maker."

介入诗歌诵读，往往会打破句法和语义的限制，而回归语音层面。

20世纪80年代以来，汉语诗人也试图通过方言的方式进行诵读，其主要目的是对官方权力话语，尤其是以普通话为主导的汉语表达方式提出质疑，因为推广普通话①便意味着消除差异性，在语言方面实现规范化。但显然，包括地域性在内的一系列差异是无法通过语言消解的，隐藏在方言背后的是对政治意识形态的反抗，同时也是对语言、文化意义的抗拒，在这个层面上，可以称其为少数诗歌②。诗人将方言诵诗作为一种边缘对抗中心的方式，肢解主流语言文化体系，因为以普通话为中心的世界使得"声音很快成为一种暴力，并且是越标准、越清晰的普通话越具有话语权力"③。诗人在方言诵诗中，常常

---

① 1955年10月，召开"全国文字改革会议"和"现代汉语规范问题学术会议"，决议将规范的现代汉语命名为"普通话"，开始确立普通话的定义、标准。1955年10月15日，"普通话"被界定为"以北京语音为标准音的普通话——汉民族共同语"。1955年10月25日，又改为"以北方话为基础方言，以北京语音为标准音"。1956年，国务院提出《关于推广普通话的指示》，1956年2月6日，再次进行了修订，改为"以北京语音为标准音，以北方话为基础方言，以典范的现代白话文著作为语法规范的普通话"。1982年，正式将《国家推广通用的普通话》写入《宪法》条文。自1998年开始，每年9月份第三周，实行"推广普通话宣传周"活动，此后在全国范围内大规模地贯彻执行普通话的规范和标准。

② 这里借用1987年吉尔·德勒兹的文章"What Is a Minor Literature？"中的"Minor Literature"，即"少数文学"概念。在当代诗歌中，美国黑人诗人保罗·劳伦斯·邓巴（Paul Laurence Dunbar），亚裔女诗人常蒂娜（Tina Chang）等都曾用方言写作并朗诵。在这些作家所建立的传统中，其在语义上更倾向于殖民和后殖民统治下的民族、宗教、性别歧视所带来的发声困扰，是出于暴力和胁迫中的声音反抗。方言入诗从政治意识形态的对抗，逐渐开始以美学的方式渗入，强调个性化的表达方式，有时甚至是为了制造娱乐效果。

③ 于坚：《朗诵》，《于坚诗学随笔》，陕西师范大学出版社总公司2010年版，第125页。

会出现与语义分离的现象，或者以讽刺戏谑的声调大声朗诵，或者以轻松、活泼的口吻轻声诵读，以最大化的方式为诗赢得一种边缘化的音乐效果。

　　诗人于坚所倡导的方言诵诗较具代表性。于坚拒绝来自"文化大革命"时期的广场朗诵运动，同时也拒绝美声与伴奏式的表演性朗诵活动，他始终认为诗歌朗诵应该回到个人化的空间，否则毫无价值可言。一方面，自 1917 年以来汉语新诗的发展历史而言，汉语新诗在格律化、民族国家、官方意识形态的皮囊中挣扎，一直处于失声状态，几乎没有自主性地发挥过作用。直到朦胧诗时代，黄翔、北岛、芒克等诗人的广场朗诵运动，来自对官方意识形态所造成的外在压力的反抗，诗歌被赋予咆哮般的煽动性，尽管如此，于坚仍觉察到诗歌依然被包裹在官方意识形态的暴力中，并未获得声音的独立性；另一方面，20 世纪 80 年代以来，诗歌朗诵活动开始脱离广场运动，而走向表演性的活动。在于坚看来，表演性的声音仍然制约于听众，与之相关的统一规范性的美声朗诵，恰恰将声音再次束缚在固定的形式中，无法还原声音本质。关于这一观点，于坚在《在汉语中思考诗——在日本关西大学东亚研究所的演讲》提纲中，曾指出，"声音，永远是方言。个性的。声音是无边无际的空间，能够像'一'那样统一的发音并不存在，普通话对此也无能为力，一万个人的'一'的发音永远是一万种方言。否则我们就区别不出那些最标准的播音员的口音了。标准的'一'只有机器可以发出。因为声音永远是形而下的，肉体的"[1]。

　　因此，针对上述两点，方言作为新诗传播的一种方式，它跨越了

---

① 于坚：《在汉语中思考诗》，《文学报》2008 年 4 月 3 日。

上述双重障碍，让诗人真正回归自己的声音世界，将声音的个性化在主体性上得到极大限度的发挥。这里特别指出于坚的方言朗诵诗学，就在于这种以方言形式发出的声音，是他对于官话所保留的沉默，也是他独辟蹊径的一种声音传播方式。尽管于坚拒绝朗诵，但在其少有的朗诵材料中，又以云南昆明方言的形式介入朗诵活动，他音质厚重、带有地域特色，比如他朗诵创作于 1983 年的诗歌《河流》：

　　　　在我故乡的高山中有许多河流
　　　　它们在很深的峡谷中流过
　　　　它们很少看见天空
　　　　在那些河面上没有高扬的巨帆
　　　　也没有船歌引来大群的江鸥
　　　　要翻过千山万岭
　　　　你才听得见那河的声音
　　　　要乘着大树扎成的木筏
　　　　你才敢在那波涛上航行
　　　　有些地带永远没有人会知道
　　　　那里的自由只属于鹰
　　　　河水在雨季是粗暴的
　　　　高原的大风把巨石推下山谷
　　　　泥巴把河流染红
　　　　真像是大山流出来的血液
　　　　只有在宁静中
　　　　人才看见高原鼓起的血管
　　　　住在河两岸的人

也许永远都不会见面
但你走到我故乡的任何一个地方
都会听见人们谈论这些河
就像谈到他们的上帝①

　　云南方言类属于北方方言，是西南次方言中的一种。"河"，元音
［e］在云南方言中发［o］音，舌位后移，发声略显浑厚。鼻音尾韵
母普遍鼻化也是云南方言的一个重要特点，诗句"它们很少看见天
空"中的"空"（kong），"泥巴把河流染红"中的"红"（hong），"只
有在宁静中"中的"中"（zhong），"但你走到我故乡的任何一个地
方"中的"方"（fang），都采用洪音［ong］或者［ang］作为尾音。
而云南方言的调值又多采用降调，因此以中低音为主要声调，使诗人
的嗓音打开，冲击着鼻音和喉音，发出阔远却低沉的轰鸣声响。这些
都与诗人所要表述的云南地理特征相契合，河流和高原涌出的血流，
呈现出蓬勃之气。

　　方言诵诗的渠道，一方面由普通话文本改编成方言进行诵读；另
一方面则直接来源于方言诗歌文本。结合当下的汉语新诗进行探讨，
显然，以方言入诗的书写传统并没有延续下来。如果说刘半农、臧克
家等诗人在汉语新诗的方言写作中开拓出一条小径，而普通话的推
行，则使得汉语新诗逐渐远离了方言入诗的传统。于坚提到过：

　　　　我的写作当然受到母语的影响，我的母语具体说，就是昆明
　　话，蕴藉在昆明方言中的关于人生和日常生活的种种经验与常

---

① 于坚：《河流》，《于坚的诗》，人民文学出版社 2000 年版，第 10 页。

识，影响了我的写作。我所说的"方言"是接近旧时代的官话的概念，就像李白、杜甫或者沈从文、徐志摩等人所使用的汉语。我主要是指不同的人在不同的地区使用的日常语言。这种语言在1949年以后，成为一种民间话。而我所说的"普通话"是指五十年代以来官方推行的官样话语，就是我们从小在学校、在社会接受的所谓"规范"汉语，像什么"东风劲吹，红旗飘扬"一类标语口号式的语言，一种空洞的汉语。只有经历过"文化大革命"的人才能真正体会到这种话语对个人思想的窒息。但是我在家里，我听母亲，我外祖母讲话，感到那是一种亲切、温柔、生动的汉语，是像沈从文、张爱玲用的语言，是糅合了中国传统文化和当下生活经验的活生生的语言。我讲的就是这个概念上的方言，而不是那些生僻乖张的词语。我不必故意去表现所谓地方特色，因为这些东西天生就流动在我的血液中，它们会影响我这样而不是那样去看世界。①

如于坚所述，在规范化的语言模式下，汉语新诗逐渐形成去方言化的发展方向："方言受到广泛的鄙视。无数外省人为自己的方言深感自卑，在电视里，方言被视为搞笑的对象，与愚蠢、闹剧、滑稽密切联系。这个国家的文化已经被改造到这种地步，只要你在正式场合，例如电视台讲方言，你就要被耻笑，或者被视为老土。所以朗诵盛行，因为朗诵当然的就是普通话和笑声。"② 汉语新诗脱离方言传统，走向去方言化的道路。在 20 世纪 80 年代以来的方言写作中，四川、

① 于坚：《朗诵》，《于坚诗学随笔》，陕西师范大学出版社有限公司 2010 年版，第121 页。

② 于坚、陶乃侃：《"抱着一块石头沉到底"》，《当代作家评论》1999 年第3 期。

重庆诗人最具代表性。其中，胡续冬认为，"方言在新诗中的呈现有一个贯穿新诗史的、时断时续的'小传统'它牵扯到很多复杂的方面，既和历史意识、文化政治、身份认同、想象力的跨度相关，更和对词语基因和诗歌肌理的细微体认相关，我只不过用四川方言，有时还包括喜欢学舌的我从贵州方言、河南方言、湖北方言、东北方言、北京方言甚至广东方言中'征用'的一些成分，做过一些猴子掰苞谷似的尝试而已（尽管在5·12汶川地震之后，我更加珍视像我的脐带一样的四川话），而这些尝试的根本目的，是意在提取语言风格对撞所释放的巨大能量，将之用于更为广阔的、需要耗费大规模书写快感的'自我腾挪'活动"①。他的诗作《那年夏天，宁静的地名》，是这一阶段以方言入诗的典型文本。诗歌表达了诗人个人化的生活状态，在诗人生命里闪现过的地名，被埋在地里，又被藏在脑壳中，以最贴近当地的语言完成空间意义层面的想象，获得真实的场景再现。诗句中俨然流露出的是诗人的无奈心境，对于他而言，他想要遗忘的往事总是很沉重地留在记忆中：

> 载满瓜籽壳、臭脚和黄果树焦油但居然也有空调的火车
> 从凯里附近的一个小站飞驰而过，
> 青山绿水之间闪过一个站牌牌——六个鸡。
> 此后脑壳如同遭鸡哈过，不，不是如同，
> 就是遭六个不晓得长成哪样的天鸡一脚接一脚
> 哈得稀烂。一大坨格外的地名像是
> 草草埋在地底下的金银细软，遭鸡脚哈了出来

---

① 胡续冬：《诗歌：自我的腾挪》，《文艺争鸣》2008年第6期。

闪着大好河山旮旯里的私家汗水之光。

这些地名，这些汗水里头的有义气或者没得骨气的咸味

都是夏天的。好多个不走白不走的夏天哦！

我曾怀揣着这些细碎的地名星夜兼程

为了撺一团江河湖海通吃的祥云，

也曾把这些地名用锦囊包好，交与

一两段粉艳故事，暗香浮出地图上翻滚的年轻的肉。

鱼儿沟、战河、猪肚寨、浪卡子、眨眼草坝……

再加上前两天才走安逸的一个：朗德，

那个地方不仅有开发得寡老实的苗寨，更有

路边大幅标语让游兴里的良心都抖抖：

"读不完初中，不能去打工！"

好了。六个鸡已经遭不长记性的火车甩远了。

我决定像个逃难的坏人

把这些碎银子、小珠花一样的地名再埋起来，

怕时光追杀过来讨债。那些夏天，宁静的地名

最好一直像这样藏在脑壳里，生人勿近，子女不传。①

诗人胡续冬信手拈来的语词，多是川黔方言，他轻松、自如地将细碎的地名通过口语表达，以最原初、质朴、纯粹的语言来回应主体闲散、随性的心境。诗歌中的"遭鸡哈过""哈得稀烂""遭鸡脚哈过"，其中土语"哈"，作为川黔惯用的动词，取乱扒、乱刨之意，这种方言自身所携有的俚俗夹杂在诗篇中，读来不免诙谐、幽默，不由

① 胡续冬：《那些夏天，宁静的地名》，《日历之力》，作家出版社 2007 年版，第18 页。

20 世纪 80 年代以来汉语新诗的声音研究

得令人发笑。方言"哈"(ha)、"寡"(gua)，在发音上又以元音 a 结尾，延宕温软，拉长了语音的时长，使得流畅的诗句又带有油滑的语言特征。在贵州方言里，元音 e 通常发［o］音，比如"车""德"和"哦"；大部分情况下，uo 也发［o］音，比如"过"；而同时"肉""有""抖"，又都以［ou］为韵母。可以说，这三组语音极为相似，而诗篇中又多以［o］或者［ou］结尾，挑起语词在音效上有间隔的对照和呼应，重复中带着俏皮。整首诗歌在最后以"好了。六个鸡已经遭不长记性的火车甩远了"。为转折，"我决定像个逃难的坏人/把这些碎银子、小珠花一样的地名再埋起来，/怕时光追杀过来讨债。那些夏天，宁静的地名/最好一直像这样藏在脑壳里，生人勿近，子女不传"。在语义上，恢复普通话写作，由谐入正，情绪黯然，义正辞严，徒然扭转诗篇的方向，使得整首诗所要传达的情感归于沉静。这种方言入诗的写作方式，更倾向于表达私人化的生活，强调个体独特的情感体验，从而挖掘出语言自身的潜力，以凸显特定文化语境中的地理、习俗与人文气息。

除此之外，对方言入诗所作出的努力，还包括 2011 年由中国和斯洛文尼亚诗人开启的"方言诗写作"交流项目，提倡在当下诗歌的书写与方言之间建立一种联系，如斯洛文尼亚诗人阿莱士所言："你创造这个个人化'方言'的方式，几乎是一种个人神话，你把声音给予一个无声因而无名的语言层次，它简直就是一个斯芬克斯。它存在却不言语。一个沉默的提问者，或者它就是问题本身。我觉得，我们的项目如同一只伸出的手，触摸到了那尊藏在我们自己声音里的石像。"[1]在诗人看来，方言是通向个人化创作的重要路径。颜同林通过考察汉

① 杨炼、阿莱士：《杨炼与阿莱士对话：方言写作，大象和老鼠的交流》，《诗东西》2011 年第 3 期。

语新诗的方言入诗现象，归纳出其自身合法性的认同危机取决于："一是读者意识的迎合与经典作品的诉求，二是意识形态的牵制与趣味时尚的牵引，三是文化认同的标准与背景。"① 考虑到此，纯粹的方言书写，若在当下的书写语境中获得文化认同，却是相对困难的。

事实上，在新诗的发展历程中，一方面，方言本身的俚俗、口语化走向，与雅正的书面语写作存在一定的隔膜，故而与言文合一的新诗经典化诉求背道而驰；另一方面，方言作为极为独特的本土语言经验，逐渐在译语以及普通话的夹缝中，沦为异质文化与官方意识形态化的失语者。再者，方言所强调的是私人化与个人化的语言表达，随着文化语境的变迁，这种私密化的语言在传播过程中，往往显露出其自身的局限性，因为"许多诗人在写作的初级阶段，大都会视自己的方言为先天性缺陷，而强迫性地接受普通话的驯化。他们以不懈的努力所要达到的目标，就是要把诗歌写成通行的主流诗歌那种模样，由此获得诗人的资格认证"②。因此，与方言入诗相比，诵读这种口头形式为方言在诗歌中的生长提供了另外一种可借鉴的路径，如敬文东对四川方言写作的概括，"四川'方言'诗歌写作在声音上的首要特征就是朗诵。朗诵首先是一种精神气质，然后才是包孕于语言的气质。朗诵的第一大内涵就是音色洪亮"③。可以说，方言是一种鲜活流动而永葆先锋性的声音艺术，"方言总是流动在人们的嘴唇上，是活的语言，是生活在各地的国人嘴里发出来的声音。——这有助于保持它永远的先锋形态"④。

---

① 颜同林：《方言与中国现代新诗》，中国社会科学出版社 2008 年版，第343 页。

② 燎原：《诗歌写作中的"普通话"与"方言"》，《大昆仑》创刊号，2011 年。

③ 敬文东：《抒情的盆地》，湖南文艺出版社 2006 年版，第 49—50 页。

④ 颜同林：《方言与中国现代新诗》，中国社会科学出版社 2008 年版，第360 页。

第二节　唱诗

唱诗是以乐为中介将歌词与诗进行转化的活动。诗在语言文字层面更具开放性，但歌词若要转化为诗，或者将诗演绎为歌，也需要音乐作为中介，有效地协调二者的关系。笔者试图打破歌手、音乐伴奏与歌词之间的界限，重新观照经过歌手演绎或者音乐伴奏的歌词或者诗歌。本节通过区分歌词与诗，以20世纪80年代以来迅速发展起来的摇滚和民谣音乐为研究对象，分析唱诗中所发生的声音转变。

一　歌词与诗

歌词与诗之间的关系颇为复杂，诗与乐分离后，一方面，汉语新诗开拓出语言文字和音乐伴奏两种诗性空间；另一方面，歌词与诗之间既存在隔阂，又能够转化和统一。

通常情况下，诗不再是歌，诗人与歌手的身份也可以分离。在汉语诗歌的脉络中，唱求的是通俗易懂、朗朗上口，便于记忆。20世纪80年代包括翟永明的《女人》《静安庄》，往往在语义上晦涩难懂，声音也相对饶舌拗口，这就违背了听众的音乐期待。他们在语言文字上追求的张力，还不足以通过大众化的音乐方式表现出来。刻意要求诗歌的语言文字配合音乐旋律，对于诗而言并不合理。唱诗是唱和诗的结合，因此，还应该充分拓展契合歌词的音乐旋律。但困难在于，强调表情达意时还需保留优美的曲调，时常会破坏诗歌文本的价值。从这个角度而言，将诗改编成歌容易，但以歌的方式写诗就显得相对不易。20世纪80年代以来，汉语诗人强化了对口语的推崇。他们追求大众化、日常生活化的创作方向，试图瓦解朦胧、晦涩的诗歌传统，进而回到声音本身。但吊诡的是，口语诗人也并没有打破诗与歌词的界线，更没有以乐的形式推动他们大众化的语言实验。此外，一些诗人将歌词与诗的创作区分对待，台湾诗人、音乐作词人陈克华将音乐与诗歌分裂对待，他撰写的歌词《台北的天空》由歌手王芷蕾演唱，歌词《沉默的母亲》由歌手苏芮演唱，都是在台湾地区传唱度极高的流行音乐作品，但陈克华并没有将这些歌词纳入他的诗歌写作范围。台湾女诗人夏宇（李格第）最初也是将歌词与诗割裂开来的（在诗集《这只斑马》+《那只斑马》之后，夏宇才开始将诗与歌看作一体)[①]，她撰写的歌词《我很丑，可是我很温柔》《残酷的温柔》《风的叹息》等，都是华语乐坛堪称经典的流行歌曲。语音的回环往复、辞章的重叠复沓，体式的短小精悍，是这些歌词的声音特点。但对诗人而言，诗歌常常忽略语义的连贯性，如果作为歌词来演唱，容易遮蔽语言文字的节奏感，处理不当甚至会破坏分行、停顿所蕴藉的情感内涵。

当然，并非所有歌词都具有诗性价值，但不排除经过歌手演唱和音乐伴奏，小部分的歌词也可以转化成诗歌，正如赵元任所言："唱诗须求最自然的读音加上最音乐化的唱音。"[②] 歌词之所以会通过唱歌的形式呈现出诗性，一方面，歌词作为文本的停顿、分行、韵律，与歌手的声线相互融合，达到了独特的诗歌内蕴，使得隐语、含混性，意象的奇崛和情感的深度，构成诗歌在语言蕴藉上的旋律美感。另一方面，更为重要的是，因为双重音效（歌词文本与歌唱伴奏）与接受者的关系，造成了"歌词的主导落在发送者的情感与接受者的反应上，而诗则不同，'诗性即符号的自指性'。这种符号指向文本自身倾向的

---

① 参见附录三，奚密、翟月琴《"诗是诗，歌是歌"》。

② 赵元任：《赵元任音乐论文集》，中国文联出版公司1994年版，第39页。

'诗性'，也被托多罗夫称之为'符号不指向他物'。而歌词即使有很多
'诗性'，也不能局限于自指，歌词必须在发送者的情绪与接受者的意
动之间构成动力性的交流"[1]。可见，诗人为语言文字赋予音乐性，在
很大程度上取决于如何将音乐转嫁入文字中。而歌词获得诗性，又是
一种文本符号的动态循环流通过程，这也与一系列的文化、社会、心
理与情感的多异质建构有关，因此，观众或者听众对歌词发出的认知
和情感反应的升华，使得转化得以产生。与诵不同，歌有赖于乐曲、
音符，同时"精于艺人"[2]，郑愁予的诗歌《旅程》经过作曲人李泰祥
的改编，由一段悠远的长笛声，将整首歌曲带入绵远遥思的韵味中；
顾城的《海的图案》经小娟和山谷里的居民这支乐队的改编，原先跳
跃、凝练的文字由钢琴曲填白后更显纯净、自然；席慕容的《出塞
曲》经过作曲人黄怡、马毓芬的配乐，为本来平缓的歌词带来恢弘邈
远的大漠气势，而歌手蔡琴和张清芳的演绎更是为诗作增色不少；于
坚的《立秋》在歌手路迹的演绎中，拨动的吉他、清澈的嗓音，烘染
出了一副在秋季中萧瑟、荒凉的诗人形象；安琪的《像杜拉斯一样的
生活》独特的断句方式、非理性的心理状态，同样被歌手路迹以吉他
伴奏，有意压低声线并歇斯底里地传达了出来。

　　但在部分诗人看来，诗与歌词又是能够统一的。周云蓬集诗人和
音乐人为一身，歌词的创作以及音乐的制作都由他一个人独立完成，
他的作品《山鬼》《沉默如迷的呼吸》《不会说话的爱情》等，都堪称
唱诗的典范之作。诗人结合音乐的伴奏和语言文字的呼吸气韵，"千钧
一发的呼吸/水滴石穿的呼吸/蒸汽机粗重的呼吸/玻璃切割玻璃的呼
吸"（《沉默入迷的呼吸》)，歌词采用重章叠句的方式，通过变换定

---

① 陆正兰：《歌词学》，中国社会科学出版社 2007 年版，第 46 页。

② 任半塘：《唐声诗》，上海古籍出版社 1982 年版，第 20 页。

语，形成语句的反复变化，便于记忆。歌手以匀速的语调演唱，又插入人名的念白，好像在沉默中倾听世界的呼吸。台湾诗人、音乐作词人路寒袖也将歌词和诗看作一体，他擅长写台湾闽南语歌词和台湾歌谣诗，歌词的体式相对简短，常采用重章叠句和押韵，并运用感叹词提升音乐效果。比如《等待冬天》中，"无几个侬 知影咱遮会落雪/雪若咧飞 满天落全白花/茫茫一片 是天对地咧立誓 这款情 这款爱/无几个侬会冻了解"，歌词以台湾闽南语缠绵绵软奠定情感基调，穿插入叠词"茫茫"和句子"无几个侬"的反复，同时以助词"咧"［lie］点缀其中，造成回环的音乐效果。另外，路寒袖能够在有限的形式里展开性情，也得益于作曲者和歌手詹宏达的扶持，"他们两人的合作，为诗乐结合立下不易超越的典范。詹宏达探入诗人写台语诗的心境，出雅入俗，用比较贵族式的乐调和雄浑的嗓音，诠释路寒袖所渴望远离尘嚣，又渴望在人群中体验文化，那种纠缠的性格"①。正如《等待冬天》最后的念白"等待冬天雪落会飞/彼是天对地咧立誓/草木白头无需要讲 /千年万世拢 内底"，为歌词添加了孤冷凄切的意境。路寒袖为台湾歌手潘丽丽的专辑《春雨》《画眉》以及凤飞飞的专辑《思念的歌》创作了大量脍炙人口、深情款款的歌词，在大众看来，这些歌词本身就是诗。

以上述讨论为基础，根据歌词与诗的转换关系，唱诗可表现为三种情况：第一种是改编，即通过音乐的形式，对已经创作出来的诗歌文本进行改编和再唱作，起到传播的作用；第二种是入乐为诗，通过对歌词的音乐伴奏，使得原本并不是诗歌的文字，重新获得诗性；第三种是诗本身就是歌，诗人或者音乐人在最初创作时就已经考虑到

① 郑慧如：《新诗的音乐性——台湾诗例》，《当代诗学》2005 年第 1 期。

了音乐要素，将诗与歌词同等对待。其中，摇滚与民谣无疑是20世纪80年代最突出的两种唱诗形式，诗人通过变声或者改编的方式，实现了歌词与诗的转化功能。笔者从诗歌与摇滚、民谣音乐的声音契合出发，以摇滚乐的变声和民谣的改编为中心作一归纳。

二 摇滚乐的变声

变声主要指借助歌手的嗓音、喉音、唱腔等，充分调动起歌词所表达的情感内蕴。这种表现方式，在中国摇滚音乐中表现得尤为明显。中国摇滚音乐诞生于20世纪80年代①，成为这一时代极具纪念和恒久意义的社会文化符号。可以说，摇滚乐是当代音乐在公众面前展示个体意识的先声，重金属的噪音以及对抗的情绪，成为贴在摇滚歌手身上的标签。在现行社会体制规范的压抑下，他们试图回归自我的个性，回归个体信仰。他们甚至打破道德边界，崇尚愉悦的生命体验，并以宣泄或者嘲讽的情绪瓦解着传统抒情歌曲的音调。摇滚音乐人大多出生于20世纪60年代，他们的童年或者青年时期正值"文化大革命"，懵懂的时代记忆，反而带给他们独立反思的精神，在演唱个性受到压抑的同时，也极力表达着对主流音乐的抵抗情绪。摇滚歌手通过混响效果，试图在有限的空间中达到最大化的释放，他们如狂风般席卷中国，彻底唤醒了众多年轻人过剩的激情，嘶喊出心中压抑、沉睡而迷惘的心声，几乎成为一代人的精神洗礼。

歌手崔健以嘶吼见长，他总是渴望能够充分地表达个人化的情

① 1986年5月9日，为纪念"国际和平年"，崔健在北京工人体育馆"让世界充满爱"的演唱会上第一次演唱《一无所有》，被认为是中国摇滚乐的真正开端。继1984年《浪子归》专辑出版之后，1989年又发行了崔健的个人专辑《新长征路上》，收录了歌曲《一无所有》。

感，以无所畏惧的心态抵抗理性世界，遵循自我体验和自我感觉。1986年，脱颖而出的歌曲《一无所有》对"我"的价值和"我"的判断的发现，几乎成为内蕴在社会底部的精神原动力，但它又不仅仅是政治意识形态的反抗，在某种意义上，更代表了对音乐美学传统的反思，代表了整个当代个人化情感集体性迸发的音乐起点。1996年12月，谢冕曾在《百年中国文学经典》的编选中，将崔健的《一无所有》《快让我在雪地上撒点野》等歌词也纳入其中。歌曲《快让我在雪地上撒点野》，歌词的主旨句以"因为我的病就是没有感觉"连缀全篇，体现了崔健试图在解脱与释放中还原自我感觉和本真个性。"快让"二字的反复，推动着音乐气息的抑制与流动。崔健以欲破未破的撕裂嗓音挣脱着"医院"般社会体制下的病症，挣脱着现实环境的不幸，嘶吼道"我的志如钢和毅如铁"，同时以近乎说话的方式，坚决而掷地有声地歌唱出每一个语词。整首歌曲在演绎的过程中，崔健的音域并不宽广，音调的变化也相对单一，但单一而重复的音调反而更强化了歌手急切摆脱现状的心境。歌手的身份，湮没在歌词的诗意化情境中，崔健以他独具特色的嘶喊，拨动着吉他的弦音，摇摆着身体，将嗓音底部膨胀与收缩的双重音效发挥到极致。

歌手张楚善于说唱，他的歌曲总是以叙述的口吻念叨着内心的絮语。《姐姐》是歌手张楚的代表作，"姐姐"作为张楚生命历程中的原型，以母性的温柔平复了"我"所面对的残酷现实。因为"姐姐"的存在，十年"文化大革命"并没有给张楚带来巨大的创伤，反而在保护中多了几分孤独、敏感和细腻。然而，"姐姐"随着时代的巨变，随着自我个性的磨砺，她的身影正在消失，但她仍然作为过去的生活记号，长久地成为"我"相濡以沫的心灵归属。歌词将"我"的记忆拉回到童年，张楚的声线较为稳定，他善于从二元对立的世界抽离出来，打破宣泄与排斥的情绪基调，冷静而从容地在叙述者与世俗世界之间游走。歌词从主人公的叙述平缓过渡到抒情，音调陡转，从低沉到高亢，生活背景也切换为情感的抒发。副歌部分，歌手交替重复着"噢姐姐/我想回家/我有些困"和"噢姐姐/我想回家/牵着我的手/你不要害怕"，实现了我和姐姐之间面对不同生活境遇时的心理对话。

歌手汪峰开拓了喊唱的歌唱风格。与崔健的声音不同之处在于，汪峰的音域宽广，声线起伏有致。《硬币》《青春》《时光倒流》《向阳花》等以青春记忆为主题，《小鸟》《绽放》《飞得更高》《怒放的生命》《光明》等又以对理想的追求为主题，从嘶哑的低声浅唱，到爆发力极强的喊唱，汪峰总是极尽可能地让自己的声音贴近时间的变幻，有过往记忆的沧桑，同时也有挽留时间的声嘶力竭。2009年，汪峰的摇滚乐曲《春天里》广为流传，歌词回顾了那个曾经一无所有却怀揣理想的青春年代，结尾停驻在"春天里"，旋律与时间的反复融为一体，"也许有一天我老无所依/请把我留在在那时光里/如果有一天我悄然离去/请把我埋在在这春天里"。汪峰以回忆的方式，场景再现般地回放了青春时代的情感和情绪。作为词人，汪峰创作的歌词本身就极富诗性，它牵动着听众共同返回过去的时光。同样，从叙述的稳定到喊唱的爆发，音调陡转，转折出歌手内心"失去"的空洞与"继续走"的无奈，同时也撕裂出想要挽留而又稍纵即逝的苦痛挣扎。

左小祖咒则采用和声共振的方式，以噪音、喉音和鼻音共振发声的方式，充分利用和声的多声部音乐效果，同时还发挥了多种电子乐的背景噪音特色，时常又加入包括京剧在内的中国传统音乐形式的伴奏，将摇滚乐推向了更为丰富多元的发展空间。他的音乐《交作业》《贼喊捉贼》《桃树的故事》《最高处》等时常伴有童声，左小祖咒试图还原发声主体的身份，有时甚至将自己隐蔽在发声主体背后，与现实的介入性之间保持一种干净纯粹的疏离感，"这是个自由的国度/你想说什么就说什么"（《你的眼睛》）。音乐《钉子户》《北京画报》《野合万事兴》《代表》等将历史文化场景搁置在现实语境中，以"我已熟练地/掌握了世界"（《代表》）的姿态，重新反观社会现实。左小祖咒的唱调打破了歌词的线性流畅度，戏谑、不恭的腔调使歌词起伏间产生了极大的反差效果，唱腔中夹杂着凹凸不平的情绪。音乐《当我离开你的时候》《泸沽湖的情歌》《你在夏天还没离开我》等，又采用男女对唱的方式，将对话与抒情的音调糅合在一起。左小祖咒所要追寻的冷静与疏离的音乐态度，恰恰使得他的声音游离和摇摆不定，长短音在滑动的过程中模糊了现实的粗糙与硬度。可以说，左小祖咒的歌唱方式，在叙事、抒情和戏剧性上，扩充了歌词的表达内涵。

三　民谣的改编

在摇滚乐中，变声主要表现为歌手的唱。而在民谣中，则是借助改编的方式来实现再创造，民谣改编既注重歌词的表现力，又长于借助乐器伴奏，演绎出悠扬悦耳的诗性作品。与摇滚歌手相比，民谣歌手的演出属于非表演性质，他们在演唱过程中，以吉他、手风琴、手鼓等为主要伴奏乐器，歌者的声线清澈、单纯，旋律也相对简单、自然，突出情感的表达。民谣以改编为主，颇具民间特色，通过搜集饱含传统文化和乡土气息的歌谣、民歌，以及广为流传的诗歌和其他文体的作品等，经过再创作，实现音乐与诗的转化。

首先是根据民歌改编的民谣，注重民族地域风情。张　作为野孩子乐队的主唱成员，他善于搜集西北民歌，惯用冬不拉、手风琴、口琴、鼓等伴奏乐器演绎这些民歌。张　的唱腔带着乡音，与家乡甘肃兰州的风土人情融为一体。其中，歌曲《四季歌》改编自日本民歌，《游击队之歌》改编自意大利民歌，歌曲《黄河谣》《刮地风》《早知道》《流浪汉》则重新演绎了甘肃民歌。张　很少改编民歌歌词，而往往直接翻唱，只是在重新演绎的过程中，夹杂着方言和乐器伴奏，以最简单的曲调绵延、铺展出乡土民情。与张　作品中传唱度较高的《远行》相仿，这些改编的民谣歌曲，都带有浓郁的地域色彩，声音平缓低沉、朴实醇厚，彰显出在追求理想的路途上迷惘、彷徨与踌躇的心境。

其次是根据诗歌改编的民谣，又称为马齿民谣。周云蓬既从事诗歌原创写作，改编经典新诗作品，同时还兼具音乐人的多重身份。自2004年发行了第一张个人专辑《沉默如谜的呼吸》，2007年发行第二张个人专辑《中国孩子》，2011年出版诗集《春天责备》。周云蓬的吟唱，像是牧歌，带有游吟的特质。歌曲《九月》的演唱，作词人为诗人海子，作曲人为音乐人张慧生，因为他们都选择以自杀的方式结束生命，周云蓬将个人对于生命与死亡的理解，熔铸于演唱中，赋予海子诗歌新的声音特点。这首音乐，是周云蓬在演唱活动中与观众不断互动、磨合，反复修改而成。《九月》中，周云蓬音调低沉、幽怨，一方面突出草原环境的空间感；另一方面则深化呜咽的死亡意识。在"我把远方的远归还草原"之后，歌手延长声线，重复着"一个叫木头一个叫马尾"的乐章，直至尾声，以不断加强声音的视觉成像，使演唱的空间背景更为开阔，让听众融入草原圣洁的氛围，感受到大自然生命所蔓延出来的力量。在绵延的重复中，插入了一段轻声的念白，"亡我祁连山，使我牛羊不蕃息/失我胭脂山，令我妇女无颜色"，诗句源出于海子的诗歌《怅望祁连》（之2），"星宿刀乳房/这就是雪水上流下来的东西/'亡我祁连山，使我牛羊不蕃息/失我胭脂山，令我妇女无颜色'/只有黑色牲畜的尾巴/鸟的尾巴/鱼的尾巴/儿子们脱落的尾巴/象七种蓝星下/插在屁股上的麦芒/风中拂动/雪水中拂动"。这里，海子借用原载于《汉书》中的匈奴民歌"失我祁连山，使我六畜不蕃息。失我焉支山，使我妇女无颜色"。汉武帝时期，霍去病长驱直入草原，引起匈奴的感叹，海子借用这一典故，在死亡与生命之间洞悉到大自然的神性。周云蓬将两首诗歌拼贴在一起，荡气回肠地低声潜吟，加重了死亡气息。同样，他的诗歌《山鬼》，也改编成音乐。《山鬼》最早源自于屈原的《九歌》，以内心独白的方式，讲述了一位山林中的神女对爱情的忠贞。周云蓬化用屈原的创作母体，通过"荒野"与"炊烟"、"没离开故乡"与"准备着去远方"、"祭奠的灵魂"与"月光"等几组对照关系，将"诗人"与"山鬼"并置，他们都栖居在边缘化的一角，孤独寂寞，无人问津却怀揣理想，坚定前行。结尾处，"扛着自己的墓碑走遍四方"颇具深意，预言了诗人自身的命运。周云蓬在歌曲的演绎中，以长笛的吹奏引出鬼魂的诉说，凄楚动人。歌曲采用匀速平缓的叙述语调，让歌词清晰地浮动在音乐伴奏之上。在"太阳疲倦的在极低驻足"处，和声歌唱"太阳"，将这一可望而不可即的理想加诸现实演唱的背景里，回荡在"时间慢慢的在水底凝固"的静止空间。歌曲的最后一节，歌手提升了声音的力量，凸显出叙述主体决意"流浪"的心境。除此之外，小娟和山谷里的居民的专辑《C大调的城》，共改编顾城的16首诗，包括歌曲《羞涩的夏日》对诗歌《懂事年龄》的改编、《和一个女孩子结婚吧》对组诗《颂歌世界》的改编、《红眼睛的大钟》对《有时候，我真想》的改编、《小猫小狗》对《年夜》的改编、《一个人在海边》对《海的图案》的改编等。其中，《小村庄》并没有改编顾城原作的诗句，《和一个女孩子结婚吧》则选取组诗《颂歌世界》的两首合并而成。在这些歌曲中，歌手小娟都以吟唱的方式贯穿诗篇，在浅唱低吟中，由吉他、笛声伴奏的音乐显得清澈、纯净而悠远，一方面还原了诗人顾城所营造的纯洁、天真而顽皮的童话世界，另一方面则凸显出诗人孤独、悲伤的心境。

最后是根据其他文体改编的民谣，比如公文文体、新闻文体等。歌手刘东明（刘2）的歌曲《入党申请书》，改编父亲当年的《入党申请书》，以叙述的口吻讲述自己18岁递交申请书到参加工作的思想变化，通过吉他的弹唱将看似励志的歌曲戏谑出不同时代的观念差异。此外，歌手小河的代表作《老刘》，其歌词源自于《北京晚报》的一则新闻，虽然是一条简单而缺乏感情色彩的新闻，却使歌手小河颇为触动。歌曲通过转调、哼唱等方式，极尽变化地重新呈现新闻事件。小河声音低缓，与平实的叙述背景相吻合。有意在尾音处延长时间，烘染死亡气息。演唱至"昨天下午三点半"，小河从唱腔转化了念腔，将新闻镶嵌入乐曲中多次重复。此处，回荡、萦绕着"抢救无效，当场死亡"的语词声音，再加上连续的假声哼唱，像救护车的鸣笛声一般，空洞的音阶加剧了恐惧与死亡的氛围。之后的歌词铺叙出主人公"老刘"的生前与死后现场，歌手压低声音悲悯地完成对这场事件的叙述。歌手小河在整首歌曲中，模仿自然、动物或者来自社会的各种声音，或者调用各种音乐表现手法，有时候甚至带有巫术的魔力，这恰恰填充了歌词所不能够完成的语义表现功能。小河的歌曲，歌词常常服务于音乐，有时甚至没有歌词，如《甩啊甩》《往生咒》等，在一连串哼唱的声线中，流动出诗歌的意蕴。小河有意拆解诗歌的意义层面，而从声上拓展诗歌的音乐内涵。

综上，通过列举不同时期而各具特色的摇滚和民谣音乐人的代表作品，以呈现20世纪80年代以来整体的唱诗活动，在传播学意义上拓展了汉语新诗的疆域。从中能够见得，尽管网络传媒的发展使得唱片产业日趋萧条，摇滚乐和民谣也随之遭遇着重创和转折，但对于诗性的追求，最终为其赢得了集对抗、反讽、戏谑和理想为一体的生存空间。总之，无论是摇滚乐的变声，还是民谣的改编，都将歌词、歌手与音乐伴奏形式的结合，为歌词与诗歌的转化以及诗歌与音乐的互动，提供了新的声音传播方式。

小　　结

虽然改革开放以来新媒体的影响，以及西方多元化音乐形式的介入，为诵诗和唱诗活动提供了发展空间，但目前这种发展尚处于探索阶段。根据上述分析，此处对 20 世纪 80 年代以来汉语新诗的声音传播方式聊作总结。

诗与乐的分离，更突出汉语语言文字层面的创造力。与诵本和歌词这类用于口头传播的诗歌相比，徒诗在语言文字层面要求更高。就技艺表现而言，徒诗不是以传播为主要目的，它更强调的是语言文字层面的提升，也就是说声音与情感、气韵的融合是徒诗的主要追求方向；而诵读和唱诗则更突出唱技、乐技和媒体技术，是一种综合性的艺术，因此对语言文字的要求相对较低。从创作主体而言，创作以诵和唱为功能的文本，往往重视易读易诵、便于记忆，因此诗歌的韵律和节奏，是其首要的考量因素；但徒诗需建立在诗人自我的情感、直觉、想象、理性、灵感、语言等一系列因素的互动关系之上，在某种意义上，甚至是"去节奏"的。从接受层面而言，诵本和歌词需要与接受群体相互动，需要考虑到受众的接受动机、期待视野、审美能力和接受心境等；而徒诗则强调个人化、私人化的空间，是相对独立的创作过程，诗歌作品一经完成，可以通过印刷的方式进行传播，也可以借助入乐或者诵读传播，但这并不是诗人创作的主要目的。

诗与乐的分离，也推动了唱、吟、诵、读和念等口头传播方式。如高友工的论述："在这种文字化的诗歌出现后，诗歌的声音表层还是不会被放弃的，但很可能慢慢地被视为文字的表层，也可以说是意义的表层。入乐的诗歌，音乐为其表层，但也是其内容；朗诵的诗歌则是由其代表内容的字来代表其表层。试想口语诗歌时代或由讲唱歌颂诗篇，或由演唱者边歌边舞，音乐与诗歌体现为一种动力、一种节奏，也是时间中的经验。"[1] 具体而言，由于诵读和唱诗又有赖于新媒体技术，短信、微信、微博等网络平台对于新诗的传播也起到了一定的推动作用，较具代表性的是"为您读诗"和"读首诗再睡觉"这两个微信公众号的开设，比如"为您读诗"由尚客私享家联合 20 余名社会各界知名人士推出，每晚 10 点朗读一首诗，配音乐、图画以及诗评，在诗歌的选择标准上颇为宽泛，既有经典的中外诗作，也有不知名诗人的作品，迄今为止，已做 544 期，粉丝多达 60 多万，浏览量甚至过亿。另外，再有就是由深圳大学在校学生朱增光发起的"诗歌之声"，主要借助微信这一平台，以国内外的诗歌文本为核心，通过音频发布由诗歌爱好者、音乐人和诗人进行的诵诗和唱诗活动。

更有特点的是，经过唱和诵的诗歌，可以在现场的互动过程中改变文本的主题和表现方式，如沈亚丹所说："但是音乐具有独立的可能，并不意味着诗歌和音乐的不相容，即使在诗歌和音乐完全独立以后，语言和音乐的共同产物——声乐还是有它存在的理由。只不过，诗乐各自成为一种独立的艺术形式以后，音乐与语言的不断分分合

---

① ［美］高友工：《美典：中国文学研究论集》，生活·读书·新知三联书店 2008 年版，第 203 页。

合，都是以音乐和语言形式各自做出相应改变为前提的。"① 比如顾颉刚对比歌谣与乐歌后，发现《诗经》中包括衬字、叠字和复沓在内的语言形式，并不在原来的徒歌中，而是在入乐后才改编的②。同样，周云蓬改编的海子诗歌《九月》，就是在演出现场与观众经过互动，对原作进行多次修改的结果。同时，20 世纪 80 年代以来，诗人更是借用西方音乐类型（包括 Rock、Blue、Rap、Jazz 等）或者传统民乐（笛、箫、古筝、古琴等）所产生的节奏感或者音调，融合音乐演绎方式（交响、独奏、快板、慢板、行板等），以提升语言文字的声音美感。杨炼的组诗《叙事诗》就是在音乐节奏的变幻中不断推演而完成的，从快到慢，再至极快，完整地呈现了一场诗歌演奏会。"不太快的快板"为诗集开篇的节奏韵律，以时间线索展开，勾勒出 1955 年 2 月 22 日至 1976 年 1 月 17 日的梦境体验。时间跨度从腹中的胎儿，第一天，第十天，满月，五十天，七十天以及童年，1974 年，1976 年，遵循着快板的律动不断地推动叙事进程。然而，在这快速的生命演进中，几个重要的生长点，还原了作者的原初记忆，也正是因为叙事的停顿，才延缓了整体的速度。"无时间性的变奏"关涉了五个主题，即现实、爱情、历史、故乡和诗歌。"极慢的慢板"延宕的是现实、爱情、历史，抑或是故乡，已绵延进诗人的个体命运，诗人用现实中漫长的时间去体验这四者的存在，延缓的叙事时间，正呼应了哀歌的情绪特征。迈入"小快板"的音乐律动，通过"有时间的梦"以及"无时间的现实"推进了第三部的叙事时间，也呈现出诗人思维的不

① 沈亚丹：《通向寂静之途——论汉语诗歌音乐性的变迁》，《南京师范大学学报》（社会科学版）2002 年第 3 期。

② 顾颉刚：《顾颉刚民俗学论集》，上海文艺出版社 1998 年版，第 252 页。

20世纪80年代以来汉语新诗的声音研究

断成熟，并最终抽象化为哲人之需，从而构成共时的无梦状态。①

　　总之，从诵本与诵读、歌词与诗的关系能够看出二者的分化与融合，在这一过程中，20 世纪 80 年代以来汉语新诗创作的主要方向不再是易读易诵、朗朗上口，新的传播方式通过媒介技术和现场互动，使汉语新诗的语言文字重视活力，甚至改变诗歌文本的创作方式。

---

　　①　翟月琴：《音乐的空书：文化寻根深处开放的个体生命之花——评杨炼的〈叙事诗〉》，《星星》（理论版）2012 年第 4 期。

结　语

　　自"五四"运动蓬勃开展以来，古典诗歌声音外形的脱落，为汉语新诗的合法性带来巨大的挑战。诗与散文的界限是什么？如何判断一首诗的优劣？这种肇端于 20 世纪早期的质疑声和危机感，表露出汉语新诗既无法摆脱古典诗歌的审视标准，又寄望于新的创作和批评标准。长达一百年的探索，究竟汉语新诗是否还需要声音，如果需要其内部又发生了怎样的变化？一系列问题，一直伴随着汉语新诗的成长过程。20 世纪 80 年代以来汉语新诗的重要美学转向就是对声音的重新发现，总体而言，在创作实践方面，表现为从集体的声音过渡到个人化的声音、从意象中心转向声音中心的实验，声诗从运动转向活动；在相关理论探索方面，表现为返归汉语新诗的节奏、韵律和返回到歌与口头声音。针对此，本书选取了四个基点对这一问题展开研究，即声音的表现形式、声音的主题类型、声音的意象显现和声音的传播方式，并通过这四者为反思和重构汉语新诗的声音问题提供一些线索。

　　第一，汉语新诗蕴藏着丰富的声音表现形式。与古典诗歌相比，汉语新诗看似更强调"内在韵律"，但"内在"如何外化仍然是当下诗学研究的重要命题。自由诗不再依赖平仄、对仗、押韵和字数，但声音却随着语言变化而有所突破，关于此，不得不借用艾略特的诗学理

段

20世纪80年代以来汉语新诗的声音研究

264

念，"形式必须被突破，然后再重新建立：但是我相信任何一种语言——只要它还是原来的那种语言——都有它自己的规则和限制，有它自身允许变化的范围，并且对语言的节奏和声音的格式有它自身的要求。而语言总在变化着，它在词汇、句法、发音和音调上的发展——甚至，从长远来看，它的退化——都必须为诗人所接受并加以充分的利用"①。正因为此，对声音表现形式的运用，充分体现出诗人的语言自觉，并提升了汉语新诗的节奏、韵律美感。通过细读20世纪80年代以来的汉语新诗，不再拘泥于传统的研究方式，而是提出四种典型的声音表现形式，即回环：往复的韵律美、跨行；空间的音乐美、长短句；气韵的流动美和标点符号；独特的节奏美，旨在分析分析这一阶段汉语新诗的节奏、韵律美，并由此探讨蕴藉于形式中的情感、心理特征。

第二，汉语新诗是集声音、意象、主题等为一体的高能结构。诗人应该按照呼吸的长短节奏去安排诗行的抑扬顿挫，最后使得诗歌的音节、诗行、词义、意象和音响等形成一套完整的高能结构。循此思路，本书从声音的主题类型、声音的意象显现两个层面解读20世纪80年代以来的汉语新诗。探讨声音的主题类型时，借鉴俄罗斯学者加斯帕罗夫的《俄国诗史概述·格律、节奏、韵脚、诗节》对声音与主题关系的研究模式，归纳出反传统的抗声、女性诗歌的音域、互文性的借音，旨在分析20世纪80年代以来汉语新诗通过重组语音、语调、辞章结构和语法所呈现出的声音特点；对声音的意象显现分析时，考虑到汉语本身音、形、义的密不可分和中西象征主义诗派的创作实践，从20世纪80年代以来的汉语新诗归纳出四种声音的意象显现，

---

① ［美］T. S. 艾略特：《艾略特诗学文集》，王恩衷编译，国际文化出版公司1989年版，第186页。

即"太阳"意象中同声相求的句式、"鸟"及其衍生意象中升腾的语调、"大海"意象中变奏的曲式和"城"及其标志意象中"破碎无序的辞章",通过文本分析声音透过意象表现出的特征。由此看出,本书不是单从语义或者形式分析 20 世纪 80 年代以来的汉语新诗,而是将汉语新诗的声音视为一种高能结构,从多侧面开启进入声音的研究路径,同时激活汉语新诗的语言活力。

第三,20 世纪 80 年代以来,诵诗和唱诗是两种重要的声音传播方式。一方面汉语新诗不再依赖于音乐伴奏和口头形式,而在语言文字方面具有独立的声音特点;另一方面,也刺激了汉语新诗的音乐伴奏和口头形式,充分调动诵和唱这两种传播方式。据此,本书主要分析了诵本与诵读、歌词与诗的差异和融合,重点讨论了个人化的诵诗和方言诵诗,摇滚的变声和民谣的改编问题。从诵和唱的角度分析 20 世纪 80 年代以来汉语新诗的声音传播方式,其目的在于,理性看待语言文字与音乐伴奏、口头声音的不同,并为诗与诵、唱的统一寻找可能性,从传播的角度挖掘汉语新诗的声音特点。

20 世纪 80 年代只是一个起点,预示了汉语新诗史的重要转折,同时也指向了未来汉语新诗发展的一种可能。当然,推进这种可能,既要回归到传统,又不能忽略个人的作用。首先,就传统而言,作为自由诗的汉语新诗,需要传承汉语语音、语调、辞章结构和语法的形式特点;同时作为高能结构的汉语新诗,还需要考量主题、意象的变迁所引起的声音变化。换言之,汉语新诗的断裂、发生与转折,都是在传统文化的框架下完成的,在某种意义上,尽管善于创新的诗人们试图从语言、主题、意象等多维度突破传统诗学,但归根结底,汉语新诗都必然会退回到传统的脉络。20 世纪 80 年代以来的汉语新诗,无论是在反传统主题、女性诗歌主题和互文性主题方面的戾转,还是在"太阳"意象、"鸟"及其衍生意象、"大海"意象和"城"及其标志性意象方面的传承，透过声音特质都印证了汉语新诗所承续的诗学文化传统。其次，就个人而言，每一个诗人都在寻找属自己的声音，即通过语音、语调、辞章结构和语法共同作用而成的个人化诗学。因为找到了一个音调，从根本上而言，就意味着将自己的感情诉诸自己的语言，在自然的音节中听到理想的声音，这也是希尼所强调的个人化声音的精髓所在。尽管文中涉及的诗人数量有限，但至少通过他们的代表作可以窥见其创作特色，比如陈东东《升腾的语调》、张枣《疾驰的哀鸣》，臧棣的《知性思辨》、蓝蓝《震颤的低音》等，都堪称这一时期独特的个人化声音。

20 世纪 80 年代以来，汉语新诗纷繁芜杂、参差不齐，透过圈子化的诗坛乱象和部分内容贫乏空洞的作品就可见一斑。有相当一部分诗人误以为诗就是分行排列的语言游戏。本人并不反对这种语言游戏，它在某种意义上，甚至体现出先锋诗歌的创造力，但前卫的艺术又是一体两面的，经过文学史的淘洗和筛选后，不得不检验其是否只是一种语言的游戏，如布罗茨基所云，"人类情感的声音正在让位于语言的需要——但显然是无效的"①。诗人必须处理好语言与情感、气韵之间的关系，处理不当，极容易造成诗歌真挚性的流失，而陷入诗歌技巧化的藩篱。语言是手段，但并不是目的，以语言为游戏的汉语新诗，在走向创新之路时，也不可避免地会遭遇语义空洞、乏力的书写屏障，这也提醒当下汉语诗人决意探险时，必须提防真挚性的流失。汉语新诗的声音魅力就在于它是人类情感精神的外化，是情感心理与艺术创造的融合。就这点而言，声音借助或者隐藏于语音、语调、辞

① ［美］布罗茨基:《文明的孩子:布罗茨基论诗和诗人》，刘文飞、唐烈英译，中央编译出版社 1999 年版，第 77 页。

章结构和语法等语言形式中，但声音又与情感、气韵互为表里，换言之，徒有语言而缺乏情感、气韵的声音，也只能是提灯寻影、灯到影灭。

需要说明的是，本人只是针对 20 世纪 80 年代以来汉语新诗的声音尝试性地提出一些看法。由于这一研究从理论到创作实践都是动态的，所以，对诗歌创作的持续关注，有益于打开研究视野。汉语新诗的声音研究还有相当大的拓展空间，尽管也搜集了一些材料，并开始着手分析，但还是留下一些遗憾：首先，随着诗歌翻译的繁荣，如何通过声音抵达真正的诗韵，也是英诗汉译工作难度最大的环节。就翻译美国诗人毕肖普（Bishop）的部分作品，对照丁丽英的《伊丽莎白·毕肖普诗选》、姜涛在《希尼诗文集》中的翻译，尝试摸索毕肖普声音的秘密，通过汉语语言把握诗人哀痛的童年生活和无根的漂泊意识。另外，本研究范围尚停留在 20 世纪 80 年代以来的大陆诗歌，对台湾诗歌的研究还不够。然而，台湾诗歌文本渗透出浓郁的传统韵味，为汉语新诗提供了丰富的声音养料。目前已开始细读台湾诗人杨牧、痖弦、商禽、鸿鸿、零雨、陈克华、鲸向海、杨佳娴等的诗歌文本，同时，对台湾民谣歌手胡德夫、巴奈等也多有关注。

总之，虽然本书暂告一段落，但这是结局，更是开始。希求在日后的研究中能够继续完善和深入探索，并尽早将上述未能涉猎的内容也纳入"20 世纪 80 年代以来汉语新诗的声音研究"这一课题中，以发现多样化的声音表现形态以推进汉语新诗的声音研究。

附录一　个案研究
静伫、永在与浮升

——杨牧诗歌中声音与意象的三种关系①

一　引言

　　杨牧，本名王靖献，台湾花莲县人。自 1956 年创作起，长达半个多世纪以来，他凭借优秀的诗作，被誉为台湾、香港乃至整个华语地区最具影响力的诗人之一。② 其中，杨牧对汉语诗歌声音（语音、语调、辞章结构和语法等所产生的音乐性）不遗余力的追求，使得他在整个现代诗歌史中占有重要的地位。这种执着为杨牧的诗歌增添了无穷的潜力，"形式问题，一向是我创作经验里最感困扰，而又最舍不得不认真思考的问题。所谓形式问题，最简单的一点，就是我对格律的

---

　　①　该文刊于台湾《清华学报》2014 年第 44 卷 第 4 期。

　　②　杨牧 15 岁开始，以笔名叶珊投稿《现代诗》《蓝星诗刊》和《创世纪》等刊物，1972 年将笔名更改为杨牧。他出版的诗集包括《水之湄》《花季》《登船》《传说》《瓶中稿》《北斗行》《禁忌的游戏》《海岸七叠》《有人》《完整的寓言》《时光命题》《涉世》《介壳虫》等，还先后获得吴三连文艺奖、国家文艺奖、花踪世界华文文学奖、纽曼华语文学奖等重要诗歌奖项。

执着，和短期执着以后，所竭力要求的突破"①。同时，也得到评论界的普遍认可，比如奚密认为在杨牧的诗歌中，"音乐把时间化为一出表达情绪起伏和感情力度的戏剧：或快或慢，铺陈或浓缩，飘逸或沉重，喜悦或悲伤"②，又如张依苹认为杨牧善于"在特定思维之中运筹的文字、词语、象征、节奏、韵律等的力之开展循环有关的那一切"③。但总体而言，对于杨牧诗歌声音的评论，大抵在声音与意义二元对立的框架中来谈，一种是将声音从意义中割裂出来，进行语言技术层面的分析，比如蔡明谚在《论叶珊的诗》中重点讨论杨牧早期诗作中对跨行、二字组、感叹词和数字入诗等诗歌形式的创造和应用；④另一种则是过于注重意义，而忽略了声音的独立价值，比如陈义芝在《住在一千个世界上——杨牧诗与中国古典》中，以《武宿夜组曲》等诗为例，详析诗人借古典人物史实或文本角色做自我内省的形象。⑤尽管这些为杨牧诗歌研究提供了一定的基础，然而，声音从来就不是一个孤立的存在，而是与意义如影随形，密切相关，如巴赫金（Mikhail Bakhtin，1895—1975）所说："对诗歌来说，音与意义整个地结合。"⑥

---

① 杨牧：《杨牧诗集Ⅱ：1974—1985》，《〈禁忌的游戏〉后记：诗的自由与限制》，洪范书店 1995 年版，第 510 页。

② ［美］奚密：《台湾现代诗论》，香港天地图书有限公司 2009 年版，第174 页。

③ 张依苹：《一首诗如何完成——杨牧文学的三一律》，收入陈芳明主编《练习曲的演奏与变奏：诗人杨牧》，联经出版公司 2012 年版，第 219 页。

④ 蔡明谚：《论叶珊的诗》，收入陈芳明主编《练习曲的演奏与变奏：诗人杨牧》，第 163—188 页。

⑤ 陈义芝：《住在一千个世界上——杨牧诗与中国古典》，收入陈芳明主编《练习曲的演奏与变奏：诗人杨牧》，第 297—335 页。

⑥ ［苏］巴赫金：《周边集》，李辉凡、张捷等译，河北教育出版社 1998 年版，第 241 页。

但是，目前声音与意义的研究尚属空缺，韦勒克（René Wellek，1903—1995）、沃伦（Austin Warren，1899—1986）早在《文学理论》中就特别指出"'声音与意义'这样的总的语言学的问题，还有在文学作品中它的应用于结构之类的问题。特别是后一个问题，我们研究的还不够"①。直到 21 世纪，学者刘方喜仍提道："对有关围绕声韵问题的分析基本上还只处在'形式'层，没有提升到形式的'功能'层，即声韵形式在诗歌意义表达中究竟起到什么样的作用——这样的问题还没有进入到他们的理论视野。"② 因此，本文对于杨牧诗歌的研究力图破除声音与意义的二元对立关系，而是从二者的结合体中着手研究。事实上，提及声音与意义的关系，除了在微观上考量具体词语的意义外，在宏观层面上则主要着力于研究声音与主题、意象两个方面的关系。就这点而言，针对杨牧诗歌中出现的大量的意象和意象群，关注声音与意象的关系，无疑为研究杨牧诗歌中的音乐性，提供了更为有效的路径。所谓的声音与意象，日本学者松浦友久在《中国诗歌原理》中提道："'韵律'与'意象'相融合的'语言表现本身的音乐性'，亦可称作诗歌的'语言音乐性'"③。那么，诗人杨牧何以透过文本实现声音与意象的互动？进言之，声音与意象的融合何以体现出语言音乐性？概言之，一方面，正如杨牧所提到的声音与主题的关系一样，"一篇作品里节奏和声韵的协调，合乎逻辑地流动升降，适度的音量

---

① ［美］雷·韦勒克、奥·沃伦：《文学理论》，刘象愚、 培明等译，生活·读书·新知三联书店 1984 年版，第 172 页。

② 刘方喜：《"汉语文化共享体"与中国新诗论争》，山东教育出版社 2009 年版，第324 页。

③ ［日］松浦友久：《中国诗歌原理》，孙昌武等译，辽宁教育出版社 1990 年版，第268 页。

和快慢，而这些都端赖作品主题趋指来控制。"① 声音与意象的互动，也具有协调控制的作用。另一方面，意象凭借着联想机制，投射出声音形式，从而凝结成一种空间结构，"意象不是图像的再现，而是将不同观念、感情统一成为一个复杂的综合体，在某一个瞬间，以空间的形态出现"②。

鉴于杨牧对时间和空间的双重敏感，结合考察其诗歌中典型的意象，从中能够概括出诗人开启的三种音乐性自觉，第一，静伫：沉默的时间。诗人杨牧以蝴蝶、花、云、雨、水等意象隐喻记忆的停驻与变幻，同时又以"星"为中心的意象群，包括星子、星河、星图、流星、陨星、启明星、黄昏星、北斗星等，突出时间的逝去与静止。杨牧所追求的沉默之永恒精神，由意象造成的画面感疏散或者凝聚声音，以促节短句加强时间的流动感，又让语词逐渐消失，迎合意象本身的画面恒久性。诗人张弛有序地将对花莲的记忆延伸为一种时间意识，产生出静伫的美学特征。第二，永在：归去的回环。诗人借助意象（雾、花、蛇）的朦胧虚幻性、生命的短暂或者性情的缺失感，打开写作思路。然而，如何去弥补缺失才是诗人不断在追问中想要抵达的境界。杨牧的诗歌中存在着大量的回环结构，也就是在首句和尾句中使用同样的句子，在重复中保护韵律的完整性，从而实现从虚无通向实在，从短暂通向恒久，从空缺通向完满的永在之追求。第三，浮升：抽象的螺旋。此处将研究重点集中于杨牧诗歌中的动物意象研究，包括兔、蜻蜓、蝌蚪、蝉、雉、鹰、狼、介壳虫等。诗人通过观

---

① 杨牧：《一首诗的完成》，洪范书店 1989 年版，第 145 页。

② Joseph Frank, "Spatial Form in Mordern Literature", in William J. Handy and Max Westbrook（eds.）, *Twentieth Century Criticism*：*The Major Statements*（New York：The Free Press）, 1974, p. 85.

察动物的性情，在感性与理性的交融中发现了一种螺旋上升的快感，可以通向抽象的空间结构。以此为基础，诗人在停顿、分行、断句等方面也多有变化，以推进声音与意象同步上升，完成思辨的艺术探求。综上，希望借助具体的文本分析，既开启杨牧诗歌的另一种解读方式，亦能够为声音与意象关系的研究提供可借鉴的实例和有效的方法。

二　静伫：沉默的时间

1940 年，杨牧出生于台湾花莲，其童年时光在花莲度过，这片土地赋予了他对自然无限的期许和想象。"抬头看得见高山。山之高，让我感觉奇莱山、玉山和秀姑峦山，其高度，中国东半部没有一座山可以比得上。那时我觉得很好玩，因为夏天很热，真的抬头可以看到山上的积雪，住在山下，感觉很近，会感到 imposing（壮观的）的威严。另外一边，街道远处是太平洋，向左或者向右看去，会看到惊人的风景，感受到自然环境的威力。当然有些幻想，对于旧中国、广大的中国和人情等，都会有很深的感受。所以很多都是幻想，又鼓励自己用文字记下来。在西方文艺理论中，叫作 imagination（想象），文学创作以想象力为发展的动力。"① 从最初的创作中能够看出，诗人试图凭借文字的想象保留花莲的外在自然景象，正如《奇莱后书》中所叙述的，在一个阴寒的冬天，"飘过一阵小雨犹弥漫着青烟的山中，太阳又从谷外以不变的角度射到，那微弱的光穿裂层次分明的地势，正足以撕裂千尺以下无限羞涩的水流与磐石，以及环诸太虚无限遥远，靠近的幻象，累积多少岁月的欲念和耽美。我倾身向前，久久，久久俯视

---

① 翟月琴、杨牧：《"文字是我们的信仰"：访谈诗人杨牧》，《扬子江评论》，第 26 页。

那水与石，动荡，飘摇，掩饰，透明"①。于如此景象，对诗人而言，"这是我第一次对长存心臆的自然形象发声，突破"②。而1964年东海大学外文系毕业后，他赴美国爱荷华大学英文系攻读艺术硕士学位，随后又在柏克莱加州大学比较文学系攻读博士学位。花莲，在漂泊中渐渐发生迁移，但却蕴藏了诗人最珍视的童年记忆。提及花莲，包括陈锦标、陈义芝、陈克华、陈黎等在内的台湾诗人都有涉及，他们较多集中于自然景观、日常生活和历史遭遇等层面的诗歌创作，以呈现怀旧的花莲记忆。③当然，在《奇莱前书》和《奇莱后书》中，诗人同样用大量的笔墨描述了花莲的风土人情和自然景观。但与之不同的是，花莲所象征的记忆，生发出的不仅是诗人杨牧对于自然的敏感，更是一种结构——延缓意象产生的静止画面以抑制促节短句的速度——标示出对于时间命题的深入思考，可以说，这种思考几乎渗透于他的大部分诗作。

在诗人杨牧早期的创作中，就能够发现他对于时间的敏感。他最早就曾化用郑愁予的诗句，如"但我去了，那是错误，云散得太快，／复没有江河长流"④，"我不是过客，／那的达是美丽的坠落"⑤，书写瞬间与永恒的体悟。随着时间的停止与流动，诗歌中声音的物质形式

---

① 杨牧：《奇莱后书》，洪范书店2009年版，第374页。

② 同上书，第375页。

③ 奚密：《台湾现代诗论》，第187—204页。其中以四位陈姓诗人的花莲书写为题，即《陈锦标：涛声的花莲、垂柳的花莲》《陈义芝：童年的花莲、永恒的花莲》《陈克华：风尘的花莲、梦魇的花莲》和《陈黎：琐碎的花莲、瑰丽的花莲》，深入探讨了乡土花莲与诗歌想象之间的关系。

④ 杨牧：《大的针叶林》，《杨牧诗集Ⅰ：1956—1974》，洪范书店1978年版，第12页。

⑤ 同上书，《在旋转旋转之中》，第108页。

也跟随着时间发生变化，与之相对的是，意象在声音中成为被凝注着的时间。二者相互抑制、相互促进的关系，使得杨牧诗歌的节奏不再单一，而在复杂性中更值得玩味。诗人以蝴蝶、花、云、雨、水等意象隐喻记忆的停驻与变幻，比如"在铃声中追赶着一只斑烂的蝴蝶/我忧郁地躺下，化为岸上的一堆新坟"①，"你的眼睛也将灰白/像那篱外悲哀的晚云/而假如是云/也将离开那阳光的海岸"②，"梧桐叶落光的时候，秋来的时候/一片彩云散开的时候/芦花静静地摇着"③，其中诗人使用动词"为"（"化为""开""散开"）作补语表示动作变化的过程，使用动态助词"着"（"追赶着""摇着"）表示动作的持续，使用副词"将"把动作指向将来，都突出了意象存在的时间性；同时，诗人还以"星"为中心的意象群，包括星子、星河、星图、流星、陨星、启明星、黄昏星、北斗星等等，较为醒目地提炼出时间的逝去与静止，比如"背着手回忆那甜蜜的五月雨/雨中楼廊，雨中撑伞的右手/每个手指上都亮着/亮着昨日以前的黄昏星/而我走上这英格兰式的河岸"④，诗句重复表示空间性的"雨中"和表示时间性的"亮着"，与闪烁的"黄昏星"在画面感上契合相应；再如"月亮见证我滂沱的心境/风雨忽然停止/芦花默默俯了首/溪水翻过乱石/向界外横流/一颗星曳尾朝姑苏飞坠。劫数……/静，静，眼前是无垠的旷野/紧似一阵急似一阵对我驰来的/是一拨又一拨血腥污秽的马队/踢翻十年惺惺

① 杨牧：《逝水》，《杨牧诗集Ⅰ：1956—1974》，洪范书店1978年版，第197页。

② 同上书，《淡水海岸》，第149页。

③ 杨牧：《梦寐梧桐》，《杨牧诗集Ⅰ：1956—1974》，洪范书店1978年版，第218页。

④ 杨牧：《大的针叶林》，《杨牧诗集Ⅰ：1956—1974》，《山火流水》，洪范书店1978年版，第132页。

寂寞"①，诗句以省略号形象地勾画出呈"曳尾"的姿态，同时又拖长了坠落的时间，"静"的重复和间隔都烘染出空间的无涯，而"一阵"和"一拨"更是通过时间的重复将短暂幻化出无限。

这其中，杨牧一如既往地向往刹那的永恒，试图让画面安静地伫立在文字之中。因此，尽管他的诗歌在整体上是以加速度前进的，促节短句与时间的速转契合统一，但诗句中却不乏静止的图像，使得画面附着在语词上，为整首诗歌的主题表达在静止的画面感中获得了减速的可能。他写道，"而一切静止/你像一扇钉着狮头铜环的红门/坚持你辉煌的沉寂"②，"诺拉，诺拉，水波和微风的名字/如此精美，如此冰凉/我看它挂在九月的松枝上/忍受着时间无比的压力/诺拉，诺拉，永恒的，无惧/超越碑石和铜像的名字"③。诗句短促精练，而又以红门、碑石和铜像这种带有历史质地的静物作为意象，因为在诗人看来，永恒的期许终将是沉默的，沉默可以抵消时间的压力，沉默便意味着静止、停息。于是，片刻的凝固使得物被赋予了物自身的意蕴。与急速的短句相比较，诗人又常常减少字数，让语词逐渐疏散。以零速度的方式，拉开诗行的空间，挽留住时间，如"我曾单骑如曩昔/萧索在水涯。酒后/在蒲公英恳求许愿的/风声中/放马/驰骋"④，"我无言坐下，沉思瞬息之变/乃见虚无错落的树影下/壮丽的，婉约的，立着/一匹雪白的狼"⑤，"雨止，风紧，稀薄的阳光/向东南方倾斜，我听到/轻巧的声音在屋角穿梭/想象那无非是往昔错过的用心/在一定

① 杨牧：《妙玉坐禅 五 劫数》，《杨牧诗集Ⅱ：1974—1985》，第 496— 497 页。
② 杨牧：《尾声》，《杨牧诗集Ⅰ：1956—1974》，第 118 页。
③ 同上书，《秋霜》，第 210 页。
④ 杨牧：《九辩 5 意识森森》，《杨牧诗集Ⅱ：1974—1985》，第 250 页。
⑤ 同上书，第 397 页。

的冷漠之后/化为季节云烟，回归/惊醒"①，"再抬头，屋顶上飘浮着/浓烈的水蒸气/淡淡的烟"②如《修辞通鉴》所示："停顿是显现节奏单位的明显标志。语言总是通过借助停顿来划分节奏单位，体现节奏感，增强音乐美的。"③二字、三字单独成行或者句内用逗号隔开，在停延处稀疏的文字能够独立出自足的节奏，从而减缓长句的速度，尽量趋于沉默，以无声的方式保留画面。正如他在《论诗诗》中提到的，在永恒的瞬间把握住音步与意象，"应该还是你体会心得的/诗学原理，生物荣枯如何/藉适宜的音步和意象表达？/当然，蜉蝣寄生浩瀚，相对的/你设想扑捉永恒于一瞬"④。语词停歇意味着空白，诗人抽离出疾驰的速度，而最终归于平静，将时间的流动抑制于静伫的画面，于沉默里获得恒久的意义。

　　创作于1962年的《星问》，尽管采用了大量的意象，但仍是杨牧笔下较为浅近直白的一首作品。这其中，"'星'，我曾指出，是现代汉诗里的一个双重象征，它既代表不为世俗理解的诗人，也是诗人所追求的永恒的诗。因此，它是孤独与崇高，疏离与希望的结合"⑤。杨牧秉承浪漫主义的抒情传统，不仅使用"星"意象，还旁涉花、雨、云等自然意象，透过意识的流动，诠释出沉默里时间的永恒。他写道：

　　　　我沉没尘土，簪花的大地

①　杨牧：《风铃》，《杨牧诗集Ⅲ：1986—2006》，洪范书店2010年版，第86页。

②　杨牧：《子午协奏曲》，《杨牧诗集Ⅱ：1974—1985》，第316页。

③　成伟钧、唐仲扬、向宏业主编：《修辞通鉴》，中国青年出版社1991年版，第31页。

④　杨牧：《论诗诗》，《杨牧诗集Ⅱ：1974—1985》，第215页。

⑤　奚密：《台湾现代诗论》，第160页。

一出无谓的悲剧就此完成了
完成了，星子在西天辉煌地合唱
雨水飘打过我的墓志铭
春天悄悄地逝去

我张开两臂拥抱你，星子们
我是黑夜——无边的空虚

精神如何飞升？
永恒如云朵出岫，默坐着
对着悲哀微笑，我高声追问
是谁，是谁轻叩着这沉沦的大地？
晚风来时，小径无人
树叶窸窸的低语
阳光的爱
如今已幡然变为一夜梦魇了

你是谁呢？辉煌的歌者
子夜入眠，合著大森林的遗忘
你惊扰着自己，咬啮着自己
而自己是谁呢？大江在天外奔流

去夏匆匆，小船的积苔仍厚
时间把白发，皱纹和蹒跚
覆在你灿烂的颜面上

帷幕揭开，你在苹果林前

抚弄着美丽的裙裾

而我呢？五月的星子啊

我沉没簪花的大地……

我在雨中渡河 ①

诗人将抒情主体置身其中，簪花、星子、雨水作为意象密集出现，在天与地的纵向空间中，意象连续排列，构成了一组急速流转的画面。这画面在"我沉没尘土"中，"我的墓志铭"上浮出。另外，诗句"春天悄悄地逝去"并未放在第一节的首句，反而搁置在末句，正与最后一节"去夏匆匆，小船的积苔仍厚"相对称，形成时间上的比照。朱光潜认为，"韵的最大功用在把涣散的声音团聚起来，成为一种完整的曲调"②，诗人使用叠词既是双声又是叠韵，例如"悄悄""匆匆"，为诗句增添了韵律感，惟妙惟肖地表示时间的痕迹，在朗朗上口的韵律感之外还保留了画面的想象空间。同时，开篇处又透过"沉没尘土"压低语调以缓和情绪、使得诗篇的速度也被控制在沉默的框架中，凸显出主体"我"的愿景，"而我呢？五月的星子啊/我沉没簪花的大地……/我在雨中渡河"。诗歌的中间三节，诗人任由诗句自由的跃动，从主体"我"转向对他者的追问，在反复的问句中，"是谁，是谁轻叩着这沉沦的大地？""你是谁呢？辉煌的歌者"，"而自己是谁呢？大江在天外奔流"，直到最后"而我呢？五月的星子啊"，在人称代词"我""自己"和疑问代词"谁"之间急促转换，让诗人在流动与变迁中，始终守护着恒定的"星子"，它悬空、驻足、停留，抵消着

---

① 杨牧：《星问》，《杨牧诗集Ⅰ：1956—1974》，第191页。

② 朱光潜：《诗论》，上海古籍出版社2005年版，第148页。

"时间把白发，皱纹和蹒跚/覆在你灿烂的颜面上"。画面定格在"五月的星子""簪花的大地""雨中渡河"中，诗人在结尾处采用语气词"啊"和省略号"……"，拖长尾音，正延缓了这种画面的流动，如自然物站立在流水中，为读者提供了可感的缝隙，赋予整首诗歌以静伫的美学特征。

同样，创作于1970年的《十二星象练习曲》，是杨牧较为重要的组诗系列之一。在柏克莱读书期间，正值越南战争如火如荼之际，柏克莱加州大学作为20世纪60年代反战运动的领导者，也积极抗议美国政府介入越战。杨牧借助一名参战男子的诉说口吻，以时间的线索将十二天干的时辰连缀而成，又以空间的线索转换挪移十二星象，推动诗节中战争与死亡、性爱交织的节奏，"我的变化是，啊露意莎，不可思议的/衣上刺满原野的斑纹/吞噬女婴如夜色/我屠杀，呕吐，哭泣，睡眠/Versatile"[1]，同时又保留恒久不变的星象（对女子露意莎的思念），作为精神的皈依，"露意莎——请注视后土/崇拜它，如我崇拜你健康的肩胛"[2]，"东南东偏西，露意莎/你是我定位的/蚂蝗座里/流血最多/最宛转/最苦的一颗二等星"[3]，整组诗歌在挣扎与苦痛中显得张弛有序，而又不失重心，这里以《午》为例：

> 露意莎，风的马匹
> 在岸上驰走
> 食粮曾经是糜烂的贝类
> 我是没有名姓的水兽

---

① 杨牧：《十二星象练习曲　卯》，《杨牧诗集Ⅰ：1956—1974》，第436页。
② 同上书，《十二星象练习曲　子》，第434页。
③ 同上书，《十二星象练习曲　辰》，第437页。

长年仰卧。正午的天钤宫在
西半球那一面，如果我在海外……
在床上，棉花摇曳于四野
天钤宫垂直在失却尊严的浮尸河

以我的鼠蹊支持扭曲的
风景。新星升起正南
我的发胡能不能比
一枚贝壳沉重呢，露意莎？
我喜爱你屈膝跪向正南的气味
如葵花因时序递转
向往着奇怪的弧度啊露意莎 ①

    《午》在十二首诗歌中，颇具张力。将欲念与死亡并置，对露意
莎反复的呼唤，表露出主人公"我"叙述的强烈愿望和急切心境。短
句的停顿显得极为紧促，诗人将"我"欲要诉说的心情投射于诗行，
抑制不住语词的进出，让它们交融在加速度的表述中。但画面的出
现，恰恰成为诗人阻止诗行加速乃至脱轨的重要方式。"西半球那一
面，如果我在海外……/在床上，棉花摇曳于四野/天钤宫垂直在失却
尊严的浮尸河"，诗句中"在海外"和"在床上"并列出现，尽管是
不同空间的并置，但为了延缓地理空间的陡转，诗人加入了省略号和
分行，这就为意象"棉花"的"摇曳"和"天钤宫"的"垂直"留出
了空白。以标点符号将意象群分割，也打开了画面想象的可能，延长

---

  ① 杨牧：《十二星象练习曲 午》，《杨牧诗集Ⅰ：1956—1974》，第438—639页。

了阅读时间。同样，"我喜爱你屈膝跪向正南的气味/如葵花因时序递转/向往着奇怪的弧度啊露意莎"，"我喜爱"或者"向往着"表现了情绪的迸发，显得激烈而热切，诗句同样以加速度的方式铺展开抒情的心境。但"我喜爱你"与"啊露意莎"本是完整的抒情句，诗人却拆解了句子本身，加入了修饰语和比喻句，将"我"和"你"同在的两种画面揉入了句子中，为意象"葵花"赢得了隐喻空间，从而以凝固的画面集聚着沉默的力量。值得一提的是，整组诗歌以"发现我凯旋暴亡/僵冷在你赤裸的尸体"① 结尾，画面依然定格于停止的呼吸，生命与死亡，冰冷与热烈，比对参照，使得"赤裸的尸体"显得沉静而凄美。

三　永在：归去的回环

回环结构，即在诗歌中反复出现同样的句子、语词或者句型，构成局部或者整体封闭式的环绕形态。"诗歌组织的实质在于周期性的重现"②，"重复为我们所读到的东西建立结构。图景、词语、概念、形象的重复可以造成时间和空间上的节奏，这种节奏构成了巩固我们的认知的那些瞬间的基础：我们通过一次次重复之跳动（并且把他们当作感觉的搏动）来认识文本的意义"③。复现既提供语义条件，又造成语音节奏的反复，而"节奏是在一定时间间隔里的某种形式的反

———————

① 杨牧：《十二星象练习曲　亥》，《杨牧诗集Ⅰ：1956—1974》，第 442 页。

② ［俄］瓦·叶·哈里泽夫（Valentin Evgenevich Khalizev）：《文学学导论》，周启超等译，北京大学出版社 2006 年版，第 326 页。

③ Krystyna Mazur, *Poetry and Repetition：Walt Whitman，Wallace Stevens，John Ashbery* (New York/ London：Routledge, 2005), p. xi. 译文参看李章斌《有名无实的"音步"与并非格律的韵律——新诗韵律理论的重审与再出发》，《清华学报》2012 年第 2 期。

复"①。杨牧诗歌复现出的回环结构主要出现在诗篇的首尾处,阿恩海姆(Rudolf Arnheim,1904—2007)认为,"视觉对圆形形状的优先把握,依照的是同一个原则,即简化原则。一个以中心为对称的圆形,决不突出任何一个方向,可说是一种最简单的视觉式样。我们知道,当刺激物比较模糊时,视觉总是自动地把它看成是一个圆形。此外,圆形的完满性特别引人注意"②。这里提到简单的圆形构造所蕴含的完满性,对称的视觉效果借助韵律的重复,隔离出诗人封闭的心理空间。这种简单的表达模式,一旦与语义结合,"第一,回到诗的开始有意地拒绝了终结感,至少在理论上,它从头启动了该诗的流程。第二,环形结构将一首诗扭曲成一个字面意义上的'圆圈',因为诗(除了20世纪有意识模拟对空间艺术的实验诗之外)如同音乐,本质上是一种时间性或直线性的艺术。诗作为一个线性进程,被回旋到开头的结构大幅度地修改"③。同样的句式往返出现于诗篇,起到一种平衡的作用,这是对诗人内心缺失感的一种补充形式,在虚无与缺失中获得永在之精神追求。

> 说我流浪的往事,哎!
> 我从雾中归来……
> 没有晚云悻悻然的离去,没有叮咛;
> 说星星涌现的日子,
> 雾更深,更重。

---

① 陈本益:《汉语诗歌的节奏》,文津出版社 1994 年版,第 4 页。

② [德]鲁道夫·阿恩海姆:《艺术与视知觉》,滕守尧、朱疆源译,四川人民出版社 1998 年版,第 223 页。

③ 奚密:《论现代汉诗的环形结构》,《当代作家评论》2008 年第 3 期。

记取喷泉刹那的撒落，而且泛起笑意，

不会有萎谢的恋情，不会有愁。

说我残缺的星移，哎！

我从雾中归来……①

1956 年，杨牧创作了诗篇《归来》。诗歌重复"我从雾中归来……"，一方面，突出了"雾"的隐喻功能，迷蒙、环绕的意境烘染而出；另一方面，加剧了"归来"的回环空间感。在诗歌中，同样出现了其他意象，从不同侧面钩织归来的愿望。这其中，"晚云"与"雾"形成来与去的对比、"星星"与"雾"相互加深印象、"喷泉"的"撒落"又与"星移"的"残缺"映衬"雾"中的主人公形象。②可以看出，诗人杨牧在早期的创作中就存在着明显的归来情结，而同在1956 年创作的《秋的离去》中，也体现出离去的空间意识：

笑意自眉尖，扬起，隐去，

自十一月故里芦苇的清幽，

自薄暮鹭鸶缓缓的踱蹀。

哎！就从一扇我们对饮的窗前，

---

① 杨牧：《归来》，《杨牧诗集Ⅰ：1956—1974》，第 3 页。

② 杨牧善于在朦胧的意象中，突出主人公的影像，正如他创作于 1978 年的诗歌《九辩 2 迂回行过》中提到的，"春天，我迂回行过/鹧鸪低呼的森林/搜寻预言里/多湖泊的草原，多鱼/多微风，多繁殖的梦/多神话。我在搜寻……我知道我已留下她/梦是鹧鸪的言语/风是湖泊的姿态/鱼是神话的起源/临水的荷荽摇曳/青青是倒影"，与"雾"意象相仿，这其中，主人公同样也以梦、影的方式，迂回搜寻。杨牧：《九辩 2 迂回行过》，《杨牧诗集Ⅱ：1974—1985》，第 243—244 页。

　　　　谈笑的舟影下，
秋已离去。

秋已离去，哦！是如此深邃，
一如紫色的耳语失踪；
秋已离去，是的，留不住的，
小黄花的梦幻凉凉的 ①

　　诗人所难忘的"笑意"，"扬起"又"隐去"，构成诗歌的意旨。诗篇中以三次对"秋已离去"的反复，造成回环效果。"芦苇""鹭鸶""小黄花"镶嵌在诗句中，与"秋的离去"形成张弛关系，正如"缓缓的踱蹀"与"紫色的耳语失踪"之间的比照。诗人杨牧保留的画面，在离去的重复中，烟消云散。其中，颇具声音效果的是两个叹词的使用，"哎"表示惋惜，放在句首，语音短促简洁，呼应了"秋已离去"的匆忙；而"哦"表示挽留，放在句中，语音被拉长，显得低浅深沉，拖延了难舍的心境。

　　归来与离去的回环空间结构，潜藏着关于有与无的深度探索，又由此生发出杨牧对于生与死的理解，"带向最后一条河流的涉渡，歌漫向/审判的祭坛，伶人向西方逸去/当小麦收成，他们归来，对着炬火祈祷/你蹑足通过甬道，炼狱的黑巾，啊死亡！"② 一方面，如死亡般恐怖的深渊，是不断复现的黑暗意识，"深渊上下一片黑暗，空虚，他贯注超越的/创造力，一种精确的表达方式"③，而"虚无的陈述在我

---

① 杨牧：《秋的离去》，《杨牧诗集Ⅰ：1956—1974》，第4页。
② 杨牧：《给死亡》，《杨牧诗集Ⅰ：1956—1974》，第318页。
③ 杨牧：《蠹蚀——预言九九之变奏》，《杨牧诗集Ⅲ：1986—2006》，第335页。

们倾听之际音贝/拔高，现在它喧哗齐下注入黑暗"①；另一方面，他又是反对虚无的，认为真正的空虚和虚无是不存在的，在空洞的黑暗世界中恰恰能够获得永生的力量。1970 年，对于诗人而言是特殊的一年。在那一年，他离开柏克莱，前往马萨诸塞州教书，之后数年，杨牧的生活颇为动荡。他三次返台，一次游欧，其他大部分时间又待在西雅图。在漂泊的生命历程中，诗人寄文字为永恒的信念，似"瓶中稿"，"航海的人有一种传达消息的方式，据说是把要紧的话写在纸上，密封在干燥的瓶子里，掷之大洋，任其飘流，冀茫茫天地之间有人拾取，碎其瓶，得其字，有所反应"②。将文字漂流出去，有人拾取并作出反应，成为诗人对文字所期许的信念。对于"花""草""树"意象的处理，在杨牧的笔下，常常与文字一样，也被赋予生命的灵性，让它们在生命与死亡的挣扎与幻灭中永生。1970 年，诗人的作品《猝不及防的花》，将死亡的气息铺展开来：

> 一朵猝不及防的花
> 如歌地凄苦地
> 生长在黑暗的滂沱：
> 而岁月的葬礼也终于结束了
> 以蝙蝠的翼，轮回一般
> 遮盖了秋林最后一场火灾
>
> 吊亡的行列
> 自霜

---

① 杨牧：《蠹蚀——预言九九之变奏》，《杨牧诗集Ⅲ：1986—2006》，第 462 页。
② 杨牧：《〈瓶中稿〉自序》，《杨牧诗集Ⅰ：1956—1974》，第 616 页。

和汽笛中消灭
一颗垂亡的星
在南天临海处嘶叫

而终于也有些骨灰
这一捧送给寺院给他给佛给井给菩提
眼泪永生等等抽象的，给黄昏的鼓
其余的犹疑用来荣养一朵猝不及防的花 ①

　　"花"在传统诗歌中象征着美艳而短暂的生命，诗歌中同样出现
了"蝙蝠"和"星"意象，以映衬"猝不及防的花"，它们或消散、退
却，徒留骨灰。而杨牧以"一朵猝不及防的花"开篇，又以"其余的
犹疑用来荣养一朵猝不及防的花"结尾，意象停驻于"花"中。重复
这凄楚的画面，通过回环的结构，伴以"汽车笛""嘶叫"声和"黄昏
的鼓"，为"花"的生命献上宗教的挽歌，它绽放又湮灭，凄美的欲
要"荣养"。诗人通过修饰性的定语，延长声音的表达效果，"这一捧
送给寺院给他给佛给井给菩提/眼泪永生等等抽象的，给黄昏的鼓"，
以悲悯的情怀透过死亡理解生命，从而为死去的"花"赢得永生的
意义。
　　事实上，杨牧关注虚，也是渴望从虚返回到实。在这个过程中追
问无、发现无，最终回归到永在，让永在的力量占据整个时空。关于
此，诗人写道，"月亮如何以自己循环的轨迹，全蚀/暗示人间一些离
合的定律。而我们/在逆旅告别前夕还为彼此的方向/争辩，为了加深

　　① 杨牧：《猝不及防的花》，《杨牧诗集 I：1956—1974》，第 539—540 页。

昨夜激越黑暗中","别枝，合翅，纯一的形象从有到无"①。与"月亮"的盈亏相似，"蛇"意象因为它自身性情的缺失，也被赋予了存在感。"蛇，是我经常提到的。蛇在文学、思想史中总是充满不同的解释。我们从小就觉得它又可爱，又可怕。台湾甚至有很多毒蛇，但西雅图这边没有碰到过毒蛇。《圣经》里面也有蛇的故事，我们学西洋文学都知道蛇本身具有象征意义"②。可见，在杨牧看来，"蛇"的变化性、毒性以及其在文化历史中的内蕴，都成为吸引他不断提及的核心要素。1988年，在诗人创作的《蛇的练习三种》中，集中突出了他所要表达的"蛇"意象，从诗歌外形的图像效果来看，三组诗歌迂回曲折，恰如游动的"蛇"。诗人反覆强调蛇孤寂、冰凉和蜕皮的脾性，然而，因为"蛇"本身并没有热度，生命的缺失，以追问的方式发现"蛇"内里的缺失，"心境里看见自己曾经怎样/穿过晨烟和白鸟相呼的声音/看见一片神魔飘逐的湿地/虚与实交错拍击"③：

> 她可能有一颗心（芒草摇摇头
> 不置可否），若有，无非也是冷的
> 我追踪她逸去的方向猜测
> 崖下，藤花，泉水
> 正午的阳光偶尔照满卵石成堆
> 她便磊落盘坐，忧愤而灰心
>
> 在无人知晓的地方她默默自责

---

① 杨牧：《陨蘀》，《杨牧诗集Ⅲ：1986—2006》，第364页。
② 翟月琴、杨牧：《"文字是我们的信仰"：访谈诗人杨牧》，第31页。
③ 杨牧：《湿地》，《杨牧诗集Ⅲ：1986—2006》，第478页。

这样坐着，冰凉的躯体层层重叠

兀自不能激起死去的热情，反而

觉悟头下第若干节处，当知性与感性

冲突，似乎产生某种痉挛的现象——

天外适时飘到的春雨温暖如前生未干的泪

她必然有一颗心，必然曾经

有过，紧紧裹在斑斓的彩衣内跳动过

等待轮回劫数，于可预知的世代

消融在苦胆左边，彷佛不存在了

便盘坐卵石上忧愤自责。为什么？

芒草摇摇头不置可否 ①

　　诗歌围绕"蛇"意象展开，以"芒草"意象的回环，探讨"蛇"
与热情的距离，一方面在肯定中拉近；另一方面又在否定中推远，反
复挣扎着探看"蛇"的知性与感性。诗人将"她可能有一颗心"、"芒
草摇摇头不置可否"分别在开篇和结尾处被拆解成两种表达方式，②环
绕构成诗歌的结构，从而深化了诗人对"蛇"处境的困惑，也表达了
"蛇"自身的矛盾。"她便磊落盘坐，忧愤而灰心""这样坐着，冰凉

---

　　①　同前引，《蛇的练习曲三种 蛇二》，第63页。

　　②　这种通过拆解句式和语词的方式，在诗人杨牧的作品中，也极为普遍。比如他
的诗歌《雾与另我》，第一节的首句"雾在树林里更衣，背对我"，在第二节的首句又变
换为"那时，雾正在树林里更衣"；杨牧：《雾与另我》，《杨牧诗集Ⅲ：1986—2006》，
第432页。再比如《以撒斥候》中，"有机思考敲打无妄的键盘/如散弹枪答答答答响彻
街底，叮/当，天黑以前瘖清。'小城……'，诗人常借用语言结构的变化性，打开音乐
的空间"。杨牧：《以撒斥候》，《杨牧诗集Ⅲ：1986—2006》，第448页。

的躯体层层重叠""便盘坐卵石上忧愤自责。为什么?"一方面,从女性的心理体验出发,多次使用人称代词"她",感性与热情本该是女人的天性,但在杨牧笔下,反而是化身"蛇"的"她"所缺失的,这种悖论所带来的痛苦可谓呼之欲出;另一方面,三句中,又分别提到"盘坐"或者"坐着",强化了蛇幽闭孤居,暗自忧愤的心理缺失。诗人通过环形结构,以娴熟的笔触,将蛇黯然的神态以及苦楚的内心描摹了出来,"或许是心动也未可知,苔藓/从石阶背面领先忧郁/而繁殖,蛇莓盘行穿过废井/轱辘的地基,聚生在曩昔湿热拥抱的/杜梨树荫里"①,以此对抗着"冰凉的躯体""死去的热情",并在其中发现"一颗心",一颗永在的心。

四 浮升:抽象的螺旋

尽管杨牧的作品里,总是不乏树叶(《不知名的落叶乔木》)、花瓣的陨落(《零落》),这似乎意味着生命的下沉才是其创作的常态。但显然,诗人在《禁忌的游戏》中也曾提到,"允许我又在思索时间的问题了。'音乐'/你的左手按在五线谱上说:'本来也只是/时间的艺术。还有空间的艺术呢/还有时间和空间结合的? 还有……'/还有时间和空间,和精神结合的/飞扬上升的快乐。有时/我不能不面对一条/因新雨而充沛的河水/在枫林和晚烟之后/在宁静之前"②,诗人开始思考诗歌中的空间艺术,它是一种"飞扬上升的快乐"。1986年以后,杨牧步入后期创作阶段。他不再局限于对自然界的观照,而试图获取更为亘远的文字追求;他深入到思维内部的构造,而从语词的丰富性中想象诗歌的复杂抽象性。后期的作品,无论是在声音,还是在

---

① 杨牧:《心动》,《杨牧诗集Ⅲ:1986—2006》,第398页。

② 杨牧:《禁忌的游戏2》,《杨牧诗集Ⅱ:1974—1985》,第156页。

意象上，都越来越趋向于一种复杂的抽象，他试图"打破韵律限制，试验将那些可用的因素搬一个方向，少用质词，进一步要放弃对偶。以便造成错落呼应的节奏；我们必须为自由诗体创造新的可靠的音乐"①。杨牧诗歌中的意象之复杂，将感性与抽象，自然与存在交融在了一起。思维的密度，造成了诗质的密度，二者螺旋性的互动，成为诗人沉默中不断结构性、抽象化的语词结晶。正如他所提到的，"我的诗尝试将人世间一切抽象的和具象的加以抽象化"，并且认为，"惟我们自己经营，认可的抽象结构是无穷尽的给出体；在这结构里，所有的讯息不受限制，运作相生，绵绵亘亘。此之谓抽象超越"②。这是一种从时间转向空间的思考，自时间的快慢缓急中足见空间感。在此基础上，空间结构是思维运动的抽象形式，通常情况下，诗人在创造和重复空间结构的过程中获得了一种思维模式，换言之，"声音是交流的媒介，可以随意地创造和重复，而情感却不能。这样一种情况就决定了音调结构可以胜任符号的职能"③。

除却"蛇"意象之外，诗人还涉及大量的动物意象，其中包括兔、蜻蜓、蝌蚪、蝉、雉、鹰、狼、介壳虫等等。诗人观察它们的性情，赋予它们感知和理性的双重体验，最后将复杂的意绪和情感提升为一种抽象结构，"抽象的表现，既能运用于绘画，也能运用于诗。因为，事物本身便有一种抽象的特质。只是我们的观念会认为：以抽象的语言表现抽象的感觉，其效果将逊于抽象的旋律之于音乐，抽象的线条之于绘画。事实上，抽象也具有形象的性质，只是这种形象我们不能

---

① 杨牧：《一首诗的完成》，第 155 页。

② 杨牧：《〈完整的寓言〉后记》，《杨牧诗集Ⅲ：1986—2006》，第 495 页。

③ ［美］苏珊·朗格（Susanne Katherina Langer）：《情感与形式》，刘大基、付志强译，中国社会科学出版社 1986 年版，第 37 页。

给它以确切的名称。表现这种抽象的形象，是由外形的抽象性到内形的具象性；复由内在的具象还原于外在的抽象。从无物之中去发现其存在，然后将其发现物化于无"[1]。显然，透过语言文字产生的音乐感能够组合为抽象结构，而意象本身就是诗人思维的凝结，声音与意象的融合充分体现出诗人思维的流动。杨牧创造出螺旋式的浮升体验，正如诗篇《介壳虫》中，诗人缓缓挪步，又停驻洞悉着"小灰蛾"与头顶的钟声，显现出生命的挣扎与渴望："小灰蛾还在土壤上下强持/忍耐前生最后一阶段，蜕变前/残存的流言：街衢尽头/突兀三两座病黄的山峦——/我驻足，听到钟声成排越过/头顶飞去又被一一震回"[2]，又将视线凝聚于圆形状貌环绕着以贴近与物件之间的距离："我把脚步放慢，听余韵穿过/三角旗摇动的颜彩。他们左右/奔跑，前方是将熄未熄的日照/一个忽然止步，弯腰看地上/其他男孩都跟着，相继蹲下/围成一圈，屏息"[3]，一方面"穿过""摇动"属于横向运动，另一方面"弯腰""蹲下"又属于纵向运动，诗篇在"围成圆圈"处停顿，清晰地呈现出螺旋的空间结构。同时，"屏息"一词的出现，则是调整呼吸，渴望从左往右、再从下往向上推进思维过程。可以说，在《介壳虫》中，螺旋状的浮升结构根植于诗人杨牧的思维空间中，以至于分行或者停歇处都精准地对焦补充式结构的趋向动词（"蹲下""震回"）或者方位名词（"左右"），以展现思维结构的生成。在 2004 年创作的《蜻蜓》中，这一抽象结构表现得尤为典型：

　　　那是前生一再错过的信号，确定

---

① 覃子豪：《覃子豪诗选》，文艺风出版社 1987 年版，第 122 页。
② 杨牧：《介壳虫》，洪范书店 2006 年版，第 77 页。
③ 同上书，第 78—79 页。

且看她在无声的静脉管里流转
惟有情的守望者解识
于秋叶扶桑，网状的纤维：
如英雄冒险的行迹，归来的路线
在同一层次的神经系统里重叠
分属古代与现在。绵密的
矩矱空间让我们以时间计量
紧贴着记忆，通过明暗的刻度
发现你屏息在水上闪闪发光

亢奋的血色仿佛是腥臊，丰腴
而透明，满天星斗凝聚俄顷的
冷焰将她照亮，扫描：
点缀雁蹼和蚕足的假象，且逆风
抵制一闪即逝的鹅黄鹦鹉绿
在我视线反射的对角
遥远的梦魂一晌栖迟
陡削不可厘降，失而
复得，我的眼睛透过瞬息
变化的光谱看见她肖属正红

还有比你更深不可测的
是那浅浅细且纤薄的翼，何均匀
一至于此已接近虚无
想象那翻飞之姿怎样屡次以本能

将它对准风向调整，左右
平举：在靉靆云影间导致一己
空有感性的条状躯犹不胜其力
忘情互动，将单一
于盘旋反覆之际繁殖成功为多数
并且，全自动滑翔高过新犁的耕地

比蜉蝣更亲，比孑孓更短暂，屈伸
自如且温柔无比，
水光浮动，斜视我前足紧抓
她张开的翅，口器咬噬后颈寒战
不已：尾椎延伸下垂至极限
遂前勾如一弯新月，凌空比对
精准且深入，直到无上的
均衡确定获取于密闭的大气——
静止，如失速的行星二度撞击
有彩虹照亮远山前景的小雨 ①

　　诗歌从"蜻蜓"的不同飞翔姿势打开了书写视角，整首诗歌的节奏在思辨中显得稳健、平缓、绵密和紧凑。第一节抓住了"蜻蜓"在水上屏息的瞬间，"发现你屏息在水上闪闪发光"，一方面诗人以观者的姿态，颇有距离地观照天地之间的生物；另一方面，诗人在"我"与"她"的人称变换中，通过物的投射达成对自我的反思。诗人视其

　　① 杨牧：《蜻蜓》，《杨牧诗集Ⅲ：1986—2006》，第470页。

为一种信号，它传达出的空间意识，融贯诗人后期的创作追求中，而"矩篾空间让我们以时间计量"，于是，那种浮沧海于一瞬的记忆永恒再次光临，它暗示了诗人想要抽象出的实体。语句的停顿多集中在诗行的中间部分，显得相对平整、匀称。第二节，"变化的光谱看见她肖属正红"，在这一节中，物我交相呼应，通过描摹天地间与我对视中的"蜻蜓"，置"蜻蜓"于静止处，由此延缓了诗歌的速度。此处，诗人表达了一种意图，即变化。这也是杨牧一如既往所追求的创作态度，文字只有在变化中才能继续存在，"变不是一件容易的事，然而不变即是死亡，变是一种痛苦的经验，但痛苦也是生命的真实"①。诗人通过变化寻找着不同的视点，以创作主体的变化丰富生命的真实。诗歌中多次错开位置，采用变化的句式，拆解了"丰腴/而透明""失而/复得"，通过转折词"而"，使得停顿先后置、再前移，通过语义转折提升语言的空隙感，诗体也显得曲折螺旋。第三节，"平举：在　云影间导致一己"，变换"蜻蜓"的姿势，将上升的过程凸显了出来。而除了上文中所谈到的虚无外，杨牧还渴望在平衡中获得盘旋的上升。第四节"比蜉蝣更亲，比子孑更短暂，屈伸"，将诗歌推向极限化的表达，从虚无走向了无限。"遂前勾如一弯新月，凌空比对/精准且深入，直到无上的/均衡确定获取于密闭的大气——"，诗人将动词"屈伸""紧抓""寒战""深入""静止""撞击"隔离而出。在浓密的诗行中，使得动词悬浮、凝固。而从天空深入到大气的追求，"静止，如失速的行星二度撞击/有彩虹照亮远山前景的小雨"，静止的画面与思辨的意识，在音乐性上达成了统一，也可以说，透过几个动词的停顿、分行，构成动态与静态的交融，使得声音与意象形成契合、补充

---

① 杨牧：《年轮》，洪范书店1982年版，第177页。

乃至弥合。"蜻蜓"作为一种意象，隐喻了杨牧后期创作的空间意识转换。诗人杨牧渴望着螺旋式的抽象，以抵达思维在上升中的快感。这种抽象性与诗人早期的创作不同，也就是说，诗歌的速度不再是通过抑制以抵消加速度，诗人也不再选择回环的复沓模式，而是以紧凑的语句，在形式上完成思辨性，以获得一种更为恒久的哲学思考，"但是哲学的思考，要把它讲出来，而不是总在重复情节，唯一的办法就是抽象化。把这种波澜用抽象的方式表现出来，成为一种思维的体系。我一直认为抽象是比较长远、普遍的"①。

五 结语

诗人杨牧将其诗作分为三个不同的创作阶段，分别是早期（1956—1974）、中期（1974—1985）和后期（1986—2006），尽管三个阶段的声音从清丽、闲淡到思辨，从疾速、平缓到艰涩，可谓变化多端。但对杨牧的诗歌做一整体的概说并非本文的目的，而是更致力于探索他在声音与意象关系的推进和思考。一方面通过大量的文本印证了上述三个层面在杨牧诗作中具有相当的普遍性；另一方面，又发现早中期与后期创作所存在的显著差异——在早中期阶段，诗人多使用韵、顿以挽留意象的画面感实现永在的精神追求，并深化出回环的音乐结构获得生命和性情的完满；在后期创作阶段，诗人广涉兔、蜻蜓、蝌蚪、蝉、雉、鹰、狼、介壳虫等动物意象，由此发展出螺旋上升的结构模式，以抵达思维的抽象丰富性。关于后期的创作倾向，是杨牧在声音与意象关系方面作出的更为深层次的空间结构探索，他曾在《隐喻与实现》诗集的序言中提到，"文学思考的核心，或甚至在它

---

① 翟月琴、杨牧：《"文字是我们的信仰"：访谈诗人杨牧》，第 31 页。

的边缘，以及外延纵横分割各个象限里，为我们最密切关注，追踪的物件是隐喻（metaphor），一种生长原象，一种结构，无穷的想象"①。诗人在结构中寻找着隐喻的实现可能。这种结构，在某种意义上，就是节奏。"诗人以坚实的想象力召唤形象于无形，以文字，音律，语调，姿态，镌刻心物描摹的刹那。对此过程，杨牧的娴熟把握，是不容置疑的。"②在不同的创作阶段，台湾诗人杨牧都始终坚持实践着对于诗歌声音的追求，这种实践，无疑将其创作献给了无限的少数人。正如希尼（Seamus Heaney）所云，"找到了一个音调的意思是你可以把自己的感情诉诸自己的语言，而且你的语言具有你对它们的感觉；我认为它甚至也可以不是一个比喻，因为一个诗的音调也许与诗人的自然音调有着极其密切的关系，这自然音调即他所听到的他正在写着的诗行中的理想发言者的声音"③。就这点而言，杨牧准确地抓住每一个音调，填补了个人生命体验与诗歌形式思考的缝隙，从跃动到紧凑、从具象到抽象、从单一到复杂，都为声音与意象关系的探讨提供了个案性的典范。

　　文中从押韵、跨行、停顿、空白、断句、选词、语调等语言特质着手，探讨了杨牧诗歌中的音乐的自觉和自律，即"所谓自律诗，指的是形式自律，即每首诗的形式，都被这首诗自身的特定内容和特定的表达所规定"④。尽管这并不足以详尽杨牧诗歌中声音的复杂和多变性，但本文的着力点仍然集中于诗人杨牧在处理不同的意象时所呈现

---

① 杨牧：《隐喻与实现》，洪范书店 2001 年版，第 1 页。

② 奚密：《抒情的双簧管：读杨牧近作〈涉事〉》，《中外文学》2003 年第 38 期。

③ ［爱尔兰］西默斯·希尼：《希尼诗文集》，吴德安等译，作家出版社 2001 年版，第 255 页。

④ 张远山：《汉语的奇迹》，云南人民出版社 2002 年版，第 128 页。

的声音形式。正如论文引言中所述，研究诗歌的声音形式，常常将声音从意义中割裂出来，进行语言学上的解析，这种忽略语义功能的研究方式无疑是偏颇的。但同样，过分地强调附加于声音形式之上的意义，而忽略了声音物质形式的独立价值，也会造成研究盲点。基于此，需要指出的是，声音形式从来就不是与意义相对立而静止、孤立地存在着，声音形式就是意义，而意义也是永动的声音形式。"诗是声音和意义的合作，是两者之间的妥协"①，声音总是带着生命的体温，绵延运动在诗歌发展的历史中，不断地被赋予新的历史和美学意义，又反向推动声音形式的演进。

事实上，最初某种韵律模式的生成并非与意象的联想构成关系，但经过一段时间的广泛传播，这种与意象相互勾连的韵律形式便固定了下来，逐渐形成一种声音习惯。②就此角度而言，诗歌形式的发生，并不完全依赖于诗人，它还接续了原型所蕴含的集体无意识，原型在诗歌中主要就是"典型的即反复出现的意象"，它"把一首诗同别的诗联系起来从而有助于我们把文学的经验统一为一个整体"③。诗歌意象即具备这样的感召力，能够挖掘出形式生成的传统依据。但本人一方面不认为声音受意象的严格规定，因为随着时代的变迁，意象被赋予

---

① ［法］瓦莱里（Paul Valery）:《论纯诗（之一）》,《瓦莱里全集》,葛雷、梁栋译，中国文学出版社 2002 年版，第 306 页。

② 关于语义联想所形成的声音习惯研究，俄罗斯学者加斯帕罗夫曾在专著《俄国诗史概述·格律、节奏、韵脚、诗节》（1984）中，采用统计学方法，分析了俄国六个历史阶段运用的格律、节奏、押韵和诗节等形式，探讨了每一个时期占据主导地位的韵律形式及其与之相关的主题。此研究的相关介绍可参看黄玫《韵律与意义：20 世纪俄罗斯诗学理论研究》，人民出版社 2005 年版，第 99 页。

③ ［加拿大］诺思罗普·弗莱（Northrop Frye）:《批评的解剖》，陈慧、袁宪军等译，百花文艺出版社 2006 年版，第 98 页。

新的内涵，而节奏韵律的复杂多变性也远远超出可预计的范畴，正因为此，才更彰显出诗人的语言创造力；另一方面也不认为二者在对应关系上一定和谐统一，有时声音甚至是反意象的。但反意象也是声音的另外一种存在方式，正如诗人顾城所言，"不断有这种声音到一个画面里去，这个画面就被破坏了，然后产生出一个新的活泼的生命"①。但二者无论是促进或者抑制，在反观声音的语义层面上都具有宏观的研究价值。基于此，"所有的形式环境，无论是稳定的还是游移不定的，都会产生出它们自己的不同类型的社会结构：生活方式、语汇和意识形态"②。对于频繁出现于汉语新诗中意象所蕴含的相对稳固的语义功能，与语音、语法、辞章结构、语调等变化多端的声音特征之间存在着不可忽视的关系，而就目前的研究而言，仍然是较为欠缺的一环。但显然，对于二者关系的分析，已经成为当下汉语新诗必须面对的重要诗学问题，关于此，本人也将另撰文做详尽的分析。

---

① 顾城：《顾城文选 卷一：别有天地》，《"等待这个声音……"》——1992 年 6 月 5 日在伦敦大学"中国现代诗歌讨论会"上的发言，北方文艺出版社 2005 年版，第 56 页。

② ［法］福永西（Henri Focillon）：《形式的生命》，陈平译，北京大学出版社 2011 年版，第 62 页。

附录二 引用摇滚、民谣歌词

1. 崔健:《快让我在雪地上撒点野》

我光着膀子我迎着风雪
跑在那逃出医院的道路上
别拦着我我也不要衣裳
因为我的病就是没有感觉
给我点儿肉给我点儿血
换掉我的志如钢和毅如铁
快让我哭快让我笑
快让我在这雪地上撒点儿雪
YiYe——YiYe
因为我的病就是没有感觉
YiYe——YiYe
快让我在这雪地上撒点儿野
我没穿着衣裳也没穿着鞋
却感觉不到西北风的强和烈
我不知道我是走着还是跑着

因为我的病就是没有感觉

给我点儿刺激大夫老爷

给我点儿爱情我的护士小姐

快让我哭要么快让我笑

快让我在这雪地上撒点儿野

YiYe——YiYe

因为我的病就是没有感觉

YiYe——YiYe

快让我在这雪地上撒点儿野

2． 张楚：《姐姐》

这个冬天雪还不下

站在路上眼睛不眨

我的心跳还很温柔

你该表扬我说今天还很听话

我的衣服有些大了

你说我看起来挺嘎

我知道我站在人群里

挺傻

我的爹他总在喝酒是个混球

在死之前他不会再伤心不再动拳头

他坐在楼梯上也已经苍老

已不是对手

感到要被欺骗之前

自己总是做不伟大

听不到他们说什么

只是想忍要孤单容易尴尬

面对前面的人群

我得穿过而且潇洒

我知道你在旁边看着

挺假

姐姐我看见你眼里的泪水

你想忘掉那侮辱你的男人到底是谁

他们告诉我女人很温柔很爱流泪

说这很美

噢姐姐

我想回家

牵着我的手

我有些困了

噢姐姐

带我回家

牵着我的手

你不要害怕

我的爹他总在喝酒是个混球

在死之前他不会再伤心不再动拳头

他坐在楼梯上也已经苍老

已不是对手

噢姐姐

我想回家

牵着我的手

我有些困了

噢姐姐

我想回家

牵着我的手

你不要害怕

噢姐姐

带我回家

牵着我的手

你不要害怕

噢姐姐

我想回家

牵着我的手

我有些困

3. 汪峰:《青春》

我打算在黄昏的时候出发

搭一辆车去远方

今晚那有我友人的盛宴

我急忙穿好衣服推门而出

迎面扑来的是街上

闷热的欲望

我轻轻一跃跳入人海里

外面下起了小雨

雨滴轻飘飘地像我年轻岁月

我脸上蒙着雨水

就像蒙着幸福

我心里什么都没有

就像没有痛苦

这个世界什么都有

就像每个人都拥有

继续走继续失去

在我没有意识到的青春

我打算在黄昏的时候出发

搭一辆车去远方

今晚那有我友人的盛宴

我急忙穿好衣服推门而出

迎面扑来的是街上闷热的欲望

我轻轻一跃跳入人海里

外面下起了小雨

雨滴轻飘飘地像我年轻岁月

我脸上蒙着雨水

就像蒙着幸福

我心里什么都没有

就像没有痛苦

这个世界什么都有

就像每个人都拥有

继续走继续失去

在我没有意识到的青春

继续走继续失去

在我没有意识到的青春

外面下起了小雨

雨滴轻飘飘地像我年轻岁月

我脸上蒙着雨水

就像蒙着幸福

我心里什么都没有

就像没有痛苦

这个世界什么都有

就像每个人都拥有

4. 张伇：《远行》

有人坐在河边，总是说，回来吧，回来

可是北风抽打在身上和心上啊，远行吧，远行

有一天我走出了人群，不知道要去哪里

抬头看见了远飞的大雁，它一去不回头

有一天我丢失了粮食，都说不能这样过下去

回头找不到走过的脚印，谁还能跟我走

有人坐在河边总是说，回来吧，回来

可是北风抽打在身体和心上，远行吧，远行

5. 张伇：《黄河谣》

黄河的水不停地流

流过了家流过了兰州
远方的亲人哪
听我唱支黄河谣

日头总是不歇地走
走过了家走过了兰州
月亮照在铁桥上
我就对着黄河唱

每一次醒来的时候
想起了家想起了兰州
想起路边槐花儿香
想起我的好姑娘
黄河的水不停地流
流过了家流过了兰州
流浪的人不停地唱
唱着我的黄河谣

6. 周云蓬:《九月》 与 《山鬼》

	《九月》(海子)	《山鬼》(屈原)
原作	目击众神死亡的草原上野花一片 远在远方的风比远方更远 我的琴声呜咽泪水全无 我把这远方的远归还草原 一个叫木头一个叫马尾 我的琴声呜咽泪水全无 远方只有在死亡中凝聚野花一片 明月如镜高悬草原映照千年岁月 我的琴声呜咽泪水全无 只身打马过草原	若有人兮山之阿,被薜荔兮带女萝; 既含睇兮又宜笑,子慕予兮善窈窕; 乘赤豹兮从文狸,辛夷车兮结桂旗; 被石兰兮带杜衡,折芳馨兮遗所思; 余处幽篁兮终不见天,路险难兮独后来; 表独立兮山之上,云容容兮而在下; 杳冥冥兮羌昼晦,东风飘兮神灵雨; 留灵修兮憺忘归,岁既晏兮孰华予; 采三秀兮于山间,石磊磊兮葛蔓蔓; 怨公子兮怅忘归,君思我兮不得闲; 山中人兮芳杜若,饮石泉兮荫松柏; 君思我兮然疑作; 雷填填兮雨冥冥,猿啾啾兮狖夜鸣; 风飒飒兮木萧萧,思公子兮徒离忧。
改编 (周云蓬)	目击众神死亡的草原上野花一片 远在远方的风比远方更远 我的琴声呜咽我的泪水全无 我把远方的远归还草原 一个叫木头一个叫马尾 一个叫木头一个叫马尾 目击众神死亡的草原上野花一片 远在远方的风比远方更远 我的琴声呜咽我的泪水全无 我把远方的远归还草原 一个叫木头一个叫马尾 一个叫木头一个叫马尾 一个叫木头一个叫马尾 一个叫木头一个叫马尾	有一个无人居住的老屋, 孤单的卧在荒野上。 它还保留着古老的门和窗, 却已没有炊烟和灯光。 春草在它的身旁长啊长, 那时我还没离开故乡。 蟋蟀在它的身旁唱啊唱, 那时我刚准备着去远方。 有一个无人祭奠的灵魂, 独自在荒山间游荡, 月光是她洁白的衣裳, 却没人为她点一炷香。

	《九月》(海子)	《山鬼》(屈原)
改编 (周云蓬)	"亡我祁连山，使我牛羊不蕃息 　失我胭脂山，令我妇女无颜色" 　远方只有在死亡中凝聚野花一片 　明月如镜高悬在草原映照千年的岁月 　我的琴声呜咽我的泪水全无 只身打马过草原 一个叫木头一个叫马尾 　一个叫木头一个叫马尾 一个叫木头一个叫马尾 　一个叫木头一个叫马尾 一个叫木头一个叫马尾 　一个叫木头一个叫马尾 一个叫木头一个叫马尾	夜露是她莹莹的泪光， 那时爱情正栖息在我心上， 辰星是她憔悴的梦想， 那时爱人已长眠在他乡。 上帝坐在空荡荡的天堂， 诗人走在寂寞的世上， 时间慢慢地在水底凝固， 太阳疲倦的在极地驻足。 这时冰山醒来呼唤着生长， 这时巨树展翅渴望着飞翔， 这时我们离家去流浪， 长发宛若战旗在飘扬， 俯瞰逝去的悲欢和沧桑， 扛着自己的墓碑走遍四方。

7. 小河：《老刘》

	《北京晚报》新闻	小河改编
《老刘》		老刘七十多岁 平时一个人住 很少下楼 也就是去买买菜 老刘七十多岁 平时一个人住 很少下楼

	《北京晚报》新闻	小河改编
《老刘》	昨天下午三点三十分，家住朝阳区甘露园南里的刘老汉，从自家5楼的阳台上跳下，抢救无效，当场死亡。老刘七十多岁，平时一个人住，很少下楼，也就是去买买菜。有个女儿，偶尔来看看他。老刘在跳楼的时候，用一块布裹住了脑袋，这样鲜血就不会溅到地上	也就是去买买菜 他有个女儿 偶尔来看看他 他有个女儿 偶尔来看看他 昨天下午三点半 家住朝阳区甘露园南里的刘老汉 从自家五楼的阳台上 昨天下午三点半 家住朝阳区甘露园南里的刘老汉 从自家五楼的阳台上突然跳下 抢救无效，抢救无效， 当场死亡，当场死亡 抢救无效，当场死亡 老刘在跳楼的时候 用一块布裹住了脑袋 老刘在跳楼的时候 用一块布裹住了脑袋 这样鲜血就不会溅到地上 抢救无效，死亡 这样别人就看不见流出的脑浆 这样别人就很容易当场嗅觉 这样鲜血就不会溅到地上 有个女儿 偶尔来看看他

8. 小娟：《小村庄》

	（顾城）原作	（小娟和山谷里的居民）改编
《小村庄》	就在那个小村里 穿着银杏树的服装 有一个人是我是我 眯起早晨的眼睛 白晃晃的沙地 更为细小的硬壳没有损坏 周围潜伏着透明的山岭 泉水一样的风 你眼里的湖水中没有海草 一个没有油漆的村子 在深绿的水底观看太阳 我们喜欢太阳的村庄 在你的爱恋中活着 很久才呼吸一次 远远的丛林闪着水流 村子里有树叶飞舞 我们有一块空地 不去问命运知道的事情 就在那个小村里 穿着银杏树的服装 有一个人是我是我	就在那个小村里 穿着银杏树的服装 有一个人是我是我 眯起早晨的眼睛 白晃晃的沙地 更为细小的硬壳没有损坏 周围潜伏着透明的山岭 泉水一样的风 你眼里的湖水中没有海草 一个没有油漆的村子 在深绿的水底观看太阳 我们喜欢太阳的村庄 在你的爱恋中活着 很久才呼吸一次 远远的丛林闪着水流 村子里有树叶飞舞 我们有一块空地 不去问命运知道的事情 就在那个小村里 穿着银杏树的服装 有一个人是我是我

9. 小娟：《和一个女孩结婚吧》

	（顾城）原作	（小娟和山谷里的居民）改编
《和一个女孩结婚吧》	颂歌世界（四十八首） （一九八三·十——九八五·十一） 顾城 是树木游泳的力量 是树木游泳的力量 使鸟保持它的航程 使它想起潮水的声音 鸟在空中说话 它说：中午 它说：树冠的年龄 芳香覆盖我们全身 长长清凉的手臂越过内心 我们在风中游泳 寂静成型 我们看不见最初的日子 最初，只有爱情 提示 顾城 和一个女孩子结婚 在琴箱中生活 听风吹出她心中的声音 看她从床边走到窗前 海水在轻轻移动 巨石还没有离去 你的名字叫约翰 你的道路叫安妮	是树木游泳的力量 是树木游泳的力量 使鸟保持它的航程 使它想起潮水的声音 鸟在空中说话 它说：中午 它说：树冠的年龄 芳香覆盖我们全身 长长清凉的手臂越过内心 我们在风中游泳 寂静成型 我们看不见最初的日子 最初，只有爱情 和一个女孩子结婚 在琴箱中生活 听风吹出她心中的声音 看她从床边走到窗前 海水在轻轻移动 巨石还没有离去 你的名字叫约翰 你的道路叫安妮

附录三　"诗是诗，歌是歌"：奚密访谈录

奚密　　翟月琴

翟：您选择现代汉诗作为学术研究对象的初衷是什么？

奚：在美国念比较文学研究所期间，我的博士论文写的是《隐喻和转喻：中西方诗学比较研究》，完全不涉及现代汉诗。我最早接触现代汉诗是在高中的时候，只是当时读起来感觉有点"隔"，没有继续读下去的兴趣。一直到博士学位拿到后，偶然再接触到现代汉诗，才产生了共鸣。就开始像补课一样，从五四一直读到当代，然后写了英文专著 *Modern Chinese Poetry：Theory and Practice since* 1917 《现代汉诗：一九一七年以来的理论与实践》）①。对现代汉诗的研究和翻译，到现在我都认为当初的选择是对的。其实，将古典与现代割裂开来，是一种伪二元对立。中国诗歌是一个悠久伟大的传统，现代汉诗还不到一百年的历史，只能说是它的一个支流，但这个支流已经有了可喜的成就。我们应该肯定现代汉诗，承认它的成就。这与喜欢古典诗歌并不冲突。

翟：您提到最初读现代汉诗时，会觉得"隔"。**在朦胧诗以后，读**

---

① Michelle Yeh：*Modern Chinese Poetry：Theory and Practice since* 1917，（ New Haven：Yale University Press，1991.）奚密：《现代汉诗：一九一七年以来的理论与实践》，宋炳辉译，三联出版社 2008 年版。

者确实普遍反映"看不懂"现代汉诗。以您的阅读经验而言，到底应该以什么心态去尝试接受现代诗?

奚：在《20 世纪台湾现代诗选》的《导论》里，我提到现代汉诗"隔"的一个重要原因是美学典范的转移所造成的"陌生化"结果。简单的说就是，我们太熟悉古典诗歌传统了。(我不是指专业的诗歌研究者，而是一般读者，一般民众。)从我们的日常用语到书面语，其中都融入了大量的古典诗词的词句和典故。经过长期的积淀，它们已经成为现代汉语不可分割的一部分，我们不可能在使用现代汉语时完全避免古典。但这样的历史积淀还没有在现代汉诗身上发生，虽然我相信随着现代诗的发展它会发生的。

诗歌影响的一个深刻的表现就在于它改变语言的程度。诗歌的原创性和感染力可以改变并丰富语言。我们说话和写作都多少使用了古典文学。这就好像现代英语里的很多成语和比喻都来自文学经典，最明显的例子就是莎士比亚。当有一天中国人不自觉地在日常语言中使用现代汉诗作品中的词语和句子时，那就表示现代诗已经融入并改变了汉语。

中国读者对现代汉诗感到陌生的一个主因是，他们对古典诗歌熟悉多了。基于这份熟悉，他们难免对现代诗有一种预设和预期。当读者在现代诗里看不到他们所预期的美感时，他们就会质疑："这是诗吗? 为什么跟我所熟悉的诗有那么大的落差呢?"从五四到现在，这种疑问一直存在。随着现代诗在学校课程中的比重渐渐地增加，这种预期会慢慢地改变，对新的诗歌典范也会慢慢地接受。

翟：我想一般读者对现代汉诗的预期还停留在古典诗歌时代，一个主要的考量标准就在于声音，或者说音乐性。纪弦在《诗是诗，歌是歌，我们不说诗歌》中重新释义过现代诗的音乐性。诗与歌分离后，诗的音乐性到底如何体现？

奚：纪弦在《现代诗季刊》上发表的这篇文章，我认为是很关键的。为什么说诗与歌要分家？因为押韵是古典诗歌的一个要素。通常情况下，不押韵的歌词唱起来不好听，有些当代流行歌不押韵，唱起来比较拗口，听起来也不顺耳。

现代汉诗要发展的音乐性绝对不是回到押韵，而是朝向更自然的节奏，更灵活的韵律。口语或者散文中本来就有节奏，甚至音乐性，只是不容易规律化公式化。就好像有些人讲话特别好听，来自一种自然的抑扬顿挫，那就是音乐性。诗歌不是一般的口语，需要诗人的刻意经营，例如透过语法——声音的排列组合——来创造一种韵律。

翟：是这样的，尽管现代汉诗摆脱了平仄、押韵、字数和对仗等规定性的限制，但却反而呈现出更为多元的音乐性。希尼曾经说过，"找到了一个音调的意思是你可以把自己的感情诉诸自己的语言，而且你的语言具有你对它们的感觉"①，您认为优秀的诗人或者诗歌应该具备怎样的声音特质？

奚：音乐有很多种，现代音乐不像古典音乐那种重旋律的美。音乐发展到现代，旋律不再是最重要的因素。对现代汉诗，我们也不再追求朗朗上口的效果，而是某种内在的音乐性。所谓内在的音乐性，就是有机的音乐性。文字节奏与诗的内容有机结合，相辅相成。在没有外在格律的束缚下，现代诗是完全开放的，它的音乐性取决于诗的内容。这并不是说在古典诗歌中形式和内容的有机结合完全不存在，

① ［爱尔兰］西默斯·希尼：《希尼诗文集》，吴德安等译，作家出版社，第255页。

20世纪80年代以来汉语新诗的声音研究

只是程度的问题。现代诗的开放形式使它的音乐性更抽象，更灵活，更多样。所以我们不需要狭隘地要求现代诗的音乐性。比如说商禽，一般读者认为他的诗很口语、很散文化，不像"诗"。其实，他擅长用绵延的句型和低调的叙述口气写散文诗，其节奏与他想表达的内容紧密契合，震撼力很强。如果把商禽的诗与古典诗相比，可能大部分的人会说古典诗好听、优美。但这就误解了现代诗的音乐性。

翟：您平时喜欢听哪些歌，从中是否也能够产生对诗的联想？

奚：从高一开始到大学毕业，每星期天我在台北的某个电台主持一个西洋音乐节目，做了七年的 DJ。初中时代我就迷上西洋音乐，而且发现听流行歌是学习外语的很好途径。尤其是抒情歌，旋律慢，每一个字每一句话都听得很清楚，容易跟着学。最近碰到一件有趣的事。我的一个新同事跟我说，她想通过听周杰伦的歌来学中文。我告诉他，"这样就糟了！周杰伦的很多歌节奏快，咬字也不清楚，连中国人都不见得听得懂，更不要说外国人了。"

大抵来说，听流行歌能让你学到日常口语，活的语言。至于歌与诗有什么关系？其实好的音乐本身就是诗了。一些西洋歌手也是诗人，比如加拿大的蓝纳·科恩（Leonard Cohen），美国的 鲍勃·迪伦（Bob Dylan）。听众普遍认为他们写的歌词就是诗。诗与歌不需要严格的区分，两者有重叠，也有差异。有些读者对诗的理解仍限于风花雪月的浪漫抒情，优美文字的堆砌，或"诗意"的营造。也许歌曲可以这样，但是诗并不是这样的。音乐有旋律，即使歌词公式化，只要配上好的音乐就有感染力。但是现代诗与歌已经分家了，它不再依赖旋律，而是要求形式与内容的完美结合，包括诗的结构、语言的质地、修辞手法、内在音乐性等等。

翟：大陆诗人通常不会有意识地写歌词。对于这点，您怎么看？

奚：这无可厚非。不过台湾有几位诗人也写歌词，包括夏宇、陈克华、路寒袖等。夏宇过去严格地将她的诗与歌词分开，包括用不同的笔名。2011 年她出版了《这只斑马》+《那只斑马》，收集了多首歌词，李格第/夏宇之间的区分好像没那么重要了。陈克华的歌词通常与他的诗很不一样。路寒袖本身就写台语歌，诗与歌算是合一的。

诗当然可以与歌词重叠。但一般来说，我并不建议诗人有意识地将诗写成歌词，或者把诗谱成歌曲，因为这样会给自己一些不必要的局限。回顾五四时期，是有些谱曲后很成功，例如刘半农的《教我如何不想她》和徐志摩的《偶然》。那是因为这些诗押韵，并且有整齐的形式，比较容易谱成歌。但很多现代诗不适合谱成歌，这并不是缺点，只是如纪弦所说的，诗与歌已经分家了，没有必要再拉回到一起。

翟：在《为现代诗一辩》① 这篇访谈中，您提到评价好诗的标准。去年（2012）台湾诗人杨牧获得了纽曼文学奖，作为评委之一，您认为，"如果非要说谁是当今最伟大的华语诗人，我会说，杨牧"。是杨牧先生诗歌的哪些特质，为他博得了如此赞誉？

奚：在《岛屿写作：朝向一首诗的完成》这部纪录片中，我也提到过，当代现代汉诗的写作者中，杨牧是最伟大的。当然我也预料到这个评价会产生争议。但是根据我个人的研究，我认为杨牧语言上的高度是其他诗人很难企及的。即使在整个现代汉诗史上，他也是佼佼者。

---

① 奚密、崔卫平：《为现代诗一辩》，《读书》1999 年第 5 期。

经过半个多世纪的锤炼，杨牧创造了属于自己的，独一无二的语言，一个集密度、深度和广度于一身的"杨牧体"。他对世界文学文化有深入的领会；他的文字跨度大，从口语到古典，运用自然纯熟；他的语法既灵活又繁复，语调有戏拟、有激情、也有绝望。杨牧从十五六岁开始创作，对诗本质的思考，从未间断。他近期的作品可能更倾向于浓郁的抒情风格，但总体上来说，他不断寻求突破，不管是质还是量，都非常可观。

翟：口语入诗仍然是大陆诗坛最受争议的语言问题，您对口语写作持什么态度？

奚：新诗肇始就以追求口语为标的；甚至可以说，它有口语而没有诗。1920 年代以后，诗人开始有意识地追求诗而不仅仅是白话诗。归根结底，我们只要求好诗，不管它是用什么类型的语言写的。口语与否，和艺术性没有任何直接关系。大陆对口语诗的标榜，自有其历史语境，但我不认为口语是放诸四海而皆准的。

翟：如果从专业角度而言，您认为目前最缺乏的是怎样的诗学理论研究？而政治意识形态和西方理论话语的研究方式仍然是当下诗学研究的主流，对此，您怎么看？

奚：其实我的回答很简单，就是我们需要更多的学者参与到现代汉诗研究中。不管是海外还是内地，与小说、电影、文化研究相比，从事现代汉诗研究的学者还是比较少的。至于使用什么样的理论或分析角度，完全看个人选择。我不认为有所谓最好的或唯一的方法和角度。

翟：关于 20 世纪 90 年代以来出现的下半身和垃圾诗歌，您又怎么看？

奚：当代诗歌的数量庞大，尤其是在推崇诗歌的中国。这也是我为什么提到需要更多专业的研究者去分析、诠释、评价现代诗。当代最受欢迎的诗人未必是后代评价最高的诗人。毕竟能够留下来的诗作，其比例是很小的。我们可以秉持不同的诗歌立场，也可以欣赏诗人不同的执着。我们不需要标榜一种风格而排斥其他的风格。最终，诗歌必须经过时间的考验和历史的审视。

翟：在《剑桥文学史》中，您撰写了中国现当代文学部分，能谈谈您的文学史书写立场是什么吗？关于诗歌部分的文本，您又是如何将其纳入文学史视野的？

奚：《剑桥文学史》虽然是断代史，但并不将文类一一分开论述。因为对诗歌的钟爱，我相对地加大了诗歌在文学史书写里的比重。

关于《剑桥文学史》的写作，我个人认为有三个比较特别的地方：第一，中国 1960—70 年代的地下诗歌史（不仅仅是我们熟悉的那一段）。此前以英文写作的中国现代文学史里很少涉及这个主题。借用多多的说法，我有意将那些"被埋葬的诗人"回归历史。当然，由于篇幅所限，许多地下诗歌的资料不得不割舍。第二，大陆、台湾和香港文学三足鼎立。与中国大陆、台湾相比，很少文学史会给香港那么多篇幅。这是我对香港文学的肯定和尊重。第三，文类之间的比较视角。熔多种文类于一炉让我们看到一些文学潮流的发生和演变的相通或迥异之处。

翟：您通常将大陆与台湾、香港诗统一纳入到现代汉诗的研究框架中，它们之间的关联或者区别是什么？

奚：两岸三地之间的差异是必然的。1949 年以后，文化、历史语境和政治环境不同，诗歌的路线的发展也不一样。战后台湾是现代汉诗史上的一个黄金时代，即使在国民党的白色恐怖统治下，诗人还是争取到自己的空间，维持某种程度的创作自由。又因为台湾与美国的密切关系，诗人得到很多欧美文学的资讯，对现代诗的发展有很大的推动力。香港比战后台湾更为开放，因为不论哪个政治立场、哪种意识形态，都可以在香港找到活动的空间。又由于它是英国殖民地，对欧美文学的接受也非常全面。战后台湾和香港都创造了蓬勃的现代主义诗歌。当时的台湾和香港之间有很多互动，例如两地的文学杂志会互相刊登作品。相对而言，1949 年以后的中国大陆，自由写作的空间迅速缩小。这点从绝大部分 1949 年以前的诗人辍笔改而从事文学翻译或者文学研究就可见一斑。

港台选择性地延续了五四新诗的传统，又结合了本土的历史语境和文化环境，产生了颇有特色的作品。新时期的大陆诗歌与官方意识形态之间仍然存在某种内在联系，这也影响了其创作取向。在某种意义上，港台的现代主义文学思潮在 1978 年以后的大陆又以另外一种面貌崭现。历史是不断重复的，但每一次的再现又带着新的时代意义。

翟：2013 年，江苏文艺出版社推出了《洛夫诗全集》（上、下），台湾诗人杨牧的三本诗集也将会由广西师范大学出版社的"理想国"出版。您是否愿意谈谈在出版台湾诗歌方面的一些建议？

奚：撇开市场因素不谈，我个人寄望大陆能进一步拓展出版面。大陆普遍关注的是最年长的一代的台湾诗人。当然他们各有其优秀之处，但到目前为止台湾诗坛已是"五代同堂"的局面，各个世代都有原创性很高的诗人。我希望大陆出版界能更全面更深入地介绍台湾诗人，加强对中年和年轻世代诗人的关注。

翟：多年从事英译现代汉诗的编选和翻译工作，您认为翻译最大的难度是什么？

奚：这包括两个方面：第一，编辑要有宏观的角度和清楚的原则。艾略特说过，每一个时代都应该有自己的译本。现代汉诗已经有很多英文译本，但随着文学的历史发展和现代汉诗研究的积累，我们需要不断地重新筛选所谓的经典。这是份艰难的工作，因为没有一个译本能让每一个读者都满意，也没有必要让每一个读者都满意。它只是代表了编者独特的眼光。第二，译者需要面对翻译的技术难度和文本的文化属性的双重挑战。理想的译者应该精通中英文，对诗本身有深入的理解，并具备世界文学的素养。

参 考 文 献

一　作品集

［俄］安年斯基等：《跨世纪抒情——俄苏先锋派诗选》，荀红军译，中国工人出版社1989年版。

［德］保罗·策兰：《保罗·策兰诗文选》，王家新、芮虎译，河北教育出版社2002年版。

［法］彼埃尔·勒韦尔迪：《勒韦尔迪诗选》，树才译，北岳文艺出版社2002年版。

［俄］茨维塔耶娃：《茨维塔耶娃诗集》，汪剑钊译，东方出版社2011年版。

［美］菲利普·拉金：《菲利普·拉金诗选》，桑克译，河北教育出版社2003年版。

［希腊］卡瓦菲斯：《卡瓦菲斯诗集》，黄灿然译，河北教育出版社2002年版。

［美］华莱士·史蒂文斯：《最高虚构笔记：史蒂文斯诗文集》，陈东飚、张枣等译，华东师范大学出版社2009年版。

［法］勒内·夏尔：《勒内·夏尔诗选》，树才译，北岳文艺出版社2002年版。

［美］罗伯特·洛威尔等：《美国自白派诗选》，赵琼、岛子译，

漓江出版社 1987 年版。

[俄] 普希金：《普希金诗选》，查良铮译，译林出版社 2000 年版。

[波兰] 切·米沃什：《切·米沃什诗选》，张曙光译，河北教育出版社 2002 年版。

[美] R. P. 沃伦：《沃伦诗选》，周伟驰译，河北教育出版社 2003 年版。

[瑞典] 托马斯·特朗斯特罗姆：《特朗斯特罗姆全集》，李笠译，南海出版公司 2001 年版。

[英] 雪莱：《雪莱诗选》，江枫译，中央编译出版社 2004 年版。

[法] 伊夫·博纳富瓦：《博纳富瓦诗选》，郭宏安、树才译，北岳文艺出版社 2005 年版。

（三国魏）曹操：《曹操集》上册，夏传才注，中华书局 1974 年版。

（三国魏）曹植：《曹植集校注》，赵幼文校注，人民出版社 1984 年版。

（三国魏）阮籍：《阮籍集校注》，陈伯君校注，中华书局 1987 年版。

艾青：《归来的歌》，四川人民出版社 1980 年版。

安琪、远村、黄礼孩编：《中间代诗全集》上、下卷，海峡文艺出版社 2004 年版。

安琪：《像杜拉斯一样生活》，作家出版社 2004 年版。

柏桦：《望气的人》，台北唐山出版社 1999 年版。

柏桦：《往事》，河北教育出版社 2002 年版。

柏桦：《今天的激情：柏桦十年文选》，上海人民出版社 2006

年版。

柏桦:《夜航船:江南七家诗选》,上海文艺出版社 2007 年版。

柏桦:《水绘仙侣 —— 1642—1651 :冒辟疆与董小宛》,东方出版社 2008 年版。

柏桦:《演春与种梨》,青海人民出版社 2009 年版。

柏桦:《左边:毛泽东时代的抒情诗人》,江苏文艺出版社 2009 年版。

柏桦:《山水手记》,重庆大学出版社 2011 年版。

北岛:《北岛诗选》,新世纪出版社 1986 年版。

北岛:《北岛诗歌集》,南海出版公司 2003 年版。

北岛:《时间的玫瑰》,江苏文艺出版社 2009 年版。

北岛:《北岛作品精选》,长江文艺出版社 2011 年版。

昌耀:《昌耀诗文总集》,作家出版社 2010 年版。

陈东东编选:《行板如歌——音乐与人生》,东方出版社 1996 年版。

陈东东:《词的变奏》,东方出版中心 1997 年版。

陈东东:《海神的一夜》,改革出版社 1997 年版。

陈东东:《明净的部分》,湖南文艺出版社 1997 年版。

陈东东:《短篇·流水》,解放军文艺出版社 2000 年版。

陈东东:《即景与杂说》,中国工人出版社 2000 年版。

陈东东:《夏之书·解禁书》,重庆大学出版社 2011 年版。

陈梦家:《陈梦家诗全编》,杭州文艺出版社 1995 年版。

陈树才选编:《1999 中国最佳诗歌》,辽宁人民出版社 2000 年版。

陈树才选编:《2000 中国最佳诗歌》,辽宁人民出版社 2001 年版。

陈先发:《春天的死亡之书》,安徽文艺出版社 1994 年版。

陈先发:《前世》,复旦大学出版社2005年版。

陈先发:《写碑之心》,长江文艺出版社2011年版。

程光炜编选:《岁月的遗照》,社会科学文献出版社1998年版。

程光炜、洪子诚编选:《第三代诗新编》,长江文艺出版社2006年版。

大卫:《内心剧场》,中国文联出版社2008年版。

丁当:《房子》,河北教育出版社2002年版。

多多:《多多诗选》,花城出版社2005年版。

戈麦、西渡编:《戈麦诗全编》,上海三联书店1999年版。

耿占春编,蓝蓝:《内心生活》,春风文艺出版社1997年版。

顾城:《顾城散文选集》,百花文艺出版社1993年版。

顾城、顾工编:《顾城诗全编》,上海三联书店1995年版。

海男:《虚构的玫瑰》,云南人民出版社1995年版。

海子、西川编:《海子诗全集》,作家出版社2009年版。

韩东:《白色的石头》,上海文艺出版社1992年版。

韩东:《爸爸在天上看我》,河北教育出版社2002年版。

韩作荣主编:《情人花朵:〈人民文学〉新诗歌》,华文出版社2001年版。

黑大春:《黑大春歌诗集》,长征出版社2006年版。

虹影:《鱼教会鱼歌唱》,漓江出版社2001年版。

侯马:《他手记》,江苏文艺出版社2008年版。

胡宽、牛汉、徐放主编:《胡宽诗集》,漓江出版社1996年版。

胡续冬:《日历之力》,作家出版社2007年版。

黄灿然:《必要的角度》,辽宁教育出版社2001年版。

黄灿然:《奇迹集》,广东人民出版社2012年版。

黄灿然:《我的灵魂》,重庆大学出版社 2011 年版。

江河:《太阳和他的反光》,人民文学出版社 1987 年版。

蓝蓝:《睡梦 睡梦》,河北教育出版社 2003 年版。

蓝蓝:《诗篇》,长征出版社 2006 年版。

蓝蓝:《从这里,到这里》,河南文艺出版社 2010 年版。

李丽中、张雷等选评:《朦胧诗后:中国先锋诗选》,南开大学出版社 1990 年版。

李少君主编:《21 世纪诗歌精选》第一辑,长江文艺出版社 2006 年版。

李少君主编:《21 世纪诗歌精选》第二辑,长江文艺出版社 2007 年版。

李亚伟:《豪猪的诗篇》,花城出版社 2006 年版。

梁晓明、南野等主编:《中国先锋诗歌档案》,浙江文艺出版社 2004 年版。

刘希全主编:《先锋诗歌 2002》,光明日报出版社 2003 年版。

骆一禾、张 编:《骆一禾诗全编》,上海三联书店 1997 年版。

吕德安:《适得其所》,重庆大学出版社 2011 年版。

欧阳江河:《谁去谁留》,湖南文艺出版社 1997 年版。

欧阳江河:《透过词语的玻璃》,改革出版社 1997 年版。

欧阳江河:《站在虚构这边》,生活·读书·新知三联书店 2001 年版。

欧阳江河:《事物的眼泪》,作家出版社 2008 年版。

潘维:《潘维诗选》,浙江文艺出版社 2008 年版。

桑克:《转台游戏》,重庆大学出版社 2011 年版。

上海文艺出版社编:《中国新文学大系 1927—1937·诗集》,上海文艺出版社 1985 年版。

上海市作家协会诗歌委员会编:《世纪心声——朗诵诗选》,上海文艺出版社 1999 年版。

沈浩波:《蝴蝶》,上海文艺出版社、上海锦绣文章出版社 2010 年版。

舒丹丹译:《别处的意义——欧美当代诗人十二家》,重庆大学出版社 2010 年版。

舒婷:《舒婷的诗》,人民文学出版社 1994 年版。

宋琳、张小波等:《城市人》,学林出版社 1987 年版。

宋琳:《门厅》,北岳文艺出版社 2000 年版。

孙党伯编:《中国新文学大系 1937—1949·诗卷》,上海文艺出版社 1990 年版。

孙方杰、王夫刚选编:《到诗篇中朗诵》,中国文史出版社 2008 年版。

孙文波:《孙文波的诗》,人民文学出版社 2001 年版。

孙文波:《与无关有关》,重庆大学出版社 2011 年版。

覃子豪:《覃子豪诗选》,香港文艺风出版社 1987 年版。

唐晓渡编选:《先锋诗歌》,北京师范大学出版社 1999 年版。

万夏、潇潇主编:《后朦胧诗全集》,四川教育出版社 1993 年版。

王敖:《王道士的孤独之心俱乐部》,南京大学出版社 2013 年版。

王光明主编:《2002—2003 中国诗歌年选》,花城出版社 2004 年版。

王光明编选:《2004 中国诗歌年选》,花城出版社 2005 年版。

王光明编选:《2005 中国诗歌年选》,花城出版社 2006 年版。

王光明编选:《2006 中国诗歌年选》,花城出版社 2006 年版。

王光明编选：《2007中国诗歌年选》，花城出版社2008年版。

王光明编选：《2008中国诗歌年选》，花城出版社2009年版。

王光明编选：《2009中国诗歌年选》，花城出版社2010年版。

王光明编选：《2010中国诗歌年选》，花城出版社2011年版。

王光明编选：《2011中国诗歌年选》，花城出版社2012年版。

王家新、沈睿编：《当代欧美诗选》，春风文艺出版社1989年版。

王家新：《游动悬崖》，湖南文艺出版社1997年版。

王家新：《夜莺在它自己的时代》，东方出版中心1997年版。

王家新：《王家新的诗》，人民文学出版社2001年版。

王家新：《没有英雄的诗》，中国社会科学出版社2002年版。

王家新：《为凤凰找寻栖所：现代诗歌论集》，北京大学出版社2008年版。

王家新：《未完成的诗》，作家出版社2008年版。

王家新：《雪的款待》，北京大学出版社2010年版。

王家新：《在你的晚脸前》，商务印书馆2013年版。

王蒙主编，宗仁发选编：《2001中国最佳诗歌》，辽宁人民出版社2002年版。

王蒙主编，宗仁发选编：《2002中国最佳诗歌》，辽宁人民出版社2003年版。

王蒙主编，宗仁发选编：《2003中国最佳诗歌》，辽宁人民出版社2004年版。

王蒙主编，宗仁发选编：《2004中国最佳诗歌》，辽宁人民出版社2005年版。

王蒙主编，宗仁发选编：《2005中国最佳诗歌》，辽宁人民出版社2006年版。

参考文献

王蒙主编，宗仁发选编：《2006 中国最佳诗歌》，辽宁人民出版社 2007 年版。

王蒙主编，宗仁发选编：《2003 中国最佳诗歌》，辽宁人民出版社 2009 年版。

王蒙主编，宗仁发选编：《2009 中国最佳诗歌》，辽宁人民出版社 2010 年版。

王蒙主编，宗仁发选编：《2010 中国最佳诗歌》，辽宁人民出版社 2011 年版。

王蒙主编，宗仁发选编：《2012 中国最佳诗歌》，辽宁人民出版社 2013 年版。

王小妮：《我的纸里包着我的火》，春风文艺出版社 1997 年版。

王小妮：《王小妮的诗：半个我正在疼痛》，华艺出版社 2005 年版。

王小妮：《有什么在我心里一过》，作家出版社 2008 年版。

王寅：《刺破梦境》，古吴轩出版社 2005 年版。

王寅：《王寅诗选》，花城出版社 2005 年版。

王佐良：《英国诗文选译集》，外语教学与研究出版社 1980 年版。

西川：《大意如此》，湖南文艺出版社 1997 年版。

西川：《隐秘的汇合》，改革出版社 1997 年版。

西川：《西川的诗》，人民文学出版社 1999 年版。

西川：《深浅：西川诗文录》，中国和平出版社 2006 年版。

西川：《个人好恶》，作家出版社 2008 年版。

西渡：《雪景中的柏拉图》，文化艺术出版社 1998 年版。

西渡、郭骅编：《先锋诗歌档案》，重庆出版社 2004 年。

溪萍编：《第三代诗人探索诗选》，中国文联出版公司 1988 年版。

萧开愚：《萧开愚的诗》，人民文学出版社 2004 年版。

萧开愚：《联动的风景》，重庆大学出版社 2011 年版。

肖水：《中文课》，台北酿 2012 年版。

谢冕、唐晓渡主编，陈超编选：《以梦为马——新生代诗卷》，北京师范大学出版社 1993 年版。

谢冕、唐晓渡主编，崔卫平选编：《苹果上的豹——女性诗卷》，北京师范大学出版社 1993 年版。

谢冕主编，刘福春副主编：《中国新文学大系 1976—2000·诗卷》，上海文艺出版社 2009 年版。

谢冕主编：《中国新诗总系》全 10 卷，人民文学出版社 2010 年版。

徐敬亚、孟浪等编：《中国现代主义诗群大观 1986—1988》，同济大学出版社 1988 年版。

严力：《严力诗选》，上海文艺出版社 1995 年版。

阎月君、周宏坤选编：《后朦胧诗选》，春风文艺出版社 1994 年版。

杨爱群、陈力编选：《新中国朗诵诗选》，春风文艺出版社 1990 年版。

杨克：《陌生的十字路口》，人民文学出版社 1994 年版。

杨克主编：《90 年代实力诗人诗选》，漓江出版社 1999 年版。

杨克：《笨拙的手指》，北岳文艺出版社 2000 年版。

杨克主编：《1999 中国新诗年鉴》，广州出版社 2000 年版。

杨克主编：《2000 中国新诗年鉴》，广州出版社 2001 年版。

杨克主编：《2001 中国新诗年鉴》，海风出版社 2002 年版。

杨克：《广西当代作家丛书·杨克卷》，漓江出版社 2004 年版。

参考文献

杨克主编：《2004—2005 中国新诗年鉴》，海风文艺出版社 2006 年版。

杨克主编：《2008 中国新诗年鉴》，花城出版社 2009 年版。

杨克主编：《60 年中国青春诗歌经典》，中国青年出版社 2009 年版。

杨黎：《灿烂》，青海人民出版社 2005 年版。

杨黎：《一起吃饭的人》，重庆大学出版社 2013 年版。

杨炼、顾城等：《五人诗选》，作家出版社 1986 年版。

杨炼、宇峰：《太阳与人》，湖南文艺出版社 1991 年版。

杨炼、友友：《人景·鬼话：杨炼、友友海外漂泊手记》，中央编译出版社 1994 年版。

杨炼：《大海停止之处：杨炼作品 1982—1987 诗歌卷》，上海文艺出版社 1998 年版。

杨炼：《叙事诗》，华夏出版社 2011 年版。

杨牧：《杨牧诗集Ⅲ》，台北洪范书店 2010 年版。

伊蕾：《独身女人的卧室》，时代文艺出版社 1996 年版。

伊蕾：《伊蕾诗选》，百花文艺出版社 2010 年版。

伊沙：《饿死诗人》，中国华侨出版社 1994 年版。

伊沙：《我的英雄》，河北教育出版社 2003 年版。

伊沙：《伊沙诗选》，青海人民出版社 2003 年版。

于坚：《于坚诗集·对一只乌鸦的命名》，国际文化出版公司 1993 年版。

于坚：《棕皮手记》，东方出版中心 1997 年版。

于坚：《于坚的诗》，人民文学出版社 2000 年版。

于坚：《于坚诗歌·便条集》，云南人民出版社 2001 年版。

于坚:《O 档案》,云南人民出版社 2004 年版。

于坚:《只有大海苍茫如幕》,长征出版社 2006 年版。

于坚:《在漫长的旅途中》,作家出版社 2008 年版。

于坚:《于坚诗学随笔》,陕西师范大学出版社 2010 年版。

俞心樵:《俞心樵诗选》,长江文艺出版社 2013 年版。

宇向:《宇向诗选》,长江文艺出版社 2012 年版。

臧棣、萧开愚等编:《中国诗歌评论——诗在上游》,上海文艺出版社 2013 年版。

臧棣:《燕园纪事》,文化艺术出版社 1998 年版。

臧棣选编:《1998 中国最佳诗歌》,辽宁人民出版社 1999 年版。

臧棣:《风吹草动》,中国工人出版社 2000 年版。

臧棣:《新鲜的荆棘》,新世界出版社 2002 年版。

臧棣:《宇宙是扁的》,作家出版社 2008 年版。

臧棣:《慧根丛书》,重庆大学出版社 2011 年版。

翟永明:《女人》,漓江出版社 1986 年版。

翟永明:《在一切玫瑰之上》,沈阳出版社 1992 年版。

翟永明:《翟永明诗集》,成都出版社 1994 年版。

翟永明:《称之为一切》,春风文艺出版社 1997 年版。

翟永明:《黑夜里的素歌》,改革出版社 1997 年版。

翟永明:《终于使我周转不灵》,河北教育出版社 2002 年版。

翟永明:《最委婉的词》,东方出版社 2008 年版。

翟永明:《十四首素歌》,南京大学出版社 2011 年版。

张广天:《板歌》,作家出版社 2011 年版。

张清华主编:《2001 年中国最佳诗歌》,春风文艺出版社 2002 年版。

张清华主编：《2008 年诗歌》，春风文艺出版社 2009 年版。

张曙光：《小丑的花格外衣》，文化艺术出版公司 1998 年版。

张曙光：《午后的降雪》，重庆大学出版社 2011 年版。

张枣：《春秋来信》，文化艺术出版社 1998 年版。

张枣：《张枣的诗》，人民文学出版社 2010 年版。

郑小琼：《暗夜》，大众文艺出版社 2008 年版。

郑小琼：《散落在机台上的诗》，中国社会出版社 2009 年版。

钟鸣：《旁观者》共三册，海南人民出版社 1998 年版。

钟鸣：《中国杂技：硬椅子》，作家出版社 2003 年版。

周伦佑：《周伦佑诗选》，花城出版社 2006 年版。

朱自清编：《中国新文学大系 1917—1927·诗集》，上海良友图书印刷公司 1935 年版。

邹荻帆、谢冕编：《中国新文学大系 1949—1976·诗卷》，上海文艺出版社 1997 年版。

邹进、霍用灵编：《情绪与感觉——新生代诗选》，人民文学出版社 1989 年版。

此外，参考的诗歌刊物主要有《今天》《现代汉诗》《当代国际诗坛》《诗歌与人》《诗江湖》《下半身》《南京评论》《诗东西》《独立》《当代诗》《读诗》《飞地》等。

二　国外理论著作（含外文著作）

［爱尔兰］西默斯·希尼：《希尼诗文集》，吴德安等译，作家出版社 2001 年版。

［爱沙尼亚］扎娜·明茨、伊·切尔诺夫编：《俄国形式主义文论选》，王薇生译，郑州大学出版社 2005 年版。

［奥］爱德华·汉斯立克：《论音乐的美：音乐美学的修改刍议》，杨业治译，人民音乐出版社 1980 年版。

［波兰］切斯瓦夫·米沃什：《诗的见证》，黄灿然译，广西师范大学出版社 2011 年版。

［德］阿斯特莉特·埃尔主编：《文化记忆理论读本》，余传玲等译，北京大学出版社 2012 年版。

［德］G. 齐美尔：《桥与门——齐美尔随笔集》，涯鸿、宇声译，上海三联书店 1991 年版。

［德］费尔巴哈：《费尔巴哈选集》上卷，商务印书馆 1984 年版。

［德］弗里德里希·尼采：《历史的用途与滥用》，陈涛、周辉荣译，上海人民出版社 2005 年版。

［德］海德格尔：《荷尔德林诗的阐释》，孙周兴译，商务印书馆 2004 年版。

［德］黑格尔：《美学》第三卷，朱光潜译，商务印书馆 1979 年版。

［德］胡戈·弗里德里希：《现代诗歌的结构：19 世纪中期至 20 世纪中期的抒情诗》，李双志译，译林出版社 2010 年版。

［德］W. 希尔德斯海姆：《莫扎特论》，余匡复、余未来译，华东师范大学出版社 2011 年版。

［德］威廉·狄尔泰：《体验与诗：莱辛·歌德·诺瓦利斯·荷尔德林》，胡其鼎译，生活·读书·新知三联书店 2003 年版。

［俄］奥斯普·曼德尔施塔姆：《曼德尔施塔姆随笔选》，黄灿然等译，花城出版社 2010 年版。

［俄］巴赫金：《周边集》，李辉凡、张捷等译，河北教育出版社 1998 年版。

［俄］瓦·叶·哈里泽夫：《文学学导论》，周启超等译，北京大学出版社 2006 年版。

［俄］维克托·什克洛夫斯基等：《俄国形式主义文论选》，方珊等译，生活·读书·新知三联书店 1989 年版。

［法］阿兰·科尔班：《大地的钟声：19 世纪法国乡村的音响状况和感官文化》，王斌译，广西师范大学出版社 2003 年版。

［法］茨维坦·托多洛夫、罗贝尔·勒格罗等：《个体在艺术中的诞生》，鲁京明译，中国人民大学出版社 2007 年版。

［法］茨维坦·托多洛夫编：《俄苏形式主义文论选》，蔡鸿滨译，中国社会科学出版社 1989 年版。

［法］蒂菲纳·萨莫瓦约：《互文性研究》，邵炜译，天津人民出版社 2003 年版。

［法］加斯东·巴什拉：《梦想的诗学》，刘自强译，生活·读书·新知三联书店 1996 年版。

［法］罗兰·巴特：《文之悦》，屠友祥译，上海人民出版社 2002 年版。

［法］马塞尔·雷蒙：《从波德莱尔到超现实主义》，邓丽丹译，河南大学出版社 2008 年版。

［法］吉尔·德勒兹：《批评与临床》，刘云虹、曹丹红译，南京大学出版社 2012 年版。

［法］皮埃尔·布迪厄：《艺术的法则：文学场的生成和结构》，刘晖译，中央编译出版社 2001 年版。

［法］瓦雷里：《瓦莱里诗歌全集》，葛雷、梁栋译，中国文学出版社 1996 年版。

［古希腊］柏拉图：《斐多：柏拉图对话录》，杨绛译，中国国际

广播出版社 2006 年版。

　　[加拿大] 查尔斯·泰勒：《自我的根源：现代认同的形成》，韩震等译，译林出版社 2001 年版。

　　[加拿大] 马歇尔·麦克卢汉：《理解媒介：论人的延伸》，何道宽译，商务印书馆 2001 年版。

　　[加拿大] 诺思罗普·弗莱：《批评的解剖》，陈慧、袁宪军等译，百花文艺出版社 2006 年版。

　　[捷克] 米兰·昆德拉：《小说的艺术》，孟湄译，生活·读书·新知三联书店 1992 年版。

　　[捷克] 米兰·昆德拉：《笑忘录》，莫雅平译，中国社会科学出版社 1992 年版。

　　[捷克] 亚罗斯拉夫·普实克编：《抒情与史诗：中国现代文学论集》，郭建玲译，上海三联书店 2010 年版。

　　[美] 阿瑟·阿萨·伯杰：《通俗文化、媒介和日常生活中的叙事》，姚媛译，南京大学出版社 2000 年版。

　　[美] 埃德蒙·威尔逊：《阿克瑟尔的城堡：1870 年至 1930 年的想象文学研究》，黄念欣译，江苏教育出版社 2006 年版。

　　[美] 爱德华·T.科恩：《作曲家的人格声音》，何弦译，华东师范大学出版社 2011 年版。

　　[美] 爱德华·罗特斯坦：《心灵的标符：音乐与数学的内在生命》，李晓东译，吉林人民出版社 2001 年版。

　　[美] 爱德华·萨丕尔：《语言论——言语研究导论》，陆卓元译，商务印书馆 1985 年版。

　　[美] 波德莱尔：《波德莱尔美学论文选》，郭宏安译，人民文学出版社 1987 年版。

［美］布罗茨基:《见证与愉悦》,黄灿然译,百花文艺出版社1999年版。

［美］布罗茨基:《文明的孩子:布罗茨基论诗和诗人》,刘文飞、唐烈英译,中央编译出版社1999年版。

［美］高友工、梅祖麟:《唐诗的魅力——诗语的结构主义批评》,李世耀译,上海古籍出版社1989年版。

［美］高友工:《美典:中国文学研究论集》,生活·读书·新知三联书店2008年版。

［美］哈罗德·布鲁姆等:《读诗的艺术》,王敖译,南京大学出版社2010年版。

［美］哈罗德·布鲁姆:《如何读,为什么读》,黄灿然译,译林出版社2011年版。

［美］汉娜·阿伦特:《人的条件》,竺乾威等译,上海人民出版社1999年版。

［美］克林斯·布鲁克斯:《精致的瓮:诗歌结构研究》,郭乙瑶、王楠等译,上海人民出版社2008年版。

［美］雷·韦勒克,奥·沃伦:《文学理论》,《文学理论》,刘象愚、邢培明等译,生活·读书·新知三联书店1984年版。

［美］雷纳·威莱克:《西方四大批评家》,林骧华译,复旦大学出版社1983年版。

［美］林毓生:《中国意识的危机——"五四"时期激烈的反传统主义》,穆善培译,贵州人民出版社1986年版。

［美］林毓生:《中国传统的创造性转化》,生活·读书·新知三联书店1988年版。

［美］林顺夫:《中国抒情传统的转变:姜夔与南宋词》,张宏生

译，上海古籍出版社 2005 年版。

［美］鲁道夫·阿恩海姆：《艺术与视知觉》，腾守尧、朱疆源译，四川人民出版社 1998 年版。

［美］罗伯特·司格勒斯：《符号学与文学》，谭大立、龚见明译，春风文艺出版社 1988 年版。

［美］M. H. 艾布拉姆斯：《镜与灯：浪漫主义文论及批评传统》，郦稚牛、张照进等译，北京大学出版社 1989 年版。

［美］M. H. 艾布拉姆斯：《以文行事：艾布拉姆斯精选集》，赵毅衡、周劲松等译，译林出版社 2010 年版。

［美］萨义德：《知识分子论》，单德兴译，生活·读书·新知三联书店 2002 年版。

［美］斯维特兰娜·博伊姆：《怀旧的未来》，杨德友译，译林出版社 2010 年版。

［美］苏珊·朗格：《艺术问题》，滕守尧、朱疆源译，中国社会科学出版社 1983 年版。

［美］苏珊·桑塔格：《反对阐释》，程巍译，上海译文出版社 2003 年版。

［美］苏珊·朗格：《情感与形式》，刘大基、傅志强等译，中国社会科学出版社 1986 年版。

［美］孙康宜、宇文所安：《剑桥中国文学史》上卷，刘倩等译，生活·读书·新知三联书店 2013 年版。

［美］孙康宜：《抒情与描写：六朝诗歌概论》，钟振振译，上海三联书店 2006 年版。

［美］T. S. 艾略特：《艾略特诗学文集》，王恩衷译，国际文化出版公司 1989 年版。

［美］唐纳德·巴塞尔姆：《白雪公主》，周荣胜等译，哈尔滨出版社 1994 年版。

［美］田晓菲：《留白：写在〈秋水堂论金瓶梅〉之后》，天津人民出版社 2009 年版。

［美］王德威：《抒情传统与中国现代性：在北大的八堂课》，生活·读书·新知三联书店 2010 年版。

［美］奚密：《从边缘出发：现代汉诗的另类传统》，广东人民出版社 2000 年版。

［美］奚密：《台湾现代诗论》，香港天地图书有限公司 2009 年版。

［美］奚密：《现代汉诗：一九一七年以来的理论与实践》，上海三联书店 2008 年版。

［美］宇文所安：《中国"中世纪的终结"——中唐文学文化论集》，陈引驰、陈磊译，生活·读书·新知三联书店 2006 年版。

［美］宇文所安：《晚唐：九世纪中叶的中国诗歌（827—860）》，贾晋华、钱彦译，生活·读书·新知三联书店 2011 年版。

［美］约翰·费斯克：《理解大众文化》，王晓珏、宋伟杰译，中央编译出版社 2001 年版。

［美］约翰·迈尔斯：《口头诗学：帕里—洛德理论》，朝戈金译，社会科学文献出版社 2000 年版。

［墨西哥］奥克塔维奥·帕斯：《帕斯选集》上、下卷，赵振江等编译，作家出版社 2006 年版。

［墨西哥］奥克塔维奥·帕斯：《批评的激情》，赵振江译，云南人民出版社 1995 年版。

［挪威］诺伯舒兹：《场所精神——迈向建筑现象学》，施植明译，

华中科技大学出版社 2010 年版。

　　［日］柄谷行人:《日本现代文学的起源》，赵京华译，生活·读书·新知三联书店 2003 年版。

　　［瑞士］埃米尔·施塔格尔:《诗学的基本概念》，胡其鼎译，中国社会科学出版社 1992 年版。

　　［苏］彼得洛夫斯基:《普通心理学》，人民教育出版社 1981 年版。

　　［苏］车尔尼雪夫斯基:《车尔尼雪夫斯基论文集》中卷，辛未艾译，上海译文出版社 1979 年版。

　　［新加坡］萧驰:《抒情传统与中国思想——王夫之诗学发微》，上海古籍出版社 2003 年版。

　　［匈］李斯特:《李斯特论柏辽兹与舒曼》，张洪岛、张洪模等译，音乐出版社 1962 年版。

　　［英］爱德华·泰勒:《原始文化》，连树声译，上海文艺出版社 1992 年版。

　　［英］安德鲁·本尼特、尼古拉·罗伊尔:《关键词:文学、批评与理论导论》，汪正龙、李永新译，广西师范大学出版社 2007 年版。

　　［英］安东尼·吉登斯:《现代性的后果》，田禾译，译林出版社 2000 年版。

　　［英］安东尼·吉登斯:《现代性与自我认同:现代晚期的自我与社会》，赵旭东、方文等译，生活·读书·新知三联书店 1998 年版。

　　［英］雷蒙·威廉斯:《文化与社会:1780—1950》，高晓玲译，吉林出版集团有限责任公司 2011 年版。

　　［英］迈克·费瑟斯通:《消费文化与后现代主义》，刘精明译，译林出版社 2000 年版。

　　[英] 托马斯·斯特恩斯·艾略特:《艾略特诗学文集》，王恩衷编译，国际文化出版公司1989年版。

　　[英] 锡德尼:《为诗辩护》，钱学熙译，人民文学出版社1998年版。

　　Alan B Galt: *Sound and Sense in the Poetry of Theodor Storm*，Bern: H. Lang，1973.

　　Albin J. Zak: *The Poetics of Rock: Cutting Tracks, Making Records*，Berkeley: University of California Press，2001.

　　Attridge，Derek，Poetic & Rhythm: *An Introduction*，New York: Cambridge University Press，1995.

　　Carper，Thomas Arrridge，Derek，Meter and Meaning: *An Introduction to Rhythm in Poetry*，New York: Routledge，2003.

　　Charles Bernstein: *Close Listening*，New York: Oxford University，1998.

　　Christopher Lupke: *New Perspectives on Contemporary Chinese Poetry*，New York: Palgrave Macmillan，2008.

　　Cooper，G. Burns，*Mysterious Music: Rhythm and Free Verse*，Redwood City: Stanford University Press，1998.

　　D.W.Winnicott: *Playing and Reality*，New York: Tavistock，1989.

　　Gross，Harvey & Mcdwell，Robert，Sound and Form in Modern Poetry，Ann Arbor: The University of Michigan Press，1996.

　　Hollander，John，Vision and Resonance: *Two Senses of Poetic form*，New York: Oxford University Press，1975.

　　Joseph. Frank，*Twentieth Century Criticism*. William J. Handy and Max Westbrook（eds.），New York: The Fress Press，1974.

　　Krystyna Mazur，*Poetry and Repetition: Walt Whitman，Wallace Ste-*

vens, John Ashbery, New York: Routledge, 2005.

Maghiel van Crevel, Tian Yuan Tan and Michel Hockx: *Text, Performance, and Gender in Chinese Literature and Music*, Leiden·Boston: Brill, 2009.

Ong. Walter J, Orality and literacy: *The technologizing of the word*, New York: Routledge, 1988.

Voices in Revolution Poetry and Auditory Imagination in Modern China, University of *Hawaii Press*, 2009.

三 国内理论著作

（东汉）许慎:《说文解字》,中华书局1963年版。

（汉）班固:《汉书》,中州古籍出版社2004年版。

（汉）郑玄注,（唐）孔颖达疏:《礼记正义》,北京大学出版社1999年版。

（南朝梁）刘勰:《文心雕龙》,王运熙、周锋译注,上海古籍出版社2010年版。

（宋）沈括:《梦溪笔谈校证》,胡道静校证,古典文学出版社1957年版。

（宋）张邦基撰:《墨庄漫录》,孔凡礼点校,中华书局2002年版。

《诗刊》编辑部编:《新诗歌的发展问题》1—4,作家出版社1959—1961年版。

艾青:《诗论》,人民文学出版社1980年版。

柏桦:《外国诗歌在中国》,巴蜀书社2008年版。

北京大学中国诗歌研究所、首都师范大学中国诗歌研究中心:《新诗研究的问题与方法研讨会论文集》（会议论文）,2007年。

边建松：《海子诗传：麦田上的光芒》，江苏文艺出版社2010年版。

卞之琳：《卞之琳文集》，安徽教育出版社2002年版。

查建英：《八十年代：访谈录》，生活·读书·新知三联书店2006年版。

常文昌：《中国现代诗歌理论批评史》，人民文学出版社2004年版。

陈本益：《汉语诗歌的节奏》，台北文津出版社1994年版。

陈超编：《最新先锋诗论选》，河北教育出版社2003年版。

陈超：《20世纪中国探索诗鉴赏》，河北人民出版社1999年版。

陈超：《中国先锋诗歌论》，人民文学出版社2007年版。

陈大为：《中国当代诗史的典律生成与裂变》，台北万卷楼图书股份有限公司2009年版。

陈均：《中国新诗批评观念之建构》，北京大学出版社2009年版。

陈平原：《中国现代学术的建立——以章太炎、胡适之为中心》，北京大学出版社1998年版。

陈少松：《古诗词文吟诵研究》，社会科学文献出版社1997年版。

陈思和、杨扬编：《九十年代批评文选》，汉语大词典出版社2001年版。

陈旭光编选：《快餐馆里的冷风景：诗歌诗论选》，北京大学出版社1994年版。

陈旭光：《中西诗学的会通——20世纪中国现代主义诗学研究》，北京大学出版社2002年版。

陈寅恪：《元白诗笺证稿》，上海古籍出版社1978年版。

陈寅恪：《金明馆丛稿初编》，生活·读书·新知三联书店2001

年版。

陈仲义：《诗的哗变》，鹭江出版社 1994 年版。

陈仲义：《现代诗：语言张力论》，长江文艺出版社 2012 年版。

陈子展撰，徐志啸导读：《中国近代文学之变迁；最近三十年中国文学史》，上海古籍出版社 2000 年版。

程光炜：《程光炜诗歌时评》，河南大学出版社 2002 年版。

戴伟华：《地域文化与唐代诗歌》，中华书局 2006 年版。

邓程：《论新诗的出路：新诗诗论对传统的态度述析》，中国社会科学出版社 2004 年版。

丁鲁：《中国新诗格律问题》，昆仑出版社 2010 年版。

废名、陈子善编：《论新诗及其他》，辽宁教育出版社 1998 年版。

废名、朱英诞：《新诗讲稿》，北京大学出版社 2008 年版。

冯文炳：《谈新诗》，人民文学出版社 1984 年版。

冯至：《冯至全集》第四卷，河北教育出版社 1999 年版。

傅浩：《英国运动派诗学》，译林出版社 1998 年版。

高兰编：《诗的朗诵与朗诵的诗》，山东大学出版社 1987 年版。

耿占春：《观察者的幻象》，上海文艺出版社 2007 年版。

顾颉刚、钱小柏编：《顾颉刚民俗学论集》，上海文艺出版社 1998 年版。

郭沫若：《郭沫若全集》（文学编）第十五卷，人民文学出版社 1990 年版。

海岸选编：《中西诗歌翻译百年论集》，上海外语教育出版社 2007 年版。

何其芳：《关于写诗与读诗》，作家出版社 1956 年版。

洪子诚：《中国当代文学史》，北京大学出版社 1999 年版。

洪子诚、刘登翰：《中国当代新诗史》，北京大学出版社 2010 年版。

洪子诚：《学习对诗说话》，北京大学出版社 2010 年版。

胡怀琛编纂：《尝试集批评与讨论》，泰东图书局 1923 年版。

胡怀琛编纂：《新诗概说》，商务印书馆 1923 年版。

胡怀琛：《小诗研究》，商务印书馆 1924 年版。

胡怀琛：《诗学讨论集》，上海新文化书社 1934 年版。

胡适编：《中国新文学大系·建设理论集》（1917—1927），上海良友图书印刷公司 1935 年版。

胡适：《白话文学史》，新月书店 1939 年版。

黄玫：《韵律与意义：20 世纪俄罗斯诗学理论研究》，人民出版社 2005 年版。

吉联抗译注：《嵇康·声无哀乐论》，人民音乐出版社 1964 年版。

简政珍：《台湾现代诗美学》，台北扬智文化事业股份有限公司 2004 年版。

江弱水：《中西同步与位移：现代诗人丛论》，安徽教育出版社 2003 年版。

江弱水：《抽思织锦：诗学观念与文体论集》，北京大学出版社 2010 年版。

江弱水：《古典诗的现代性》，生活·读书·新知三联书店 2010 年版。

江依铮：《现代图像诗中的音乐性》，台北秀威资讯科技股份有限公司 2012 年版。

姜涛：《"新诗集"与中国新诗的发生》，北京大学出版社 2005 年版。

敬文东：《抒情的盆地》，湖南文艺出版社 2006 年版。

敬文东：《中国当代诗歌的精神分析》，中国社会出版社 2010 年版。

蓝棣之：《现代诗的情感与形式》，人民文学出版社 2002 年版。

黎志敏：《诗学构建：形式与意象》，人民出版社 2008 年版。

李广田：《诗的艺术》，开明书店 1943 年版。

李健吾、郭宏安编：《李健吾批评文集》，珠海出版社 1998 年版。

李怡：《中国现代新诗与古典诗歌传统》，北京大学出版社 2008 年版。

李振声：《季节轮换："第三代"诗叙论》，复旦大学出版社 2008 年版。

梁启超撰，朱维铮导读：《清代学术概论》，上海古籍出版社 2009 年版。

梁实秋、徐静波编：《梁实秋批评文集》，珠海出版社 1998 年版。

梁宗岱：《诗与真·诗与真二集》，外国文学出版社 1984 年版。

梁宗岱：《宗岱的世界》，广东人民出版社 2003 年版。

梁宗岱、卫建民校注：《诗与真》，中央编译出版社 2006 年版。

梁宗岱：《诗与真》，中央编译出版社 2006 年版。

燎原：《海子评传》，中国戏剧出版社 2011 年版。

廖炳惠：《关键词 200：文学与批评的研究的通用词汇编》，江苏教育出版社 2006 年版。

廖亦武编：《沉沦的圣殿：中国 20 世纪 70 年代地下诗歌遗照》，新疆青少年出版社 1999 年版。

林庚：《唐诗综论》，人民文学出版社 1987 年版。

林庚：《新诗格律与语言的诗化》，经济日报出版社 2000 年版。

刘半农编、刘复辑：《初期白话诗稿》，星云堂书店 1933 年版。

刘波：《"第三代"诗歌研究》，河北大学出版社 2012 年版。

刘春：《朦胧诗以后》，昆仑出版社 2008 年版。

刘春：《一个人的诗歌史》，广西师范大学出版社 2010 年版。

刘大白：《旧诗新话》，开明书店 1928 年版。

刘方喜：《声情说：诗学思想之中国表述》，知识产权出版社 2008 年版。

刘方喜：《"汉语文化共享体"与中国新诗论争》，山东教育出版社 2009 年版。

刘福春：《中国新诗编年史》上、下卷，人民文学出版社 2013 年版。

刘涛：《百年汉诗形式的理论探求——20 世纪现代格律诗学研究》，人民文学出版社 2013 年版。

刘现强：《汉语诗歌的节奏研究》，北京语言大学出版社 2007 年版。

刘小枫：《拯救与逍遥》，上海三联书店 2001 年版。

刘尧民：《词与音乐》，云南人民出版社 1982 年版。

龙榆生：《龙榆生词学论文集》，上海古籍出版社 2009 年版。

龙榆生：《唐宋词格律》，上海古籍出版社 2010 年版。

龙榆生：《中国韵文史》，上海古籍出版社 2010 年版。

陆正兰：《歌词学》，中国社会科学出版社 2007 年版。

陆志韦：《陆志韦近代汉语音韵论集》，商务印书馆 1988 年版。

陆志韦：《中国诗五讲》，外语教学与研究出版社 1982 年版。

路文彬：《视觉文化与中国文学的现代性失聪》，安徽教育出版社 2008 年版。

罗振亚：《朦胧诗后先锋诗歌研究》，中国社会科学出版社 2005 年版。

罗志田：《权势转移：近代中国的思想、社会和学术》，湖北人民出版社 1999 年版。

罗志田：《裂变中的传承——20 世纪前期的中国文化与学术》，中华书局 2009 年版。

罗志田：《变动时代的文化履迹》，复旦大学出版社 2010 年版。

骆寒超：《20 世纪新诗综论》，学林出版社 2001 年版。

吕同六：《20 世纪世界小说理论经典》上、下，华夏出版社 1995 年版。

欧阳友权：《网络文学本体论》，中国文联出版社 2004 年版。

帕米尔文化艺术研究院编修：《触摸·旁通·分享：中日当代诗歌对话》，作家出版社 2010 年版。

潘颂德：《中国现代新诗理论批评史》，学林出版社 2002 年版。

钱谷融：《钱谷融论文学》，华东师范大学出版社 2008 年版。

钱基博：《现代中国文学史》，上海书店出版社 2007 年版。

裘锡圭：《文字学概要》，商务印书馆 1988 年版。

饶孟侃、王锦厚、陈丽莉编：《饶孟侃诗文集》，四川大学出版社 1997 年版。

任半塘：《唐声诗》上、下编，上海古籍出版社 1982 年版。

沈从文：《抽象的抒情》，复旦大学出版社 2004 年版。

沈苇、武红编：《中国作家访谈录》，新疆青少年出版社 2005 年版。

沈亚丹：《寂静之音——汉语诗歌的音乐形式及其历史变迁》，上海人民出版社 2007 年版。

孙玉石：《中国初期象征派诗歌研究》，北京大学出版社 2010 年版。

孙玉石：《中国现代解诗学的理论与实践》，北京大学出版社 2010 年版。

孙玉石：《中国现代诗学丛论》，北京大学出版社 2010 年版。

唐圭璋：《元人小令格律》，上海古籍出版社 1981 年版。

唐晓渡、西川主编：《当代国际诗坛》第 4 辑，作家出版社 2010 年版。

滕守尧：《审美心理描述》，四川人民出版社 1998 年版。

汪民安：《身体、空间与后现代性》，江苏人民出版社 2006 年版。

王干：《废墟之花——朦胧诗的前世今生》，江苏文艺出版社 2009 年版。

王光明：《现代汉诗的百年演变》，河北人民出版社 2003 年版。

王家新、孙文波编：《中国诗歌：九十年代备忘录》，人民文学出版社 2000 年版。

王靖献、谢谦译：《钟与鼓——〈诗经〉的套语及其创作方式》，四川人民出版社 1990 年版。

王力：《龙虫并雕斋文集》第一册，中华书局 1980 年版。

王力：《诗词格律》，中华书局 2000 年版。

王力：《王力词律学》，山西古籍出版社 2003 年版。

王力：《现代诗律学》，中国人民大学出版社 2004 年版。

王力：《汉语诗律学》，上海教育出版社 2005 年版。

王书婷：《新诗节奏和意象的理论与实践（1917—1937）》，华中科技大学出版社 2007 年版。

王永生主编：《中国现代文论选》，贵州人民出版社 1982 年版。

王哲甫：《中国新文学运动史》，杰成印书局 1933 年版。

王佐良：《论诗的翻译》，江西教育出版社 1992 年版。

王佐良：《王佐良随笔：心智文采》，北京大学出版社 2007 年版。

王佐良：《英国诗史》，译林出版社 2008 年版。

文振庭编：《文艺大众化问题讨论资料》，上海文艺出版社 1987 年版。

闻一多：《闻一多论新诗》，武汉大学出版社 1985 年版。

吴洁敏、朱宏达：《汉语节律学》，语文出版社 2001 年版。

吴梅、郭英德编：《吴梅词曲论四种》，商务印书馆 2010 年版。

吴盛青、高嘉谦主编：《抒情传统与维新时代》，上海文艺出版社 2012 年版。

吴为善：《汉语韵律句法结构探索》，学林出版社 2006 年版。

吴翔林：《英诗格律及自由诗》，商务印书馆 1993 年版。

伍蠡甫、胡经之主编：《西方文艺理论名选编》上、中、下，北京大学出版社 1987 年版。

西渡：《守望与倾听》，中央编译出版社 2000 年版。

锡金：《标点符号怎样使用》，生活·读书·新知三联书店 1949 年版。

谢冕、唐晓渡主编，吴思敬编选：《磁场与魔方·新潮诗论卷》，北京师范大学出版社 1993 年版。

徐迺翔编：《中国新文艺大系·理论史料集》（1937—1949），中国文联出版公司 1998 年版。

颜同林：《方言与中国现代新诗》，中国社会科学出版社 2008 年版。

杨匡汉，刘福春编：《中国现代诗论》上、下编，花城出版社

1985 年版。

　　杨晓霭：《宋代声诗研究》，中华书局 2008 年版。

　　姚家华编：《朦胧诗论争集》，学苑出版社 1989 年版。

　　叶公超、陈子善编：《叶公超批评文集》，珠海出版社 1998 年版。

　　叶维廉：《中国诗学》，人民文学出版社 2006 年版。

　　一行：《词学伦理》，上海书店出版社 2007 年版。

　　殷国明：《艺术形式不仅仅是形式》，浙江文艺出版社 1988 年版。

　　于坚、谢有顺：《于坚谢有顺对话录》，苏州大学出版社 2003 年版。

　　于坚：《于坚诗学随笔》，陕西师范大学出版总社有限公司 2010 年版。

　　余光中：《掌上雨》，大林出版社 1970 年版。

　　余恕诚：《唐诗风貌》，安徽大学出版社 2000 年版。

　　余英时：《文史传统与文化重建》，生活·读书·新知三联书店 2004 年版。

　　袁可嘉：《论新诗现代化》，生活·读书·新知三联书店 1988 年版。

　　张曙光、孙文波、西渡编：《语言：形式的命名》，人民文学出版社 1999 年版。

　　张桃洲、孙晓娅主编：《内外之间：新诗研究的问题与方法》，社会科学文献出版社 2012 年版。

　　张晓红：《互文视野中的女性诗歌》，广西师范大学出版社 2008 年版。

　　张新颖、坂井洋史：《现代困境中的文学语言和文化形式》，山东教育出版社 2010 年版。

张远山：《汉语的奇迹》，云南人民出版社 2002 年版。

章太炎演讲，曹聚仁编：《国学概论》，泰东图书局 1922 年版。

章太炎：《章太炎全集》第四册，上海人民出版社 1985 年版。

章太炎，曹聚仁整理：《国学概论》，上海古籍出版社 1997 年版。

赵元任：《赵元任音乐论文集》，中国文联出版公司 1994 年版。

郑敏：《诗歌与哲学是近邻：结构——解构诗论》，北京大学出版社 1999 年版。

中国社会科学院文学研究所编：《古典文艺理论译丛》，知识产权出版社 2006 年版。

周殿福：《艺术语言发音基础》，中国社科文献出版社 1980 年版。

周瓒：《透过诗歌写作的潜望镜》，社会科学文学出版社 2007 年版。

周作人：《中国新文学的源流》，江苏文艺出版社 2007 年版。

朱光灿：《中国现代诗歌史》，山东大学出版社 2000 年版。

朱光潜：《西方美学史》上、下，人民文学出版社 1979 年版。

朱光潜：《谈美》，广西师范大学出版社 2004 年版。

朱光潜：《诗论》，上海古籍出版社 2005 年版。

朱立元：《当代西方文艺理论》，华东师范大学出版社 2005 年版。

朱自清：《新诗杂话》，广西师范大学出版社 2004 年版。

朱自清：《中国歌谣》，金城出版社 2005 年版。

宗白华：《美学散步》，上海人民出版社 2005 年版。

四 论文文献

［德］贝恩：《诗应当改善人生吗?》，《当代国际诗坛》第 4 辑，贺骥译，作家出版社 2010 年版。

［英］布莱恩·霍尔顿：《杨炼诗集译事》，《诗探索》，蒋登科译，2002 年第 3—4 辑。［美］奚密：《论现代汉诗的环形结构》，《当代作家评论》2008 年第 3 期。

［美］奚密：《诗与戏剧的互动——于坚〈0 档案〉的探微》，《诗探索》1998 年第 3 期。

［美］奚密：《杨牧：台湾现代诗的 Game—Changer》，《台湾文学学报》2010 年 12 月第 17 期。

［美］奚密：《中国式的后现代——现代汉诗的文化政治》，《中国研究》1998 年 9 月第 37 期。

《"2011 年中克诗人互访交流项目"圆满结束》，《中国诗歌研究动态》第十辑，学苑出版社 2012 年版。

《诗歌的声音与形象——"传媒与中国新诗"暨"央视新年新诗会"学术研讨会综述》，《中国诗歌研究动态》第三辑，学苑出版社2007 年版。

柏桦：《旁观与亲历：王寅的诗歌》，《江汉大学学报》（社会科学版）2008 年第 6 期。

卞之琳：《哼唱型节奏（吟调）和说话型节奏（诵调)》，《作家通讯》1954 年第 9 期。

蔡宗齐、李冠兰译：《节奏 句式 诗境——古典诗歌传统的新解读》，《中山大学学报》（社会科学版）2009 年第 2 期。

曹成竹：《从"民族的诗"到"民族志诗学"——从歌谣运动的两处细节谈起》，《文艺理论研究》2011 年第 2 期。

朝戈金：《关于口头传唱诗歌的研究——口头诗学问题》，《文艺研究》2002 年第 4 期。

陈大卫：《论于坚诗歌迈向"微物叙事"的口语写作》，《台湾诗学学刊》2012 年 7 月第 19 号。

陈丹：《寻找城市的精神——以成都为例探讨中国当代文学中城市书写的得与失》，《当代文坛》2010 年第 3 期。

陈东东、木朵：《陈东东访谈 诗跟内心生活的水平同等高》，《诗选刊》2003 年第 10 期。

陈东东：《杂志八十年代》，《诗林》2008 年第 2 期。

陈卫、陈茜：《音乐性与中国当代诗歌》，《江汉论坛》2010 年第 7 期。

陈仲义：《现代诗语与文言诗语的分野——两种不同"制式"的诗歌》，《中国现代文学研究丛刊》2013 年第 6 期。

陈仲义：《重启：语音变奏及纯音演出——现代诗语修辞研究之四》，《长沙理工大学学报》（社会科学版）2013 年第 4 期。

邓仁：《顿和它的活动——诗歌狭义节奏论》，《社会科学辑刊》1979 年第 2 期。

邓仁：《回环——诗歌广义节奏论》，《贵州社会科学》1982 年第 5 期。

丁瑞根：《陆志韦〈渡河〉与新诗形式运动》，《中国现代文学研究丛刊》1988 年第 1 期。

范荣：《杜拉斯的写作：句子、场景、叙事—— 米莱伊·卡勒—格吕贝尔教授访谈录》，《法国研究》2012 年第 3 期。

方长安：《1920 年代初中国新诗中的"西方"》，《河北学刊》2011 年第 6 期。

傅宗洪：《"音乐的"还是"文学的"？——歌谣运动与现代史学传统的再认识》，《中国现代文学研究丛刊》2011 年第 9 期。

傅宗洪：《延安时期民歌改造的诗学阐释》，《文学评论》2011 年第 5 期。

高小康：《在"诗"与"歌"之间的振荡》，《文学评论》2002 年第 2 期。

郜元宝：《汉语之命运——百年未完的争辩》，《南方文坛》2009 年第 2 期。

公木：《在民歌和古典诗歌基础上发展新诗》，《社会科学战线》1980 年第 2 期。

胡兴：《声音的发现——论一种新的诗歌倾向》，《山花》1989 年第 5 期。

胡续冬：《诗歌：自我的腾挪》，《文艺争鸣》2008 年第 6 期。

黄灿然：《译诗中的现代敏感》，《读书》1998 年第 5 期。

黄丹纳：《论新声诗的现代性》，《中州学刊》2011 年第 3 期。

黄丹纳：《新声诗初探》，《文学评论》2004 年第 3 期。

黄悦：《中国传统诗歌格律的美学价值》，《中国社会科学院研究生院学报》1989 年第 5 期。

金盾：《从诗朗诵的活跃谈起》，《诗刊》1982 年第 9 期。

金燕、贺中：《把诗歌带回到声音里去》，《艺术评论》2004 年第 4 期。

冷霜：《分叉的想象——重读林庚 1930 年代的新诗格律思想》，《新诗评论》2006 年第 2 辑。

李荣启：《文学语言节奏论》，《文艺理论与批评》2004 年第 4 期。

李怡：《"新诗现代化"及其中国意义——重温袁可嘉的"新诗现代化"思想》，《文学评论》2011 年第 5 期。

李章斌：《多多诗歌的音乐结构》，《当代作家评论》2011 年第 3 期。

李章斌：《瘸腿的诗学——关于当代新诗批评音乐维度的一些思考》，《江苏社会科学》2012 年第 1 期。

李章斌：《韵律如何由"内"而"外"——谈"内在韵律"的限度与出路问题》，《文学评论》2013 年第 6 期。

李振声：《晚期桐城"文"观念的"旧"中之"新"——中国新文学"前史"研究之一》，《文艺争鸣》2011 年第 10 期。

燎原：《诗歌写作中的"普通话"与"方言"》，《大昆仑》创刊号，2011 年。

廖亦武：《朗诵》，民刊《现代汉诗》，1994 年春夏合卷。

林少阳：《未竟的白话文——围绕着"音"展开的汉语新诗史》，《新诗评论》2006 年第 2 辑。

刘继业：《朗诵诗理论探索与中国现代诗学》，《中国社会科学》2003 年第 5 期。

刘淑玲：《〈大公报·战线〉与抗战时期的朗诵诗》，《河北学刊》2001 年第 6 期。

刘再复、楼肇明：《关于新诗艺术形式问题的质疑》，《社会科学战线》1979 年第 3 期。

罗念生：《格律诗谈》，《北京社会科学》1987 年第 4 期。

罗文军：《成都内外——对四川第三代诗歌传播的社会学考察》，《海南师范大学学报》（社会科学版）2009 年第 2 期。

罗振亚：《"个人化写作"：通往"此在"的诗学》，《中国文学研究》2004 年第 1 期。

梅家玲：《有声的文学史——"声音"与中国文学的现代性追求》，《汉学研究》2011 年第 29 卷第 2 期。

钱志熙：《歌谣、乐章、徒诗——论诗歌史的三大分野》，《中山大学学报》（社会科学版）2011 年第 1 期。

沈亚丹：《通向寂静之途——论汉语诗歌音乐性的变迁》，《南京师范大学学报》（社会科学版）2002 年第 3 期。

沈亚丹：《声音的秩序——汉语诗律作为国人宇宙意识的形式化呈现》，《文艺理论研究》2011 年第 1 期。

孙大雨：《诗歌底格律》（续），《复旦学报》（人文科学版）1957 年第 2 期。

孙基林：《论"第三代诗"的本体意识》，《文史哲》1996 年第 6 期。

孙绍振：《我国古典诗歌节奏的历史发展及其他》，《诗探索》1980 年第 1 期。

唐文吉：《声音与中国诗歌》，《文艺理论与批评》2005 年第 4 期。

王德威：《史诗时代的抒情声音——江文也的音乐与诗歌》，《杭州师范大学学报》（社会科学版）2011 年第 1 期。

王东东：《护身符、练习曲与哀歌：语言的灵魂——张枣论》，《新诗评论》，北京大学出版社 2011 年第 1 辑。

王干：《辉煌的生命空间——论杨炼的组诗》，《文学评论》1987 年第 5 期。

王光明：《诗歌的题材与形式》，《山花》1988 年第 5 期。

王家新：《翻译与中国新诗的语言问题》，《文艺研究》2011 年第 10 期。

王力：《中国格律诗的传统和现代格律诗的问题》，《文学评论》1959 年第 3 期。

王苗：《歌谣：新诗的另一种开端——略论新诗初创期拟歌谣体新诗创作》，《清华学报》2009 年增 2 期。

王书婷：《寻找"富于暗示的音义凑拍的诗"——论现代派的"纯诗"艺术探索》，《中国现代文学研究丛刊》2008 年第 3 期。

王小妮、木朵：《诗是现实中的意外》，《诗潮》2004 年第 1 期。

王雪松：《闻一多的诗歌节奏理论与实践》，《人文杂志》2010 年第 2 期。

王泽龙、王雪松：《中国现代诗歌节奏内涵论析》，《文学评论》2011 年第 2 期。

文学武：《朱光潜、梁宗岱诗学理论比较论》，《文学评论》2011 年第 6 期。

吴思敬：《新媒体与当代诗歌创作》，《河南社会科学》2004 年第 1 期。

西川：《这十年来》，《诗刊》2011 年 9 月号（上半月刊）。

西渡：《卞之琳的新诗格律理论》，《现代中文学刊》2011 年第 4 期。

西渡：《诗歌中的声音问题》，《淮北煤炭师范学院学报》（哲学社会科学版）2000 年第 1 期。

锡金：《朗诵的诗和诗的朗诵》，《战地》1938 年 6 月 1 日。

徐盛桓：《论诗的织体》，《上海外国语大学学报》1996 年第 2 期。

颜炼军：《"天鹅"在当代汉语新诗中的诗意漂移》，《中国现代文学研究丛刊》2012 年第 11 期。

杨炼：《中文之内》，《天涯》1999 年第 2 期。

杨炼、阿莱士：《杨炼与阿莱士对话：方言写作，大象和老鼠的交流》，《诗东西》2011 年第 3 期。

杨雄：《唱诗论——关于今诗形式、传播的思考》，《山花》2009 年第 14 期。

杨扬：《海派文学与地缘文化》，《社会科学》2007 年第 7 期。

杨扬：《城市空间与文学类型——论作为文学类型的海派文学》，《学术月刊》2008 年第 4 期。

杨扬：《南移与北归——从文学视角看城市文化的变迁》，《中文自学指导》2009 年第 1 期。

杨志学：《论诗歌的传播特质》，《延安文学》2006 年第 2 期。

于坚、陶乃侃：《"抱着一块石头沉到底"》，《当代作家评论》1999 年第 3 期。

于坚：《玻璃盒、自我、诗歌的音乐性——与德国青年诗人巴斯·波特舍对谈》，《青年文学》2008 年第 6 期。

于坚：《在汉语中思考诗》，《文学报》2008 年 4 月 3 日。

于坚：《如果不是工匠式写作，你会被淘汰》，《南方周末》，2013 年 11 月 7 日。

于晓磊：《上世纪 20 至 40 年代新诗朗诵与新诗语言的关系》，《沈阳师范大学学报》（社会科学版）2011 年第 3 期。

余夏云：《出夏之梅：陆忆敏的诗》，《江汉大学学报》（人文科学版）2008 年第 6 期。

臧棣：《后朦胧诗人：作为一种写作的诗歌》，《文艺争鸣》1996 年第 1 期。

臧棣：《记忆的诗歌叙事学——细读西渡的〈一个钟表匠的记忆〉》，《诗探索》2002 年第 1—2 辑。

翟永明：《再谈"黑夜意识"和"女性诗歌"》，《诗探索》1995 年第 1 辑。

翟月琴：《轮回与上升：陈东东诗歌的声音抒情传统》，《江汉大学学报》（人文科学版）2012 年第 3 期。

张闳：《丽娃河畔的纳喀索斯——宋琳诗歌的抒情品质及其焦虑》，《江汉大学学报》（人文科学版）2008 年第 6 期。

张清华：《持续狂欢·伦理震荡·中产趣味——对新世纪诗歌状况的一个简略考察》，《文艺争鸣》2007 年第 6 期。

张清华：《当代诗歌中的地方美学与地域意识形态——从文化地理视角的观察》，《文艺研究》2010 年第 10 期。

张桃洲：《诗歌的非朗诵时代》，《诗选刊》2006 年第 6 期。

张桃洲：《论西渡与中国当代诗歌的声音问题》，《艺术广角》2008 年第 2 期。

张桃洲：《内在旋律：20 世纪自由体新诗格律的实质》，《文学评论》2013 年第 3 期。

张枣、颜炼军：《"甜"——与诗人张枣一席谈》，《名作欣赏》2010 年第 10 期。

张枣：《朝向语言风景的危险旅行——当代中国诗歌的元诗结构和写者姿态》，《上海文学》2001 年第 1 期。

赵飞：《剔清那不洁的千层音——论诗歌语言的声音配置》，《长沙理工大学学报》2014 年第 1 期。

赵黎明：《"音律中心"论与诗"从朗诵入手"——朱光潜的解诗理论》，《文艺争鸣》2011 年第 2 期。

赵黎明：《格调诗学传统与朱光潜现代"声律批评"观的建立》，《中山大学学报》（社会科学版）2011 年第 4 期。

赵黎明：《"声诗"传统与现代解释学的"声解"理论建构》，《浙江大学学报》（人文社会科学版）2013 年第 6 期。

赵心宪：《"朗诵诗"的文体形式及诗学阐释——抗战诗歌朗诵运动的诗学反思之二》，《河北学刊》2007 年第 6 期。

赵毅衡：《汉语诗歌的节奏不是由顿构成的》，《社会科学辑刊》1979 年第 1 期。

郑成志：《初期白话诗的另一种形式构想——以刘半农、赵元任和陆志韦等人为例》，《中国现代文学研究丛刊》2011 年第 7 期。

郑慧如：《新诗的音乐性——台湾诗例》，杨宗翰：《当代诗学》，台北国立台北师范学院台湾文学研究所，2005 年第 1 期。

郑毓瑜：《声音与意义——"自然音节"与现代汉诗学》，《清华学报》2014 年第 44 卷第 1 期。

钟鸣：《笼子里的鸟儿和外面的俄尔甫斯》，《当代作家评论》1999 年第 3 期。

钟鸣：《旁观与见证》，《诗探索》1996 年第 1 期。

钟润生、黄灿然：《"以前是我在写诗，现在是诗在写我"》，《深圳特区报》2012 年 9 月 25 日。

周峰：《现代诗歌的音乐性研究》，《嘉兴学院学报》2007 年第 4 期。

周佩红：《城市诗发展走向漫议》，《文学自由谈》1987 年第 6 期。

朱大可：《懒惰的自由——宋琳及其诗论》，《当代作家评论》1988 年第 3 期。

朱光潜：《谈新诗格律》，《文学评论》1959 年第 3 期。

五 硕博士学位论文

杨志学：《诗歌传播研究》，首都师范大学，2005 年。

李力：《百年歌词创作繁荣及其对新诗创作的启示》，四川大学，2006 年。

张入云：《问题史：中国新诗的音乐性（1917—1949）》，复旦大学，2011年。

雷斯予：《诗歌里的"声音"：现代汉语诗歌的音乐性》，云南大学，2012年。

六　诗歌网站

诗生活：http：//www.poemlife.com/

今天：http：//www.jintian.net/today/

中国诗歌网：http：//www.poetry—cn.com/

中国诗歌库：http：//www.shigeku.org/

灵石岛：http：//www.lingshidao.cn/

flash超文学网站：http：//home.educities.edu.tw/purism/aa01.htm

后　记

　　回望起那些与诗相恋的时光，如今竟已是第 10 个年头了。还记得在大学课堂上，刘阶耳老师细读新诗的场景，有时候只是一个句式，它可以成为三个小时的阅读焦点。此后，播种在我记忆中的不仅仅是那些迷人的诗行，还保留了一点寂寞的情绪，"我今不复到园中，/寂寞已如我一般高"（戴望舒：《寂寞》），一丝对时间、空间的敏感，"如今他死了三小时，/夜明表还不曾休止"（卞之琳：《寂寞》），一泓灵动的幻想之泉，"空灵的白螺壳/孔眼里不留纤尘，/漏到了我的手里/却有一千种感情"（卞之琳：《白螺壳》）。这枚白螺壳，一直住在我的心里，它清透明净、一尘不染，"请看这一湖烟雨/水一样把我浸透，/象浸透一片鸟羽。/我仿佛一所小楼/风穿过，柳絮穿过，/燕子穿过象穿梭，/楼中也许有珍本，/书页给银鱼穿织，/……"（卞之琳：《白螺壳》）然而，诗歌的象牙塔不是空中楼阁，从文字走向诗，能够综合感知、情感和理性，都需要坚实的积淀。

　　目前，大陆的新诗研究尚不成熟，大多数高校也缺乏新诗研究的课程设置。于我而言，从本科论文《黑色空间——翟永明女性诗歌的情感世界》，到硕士论文《朦胧诗人漂泊海外后的自我认同》，再到博士论文《20 世纪 80 年代以来汉语新诗的声音研究》，可以说，从事新诗研究之路是艰难的，有时甚至会踟蹰不前、怀疑退缩。但幸运的是，我的博士导师杨扬教授，不仅时常鼓励我，还为这片狭小的诗意空间擦拭浮尘、补充养分，让它更加滋润、丰满而健硕。跟随杨老师学习期间，他孜孜不倦地教导、严谨认真的治学态度，让我不断地朝向两个维度：一为视野，二为专业。还记得 2010 年刚入学之际，杨老师就递给我一叠书，是一套 8 卷本的《近代文学批评史》。翻开扉页，每本除了签有"杨扬"二字外，还写着购买的时间和地点。8 本翻下来，才得知这些书是杨老师从 20 世纪 80 年代开始慢慢搜集起来的，已经伴随他 30 个春夏秋冬了。从那时起，我便开始懂得，一位老师对学生的期许是多么沉甸甸。杨老师常常教导我们，读书一定要读好书，不然既开阔不了眼界，又坏品味。在杨老师的课堂上，他列出了大量的阅读书目，慢慢地，它们一本、一本地爬上我的书架，层层叠叠地记录着我的阅读史。从胡适、周作人、陈子展、傅雷、宗白华、朱光潜到林毓生、余英时的著作，包括思想史、艺术史和文学史，每本都是精挑细选、闪动着学术思想的火花。

博士论文的选题，是在杨扬老师的启发下确定的。得知我想要出国学习的愿望，杨老师立刻推荐我与加州大学戴维斯分校（UC Davis）的奚密教授取得联系。从 2012 年 9 月到 2013 年 9 月，开始了为期一年的海外访学。早在南京师范大学攻读硕士学位期间，我就开始阅读奚密教授的诗学论著，无论是通透的中西比较诗学理念，还是独到的文本鉴别力，都是我日后坚持新诗研究的一盏灯塔。在访学期间，通过每周与奚密教授交流博士论文的进展情况，一方面夯实了新诗观念，另一方面也更重视诗歌文本细读。同时，开始涉猎台湾诗歌，并选修英语系的几门诗学课程，包括"欲望与诗歌研究""诗学研究"和"弥尔顿专题研究"等，还阅读了包括艾米丽·狄金森（Emily Dickinson）、毕肖普（Bishop）、玛丽安·摩尔（Marrianne Moore）、希尔达·杜立特尔（H. D.）、威廉·卡洛斯·威廉姆斯（William Carlos Williams）等一系列诗人的作品。2012 年 12 月，接到《扬子江评论》的约稿，经奚密老师推荐，在西雅图对台湾诗人杨牧进行采访。长达 21 个小时的火车，穿越整个西海岸，沿途的美景载我来到翡翠雨城——西雅图。与杨牧老师的访谈是在他的寓所完成的，先生已是 72 岁高龄，长达半个世纪的创作为他在华语诗坛博得了不少赞誉，但他仍温文尔雅、气宇轩昂、思维严密，又极具亲和力。返回戴维斯后多次通信，先生都亲笔撰稿，并对访谈文稿字字斟酌，让我切实感受到了"杨牧体"形成过程之不易。

在博士论文撰写的过程中，我要特别感谢我的母亲。母亲从事现代汉语教学与研究，20 世纪 80 年代师从著名语言学家廖序东先生学习现代汉语。我的博士论文中涉及大量的语言学分析，倘若仅以个人的感性体悟并不足以言之成理，但如果能够借用语言学知识，通篇就会显得清晰、晓畅。论文的主体部分，包括第三章、第四章，是我在美国留学期间完成的。那个时候，我几乎每完成一首诗的细读，都会跟母亲通电话，读给她听。一方面有些感觉无法用语言表述，另一方面想通过语言学的知识确认个人感觉的正误。每次通话，我的母亲都放下手头繁忙的工作，跟我细细道来，有时一聊就是一个多钟头。虽然不过是语音、语汇、语法等普通的应用语言学知识点，可一旦跟我读诗的感觉一结合，十足让人伤透了脑筋。就这样坚持了几乎两个月，才让母亲略微放松了精神。我深知自己读诗和表达的困境，也学着从零走向一，在这个过程中，谢谢母亲能陪我一起紧张，一起坚持。也感谢我的父亲和先生陈丽军。每当心情焦躁时，第一时间给予安慰和鼓励的总是他们。除了是生活的后盾外，每篇文章一新鲜出炉就读给他们听已成习惯。尽管有时我都觉得自己太过于苛求和焦虑，但他们却从无怨言，在听的同时还能提出一些文字上的建议。

当然，对那些愿意通过文字走进我的老师、诗人朋友，同样心怀感激。首先，感谢华东师范大学的老师们。殷国明老师才思敏捷，是一位始终怀揣着诗心的学者。他深探着人性的多棱面，又对社会现实保持着敏感。从他的言说中，总能捕捉到一种暗藏在生活表层之下的深邃，牵引你在现实与理想的边境滑行。还要感谢朱志荣、朱国华、刘晓丽、文贵良等老师，他们几年来对学生的关心照顾，为这座陌生的城带来几分温暖和自在。其次，对于我接触过的大陆和台湾学者、诗人朋友，包括王德威、郑毓瑜、唐捐（刘正忠）、李怡、郜元宝、王纪人、张松建、陈黎、陈东东、树才、田原、马铃薯兄弟（于奎潮）、蓝蓝、周瓒、易彬、李章斌等老师，也感激不尽，多篇文章都经过诸位老师的指点，在诗的感悟和语言组织方面给予了相当大的启发。感谢各大刊物的审稿和编辑老师，比如《扬子江评论》、台湾《清华学报》《台湾诗学学刊》等，都针对文章本身提出了宝贵的建议，有益于锻炼绵密的思维能力。再次，谢谢给我鼓励帮助的徐从辉、张惠苑、温华、张雨等同学朋友。论文最后定稿时，同样热衷于汉诗的捷克人金莎磊姐姐、出版社好友祁黎、师弟周文波在核实注释和检查错别字方面，都颇费功夫，也在此表示感谢。最后，这本专著能够顺利出版，还要特别感谢中国社会科学出版社的任明老师所做出的努力。

诗歌如谜一般，令人神往又望而却步。蓦然回首博士论文写作和不断修改的过程，想起那些焦虑紧张、坚持不懈的岁月，仿似又回到了西雅图，眼前再次浮现出参观三文鱼溯河生殖洄游的场景。三文鱼经过万里之行才能抵达产卵区，这艰难的路途中，有的做了其他海洋生物的食物，有的将近终点时却耗尽体能而亡，只有小部分的三文鱼

365

能够在阳光充足、水面开阔和水流平缓的产卵区完成繁殖。它们在孕育出新生命后也很快会死去，但却总是不辞辛劳地延续着新生。如三文鱼所蕴含的深意，生命的每一个阶段也都孕育着苦涩、艰辛，或者甜蜜、幸福，留下的只是回忆，一如被时间吞噬的梦，让人回味无穷。

翟月琴

2014 年 12 月 13 日一稿

2017 年 7 月 23 日修订稿